DROEMER

Von Elisabeth Kabatek sind bereits folgende Titel erschienen:
Laugenweckle zum Frühstück
Brezeltango
Spätzleblues
Ein Häusle in Cornwall
Zur Sache, Schätzle!
Kleine Verbrechen erhalten die Freundschaft
Sommernachtsküsse
Schätzle allein zu Haus

Über die Autorin:
Elisabeth Kabatek, gebürtige Schwäbin, lebt in Stuttgart als Autorin, Kolumnistin und Bloggerin. Ihre Romane »Laugenweckle zum Frühstück«, »Brezeltango«, »Spätzleblues«, »Ein Häusle in Cornwall«, »Zur Sache, Schätzle!«, »Kleine Verbrechen erhalten die Freundschaft« und »Schätzle allein zu Haus« wurden auf Anhieb zu Bestsellern. Auf »Chaos in Cornwall« folgt ihr jüngster Roman »Ein Cottage in Cornwall«.
www.e-kabatek.de
www.ekabatek.wordpress.com

ELISABETH KABATEK

CHAOS in Cornwall

Roman

Besuchen Sie uns im Internet:
www.droemer.de

Aus Verantwortung für die Umwelt hat sich die
Verlagsgruppe Droemer Knaur zu einer nachhaltigen
Buchproduktion verpflichtet. Der bewusste Umgang mit unseren
Ressourcen, der Schutz unseres Klimas und der Natur gehören
zu unseren obersten Unternehmenszielen.
Gemeinsam mit unseren Partnern und Lieferanten setzen wir
uns für eine klimaneutrale Buchproduktion ein, die den Erwerb von
Klimazertifikaten zur Kompensation des CO_2-Ausstoßes einschließt.
Weitere Informationen finden Sie unter: www.klimaneutralerverlag.de

Eigenlizenz September 2021
Droemer Taschenbuch
© 2020 Droemer Verlag
Ein Imprint der Verlagsgruppe
Droemer Knaur GmbH & Co. KG, München
Alle Rechte vorbehalten. Das Werk darf – auch teilweise – nur
mit Genehmigung des Verlags wiedergegeben werden.
Covergestaltung: ZERO Werbeagentur, München
Coverabbildung: PixxWerk, München, unter
Verwendung von Motiven von shutterstock.com
Satz: Adobe InDesign im Verlag
Druck und Bindung: GGP Media GmbH, Pößneck
ISBN 978-3-426-30812-7

2 4 5 3 1

In liebevoller Erinnerung an Paco

1. KAPITEL

Margarete

Ich bringe ihn um«, zischte Margarete. »Ich nehme hier und jetzt das Kopfkissen und ersticke ihn damit.« Noch nie im Leben hatte sie solch eine Mordlust verspürt. Sie setzte sich im Bett auf, nahm eines der unzähligen Kissen und knüllte es versuchsweise zusammen. Wie lange würde es dauern, bis Roland tot war?

»Hei-di, Hei-di, deine Welt sind die Bääär-ge«, sang Roland voller Inbrunst und sehr schräg. Es war einfach nicht zu fassen. Margarete hatte ihn gestupst. Sie hatte ihn gezwickt. Sie hatte ihm ihren Ellenbogen in die Seite gerammt, die Nase zugehalten und an seinen Ohren gezogen, aber Roland schlief. Es gab unplattbare Reifen, Roland war ein unaufweckbarer Mann.

Margarete lag schlaflos in einem Bett, das angeblich Queensize hatte. Sie konnte sich nicht vorstellen, dass Queen Elizabeth und Prince Philip es jemals auf so engem Raum miteinander ausgehalten hatten. Wahrscheinlich hatten sie sowieso getrennte Schlafzimmer und keinen Sex mehr, und die Queen kuschelte viel lieber mit diesen komischen Hunden, die aussahen wie eine Mischung aus Ferkel und Karnickel, als mit dem Mann, den sie vor gefühlt hundert Jahren geheiratet hatte.

Margarete blickte zum zwanzigsten Mal auf die elektronische Anzeige des Weckers und schlug dann frustriert mit den Fäusten auf die Mordwaffe, also das Kissen, mit dem sie Roland ins Jenseits befördern würde. 1.32 Uhr. Sie war hundemüde. Seit zwei Stunden versuchte sie vergeblich, einzuschlafen, es war aber schrecklich heiß im Zimmer, und sie schwitzte wie ein Schwein, obwohl sie bis auf ein Höschen alles ausgezogen hatte. Sie schlief normalerweise nicht bei geschlossenem Fenster. Sie übernachtete aber auch selten direkt an der Autobahn. Immerhin hatte das Hotel Lärmschutzfenster, sodass es zwar heiß, aber relativ ruhig war. Eigentlich. Bis zu dem Moment, wo Margarete einschlief. Einschlafen wollte. Genau in der Sekunde machte Roland ein Geräusch. Jedes Mal. Margarete hatte mittlerweile den Verdacht, dass er intuitiv wusste, wann sie in den Schlaf sank.

Roland schnarchte nicht wie normale Männer, die dann wie Lastwagen, Presslufthämmer oder rasselnde Ketten klangen. Nein, Roland röchelte ersterbend, brummte wie ein Bär, quietschte wie eine schlecht geölte Tür, grölte, als sei er im Bierzelt auf dem Cannstatter Wasen, fiepte wie ein Hamster, und manchmal sang er sogar, und zwar falsch. Das ging jetzt schon seit drei Nächten so, und Margarete war mit ihren Nerven am Ende.

Das Bett, in dem sich das Drama abspielte, stand in Cornwall, in einem viel zu kleinen Zimmer in einem schlechten Hotel im Industriegebiet direkt an einer innerstädtischen Autobahn. Es hatte ungeheuer romantisch geklungen, als Roland Margarete zu einer Fahrt nach Cornwall eingeladen hatte. Ich lade dich ein, hatte Roland gesagt, wir verbringen Ende Mai, bevor die Touristen in Scharen einfallen, ein paar Tage in Cornwall, nur du und ich, und dann schauen wir mal, wie es so weitergeht mit uns beiden. Margarete konnte ihr Glück kaum fassen, und sie hatte sofort zugesagt, trotz der Stimme in ihrem Kopf, die sehr, sehr laut brüllte: Tu's nicht, Margarete! Du wirst es schrecklich bereuen! Du willst doch gar nicht, dass IRGENDWAS auch nur IRGENDWIE weitergeht! Klar willst du nach Cornwall, aber doch nicht mit Roland! Such dir lieber eine Bus-Ausfahrt »Cornwalls Gärten mit den Landfrauen von der Schwäbischen Alb«! Aber wer träumte nicht von einer Reise nach Cornwall, noch dazu im Wonnemonat Mai? Außerdem war Margarete pleite, und Roland wollte bezahlen.

Für kurze Zeit hatte sie sich eingebildet, endlich ihren Traummann gefunden zu haben. Aber jetzt hatte sich ihre Theorie bestätigt: Es gab keine Traummänner, die Single und über fünfzig waren. Traummänner (keine Hollywoodhelden, sondern nette, humorvolle, treue Männer) heirateten mit fünfundzwanzig oder spätestens dreißig, gründeten eine Familie und waren dann für den Rest ihres Lebens weg vom Markt, es sei denn, die Frau starb ganz plötzlich eines überraschenden Todes, haute ab oder wurde Lesbe. Bei Frauen war das irgendwie anders. Margarete kannte viele tolle Singlefrauen über fünfzig. Sie waren geschieden oder getrennt, sie hatten Kinder oder auch nicht, aber eines hatten sie gemeinsam: Sie waren erfolgreich im Beruf, humorvoll, attraktiv, clever, standen mit beiden Beinen im Leben, und es war vollkommen unverständlich, warum sie keinen Kerl hatten. Die meisten Männer über fünfzig dagegen hatten einen kahlen Kopp, eine leere Birne, einen dicken Bauch und hielten sich trotzdem für unwiderstehlich. Jedem (außer ihnen selbst) war klar, warum sie Single waren: weil keine Frau der Welt es mit ihnen aushielt.

»Hohohoho!« Roland lachte jetzt im Schlaf, als sei er der Weihnachtsmann. Margarete war schon seit Tagen nicht mehr zum Lachen zumute. Nach achteinhalb Stunden Nachtruhe wachte Roland prächtig gelaunt und erholt auf und verstand überhaupt nicht, warum Margarete so gereizt war. Durchwachte Nächte waren noch nie ihr Ding gewesen, aber über fünfzig hinterließen sie andere Spuren als mit zwanzig. Margarete sah im Spiegel des viel zu engen Bades die tiefen Ringe unter ihren Augen, fühlte sich uralt und fluchte vor sich hin.

»Roland, wo ist der Frühstücksraum?«, fragte sie am ersten Morgen argwöhnisch und sah sich im Foyer des Hotels suchend um. »Ich habe fürchterlichen Hunger.« Sie hatte eine Entschädigung verdient. Die ganze grauenhafte Nacht hindurch hatte sie sich niedliche kleine Würstchen, Baked Beans, Tomaten, Rührei und knusprigen Bacon vorgestellt, so intensiv, dass sie den Bacon riechen konnte. Ein Frühstück mit ungefähr fünftausend Kalorien, das brauchte sie jetzt, um zu überleben. Leider roch sie gar nichts. Sie hörte auch kein Klappern von Frühstücksgeschirr und sah niemanden geschäftig umherhuschen.

»Setz dich bitte«, antwortete Roland geheimnisvoll und deutete auf einen sehr hässlichen orangefarbenen Plastikstuhl neben einem sehr hässlichen orangefarbenen Tisch. Er ging zu einer Wand im Hotelfoyer, die komplett aus Schließfächern bestand, öffnete mit der Chipkarte fürs Zimmer ein Fach links oben und entnahm ihm zwei sehr hässliche orangefarbene Plastiktabletts.

»*Breakfast to go!*«, rief Roland sichtlich entzückt aus und stellte ein Tablett vor Margarete ab. Das war also das englische Frühstück, auf das sie sich gefreut hatte: ein Plastikbecher mit Cornflakes, ein kleiner Tetrapack Milch, ein Tütchen Trockenobst, eingeschweißte rosarote Muffins, eine Scheibe wabbeliger Toast mit grünlichem Rand, ein kleines Stück Butter, eine Minipackung Marmelade und Plastikbesteck. »Kaffee oder Tee?«

»Kaffee«, murmelte Margarete und nahm testweise einen Muffin in die Hand. Er hatte ungefähr das Gewicht eines Ziegelsteins. »Schwarz. Stark.« Roland hielt die Chipkarte an einen Automaten, der daraufhin einen Plastikbecher ausspuckte und füllte. Margarete starrte auf die kackbraune Brühe und beschloss, das Frühstück aus taktischen Gründen erst zu thematisieren, wenn die Zimmerfrage geklärt war.

»Roland, wir stehen möglicherweise am Anfang einer eventuellen gemeinsamen Beziehung. Da liegt es dir doch sicher am Herzen, dass es mir gut geht, oder?«

Roland nickte und biss kraftvoll in einen schweinchenrosa Muffin. Margarete wartete darauf, dass ihm die Zähne ausfielen. Stattdessen machte der Muffin quietschende Geräusche.

»Aber es geht dir doch gut, Margarete. Ist das nicht praktisch, dieses Frühstück? Das ist ein supermodernes Hotel, das komplett ohne Personal auskommt! Man kann vierundzwanzig Stunden lang frühstücken und muss mit niemandem reden. Und du kannst so viel Kaffee haben, wie du willst!«

»Gaanz toll. Roland, ich habe kein Auge zugetan. Das tut dir doch sicher leid? Da willst du doch sicher mit mir zusammen eine konstruktive Lösung finden? Ich hätte da so ein paar Ideen. Wie wär's zum Beispiel mit einem größeren Zimmer, mit einer bequemen Couch, auf der du schläfst? Oder du mietest ein zweites Zimmer? Wir können ja trotzdem, du weißt schon was, und danach ...«

»Das Hotel ist ausgebucht.«

»Es kommt mir nicht besonders ausgebucht vor.« Tatsächlich hatte Margarete seit ihrer Ankunft keinen einzigen anderen Gast gesehen. Es war ein wenig gespenstisch. Sie hatte überhaupt niemanden gesehen außer Roland, der die Chipkarte fürs Zimmer mit einem Code aus einem Minischließfach geholt hatte.

»Glaub mir, es ist ausgebucht. Die sind alle schon auf dem Weg zum Strand. Die Engländer haben eine Woche Schulferien. *May half term* heißt das. Und Cornwall ist mega-beliebt.«

»Dann ziehen wir eben um. Auch wenn die strategische Lage direkt an der Autobahn natürlich unschlagbar ist.«

»Ja, nicht wahr? Glaub mir, Margarete, ganz Cornwall ist ausgebucht. Und wenn wir möglicherweise am Anfang einer eventuellen gemeinsamen Beziehung stehen, dann gibt es nur eine Möglichkeit: Du musst dich an mein Schnarchen gewöhnen.«

»Das ist kein Schnarchen. Das ist Körperverletzung.«

»Margarete. Wenn unsere Beziehung längerfristig angelegt sein soll, wovon ich ausgehe – sonst wärst du nicht mitgekommen, und Cornwall ist ja schließlich auch alles andere als billig –, kannst du nicht jedes Mal ein Einzelzimmer nehmen, wenn du mich auf Tagungen oder Kongresse begleitest. Wie sieht das denn aus?« (Roland war Astrophysiker und als solcher sehr erfolgreich, wie er Margarete beim ersten Treffen nach drei Minuten erzählt hatte, er legte allerdings Wert darauf, dass er sich nichts darauf einbildete.) »Eine neue Beziehung ist wie ein Paar neue Schuhe«, fuhr er fort. »Du musst sie erst einlaufen, damit sie bequem sind. Am Anfang gibt es eben Blasen. Je älter du bist, desto größer und blutiger sind die Blasen. Das geht aber vorüber.«

»Bisher habe nur ich Blasen. DU schläfst wie ein Bär. Du könntest auf dem Boden pennen.«

»Sei nicht albern, Margarete. Und noch mal wegen dieser möglichen gemeinsamen Beziehung. Zum einen sollten wir gemeinsam definieren, was wir unter ›längerfristig‹ verstehen. Ich würde jetzt mal vorschlagen, dass wir zunächst von zwei Jahren ausgehen, ohne Probezeit. Darunter lohnt sich die Investition nicht. Zum anderen brauche ich noch einen Kosenamen für dich. Darf ich dich Häschen nennen?«

»Nein!«

»Schade. Ich finde, du hast etwas ausgesprochen Häschenhaftes.«

Es war jetzt kurz vor zwei. Margarete beschloss, dass es sich weder lohnte, Roland einzulaufen, noch, wegen ihm ins Gefängnis zu kommen, weil sie ihn umgebracht hatte. Sie kletterte aus dem Bett, schlüpfte im Dunkeln in Jeans und T-Shirt (wahrscheinlich hätte es sowieso keinen Unterschied gemacht, wenn sie das Licht angeschaltet hätte, aber es fühlte sich irgendwie besser an), stopfte ihre Sachen in ihre Reisetasche und schlich aus dem Zimmer. Das heißt, sie wollte aus dem Zimmer schleichen. Dann fiel ihr ein, dass Roland beim ersten Treffen nicht nur total beiläufig erwähnt hatte, dass er erfolgreich war, sondern auch, dass er ziemlich gut verdiente. Nicht an der Uni in München, wo er zweieinhalb Tage die Woche lehrte, sondern bei Tagungen und Kongressen und beim Rotary Club, wo er gut dotierte Reden und Vorträge über schwarze Löcher, dunkle Materie und ähnliche streng wissenschaftliche Sachen hielt (Sachen, von denen Margarete sowieso nichts verstand, wie Roland ergänzte, weshalb es keinen Zweck hatte, ihr irgendwas erklären zu wollen). Stephen Hawking hatte Astrophysik und schwarze Löcher in allen Größen sexy gemacht, und seither konnte sich Roland vor Anfragen nicht mehr retten.

Roland hatte bisher alle Kosten auf der Reise mit Bargeld beglichen. Margarete hatte den Eindruck, dass in England selbst kleinste Beträge an der Supermarktkasse und sogar Getränke im Café mit Kreditkarte bezahlt wurden, aber Roland hatte ihr erklärt, er sei nun einmal Naturwissenschaftler, und er glaube an Scheine, die er anfassen könne, und nicht an virtuelles Kartengeld. Nachts deponierte er seine Geldbörse in der Schublade seines Nachttisches. Margarete schlich um das Bett herum und zog die Schublade vorsichtig auf. Sie knarzte entsetzlich. Roland, der gerade pfiff, als sei er ein Murmeltier in den Schweizer Alpen, war schlagartig still, und Margarete hielt die Luft an.

»Häschen?«, fragte Roland laut in die Dunkelheit hinein. Das war's dann wohl, dachte Margarete resigniert und hielt die Luft an. Vorzeitiges Ende der Flucht.

»Häschen?«, wiederholte Roland. Warum musste der Kerl ausgerechnet jetzt aufwachen?

»Ich werde dich Häschen nennen«, fuhr Roland fort. »Ob es dir gefällt oder nicht.« Dann pfiff er wieder, und Margarete atmete auf. Roland schlief wie ein Stein.

Drei Minuten später zog Margarete die Zimmertür hinter sich zu. Sie war unendlich erleichtert, und gleichzeitig hatte sie ein schrecklich schlechtes Gewissen. Du klaust ja nicht, dachte sie. Du leihst dir nur vorübergehend ein bisschen was aus und zahlst es ihm zurück, und ihm tut es nicht weh. Außerdem hast du sogar einen ganzen Schein im Portemonnaie stecken lassen. Ein echter Dieb wäre niemals so rücksichtsvoll. Na schön, im Dunkeln konntest du nicht sehen, wie viel Geld du ihm dagelassen hast und wie viel in deiner Reisetasche steckt. Sie würde später nachschauen. Weil der enge Aufzug bei ihr ähnlich klaustrophobische Zustände auslöste wie das Bad des Hotelzimmers, öffnete sie die schwere Feuerschutztür und lief die Treppe hinunter, die von einer Notbeleuchtung schwach erhellt wurde. Sie war jetzt nicht mehr nur erleichtert, sie freute sich wie ein Schnitzel, Roland loszuwerden, auch wenn sie keine Ahnung hatte, was sie als Nächstes tun würde.

Mit Schwung öffnete sie die Tür zur Hotellobby, die ebenfalls schwach beleuchtet war, lief hinaus und krachte mit voller Wucht in ein kniehohes Hindernis. Die Reisetasche fiel ihr aus der Hand, und dann fiel sie selbst über das Hindernis und riss es dabei polternd um. Mit den Händen fing sie ihren Sturz ab, trotzdem knallten ihre Knie auf den Betonboden. Der Schmerz war fies. Etwas Lauwarmes durchweichte ihre Jeans und rann ihr über die Hände.

»Scheiße!«, stöhnte sie.

»*O my God!*«, antwortete eine Stimme im Dunkeln.

2. KAPITEL

Mabel

Die Haustür fiel ins Schloss, und Mabel atmete tief durch. Das wandernde deutsche Pärchen hatte sich mit einem Lunchpaket und unzähligen Beteuerungen, wie gut es ihnen gefallen habe, auf den Weg gemacht, sie hatten eine lange Etappe auf dem *Coast Path* vor sich. Wanderer waren in der Regel unkomplizierte Gäste, blieben aber meist nur eine Nacht, was eine Menge Arbeit bedeutete, weil Mabel das Zimmer komplett frisch herrichten musste.

Das an allem herumnörgelnde Londoner Ehepaar – das Familienzimmer war zu klein, der Parkplatz zu weit weg, und wieso gab es im Gemeinschaftsraum nur Bücher und keinen Fernseher mit Flachbildschirm und DVD-Player, wo die Eltern ihre eigenen Filme anschauen konnten? – hatte seine bescheuerten Kinder mit Eimern, Keschern und Klappstühlen ins Auto verfrachtet, um zu einem größeren Strand zu fahren, weil den Kindern der Strand von Port Piran nicht behagte. Man hätte sie doch bei der Buchung darüber informieren müssen, nölten und näselten die Eltern in einem Englisch, das an die Queen erinnerte, dass es hier in Port Piran keine *rock pools* gab, kleine Tümpel, in denen sich das Wasser bei Ebbe sammelte und in denen die Kinder mit dem Kescher Krebse und kleine Fische fangen konnten. *Rock pools,* so erklärten die Eltern, waren absolut fun-da-men-tal, wenn man mit Kindern erfolgreich Urlaub in Cornwall machen wollte, das musste Mabel als britischer Vermieterin doch sonnenklar sein! Niemand erwartete *rock pools* in Alicante. Aber in Cornwall!

Dabei hatte Mabel schon am Telefon darauf hingewiesen, dass Port Piran nicht ideal für kleinere Kinder war, weil einer der beiden Strände sehr felsig und der andere nicht wirklich für Feriengäste gedacht war, wegen der Fischer. Sie scheuchten die Kinder weg, wenn sie bei der Arbeit waren, und das waren sie meistens. Der Vater hatte ihr aber gar nicht zugehört. Jetzt würden sie sicher eine negative Kritik auf TripAdvisor hinterlassen: »Leider hat die Vermieterin nicht auf den Mangel an *rock pools* hingewiesen und unseren Augäpfeln damit komplett den Cornwalltrip versaut.« Sollten Sie doch! Die Krebse, die in den Keschern dieser rücksichtslosen Kinder landeten, taten ihr jetzt schon leid.

Der dritte Gast, ein allein reisender Amerikaner, den Mabel auf Anfang siebzig schätzte, hatte sich als Letzter auf den Weg gemacht. Vorher war er an die Küchentür zu Mabel gekommen und hatte sich für das leckere Frühstück bedankt. Mabel mochte ihn, weil er höflich und umgänglich war und ihr voller Mitgefühl zuzwinkerte, wenn sich die Londoner mal wieder komplett danebenbenahmen. Sie war froh, dass er noch ein paar Tage blieb, auch wenn er, wie die meisten ihrer Gäste, hoffnungslos romantische Vorstellungen von Cornwall hatte. Er war auf der Suche nach seinen *roots,* seinen Wurzeln. Das wären viele Amerikaner, deren Vorfahren vor Jahrhunderten von Cornwall nach Amerika ausgewandert waren. Sie kramten dann in irgendwelchen staubigen Archiven in Kirchen oder stolperten über alte Friedhöfe in der Hoffnung, ihren Familiennamen auf einem verwitterten Grabstein zu finden.

Aber Cornwall war nicht romantisch. Vielleicht war es romantisch für die, die aus London oder dem Ausland kamen, um Urlaub zu machen, und die genug Geld hatten für die teuren Cafés, Fischrestaurants und botanischen Gärten. Für die, die hier lebten und gerade mal so überlebten, hielt sich die Romantik in Grenzen, denn Cornwall war bitterarm. Außer Tourismus, Fischfang und ein bisschen Landwirtschaft, die sich kaum lohnte, gab es nichts. In den letzten Jahren waren die Immobilienpreise ins Unermessliche gestiegen. Fast alle der hübschen reetgedeckten Häuser im Hafen von Port Piran waren mittlerweile Ferienhäuser, die Einheimischen vermieteten sie an Touristen und zogen selber ins billigere Hinterland oder, noch schlimmer, verkauften ihre Häuser an reiche Londoner, die nun ihrerseits die Häuser vermieteten oder sogar die meiste Zeit leer stehen ließen. Vor einiger Zeit hatte der einzige Laden schließen müssen. Noch immer war das Dorf eine Idylle, aber sie war traurig und trügerisch, und Mabel war nicht die Einzige, die um der Touristen willen eine Rolle spielte: Sie war die freundliche, spießige, nicht mehr ganz junge Lady, die in Port Piran ein entzückendes B&B betrieb und so fabelhaft Scones backen konnte.

Mabel überprüfte, ob alle Fenster und Türen geschlossen waren. Dann ging sie in die Küche, legte die bescheuerte Schürze mit den weißen Volants ab, öffnete die Vorratskammer, nahm die zusammengelegten Klamotten heraus, schlüpfte aus ihrem braven Wollrock, der Strumpfhose und der Bluse und zog stattdessen die zerschlissene schwarze Jeans, ein schwarzes T-Shirt mit Löchern und ein Nietenhalsband an. Sie löste den schrecklichen Dutt, fuhr sich mit der Hand durch die Haare und umrandete mit einem schwarzen Kajalstift ihre Augen. Sie seufzte wohlig vor Erleichterung. Es war ihr tägliches Ritual, ihr Befreiungsschlag, wenigstens für zwei Stunden: Zwei Stunden am Tag tauchte Mabel in ihre Vergangenheit ein und verwandelte sich zurück in einen Punk. Zufrieden wackelte sie mit ihren Zehen, deren Nägel tiefschwarz lackiert waren, dann ging sie barfuß zu ihrem CD-Player und nahm die unerträgliche Ed-Sheeran-CD heraus, die beim Frühstück gelaufen war. Die ganze Welt mochte Ed Sheeran. Die ganze Welt, bis auf Mabel. Briten wie Ausländer, junge und alte Gäste, sie hatte es ausprobiert; Ed Sheeran ging immer, er war der kleinste gemeinsame musikalische Nenner in einem B&B. Entsetzlich, aber was sollte Mabel machen. Punk war jedenfalls keine Option.

Mabel legte die CD *Songs of Praise* der Post-Punk-Gruppe *Shame* ein und drehte voll auf. Die Stimme von Charlie Steen dröhnte durch das Frühstückszimmer, und Mabel grölte lautstark mit. »But if you think I love you you've got the wrong idea ...« Punk war die Geheimwaffe, mit der sie die grässliche tägliche Routine überstand. Noch immer grölend, räumte sie das dreckige Geschirr von den drei Tischen in die Spülmaschine, wusch die

Tee- und Kaffeekannen von Hand aus und reihte sie penibel auf dem Regalbrett auf. Sie warf die Lebensmittelreste in den Kompost und stellte Butter und Milch zurück in den Kühlschrank. Dem Amerikaner hatte es offensichtlich geschmeckt, er hatte von seinem *Full English Breakfast* keinen Bissen übrig gelassen und auch den ganzen Toast gefuttert. Recht so, Mabel mochte es, wenn die Gäste alles aufaßen, dann musste sie nichts wegschmeißen. Sie schüttelte die drei Tischdecken auf den Boden aus und saugte. Es war unfassbar, wie viel Toast- und Chipskrümel die beiden Kids produziert hatten; die Tischdecke war voller Marmeladeflecken, sie würde eine frische brauchen. Den beiden gehörte mal kräftig eins hinter die Löffel. Und den Eltern dazu.

Mabel füllte die Dosen mit Müsli, Haferflocken und Cornflakes auf, die auf der Kommode standen, schraubte die Deckel auf die Marmeladengläser, wechselte das Wasser in den Väschen auf den Tischen – die Blumen aus ihrem Garten würden noch eine Weile halten – und ging dann hinauf, um einen ersten Rundgang durch die Zimmer zu machen und dreckiges Geschirr und Handtücher einzusammeln. Wie immer schloss sie vorher eine kleine Wette mit sich selber ab, wer von den Gästen frische Handtücher haben wollte, und wie immer hatte sie recht. Der Amerikaner im Zimmer »Ivy« wollte keine frischen Handtücher (er kam aus San Francisco und war umweltbewusst), während Familie Saunders aus Kensington im Familienzimmer »Marigold« sämtliche Handtücher in die Badewanne gepfeffert hatte, und nicht nur das. Einige der einstmals weißen Handtücher waren voller Dreck und Sand, dabei stand in den Hinweisen in dem Ordner, der in jedem Zimmer lag, ausdrücklich, dass Handtücher nicht mit an den Strand genommen werden durften.

Ich sollte sie den Pissern in Rechnung stellen, dachte Mabel wütend und zeigte dem Zimmer, das auch sonst einem Schlachtfeld glich, den Stinkefinger, aber wahrscheinlich würde das nur zu einer peinlichen Szene führen. Nicht dass Mabel mit peinlichen Szenen nicht klarkam. Leider würde die schreckliche Familie noch vier Nächte bleiben, weil Schulferien waren, *half term,* und bestimmt würden sie jeden Tag frische Handtücher wollen. Was für ein Aufwand! Mabel machte die Betten, legte die Tagesdecken darüber, arrangierte die unzähligen Kissen, putzte die Bäder, füllte Duschgel und Shampoo nach, dann zog sie im Zimmer »Rose« die Betten der beiden Wanderer ab und bezog sie frisch.

Als Mabel *Honeysuckle Cottage* zum B&B umbauen ließ, hatte sie für jedes Zimmer ein eigenes Bad eingeplant. Der Bankberater hatte versucht, es ihr auszureden, weil es die Höhe des Kredits ins Unermessliche trieb, aber Mabel hatte so lange mit dem Krawattenheini verhandelt, bis er klein beigab. Sie hatte es nie bereut, auch wenn sie bis ans Ende ihres Lebens Schulden haben würde. Die Zeiten, wo sich Gäste ohne Murren ein Gemeinschaftsbad teilten, waren längst vorbei, aber viele Bäder bedeuteten auch mehr Arbeit. Das Telefon unterbrach sie beim Putzen, jemand fragte ein Doppelzimmer für das Wochenende an, und Mabel sagte scheinheilig-bedauernd ab. Es war immer dasselbe, wenn die Wetterprognose gut war, hätte sie dreimal so viele Zimmer vermieten können, und wenn von Freitag bis Sonntag Landregen vorhergesagt war, starben plötzlich Omas und Tanten, aber Mabel war unerbittlich, sie hatte zu viel gelernt auf der Straße. Reservierungen waren erst verbindlich, wenn der komplette Übernachtungspreis auf ihrem Konto eingegangen war, und sie erstattete niemals Geld zurück. Seltsamerweise kamen die Leute dann doch, wenn Mabel hart blieb, trotz kürzlich verblichener Angehöriger, und sie wirkten auch kein bisschen traurig.

Mittlerweile war die Spülmaschine durchgelaufen, Mabel stellte sauberes Teegeschirr in die Zimmer und füllte die Tee- und Biskuitdosen auf. Familie Saunders hatte alle Kekse aufgegessen, aber dagegen hatte Mabel nichts, sie wusste, dass sie gut backen konnte. Es war zum Piepen; mit Mitte zwanzig hatte sie unaufgewärmten Fraß aus Dosen gelöffelt und nicht gewusst, wie man einen Ofen auch nur anschaltete, jetzt übernachteten die Leute bei ihr, weil auf ihrer Webseite »excellent homemade biscuits and scones« stand. Sie musste nicht erst in ihren Reservierungen nachschauen, um zu wissen, dass die Pension mit ihren nur vier

Zimmern heute Abend wieder ausgebucht sein würde. Eine allein wandernde Frau hatte das zweite Einzelzimmer reserviert. Sie wanderte den kompletten *South West Coast Path* am Stück, über mehrere Monate hinweg, und wollte in Port Piran, das ungefähr auf halber Strecke lag, eine ganze Woche Pause machen, um sich zu erholen und in kleinen Tageswanderungen die Umgebung zu erkunden. Zwei Leute vom Team der beliebten historischen Serie *Cornwall 1900* hatten für zwei Nächte das flexible Zimmer gebucht, in dem das deutsche Pärchen geschlafen hatte. Je nach Bedarf schob Mabel die beiden Einzelbetten zum Doppelbett zusammen oder auseinander. Die Filmleute suchten nach neuen Locations. Auch das war nichts Ungewöhnliches, in Cornwall wurden ständig Filme gedreht.

Mabel schob die Betten auseinander, was ihrem Rücken gar nicht gefiel, stellte eine Karaffe mit Wasser in die Zimmer der Neuankömmlinge, legte Schokolädchen auf die Kissen, saugte alle Böden und ging wieder hinunter. Nur noch die Tische fürs Frühstück neu eindecken, dann würde sie endlich Pause machen, bevor sie ihre Mails checkte, das Schild vor dem Haus auf »No Vacancies« drehte, frische Blumen aus dem Garten holte und Scones und Kekse buk, und dann würden auch schon die Filmleute eintreffen ...

Mabel hasste Haushalt wie die Pest. Sie hasste Putzen, Spülen, Saugen, Waschen, Backen und Aufräumen. Sie hasste eigentlich alles, was mit ihrem B&B zusammenhing. Sie hasste schlecht erzogene Kinder und unfreundliche Gäste, sie hasste Buchungsanfragen und Small Talk. Mabel hielt sich selber nicht für einen netten Menschen, aber eigentlich gehörte es zu den Grundvoraussetzungen, ein netter oder zumindest geduldiger Mensch zu sein, wenn man ein B&B erfolgreich führen wollte. Erstaunlicherweise war ihr B&B trotzdem erfolgreich. Es brummte geradezu, und zwischen April und Oktober war Mabel in der Regel komplett ausgebucht. Danach wurde es ruhiger, und von Dezember bis März war Honeysuckle Cottage geschlossen, mit einer kurzen Unterbrechung um Weihnachten herum. Das bedeutete, dass

Mabel sieben Monate im Jahr ohne einen Tag Urlaub schuftete. Es gab genug Leute, die Arbeit suchten, und Mabel hätte nur zu gerne jemanden eingestellt, der die Zimmer machte, aber das konnte sie sich nicht leisten. Das Geld, das sie in der Urlaubssaison verdiente, musste über den Winter reichen, und dann war da auch noch die monatliche Überweisung an die Bank. Während andere Hotel- und Pensionsbesitzer im Januar vor dem britischen Winter in eine billige Ferienhaussiedlung nach Benidorm flohen und sich an einem überfüllten Strand in knallrote Krebse verwandelten, packte Mabel ihren Rucksack, zog ihre Punk-Klamotten an und reiste alleine durch Thailand, Vietnam oder Guatemala. Sie schlief in billigen, verwanzten Pensionen, die mit ihrem B&B nichts gemeinsam hatten, tat sich mit anderen Backpackern zusammen, die sie für zwanzig Jahre jünger hielten, als sie tatsächlich war, rauchte alles Mögliche und tankte auf, bevor sie wieder in ihr Spießerleben in Port Piran eintauchte und sich in Mabel, die reizende Wirtin von Honeysuckle Cottage, verwandelte.

Aber inzwischen war Mabel Anfang sechzig und wusste nicht, wie lange sie die Knochenarbeit noch durchhalten würde. Jeden Tag früh aufstehen, Frühstück machen, aufräumen, putzen, backen für den nächsten Tag, Gäste empfangen, die immer gleichen Fragen beantworten. Wo ist der schönste Strand, wo gibt es Fish & Chips, ist der Pub gut, bla, bla, bla. Es war unendlich ermüdend, und Mabel fühlte sich wie ein Leierkasten. Sie hatte alle Tipps in einem Ordner zusammengestellt, der in jedem Zimmer lag, Visitenkarten, Buspläne, Öffnungszeiten, Wander- und Ausgehempfehlungen. Aber die Gäste wurden immer anspruchsvoller. Sie ignorierten den Ordner und wollten die Tipps aus ihrem Mund hören, als hätten sie mit dem Zimmer auch Mabel gebucht. Sie wollten neugierig an der Küchentür lehnen, während Mabel Rührei machte und Scones buk, sie wollten die Katze streicheln und ihren Namen wissen.

»Bluebell«, log Mabel. »Bluebell, wie hübsch«, wiederholten die Gäste entzückt. Mabel hatte die Katze nur aus Marketinggründen angeschafft und Bullshit getauft, aber das konnte sie ihren Gästen natürlich nicht zumuten. Sie mochten sich nicht besonders, sie und die Katze. Clever, wie Katzen nun mal waren, spürte Bullshit ganz genau, dass sie nur dazu diente, das Image des Honeysuckle Cottage aufzupolieren. Bluebell war genauso kitschig wie Honeysuckle Cottage, aber das war es, was die Leute wollten, und Mabel bediente die Erwartungen ihrer Gäste und verdiente daran. Es war eine einzige Lüge, aber was war schlimm daran, wenn es die Leute glücklich machte? Über die Jahre hatte sie es geschafft, ihre TripAdvisor-Bewertungen zu optimieren.

»Entzückende Vermieterin! Immer zu einem Plausch aufgelegt! Und sooo ein süßes Cottage! Wie aus dem Bilderbuch! Überall Blumen! Sogar die Zimmer haben Blumennamen! Und erst der Blick aufs Meer! Und die selbst gebackenen Scones! Cornwall, genau wie man es sich vorstellt!«

Mabel las die Bewertungen und lachte sich ins Fäustchen, weil ihr Plan aufging. Sie schrieb freundliche Antworten: »Danke, kommen Sie bitte bald wieder! Sie waren so reizende Gäste! Ich freue mich riesig, dass es Ihnen gefallen hat!« In sehr seltenen Fällen bekam sie eine vernichtende Kritik, immer dann, wenn Gäste sie derart zur Weißglut trieben, dass Mabel die Beherrschung verlor und ihr altes oder möglicherweise vielleicht sogar wahres Ich durchbrach. »Ein Albtraum! Völlig durchgeknallte, aggressive Vermieterin! Sie hat uns geradezu aus dem Haus gejagt!« Die wenigen negativen Kommentare verloren sich aber zwischen den überschwänglichen und schadeten ihr nicht. Manchmal war sich Mabel nicht sicher, ob sie froh darüber war, dass alles so reibungslos lief. Der Preis, den sie dafür bezahlte, war hoch: Mabel hasste ihr Leben und die Kompromisse, die es mit sich brachte. Statt *Motherfucker* sagte sie jetzt Schätzchen, Darling oder Honey. Andererseits wäre sie ohne das B&B längst tot, gestorben an zu viel Alkohol, Speed oder Heroin.

Genauso wie Bluebell nicht Bluebell hieß, hieß Mabel nicht Mabel, sondern Lori. Sie war in Manchester aufgewachsen, mit einem Vater, der nie einen Job zu haben schien und entweder zu Hause soff oder im Pub, mit ein paar Geschwistern, an deren Anzahl, Namen und Alter sie sich nicht mehr erinnerte, und mit einer depressiven Mutter, die immer nur auf dem abgewetzten Sofa saß, fernsah und niemals Essen kochte. Eigentlich war in den Siebzigerjahren das ganze Land, vor allem aber die ganze Stadt Manchester depressiv, ein dreckiges Loch ohne Jobs und ohne Hoffnung. Lori hätte selber nicht mehr sagen können, wie sie in das Konzert der *Sex Pistols* geraten war, das 1976 Geschichte schrieb. Niemand kannte die seltsame Band, die Klamotten trug, die von Vivienne Westwood entworfen worden waren, Songs mit drei Akkorden und provozierenden Texten brüllte und das ganze Publikum einschließlich Lori in einen Rausch versetzte. Endlich fühlte sie sich verstanden. Hier ging es um Protest gegen irgendwie alles, auf jeden Fall alles, was Lori hasste: ihre Eltern, das Scheiß-System, Scheiß-England und die kack-königliche Familie.

Nach dem Konzert kehrte sie nicht mehr nach Hause zurück. Bis dahin war sie David-Bowie-Fan gewesen, nun zerriss sie ihre Klamotten, stellte ihre Haare mit Autolack auf, legte sich ein Hundehalsband um den Hals und schrieb mit einem Filzstift »Hate and War« auf ihr T-Shirt. Sie war nicht die Einzige, denn mit dem legendären Konzert der *Sex Pistols* war der Punk in Manchester angekommen. Sie schloss sich anderen Straßenpunks an und lebte mal in besetzten Häusern, mal in verfallenen Fabriken und mal auf der Straße. Sie rauchte, soff und kiffte, und zwar von allem zu viel. Deshalb dauerte es auch so lange, bis der Brief vom Notar sie erreichte.

Lori hatte ein Cottage in Cornwall geerbt, von einer kinderlosen Tante, von deren Existenz sie bis dahin nichts gewusst hatte, in einem Ort, von dem sie noch nie gehört hatte: Port Piran.

3. KAPITEL

Margarete

»Es tut mir ja so leid!«
»Du brauchst dich nicht zu entschuldigen. Du konntest doch nicht ahnen, dass ich hier nachts um halb drei über deinen Putzeimer stolpern würde! Ich bin übrigens Margarete. Aus Stuttgart.«

»*Nice to meet you,* Margret. Titilope. Aus Nigeria. Tut's noch weh?«

»Ein bisschen. Nicht schlimm. Ich bin vor allem froh, dass du kein Axtmörder bist, der mir im Dunkeln aufgelauert hat.«

Titilope lachte, entblößte dabei ihre weißen Zähne, und Margarete schnappte nicht zum ersten Mal nach Luft. Die Putzfrau dieses unsäglichen Hotels direkt an der Autobahn hätte auf jedem Laufsteg und in jedem Film eine gute Figur gemacht, denn sie war vermutlich die schönste Frau, die ihr je begegnet war. Titilopes Gesichtszüge waren so ebenmäßig und makellos wie die einer griechischen Göttin. Alles an ihr strahlte: ihre Augen, ihre dunkle Haut und ihre perfekten weißen Zähne. Ihre unzähligen pechschwarzen Zöpfchen waren am Hinterkopf zu einem beeindruckenden Dutt aufgetürmt. Titilope war schlichtweg atemberaubend, und nicht einmal der schäbige Putzkittel mit dem Logo des Hotels konnte ihr etwas von ihrem Glanz nehmen. Am liebsten hätte Margarete all das laut ausgesprochen, aber sie hatte Angst, dass es irgendwie blöd rüberkam. Sie saßen in der Küche des Hotels. Ja, es gab tatsächlich eine Küche. Dort bestückte Titilope die orangefarbenen Frühstückstabletts mit vergammeltem Toast, weil ihre Proteste im Nichts verhallten, wie sie Margarete erzählte, und stellte die Tabletts in die Schließfächer. Danach putzte sie die Zimmer und die Lobby. In der Küche befand sich auch der Erste-Hilfe-Kasten mit dem Pflaster, das Titilope auf Margaretes blutige Knie geklebt hatte, nachdem sie die vom Putzwasser durchweichte Jeans ausgezogen hatte.

Margarete fühlte sich ein wenig verloren, jetzt, da sie sich von ihrem Schrecken erholt hatte. Sie wollte doch längst weg sein, und jetzt hing sie hier fest, mit zerbeulten Knien. Und was, wenn Roland doch noch aufwachte und nach ihr suchte?

»Ich muss los. So schnell wie möglich.« Sie hatte Titilope erklärt, dass sie vor einem Mann davonlief, den sie nicht mochte. Die schien das ziemlich normal zu finden.

»Das wird schwierig«, antwortete sie. »Wir sind hier im Industriegebiet, die nächste Bushaltestelle ist fünf, sechs Meilen entfernt, und da fährt erst am Morgen wieder was.«

»Das ist zu spät. Wie kommst du hier weg?«

»Mein Mann holt mich, wenn meine Nachtschicht rum ist. Das ist aber erst um sieben Uhr.«

»Das ist definitiv zu spät«, murmelte Margarete. »So lange kann ich nicht warten.« Dann fiel ihr ein, dass sie ausnahmsweise Geld in ihrer Reisetasche hatte. »Gibt's hier irgendwo ein Taxi?«

»Ich fahre nie Taxi, aber selbst wenn ich's täte, hier draußen gibt es keine. Und die werden dir was erzählen, wenn du sie mitten in der Nacht rausklingelst. Wir sind hier nicht in London. Manchmal kommen frühmorgens Taxis, die sind dann alle von den Gästen vorgebucht. Wie bist du denn hierhergekommen?«

»Mit dem Auto. Seinem Auto. Er hat Flugangst. Weißt du, wie endlos lange die Fahrt von Stuttgart nach Cornwall über Frankreich dauert, wenn das Auto grade mal hundert fährt?«

»Wo steht die Kiste?«

»Direkt vor der Tür. Auf dem Parkplatz. Dieser klobige alte museumsreife Mercedes.«

»Kannst du das Ding fahren?«

»Hm, keine Ahnung. Ich denke schon.«

»Na dann. Ist doch quasi ein Notfall.« Titilope lachte schallend. Dabei entblößte sie ihre perfekten Zähne, und Margarete haute es erneut um.

»Bist du religiös?«

»Ich bin Christin. Deshalb musste ich ja raus aus Nigeria.«

»Okay, dann stell dir vor, Gott sieht aus wie ein Mercedes. So etwa ist das bei Roland. Er betet sein Auto an.«

»Du klaust es ja nicht. Du leihst es dir nur.«

»Wie sieht's mit Trampen aus?«

»Mitten in der Nacht? Da denken alle, du kommst besoffen aus dem Pub oder bist gerade irgendwo eingebrochen oder, noch schlimmer, du bist eine Nutte. Niemand würde dich mitnehmen. Um die Zeit fährt hier auch keiner rum.«

»Dann muss ich doch zurück ins Zimmer. Erst die Autoschlüssel, dann das Auto klauen. Mist. Ich hab keine Karte mehr fürs Zimmer. Karte klauen?«

»Frag doch einfach das Zimmermädchen.« Titilope verschwand und kam mit einer Plastikkarte in der Hand zurück.

»Du hast mich nicht einmal nach meiner Zimmernummer gefragt«, sagte Margarete verwundert.

»Es sind nicht so viele Zimmer belegt«, grinste Titilope.

Zehn Minuten später schloss Margarete Rolands Autotür auf. Titilope hatte sie hinausbegleitet. Die Nacht war kalt und sternenklar. Es fühlte sich an wie im Winter, nicht wie in den milden Mainächten in Stuttgart. Den Autoschlüssel zu klauen war ein Kinderspiel gewesen. Roland hatte sich gerade einen dreckigen Witz erzählt und schrecklich darüber gelacht. Das alte Auto war eine ganz andere Herausforderung. Margarete stellte die Reisetasche in den Fußraum des Beifahrersitzes, hängte die versaute Jeans über die Kopflehne, stieg umständlich ein, weil ihre Knie immer noch schmerzten, und schaute hilflos auf die Armaturen, Hebel und Knöpfe.

»Dieses Auto stammt aus der Jungsteinzeit«, murmelte sie.

»Hauptsache, das Rad war bereits erfunden«, meinte Titilope munter. »Ich muss weitermachen. Du kriegst das schon hin.« Sie beugte sich herunter und gab Margarete die Hand. Die drückte sie fest.

»Danke. Ohne dich hätte ich das nicht geschafft.«

»Ohne mich wärst du auch nicht über einen Eimer gestolpert und hättest dir die Knie zerdeppert. Wo willst du überhaupt hin?«

»Keine Ahnung. Ans Meer. Wo ist es hübsch?«

»Da fragst du die Falsche. Ich kenne nur *Cornwall by night*. Ich würde aber mal tippen, es gibt hübschere Hotels als diesen Schuppen hier, und mit besserem Frühstück. Pass auf dich auf. Hier. Für alle Fälle.« Sie zog einen Zettel und einen Stift aus ihrer Kitteltasche, beugte sich ins Auto herein, um Licht zu haben, und kritzelte eine Nummer aufs Papier.

»Danke. Pass du auch auf dich auf. Alles Gute.«

»Und – Margarete? Gott wird dir verzeihen.« Titilope grinste, tätschelte das altmodische Lenkrad, richtete sich auf und ging in schnellen Schritten zurück zum Hotel. Margarete sah ihr nach. Ob sie wohl illegal in England war und deshalb nachts arbeitete? Sie hätte gerne mehr über sie erfahren, aber jetzt musste sie sich erst einmal um sich selber kümmern. Sie ließ den Motor an und fuhr im Schneckentempo eine Runde über den beleuchteten Parkplatz. Es schien unendlich lange zu dauern, bis das Gaspedal reagierte, es gab keine Servolenkung und eine gewöhnungsbedürftige Lenkradschaltung, aber immerhin eine Tachobeleuchtung. Margarete schaltete ruckelnd in den zweiten Gang und gab Gas. Allzu viel passierte nicht, zumindest was die Geschwindigkeit betraf. Sie musste zugeben, irgendwie hatte das alte Auto mit seinen Ledersitzen und seiner Holzleiste Stil. Wahrscheinlich war es ein Vermögen wert, und Roland würde einen Auftragskiller auf sie hetzen, wenn sie damit abhaute.

Sie war schon lange nicht mehr Auto gefahren, in Stuttgart brauchte sie keins, und deshalb drehte sie für alle Fälle eine zweite Runde um die geparkten Wagen herum. Langsam begann ihr die Kiste, die Roland, der in Stuttgart geboren war, zärtlich »mei Audole« nannte, Spaß zu machen. Sie hatte etwas Würdevolles, so ganz ohne Plastik und Elektronik. Margarete öffnete das Ausstellfenster und lachte. Noch eine Runde, und dann aber endlich los. Sie fuhr gerade am Hoteleingang vorbei, da wurde die Eingangstür aufgerissen. Titilope stand in der Tür, wedelte wild mit den Armen und brüllte etwas Unverständliches. Margarete hielt an.

»*Go, Margret, go!*«, kreischte Titilope. Jemand stürmte an ihr vorbei, brüllte noch lauter und war offensichtlich ziemlich wütend.

»MAR-GA-RE-TE!« Der Jemand kam die Treppe heruntergerannt. Shit. War Roland also doch noch aufgefallen, dass ihm Margarete abhandengekommen war. Nichts wie weg! Sie drückte das Gaspedal durch. Die Kiste reagierte nicht so richtig. Margarete presste den Fuß noch weiter nach unten, der Mercedes machte einen ungnädigen Hüpfer und wurde plötzlich so schnell, dass sie mit Ach und Krach um die Kurve schlitterte. Sie geriet in Panik, trat heftig auf die Bremse und krachte schmerzhaft mit der Brust gegen das ungepolsterte Lenkrad, weil sie vergessen hatte, sich anzuschnallen. Das Auto kam zum Stillstand. Sie holte tief Luft, tastete hektisch nach dem Gurt und fand ihn in der Eile nicht. Dann eben später! Jetzt ging es sowieso nur noch geradeaus, zwischen den parkenden Autos hindurch und dann nach rechts, in die Ausfahrt, in die Freiheit! Im Scheinwerferkegel tauchte Roland auf, in dem lächerlichen, viel zu kleinen Schlafanzug seines kürzlich verstorbenen Vaters, in dem er aussah wie ein Matrose. Er rannte zur Ausfahrt, positionierte sich strategisch davor und streckte beide Arme gebieterisch zur Seite aus, wie ein Polizist, der wegen einer ausgefallenen Ampel den Verkehr regelt. Es war zu dunkel, um sein Gesicht zu sehen, aber Margarete kannte ihn mittlerweile gut genug, um zu wissen, dass er sich hundertprozentig sicher war, dass sie reumütig anhalten und mit ihm ins Zimmer zurückkehren würde. Er würde nicht einmal sauer sein. »Die Wechseljahre«, würde er milde lächelnd sagen und ihr die Hand tätscheln, als sei sie eine Achtzigjährige im Altersheim. »Da gehen einer Frau schon einmal die Hormone durch.«

Das mit den durchgehenden Hormonen war eigentlich eine gute Idee. Margarete holte noch einmal tief Luft, dann trat sie mit aller Kraft aufs Gaspedal. Das Auto heulte auf und beschleunigte.

Roland stand wie tiefgefroren vor der Ausfahrt, und sie kam ihm immer näher. Der Mercedes wurde schneller. Margarete hatte schreckliche Angst, hielt aber weiter auf Roland zu. Der sture Hund würde sich lieber umbringen lassen, als sein Audole aufzugeben! Sie biss die Zähne zusammen. Wenn Roland stehen blieb, würde er in drei Sekunden tot sein, jetzt konnte sie sein Gesicht sehen, seine Stirn war gerunzelt, so sah er aus, wenn er Margarete zurechtwies, noch zwei Sekunden, Roland ließ die Arme sinken, noch eine, er guckte sehr erstaunt und machte einen Hechtsprung nach links, Margarete riss das Lenkrad scharf nach rechts. Roland brüllte wie am Spieß, was entweder daran lag, dass er leider mit seinem Hechtsprung in einer Hecke gelandet war, oder daran, dass Margarete mit dem vorderen rechten Kotflügel des heiligen Autos erst gegen den Bordstein und dann gegen einen großen Müllcontainer geknallt war, wobei es sie ordentlich durchschüttelte. Sie riss das Steuer wieder nach links, betete, dass kein Reifen geplatzt war, und schlingerte endlich in die Ausfahrt, Rolands wütende Schreie im Ohr.

Erst nach ein paar Hundert Metern, als sie sicher war, dass er ihr nicht folgte, hielt sie zitternd an. Sie musste vollkommen verrückt sein. Was, wenn Roland nicht im letzten Moment ausgewichen wäre? Sie fuhr sich mit dem Handrücken über die schweißnasse Stirn. Gegen ihren Willen fühlte sie plötzlich ein wildes Triumphgefühl in sich aufsteigen. Sie hatte es geschafft. Sie war Roland los. Den Schaden am Auto würde sie später begutachten, es würde schon nicht so schlimm sein.

Sie hatte nicht die geringste Ahnung, wohin sie fahren sollte. Sie wusste nur, dass sie irgendwo im südlichen Cornwall war, in Redruth, einem ziemlich scheußlichen Ort, der kein bisschen dem entsprach, was sie sich unter Cornwall vorgestellt hatte. Hauptsache, sie brachte erst einmal ein paar Meilen zwischen sich, Roland und das schreckliche Hotel! Es war jetzt kurz vor drei, aber Margarete war hellwach. Sie kam an einen Kreisverkehr und fuhr einmal drum herum. Sie hatte drei Ziele zur Auswahl: Camborne und St Ives, Falmouth und Helston, oder Truro. Keiner der Orte sagte ihr wirklich etwas. Margarete fuhr ein zweites Mal um den Kreisverkehr. Sie störte niemanden damit, denn ihr Auto war das einzige weit und breit. Der Triumph wich langsam einer leisen Verzweiflung. Sie hatte keine Karte, sie hatte kein Ziel, sie war nicht daran gewöhnt, auf der linken Seite zu fahren, es war drei Uhr in der Nacht, und vor allem hatte sie Hunger. Immerhin hatte sie Geld, wenn sie auch nicht wusste, wie viel. Sie fuhr ein drittes Mal um den Kreisverkehr. Sie hatte sich so auf Cornwall gefreut, aber bisher war der Trip eine einzige Katastrophe gewesen, und der vermeintliche Lottogewinn Roland hatte sich als völlige Niete entpuppt! Sie zückte das Smartphone, um herauszufinden, wie sie am schnellsten ans Meer kam. Ganz toll, kein Empfang. Vertrau deinem Bauchgefühl, dachte sie und bog spontan Richtung Falmouth und Helston ab. Cornwall war schmal und vom Meer umgeben, so viel wusste sie immerhin. Irgendwie würde sie schon ans Meer kommen. Sie hatte die Stadt hinter sich gelassen, war auf einer Schnellstraße und kam flott voran. Niemand außer ihr schien unterwegs zu sein. Vielleicht waren ja auch alle Menschen tot, von einem bösartigen Virus dahingerafft, nur Margarete und Roland hatten es nicht mitbekommen?

Von Anfang an war dieser Urlaub eine einzige Katastrophe gewesen. Das lag nicht nur daran, dass Roland Flugangst hatte und sie deshalb Auto und Fähre nehmen mussten, was die Reisezeit ins Unendliche dehnte. Dass Roland Daimler fuhr, war ja für einen Stuttgarter ziemlich normal, aber das steinalte, klobige Modell wirkte genauso aus der Zeit gefallen wie Rolands pastellfarbene Anzüge, und es konnte offensichtlich nicht schneller als hundert Stundenkilometer fahren. Roland war nicht nur genervt davon, dass Margarete ab und zu aufs Klo musste – er selber schien über körperliche Bedürfnisse erhaben zu sein –, er war auch noch schrecklich pingelig.

»Keine Mahlzeiten im Audole«, verkündete er streng, als sie kurz hinter Karlsruhe in ihre Brezel beißen wollte. Autofahren machte Margarete immer schrecklich hungrig, sie hatte liebevoll elf Käse- und Schinkenbrote mit Gurke und Salatblättern vorbereitet, sechs für sie selbst, fünf für Roland, und für jeden eine Butterbrezel. Sie war dafür extra zum Bäcker Hafendörfer gegangen!

»Wieso nicht?«

»Wegen der Krümel natürlich. Du sitzt in einem sehr wertvollen Oldtimer. Einem Mercedes Strich-Acht von 1972.«

»Warum hast du einen komischen Strich-Mercedes und kein normales Auto, das normale Geschwindigkeiten fährt?«

»Weil das Audole viel toller ist als ein normales Auto.«

»Was ist schlimm an Krümeln?«

»Sie arbeiten sich in die Sitze und zerstören sie. Schleichend, hinterhältig und von innen heraus. Am allerschlimmsten sind Brezelkrümel. Auf einer Krümel-Gefährlichkeits-Skala von eins bis zehn liegen Brezelkrümel bei zehn.«

Margarete war bis dahin nicht bewusst gewesen, was für eine schreckliche Bedrohung von Krümeln ausging. Sie seufzte und stopfte die angebissene Brezel zurück in die Tüte. »Okay. Dann eben bei der Klopause.«

»Wenn wir schon dabei sind: Ich würde dich außerdem bitten, etwas auf dein Haar zu achten, Margarete.«

»Mein Haar?«, fragte Margarete verdutzt. »Was ist damit?«

»Du hast sehr viel Haar.«

»In der Tat, das ist mir schon aufgefallen«, sagte Margarete zufrieden und schüttelte zum Beweis ihre schulterlangen, flammend roten, lockigen Haare. Es gab nicht so viel, was sie wirklich an sich mochte. Das Haar gehörte definitiv dazu.

»Bitte nicht schütteln!«, flehte Roland.

»Aber ... hattest du nicht gesagt, du magst mein Haar?«

»Ja! Aber doch nicht auf den Polstern von meinem Audole!«

»Lass mich raten. Auf einer Haar-Gefährlichkeits-Skala von eins bis zehn liegen meine Haare bei zehn?«

»Richtig.«

»Weißt du was, Roland? Mein Vater hatte früher einen Aufkleber auf dem Kotflügel seines VW-Käfers: Fahr net auf mei Heilix Blechle.«

»Meiner auch. Aber was hat das mit meinem Audole zu tun?«
»Ich muss aufs Klo.«
»Keine Klopause vor der französischen Grenze!«

Roland hatte Flugangst, und Margarete war nicht seefest – als sie in Roscoff auf die Fähre stiegen, nachdem sie halb Frankreich im Auto durchquert hatten, wurde Margarete auf der sechs Stunden dauernden, stürmischen Überfahrt entsetzlich seekrank. Es dauerte einen halben Tag, bis sie sich davon erholte. Dann stellte sich heraus, dass Rolands und Margaretes Vorstellungen von Urlaub kein bisschen kompatibel waren. Nach dem schrecklichen Retortenfrühstück im Hotel pflegte Roland mit seinem Mercedes in irgendein Städtchen ans Meer zu fahren und suchte dort zunächst stundenlang nach einem Parkplatz mit reichlich Pufferzone drum rum, um das Heilix Blechle nicht zu gefährden. Das war angesichts der schmalen Sträßchen, in denen die Autos dicht an dicht parkten, nahezu aussichtslos. Hatten sie nach endlosem Umherkreisen endlich etwas gefunden, suchte Roland sofort das nächste Café auf, meist aber nicht eines der idyllisch gelegenen mit Blick aufs Meer, sondern eines in zweiter Reihe ohne Aussicht, und am liebsten saß er drinnen.

»Weißt du, Margarete, ich kenne mich aus. Cafés mit Meerblick sind doppelt so teuer.«

»Dafür gibt es aber auch einen Grund, und wir sind doch in Urlaub!«, versuchte Margarete verzweifelt zu retten, was zu retten war.

»Genau, Margarete. Wir sind in Urlaub, und das versuchen die Einheimischen auszunutzen, indem sie uns das Geld aus der Tasche ziehen. Skru-pel-los. Hast du nicht die geldgierigen Blicke der Lokalbevölkerung gesehen? Nicht mit mir.«

Margarete hatte bisher eigentlich den Eindruck gehabt, dass die Lokalbevölkerung sehr freundlich und hilfsbereit war. »Roland, weißt du was? Du bist einfach ein echtes Cleverle.«

»Nun ja. Ich will mich nicht selber loben, aber wenn du meinst ... ich kenne mich schon ein bisschen aus in der Welt ...«

»Können wir wenigstens draußen sitzen?«

»Nein. Ich mag kein Wetter.«

»Du meinst, du magst kein schlechtes Wetter?«, hakte Margarete nach. »Die Sonne scheint!«

»Nein, ich mag überhaupt kein Wetter. Sonne, Wind, Regen. Das ist alles so ... so ... unberechenbar irgendwie. Viel zu viel Natur.«

»Du bist Naturwissenschaftler!«

»Ich bin Astrophysiker. Ich beschäftige mich mit dem Weltall, nicht mit der Erde.«

In seinem Internet-Profil hatte Roland angegeben, er sei sportlich und liebe Spaziergänge. Mehr als fünfzehnminütige Rundgänge durch die allerliebsten Örtchen am Meer waren mit ihm aber nicht drin, weil er sich von seinen anstrengenden Münchner Studenten erholen musste. Am liebsten fuhr er in gemütlichem Tempo im Auto spazieren, mit kurzen Stopps an Aussichtspunkten.

»So lernt man ein Land am besten kennen«, erklärte er. »Und die Briten machen das schließlich auch.« Seltsamerweise stimmte das. Auch die Briten schienen am liebsten im Auto sitzen zu bleiben und Tee zu trinken, oder sich maximal einen Klappstuhl neben das Auto zu stellen, selbst bei schönem Wetter. Während Roland also typisch britisch im Auto sitzen blieb, wenn auch ohne Tee, und durch die Scheibe fotografierte, sprang Margarete wie der Blitz aus dem Auto und genoss wenige Minuten der Freiheit, ehe Roland das Seitenfenster herausklappte und zum Aufbruch mahnte.

Ein Glücksfall war es, wenn irgendwelche Autofreaks Rolands alten Mercedes bewunderten, dann stieg er würdevoll aus und gab in seinem schwäbischen Englisch bereitwillig Auskunft. Margarete blickte währenddessen hinunter aufs Meer und sah sehnsüchtig den Wanderern hinterdrein, die mit strahlenden Gesichtern an ihr vorbeimarschierten und von der Schönheit des Küstenpfades schwärmten. Am sehnsüchtigsten sah sie wandernden Paaren hinterher, die offensichtlich einträchtig einem gemeinsamen Hobby nachgingen. Vom Wandern hielt Roland aber gar nichts, weil man da dreckig und nass werden konnte und das Auto viel zu lange unbeaufsichtigt auf einem einsamen Parkplatz ließ. Margarete hatte schon auf der Fahrt kapiert, dass das niemals etwas werden würde mit Roland und ihr, aber sie hatte sich doch soo auf Cornwall gefreut!

Natürlich war Margarete auch klar gewesen, dass Roland, ohne es explizit zu erwähnen, ein Doppelzimmer buchen würde. Vor Cornwall hatten sie sich drei-, viermal getroffen, beim dritten und vierten Mal hatten sie sich geküsst, viel mehr war nicht passiert. Margarete war sich aber ziemlich sicher, dass Rolands Reiseplanung auch den Programmpunkt »Sex« umfasste. Er lud sie schließlich nicht ohne Hintergedanken ein. Margarete fand das okay. Schließlich war sie verknallt in Roland (gewesen, vor der Reise) und hatte sich darauf gefreut, mit ihm ins Bett zu gehen. Roland schritt gleich in der ersten Nacht im Hotel zur Tat.

»Wie war's?«, fragte Roland hinterher eifrig und angelte nach dem Oberteil seines Matrosenschlafanzugs.

Margarete zögerte. Einerseits wollte sie Roland nicht verletzen, andererseits auch nicht anlügen.

»Es war – okay«, sagte sie schließlich und fühlte sich ein wenig schuldbewusst dabei.

»Super!«, strahlte Roland, schlüpfte in das Oberteil, drehte sich auf die Seite und war in drei Sekunden eingeschlafen. Nach vier Sekunden fing er an zu schnarchen. Er schien nicht auf die Idee zu kommen, dass es sich bei »okay« nicht gerade um den orgiastischen, unfassbar guten, sofort zu wiederholenden Ich-verliere-das-Bewusstsein-Sex handelte, auf den Margarete ihr ganzes Liebesleben lang gewartet hatte und den sie nie wieder missen wollte. Sie war der Meinung, dass Sex immer besser werden sollte, je älter frau wurde. Lästige Dinge wie Verhütung oder im unpassenden Moment seine Tage zu haben spielten endlich keine Rolle mehr. Man kannte seinen Körper, wusste, was einem gefiel, schämte sich weniger und war viel experimentierfreudiger. So weit die Theorie.

Einer der Gründe, warum Margarete auf Roland hereingefallen

war und gegen Sex mit ihm nichts einzuwenden hatte, war sein unglaublich attraktives Aussehen. Er war groß und schlank und hatte dunkelbraunes, leicht verwuscheltes, erstaunlich dichtes Haar für einen Dreiundfünfzigjährigen und sah mit seiner sportlichen Figur (nicht dass er Sport machte) kein bisschen so aus, wie man sich einen leicht seltsamen Professor für Astrophysik so vorstellte. Tatsächlich erinnerte er sie an Cary Grant. Er kniff auch manchmal die Augen zusammen und guckte so irritiert wie Cary Grant in *Der unsichtbare Dritte* in der Szene, in der dieser von einem Flugzeug attackiert wurde.

Roland tat alles, um dieses gute Aussehen mit einem absolut grauenhaften Outfit zu ruinieren. Seine randlose Steve-Jobs-Brille war ja noch ganz okay. Aber Roland trug Anzüge in Pastellfarben, die Margarete nicht an Cary Grant, sondern an *Miami Vice* erinnerten. Anders als Sonny Crockett in der Kultserie aus den Achtzigern trug er keine T-Shirts dazu, sondern Hemden, was das Outfit nicht retro, sondern einfach nur albern erscheinen ließ. Bei ihrem ersten Date hatte Margarete noch geglaubt, er habe sich ihr zuliebe fein machen wollen und sei deshalb in einem apricotfarbenen Anzug aufgetaucht. Das wirkte zwar lächerlich, aber Margarete fand es auch irgendwie rührend, weil Roland sich positiv von anderen Männern abgehoben hatte, die zum ersten Treffen in schlampigen Klamotten erschienen und sich offensichtlich keine Mühe gaben. Margarete schloss daraus, dass sie sich auch in einer Beziehung keine Mühe geben würden. Außerdem schien bei den meisten Männern mit zunehmendem Alter die Altersweitsichtigkeit die Wahrnehmung zu verzerren. Sie beschrieben sich in ihrem Internetprofil in leuchtenden Farben, wirkten dann aber in echt eher blass. Es war ein bisschen so, als würde man einen Farbfernseher kaufen, der dann aber nur schwarz-weiße Bilder lieferte. Mit der Zeit lernte Margarete, die Beschreibungen zu interpretieren. »Kein Spießer« bedeutete Zwerge im Vorgarten, »Lausbubencharme« hieß, sie schmatzten beim Essen und redeten mit vollem Mund. »Nicht mehr ganz jung, aber in bestem Zustand« war ein Synonym für »Mein Bauch ist in bestem Zustand«, und

»tageslichttauglich« und »vorzeigbar« stand für ungewaschene Haare und ausgebeulte Cordhosen. Roland dagegen hatte sich selbst als »durchschnittlich« beschrieben, weil er offensichtlich nicht die geringste Ahnung hatte, wie gut er aussah. Als er zum zweiten Treffen in einem pinkfarbenen Anzug erschien, fragte Margarete ihn beiläufig, ob er oft Anzug trug.

»Immer. Ich habe gar nichts anderes.«

»Immer? Auch in der Freizeit? Hast du keine ausgebeulten Jogginghosen, um morgens zum Bäcker zu gehen?«

»Margarete!«, rief Roland aus und sah sie an, offensichtlich vollkommen geschockt. »Natürlich nicht!«

»Und wieso nicht?«

»Die zunehmende Verrohung unserer Gesellschaft manifestiert sich nicht nur in schlechten Manieren, sondern auch in einer zunehmenden Vernachlässigung der Kleiderordnung. Jogginghosen gehören auf den Trimm-dich-Pfad, nicht in die Öffentlichkeit.«

»Äh ... ja«, antwortete Margarete und dachte an ihre geliebte Jogginghose. Ihr Bäcker kannte sie in gar nichts anderem.

Margarete seufzte, wenn sie an die geplatzte Beziehung dachte. Es war kurz vor halb vier. Bald würde es hell werden. Sie war jetzt seit einer guten Dreiviertelstunde auf der Schnellstraße unterwegs, wurde immer hungriger und erschöpfter und war dem Meer offensichtlich kein bisschen näher gekommen. Natürlich war weit und breit auch niemand zu sehen, den sie hätte fragen können. Die Augen fielen ihr zu. Vielleicht war es besser, von der Schnellstraße herunterzufahren und irgendwo einen Parkplatz zu suchen, um wenigstens kurz die Augen zu schließen? Bei der ersten Gelegenheit bog sie nach links ab auf ein schmales Sträßchen, das von hohen Hecken gesäumt war. Das war ja noch blöder, da würde sie das Meer erst sehen, wenn sie drei Meter davon entfernt war! Der nächste Abzweig, wieder bog sie nach links ab. Das Sträßchen war jetzt noch ein wenig schmaler und führte steil bergab. Das war ein gutes Zeichen, das Meer lag ja vermutlich unten. Dann ging es um eine scharfe Kurve und sofort wieder steil nach oben. Plötzlich begann der Motor zu stottern. Margarete trat kräftig aufs Gaspedal. Nichts passierte. Der Wagen rollte, wurde langsamer und langsamer und blieb dann einfach am Fuß der Steigung stehen. Der Motor war erstorben. Margarete zog die Handbremse an und öffnete die Tür, damit die Innenbeleuchtung anging. Kalte Luft strömte ins Auto. 4/4, 2/4, R, das musste die Tankanzeige sein. Margarete gab einen frustrierten Laut von sich. Die Nadel stand links vom R. Der Tank war leer.

4. KAPITEL

Mabel

Lori brauchte zweieinhalb Tage, um von Manchester nach Port Piran zu trampen. Nach Cornwall zu kommen war ja schon schwierig genug, aber dann noch in ein winziges Dorf, das keiner kannte? Es gab außerdem nicht allzu viele Autofahrer, die bereit waren, ein Mädchen mit Nasenpiercing, Hundehalsband, Ballett-Tutu, Netzstrümpfen und Springerstiefeln mitzunehmen. Wobei es wahrscheinlich hauptsächlich an ihrem mit Autolack gestylten Irokesenschnitt lag, dass sie immer sehr lange am Straßenrand ausharren musste. Mitte der Achtzigerjahre war Margaret Thatcher sehr erfolgreich dabei, das Land zu ruinieren und seine Bewohner in Spießbürger zu verwandeln, und Punk war mehr oder weniger Vergangenheit, was Lori noch mehr zum Paradiesvogel machte. Je näher sie ihrem Ziel kam, desto länger musste sie warten, bis sich ein Autofahrer ihrer erbarmte. Sie hatte auch keine Landkarte und wusste deshalb gar nicht, wo in Cornwall sie sich eigentlich gerade befand. Dort schienen vor allem Milchlaster, Traktoren und klapprige Autos herumzufahren, in denen Familien mit mindestens sechs Kindern saßen. Die Kinder klebten mit großen Augen und offenem Mund an den Scheiben, wenn sie Lori sahen, und die Farmhunde rannten wütend auf den Ladeflächen rostiger Morris-Marina-Pick-ups hin und her und bellten sich die Seele aus dem Leib.

Lori hockte schon gute zwei Stunden am Straßenrand und hatte ihren letzten Joint längst geraucht. Schon jetzt hasste sie Cornwall. Sie war ein Stadtkind, und da sie als Punk immer eine Zielscheibe für Angriffe und Überfälle gewesen war, hatte sie gelernt, sich auf den Straßen, unter den Brücken und in den verlassenen Lagerhäusern von Manchester sicher zu bewegen und Männer in die Eier zu treten, wenn es sein musste. Auf dem Land war sie niemals gewesen. Der stinkende Mist auf den Feldern, die Bremsen, die auf den Rücken der Kühe saßen, um sich dann unverhofft auf Lori zu stürzen, die Vögel und die Hasen und die Fasanen, die sie aufschreckte, all die Gerüche und Geräusche, die sie nicht kannte, machten sie nervös und unsicher. Sie hatte keine Ahnung, wie weit es noch nach Port Piran war. Zu essen hatte sie auch nichts mehr, und ihr Vermögen belief sich auf ganze sechs Pfund und dreiunddreißig Pence. Sie versuchte, Essen von den Leuten zu schnorren, die sie mitnahmen, aber die meisten reagierten empört, weil sie fanden, dass Lori ihre Gutmütigkeit überstrapazierte, und es fiel allenfalls mal ein kleine Tüte *Salt & Vinegar-Chips* oder ein halber Riegel Schokolade für sie ab. Vor allem aber war Lori auf Entzug. Vor mehr als zehn Stunden hatte sie den Inhalt ihres letzten Tütchens Speed sorgfältig auf ihren Handrücken geleert und die Nase hochgezogen. Jetzt hatte sie nichts mehr. Speed machte sie hellwach und ließ sie Hunger, Durst und Müdigkeit nicht spüren. Es machte sie auch gesprächig, was ein Vorteil beim Trampen war. Aber jetzt ließ die Wirkung immer mehr nach, und ihre Vorräte waren aufgebraucht. Und selbst wenn sie Geld gehabt hätte, hätte sie keine Ahnung gehabt, wo sie in diesem offensichtlich nur aus Kühen, Schafen, Weiden und Landstraßen bestehenden Kack-Cornwall Speed kaufen konnte, das in Manchester an jeder Ecke angeboten wurde. Ja, Lori war hungrig, müde und wütend auf diese bescheuerte Tante, die ihr wahrscheinlich eine Bruchbude in der Größe einer Hundehütte hinterlassen hatte. Plötzlich hielt ein beigefarbener Ford Escort vor ihr, und eine Scheibe wurde heruntergekurbelt.

»Wo willst du hin?«, fragte ein ungefähr fünfzigjähriger Typ im Anzug, der Lori nicht besonders sympathisch war.

»Port Piran«, antwortete sie.

»So ein Zufall, da habe ich heute geschäftlich zu tun«, sagte der Typ.

Lori glaubte ihm kein Wort, stieg aber trotzdem ein, einfach nur, damit irgendetwas passierte. Es passierte auch ziemlich schnell etwas. Der Typ plauderte über dies und das, ohne eine Antwort von Lori zu erwarten, und nach gut zwei Meilen nahm er scheinbar beiläufig die linke Hand vom Steuer, grapschte nach Loris Hand und versuchte, sie auf seinen Schritt zu legen. Sie war darauf vorbereitet und scheuerte ihm eine. Der Typ schrie auf vor Schmerz, griff sich an die Backe, das Auto begann gefährlich zu schlingern und beendete seine Fahrt auf dem kurvenreichen schmalen Sträßchen in einer Hecke.

»Raus mir dir! Du bist ja völlig durchgeknallt!«, brüllte der Typ. Lori schnappte die kleine Reisetasche, in der sich ihre ganzen Habseligkeiten befanden, sprang aus dem Wagen und stellte mit großer Befriedigung fest, dass der Ring mit den Spikes, den sie trug, blutige Striemen auf der Wange des Mannes hinterlassen hatten. Er fuhr mit quietschenden Reifen davon. Ein Junge auf einem Mofa knatterte Lori entgegen. Sie winkte und fragte, wie weit es noch bis Port Piran war. Der Junge hatte angehalten und dachte angestrengt nach.

»Vielleicht zehn Meilen?«, antwortete er schließlich. Und dann sagte er noch: »Du stinkst.«

Zehn Meilen, das war überschaubar. Lori nahm ihre Tasche und beschloss zu laufen. Vielleicht hatte sie Glück, und jemand nahm sie mit, sonst wurde es eben ein hübscher Spaziergang auf einem kurvigen, heckengesäumten Landsträßchen. Bloß leider hatte Lori kein Glück. Niemand erbarmte sich ihrer, und dann begann es auch noch zu schütten, und es war Ende Oktober, und der Regen war kalt, und es waren keine zehn Meilen, sondern ein paar Meilen mehr, und Lori war es nicht gewohnt, zu Fuß zu gehen, vor allem nicht in den groben Lederstiefeln, die ihr zwei Nummern zu groß waren. Die aufputschende Wirkung des Speed ließ immer mehr nach, während ihre Müdigkeit und Erschöpfung überproportional schnell anstieg.

Viele Stunden später zog Lori in Port Piran ein. Es war keine wirklich triumphale Ankunft. Sie hatte Blasen an den Füßen und humpelte, sie tropfte aus ihren Kleidern wie ein begossener Pudel, ihr Kajal war verlaufen und hatte schwarze Streifen auf ihrem

Gesicht hinterlassen, und die Netzstrümpfe waren zerrissen. Wassertropfen perlten vom Autolack ihrer Irokesenfrisur ab und liefen an den kahl rasierten Seiten ihres Schädels herunter. Sie sah gruselig aus. Das fanden auch die Dorfbewohner, die noch nie einen echten Punk gesehen hatten, und erst recht keinen nassen Punk. Es dauerte ungefähr drei Minuten, bis die Telefone heiß liefen, und weitere zwei Minuten, bis das ganze Dorf wusste, dass Lori eingetrudelt war. Unzählige Nasen drückten sich an Fensterscheiben platt, von Lori gänzlich unbemerkt. Als die Punkerin dann auch noch das Cottage der vor einigen Monaten verstorbenen Ruth Trelawney mit einem Schlüssel öffnete, war der Skandal perfekt. Würde nun die Punkerszene in Port Piran Einzug halten, einem verschlafenen, vom Tourismus weitgehend unentdeckten Fischerdorf, in dem die Einheimischen am liebsten unter sich blieben? Würden Drogen, laute Musik und wilde Partys von nun an das Dorfgeschehen bestimmen? Seit Ruth überraschend gestorben war, hatten die Spekulationen darüber, was mit dem Cottage passieren würde, das Dorf in Atem gehalten, da Ruth keine Kinder hatte und niemals Besuch bekommen hatte, außer von den Zeugen Jehovas.

Doch der Punk blieb verschwunden, um nie mehr aufzutauchen. Zweieinhalb Wochen später kam eine sehr durchschnittlich, um nicht zu sagen: bieder aussehende junge Frau mit einem Kopftuch mit dem Bus nach Port Piran und präsentierte sich als Erbin von Ruths Cottage. Als jemand sie fragte, wie sie hieß, zögerte sie einen Moment. Dann sagte sie: »Ich heiße Mabel.«

Niemand stellte einen Zusammenhang her zwischen Lori, der Punkerin, und Mabel, dem netten Mädchen von nebenan. Es war ein bisschen wie in *Pretty Woman,* und doch irgendwie ganz anders, und Richard Gere fehlte sowieso.

Lori war damals mit letzter Kraft in das Häuschen gestolpert. Dort hatte seit Ruths plötzlichem Tod niemand irgendetwas angerührt. Es war staubig, muffig und kalt, Strom und warmes Wasser waren abgestellt. Sie wankte durchs Haus, bis sie das Schlafzimmer fand. Dort stand ein wuchtiges, verschnörkeltes Bett mit einem Baldachin. Lori riss sich die nassen Klamotten vom Leib und die Schuhe von den Füßen. Sie zitterte vor Kälte, und an ihren Zehen hatten sich große, blutige Blasen gebildet. Im Kleiderschrank fand sie ein Flanellnachthemd, das ihr viel zu groß war. Es war ihr egal, dass die Leintücher vermutlich seit Monaten nicht mehr gewechselt worden waren und die Tante möglicherweise in diesem Bett und in diesen Laken verstorben war. Sie kroch unter das Leintuch mit der schweren Wolldecke darüber und schlief sechsunddreißig Stunden am Stück durch.

Als sie aufwachte, hatte Lori keinen Blick für den strahlend schönen Herbsttag draußen und das Meer, das beinahe still dalag. Sie verspürte nur entsetzlichen Hunger und Durst. Sie ließ die Vorhänge geschlossen, nahm den altmodischen Morgenmantel ihrer verstorbenen Tante vom Haken, lief ins Bad neben dem Schlafzimmer und trank zehn Minuten lang Wasser aus dem Hahn am Waschbecken. Dann richtete sie sich zitternd auf und sah sich zum ersten Mal um. Im Bad gab es keine Dusche, nur eine altmodische, frei stehende Badewanne. Offensichtlich war das ganze Bad, und, wie sie später feststellte, das ganze Haus, seit den Fünfzigerjahren nicht verändert worden. Lori duschte sich in der Wanne mit kaltem Wasser ab und seifte sich von oben bis unten ein. Sie hatte eine Bürste gefunden und schrubbte damit jeden Zentimeter ihres Körpers, bis ihre Haut krebsrot und das Wasser schwarz war, und setzte dabei das halbe Badezimmer unter Wasser. Immerhin war sie jetzt wach.

Sie tappte nass durchs Bad, bis sie ein kratziges Handtuch zum Abtrocknen fand, dann suchte sie im Schrank der Tante nach etwas, das sie anziehen konnte. Sie hatte zwar in ihrer Tasche noch Punkerklamotten zum Wechseln, aber die standen vor Dreck. Lori fand Unterhosen, die ihr beinahe bis zu den Knien reichten, hochgeschlossene Kleider und Wollröcke, Flanellblusen und dicke Strumpfhosen, handgestrickte Pullover und knielange Strümpfe. Die Kleider rochen nach Mottenkugeln und hingen an ihrem mageren Körper herunter wie Säcke, sie brauchte einen Gürtel, damit ihr der graue Rock nicht von den Hüften rutschte, aber die Sachen waren warm und gemütlich und gaben Lori ein seltsames Gefühl von Zuhause. Ruth musste eine rundliche, freundliche Person gewesen sein.

Lori ging zurück ins Bad, sie war nervös und sauschlechter Laune, weil die Entzugserscheinungen jetzt voll eingesetzt hatten. Zum ersten Mal seit Jahren war sie weder bekifft noch auf Speed, und es fühlte sich beschissen an. Dann schaute sie in den Spiegel, und obwohl sie abgebrüht war, erschrak sie zu Tode.

Lori hatte schon seit Monaten nicht mehr in einen Spiegel geblickt, vor allem nicht in nüchternem Zustand. Da, wo sie lebte, gab es keine Spiegel. Einen Moment lang konnte sie nicht glauben, dass es ihr eigenes Spiegelbild war, das sie da sah, und sie verspürte den absurden Impuls, sich umzudrehen, um sich zu vergewissern, dass niemand hinter ihr stand. Alles an der Frau im Spiegel war grau, leblos und verbraucht. Unter ihren blutunterlaufenen Augen hatte sie dunkle Ringe, ihre Wangen waren eingefallen, und auf der Nase hatte sie einen Hautausschlag. Sie sah nicht aus wie Mitte zwanzig, sondern wie Ende dreißig. Die Irokesenfrisur und das Hundehalsband, das sie immer noch trug, bildeten einen bizarren Kontrast zu der braven Bluse von Auntie Ruth. Lori starrte auf ihr Spiegelbild und wurde entsetzlich wütend. Sie packte den altmodischen runden Spiegel, der sie gnädigerweise nur bis zur Brust zeigte, und warf ihn auf die Badezimmerfliesen, wo er in tausend Stücke zersprang. Sie ließ sich auf den Rand der Badewanne sinken und schluchzte zehn Minuten lang hemmungslos. Dann riss sie sich das Hundehalsband herunter. Sie liebte den Punk noch immer. Er hatte ihrem Leben eine Wendung, eine Bedeutung und Freiheit gegeben. Aber dann hatte er sie kaputt gemacht. Diese Erkenntnis war neu, sie tat weh, und Lori hatte nicht die geringste Ahnung, was sie damit anfangen sollte.

Staunend wanderte Lori durch die Zimmer, vorbei an dunklen, verschnörkelten Bücherregalen und Kommoden, schweren Ohrensesseln, dicken Vorhängen, wuchtigen Lampenschirmen und unzähligen, vermutlich von Ruth an langen Abenden selbst gehäkelten Kissen. Die Zahl der Troddeln, Kordeln und Deckchen war beeindruckend. Es war das Häuschen einer Einundsiebzigjährigen, und Lori war sechsundzwanzig. Sie hätte zu gerne gewusst, wie Ruth ausgesehen hatte, aber nirgends stand auch nur ein einziges Foto von ihr oder ein Fotoalbum. An den Wänden hingen schwarz-weiße Fotos, das schon, aber es waren historische Aufnahmen, sie zeigten Port Piran, den Hafen und die Fischer.

Hinter der Küche machte Lori einen triumphalen Fund: Es gab eine Speisekammer. Sie war vollgestopft mit selbst gemachten Marmeladen, Chutneys, eingelegtem Gemüse, eingeweckten Kirschen und Mirabellen, Reis, Nudeln, Linsen, halb verfaulten Äpfeln und verschrumpelten Kartoffeln. Weil Lori nicht wusste, wie man einen Herd mit Holz anfeuerte und Essen warm machte, öffnete sie das erste Glas, das ihr in die Hände fiel. Es waren eingelegte Stangenbohnen. Lori stopfte sich die Bohnen mit der Hand in den Mund und war der Meinung, niemals zuvor in ihrem Leben etwas derart Köstliches gegessen zu haben, auch wenn sie die Bohnen später mit entsetzlichem Durchfall bezahlte. Ihr Körper kannte kein Gemüse. In den letzten Jahren hatte sie sich von Sandwiches, Pommes, Hamburgern, Fish & Chips und Abfällen ernährt. Und von Speed und Alkohol. Sie war entsetzlich dünn.

Lori riss die Fenster in der Küche auf, und frische Luft strömte herein. Sie warf einen kurzen Blick hinaus. Der Garten war eine einzige wuchernde Wildnis. Trotz ihrer düsteren Stimmung konnte sie ihr Glück kaum fassen. Noch nie in ihrem Leben hatte sie auch nur ein Zimmer für sich alleine gehabt. Die letzten Jahre hatte sie auf der Straße, unter Brücken oder in besetzten Häusern gelebt, immer auf der Flucht vor der Polizei oder irgendwelchen Typen, die ihr an die Wäsche wollten. Und nun besaß sie ein Haus. Ein großes Haus noch dazu.

Lori wusste, dass sie an einem Wendepunkt stand: Sie konnte das Haus verkaufen und zurück nach Manchester in ihr altes Leben gehen. Wenn sie sich ein einfaches Dach über dem Kopf besorgte, war sie sicher vor Übergriffen, hätte immer noch genug Geld für Drogen und wäre alle Sorgen los. Und in ein paar Jahren wäre sie vermutlich tot, so wie einige ihrer Freunde aus der Punkszene. Die war dabei, sich in unterschiedliche Richtungen aufzulösen: Die einen gingen ins Grab, die anderen in ein bürgerliches Leben. Lori ging zurück ins Bad und schaute noch einmal in eine Spiegelscherbe. Dann traf sie eine Entscheidung.

Die nächsten beiden Wochen waren die Hölle. Die Entzugserscheinungen brachten Lori beinahe um. Wäre sie in einer Entzugsklinik gewesen, sie hätte Hilfe bekommen und Medikamente, die ihr den Entzug erleichtert hätten. Aber Lori hatte nicht einmal Hasch zum Kiffen, und sie war allein. Mutterseelenallein. Sie sprach mit niemandem und ging kein einziges Mal vor die Tür. Wenn sie Hunger hatte, was selten genug der Fall war, löffelte sie ein Tomatenchutney oder stopfte eingelegte Pflaumen in sich hinein. Zum Glück gab es im ganzen Haus keinen Tropfen Alkohol. Bald konnte sie Realität und Wahn nicht mehr voneinander unterscheiden. Sie schluchzte stundenlang vor sich hin und setzte mehrmals ein scharfes Küchenmesser an ihren Pulsadern an. Doch es war seltsam, immer wenn sie sich zu ritzen begann, füllte sich der Raum plötzlich mit Menschen. Manchmal waren es ihre Eltern oder ihre Geschwister, zu denen sie seit Jahren keinen Kontakt hatte, ein andermal ihre Kumpels aus der Punkszene. Einmal sah sie Ari Up von der Frauenpunkgruppe *The Slits,* die ihr großes Idol gewesen war. Ari sang »I Heard it Through the Grapevine«, nur für Lori, und Lori sang laut mit und tanzte dazu wie eine Wahnsinnige. Mehrmals sah sie eine rundliche ältere Frau am Küchentisch sitzen, sie lächelte Lori freundlich, fast liebevoll an und streckte die Hand nach ihr aus, und seltsamerweise hatte sie gleichzeitig Tränen in den Augen. Zwischendurch fiel Lori von einer Sekunde auf die andere in erschöpften Schlaf. Sie schlief auf dem Fußboden ein, auf dem Klo, und einmal wachte sie auf der Treppe wieder auf. Nach zwei Wochen war das Schlimmste überstanden. Zumindest körperlich. Ihr Kopf konnte nichts anderes denken als Speed, Speed, Speed.

Am schlimmsten waren die langen Abende ohne Licht. Es war jetzt Mitte November, und es wurde früh dunkel. Die wenigen Kerzen, die Lori gefunden hatte, waren längst abgebrannt. Um sich abzulenken, begann sie, das Haus zu putzen. Sie hatte noch nie in ihrem Leben geputzt und wusste eigentlich gar nicht so richtig, wie man das machte. Jetzt fegte sie, putzte, staubte ab, schrubbte das Bad und die alte Badewanne, wusch Ruths Kleider und ihre Punkerklamotten, und das alles mit kaltem Wasser und von Hand, weil Strom und Warmwasser noch immer abgestellt waren. Als Letztes wechselte sie die Bettwäsche. Dabei verrutschte die Matratze, und ein Umschlag fiel zu Boden. Lori schlug das Herz bis zum Hals. Sie bückte sich langsam, öffnete den Umschlag und fand darin ein Bündel Geldscheine. Es waren etwas mehr als fünfzigtausend Pfund. Lori starrte auf das Geld und wurde beinahe ohnmächtig. Sie hatte jetzt nicht nur ein Zuhause, sie war auch reich. Zumindest für den Augenblick. Aber Lori war nicht naiv. Sie hatte noch immer keinen Strom, kein warmes Wasser und keine frischen Lebensmittel. Auch fünfzigtausend Pfund würden nicht ewig reichen, wenn man erst sechsundzwanzig war und weder Ausbildung noch Studium vorweisen konnte, ja nicht einmal einen Schulabschluss.

Lori holte den Spiegel von Ruths Kommode und stellte ihn auf das Waschbecken im Bad. Die Frau im Spiegel sah zwar immer noch halb verhungert, insgesamt aber ein kleines bisschen besser aus als die, die sie noch vor ein paar Wochen angesehen hatte. Lori nahm eine Haushaltsschere und versuchte, ihre aufgestellten Haare abzuschneiden. Doch sosehr sie auch säbelte, es war unmöglich, weil der Autolack die Haare so fest verklebt hatte. Lori wartete, bis es dunkel war, dann ging sie in den Gartenschuppen oberhalb des Hauses und fand dort eine Säge, mit der sie es schaffte, sich den Irokesenschnitt vom Kopf zu sägen, ohne sich umzubringen. Lori wollte nicht mehr sterben, ihr Lebenswille war zurückgekehrt.

Am nächsten Morgen bedeckte sie den dünnen Streifen verklebtes Haar, der in der Mitte ihres Kopfes stehen geblieben war, und den schwarzen Flaum, der links und rechts davon spross, mit einem Kopftuch von Auntie Ruth. Sie schlich in aller Frühe aus dem Haus, damit niemand sie sah, und nahm den ersten Bus von Port Piran nach Truro. Als sie spät am Abend zurückkam, hatte sie nicht nur eine ganze Reihe bezahlter Rechnungen in ihrer Reisetasche, mit dem Ergebnis, dass warmes Wasser, Licht und Telefon im Laufe der nächsten Tage wieder angestellt wurden. Sie hatte auch eine ganze Menge Bücher gekauft, mit deren Hilfe sie Kochen, Backen und Gärtnern lernen wollte, und einen Stapel sehr konventioneller Kleidung von Marks & Spencer – Baumwollunterwäsche, Socken, Jeans, T-Shirts, Blusen und Pullover. Der größte Luxus, den sie sich gegönnt hatte, waren ein paar flauschige Handtücher, und der größte Erfolg die Zusage für einen Kredit. Lori hatte eine Bluse und einen braven Rock anbehalten, die finsteren Spuren in ihrem Gesicht mit Make-up, Rouge und Lippenstift überdeckt (zum Glück hatte es bei Marks & Spencer in der Parfümerie eine sehr nette junge Frau gegeben, die sie geschminkt hatte), dem Bankberater die fünfzigtausend Pfund in bar unter die Nase gehalten und ihm so engagiert von Port Piran und ihrem Projekt vorgeschwärmt, Ruths Häuschen zu einem Bed & Breakfast umzubauen, dass er ihr schließlich einen Renovierungskredit zusagte. Es dauerte ziemlich lange, bis Lori ihn so weit hatte. Sie wusste ihre Telefonnummer in Port Piran nicht, hatte niemanden, der für sie bürgen konnte, und keinerlei Einkünfte, sie konnte weder Ausweis noch Geburtsurkunde vorweisen, sie konnte nicht gut rechnen und nicht einmal besonders gut lesen und schreiben. Das alles waren nicht unbedingt die besten Voraussetzungen, um sich selbstständig zu machen, aber irgendwann seufzte der Mann von der Bank und sagte: »Ich habe nicht den geringsten Grund, anzunehmen, dass wir unser Geld jemals wiedersehen, aber ich gebe Ihnen eine Chance. Enttäuschen Sie mich nicht.«

Da sprang Mabel von ihrem Stuhl auf, rannte um den Schreibtisch des Mannes herum und drückte ihm einen Kuss auf die Glatze.

Mabel seufzte. Das alles war jetzt unfassbare fünfunddreißig Jahre her. Sie blickte auf die alten Schwarz-Weiß-Fotografien von Port Piran. Sie hatte sie damals rahmen lassen, und seither schmückten sie das Frühstückszimmer. Die Fotos waren der Auslöser gewesen, das Frühstückszimmer mit Flaschenschiffen, Bildern lokaler Künstler, die das Meer oder die Küste zeigten, und bunten Vögeln aus Holz auszustatten. Es wirkte jetzt ganz anders als früher, hell, freundlich und maritim. Außer den Fotos gab es wenig, das an Ruth erinnerte. Sie hatte alles komplett entrümpelt, umbauen lassen und mit hellen, modernen Möbeln eingerichtet. Sie hatte nur ein paar Bücherregale, den Schrank im Schlafzimmer und das Bett mit dem Baldachin behalten, die alte Bank im Garten und natürlich Ruths wunderschöne alte Rosen. Sie konnte sich nicht beklagen. Ihr Leben hatte damals eine Wendung genommen. Eine Wendung zum Guten, keine Frage!

Als Erstes hatte sie damals einen neuen Herd angeschafft. Sie hatte sich Backen, Kochen und Gärtnern beigebracht. Routine und harte Arbeit hatten sie vor Rückfällen bewahrt. Ihr Körper hatte zwar noch jahrelang unter den Folgen des Drogenkonsums gelitten, aber irgendwann war auch das überwunden. Für ihr Alter hatte sie eine gute Figur, sie war schlank, aber nicht mehr so knochig wie früher, und mehr oder weniger gesund. Ihre schwarzen Haare waren bald wieder nachgewachsen, und sie trug sie jetzt lang und meist aufgesteckt zu einem Dutt, obwohl ihr kurz viel lieber wäre, aber das passte nicht zu ihrem Image. Es hatte lange gedauert, bis sie sich geöffnet hatte, aber jetzt hatte sie ein paar wenige gute Freunde in Port Piran und hielt sich ansonsten aus den Dorfangelegenheiten heraus. Sie ging auch nie in den Pub, um nicht wieder mit dem Trinken anzufangen. Das Einzige, was sie sich gönnte, war ab und zu ein netter kleiner Joint. Ihr Leben verlief in ruhigen Bahnen, und sie benahm sich so, wie es sich für eine Einundsechzigjährige geziemte: vernünftig.

Zu vernünftig. Mabel wurde plötzlich wütend. So wütend wie

damals. Wütend auf sich selbst, dass sie sich vom bürgerlichen Leben dermaßen hatte einwickeln lassen, und dass sie sich von schrecklichen Menschen wie der neureichen Londoner Familie Saunders auf der Nase herumtanzen ließ. Wütend darauf, dass sie ihre einstigen Ideale von Anarchie, Freiheit und Nonkonformismus so verraten hatte, und sogar ihren eigenen Namen. Sie ging zu ihrem alten Vinyl-Plattenspieler und legte *Never mind the bollocks* auf. Es war und blieb die beste Platte der Pistols. Ein Trommelwirbel erklang. Mabel fing an zu tanzen. »I don't wanna holiday in the sun«, grölte Johnny Rotten, und Mabel grölte laut mit. Sie war jetzt wieder Lori. Sie sprang auf und ab wie ein Gummiball, so wie damals, schüttelte wild den Kopf und die Arme, mit geschlossenen Augen, sie tanzte sich in Trance, aber irgendwie war das doch alles viel zu brav im Vergleich zu früher. Lori kletterte auf den Tisch, den Familie Saunders am Morgen so versaut zurückgelassen hatte, und tanzte weiter. Jetzt tanzte *sie* Familie Saunders auf der Nase herum, den Eltern und den schrecklichen Kindern. Lullaby und Lucky Blue. Wie konnte man seinen Kindern bloß so bescheuerte Namen geben? Lori hüpfte auf dem Tisch auf und ab, mit einem idiotischen Glücksgrinsen im Gesicht. Bis sie das Gleichgewicht verlor.

5. KAPITEL

Margarete

»Hallo! Hören Sie mich?«

Sie gingen Hand in Hand über den Küstenpfad. Tief unten rauschte das Meer. Margarete blieb stehen und drehte sich langsam um. Ihr Herz klopfte. Er sah sie voller Zärtlichkeit an. Wie konnte man bloß so unglaublich grüne Augen haben? Seine Lippen kamen näher und näher ...

»Ist alles in Ordnung mit Ihnen?«

Margarete saß mit Roland im Auto. Jemand klopfte an die Scheibe. Wieder so ein blöder Oldtimerfan. Warum hörte er nicht auf zu klopfen? Widerwillig öffnete sie die Augen und fuhr zusammen. Jemand starrte sie unverhohlen von der Seite an. Es war taghell. Es dauerte einen Moment, bis sie kapierte, dass sie in Rolands Auto saß und offensichtlich vor lauter Erschöpfung eingeschlafen war. Neben dem Auto stand ein Mann und klopfte mit den Fingerknöcheln gegen die Scheibe. Bedrohlich wirkte er nicht, im Gegenteil, er schaute sie voller Besorgnis an. Margarete öffnete die Tür. Der Mann stieß einen erleichterten Seufzer aus.

»Alles in Ordnung?«, wiederholte er. »Geht es Ihnen gut?«

Margarete nickte benommen. Ihr tat alles weh. Der Nacken, der Kopf, die Knie.

»Ich hab gedacht, Sie sind tot. Ihr Kopf hing nach hinten, und ihr Mund stand offen, ich konnte sie nicht atmen sehen, ich schwör's, Sie sahen aus wie tot. Und dann liegt da noch eine blutige Jeans auf dem Beifahrersitz. Und das Auto ist vorne rechts eingedellt.«

»Oh. Es tut mir sehr leid, dass ich Sie erschreckt habe. Mir geht's gut, wirklich.« Auweia. Die Begegnung mit der Mülltonne hatte sie komplett vergessen, und die Jeans auch.

»Ich bin ja nur froh, dass es Ihnen gut geht. Als ich das seltsame Auto sah, mitten auf der Straße, und alles war so still, und weit und breit niemand zu sehen, und dann schaute ich hinein – ich bin zu Tode erschrocken. Ich war mir sicher, Sie hatten einen Unfall.«

»Es ist alles in Ordnung, wirklich.« Margarete löste den Gurt und stieg aus, um es ihm zu beweisen. Sie war so steif, dass das Aussteigen eine ganze Weile dauerte. Der Mann beobachtete sie und schien noch immer besorgt. Er trug ein verwaschenes Hemd, eine grüne Arbeitshose und Gummistiefel. Ein Farmer. Sein Gesicht unter dem Strohhut war braun gebrannt und wettergegerbt. Typ Naturbursche, kräftig gebaut und an körperliche Arbeit gewöhnt. Ein Anti-Roland. Hinter dem Mercedes stand ein riesiger Traktor. Sie musste wirklich wie ein Stein geschlafen haben, wenn sie den nicht gehört hatte.

»Das Auto muss hier weg. Raus aus der Kurve, so schnell wie möglich. Ein Wunder, dass niemand in Sie reingerauscht ist. Haben Sie eine Panne?«

»Nein, viel banaler. Mir ist das Benzin ausgegangen. Ich habe nicht drauf geachtet, und das ist kein Auto von der Sorte mit einer elektronischen Anzeige, die einen warnt, wenn das Benzin zur Neige geht. Es war mitten in der Nacht, ich wusste nicht, was ich tun sollte.« Der Fremde musste sie für verrückt halten. Einfach einzuschlafen, mitten auf der Straße! »Wie spät ist es überhaupt?«

»Es ist kurz nach sechs. Sie haben Glück, dass ich mit meinem Traktor nicht schnell fahren kann und hoch sitze, so habe ich das Auto rechtzeitig gesehen. Haben Sie ein Warndreieck?«

Margarete zuckte hilflos mit den Schultern. »Keine Ahnung.«

»Sie scheinen Ihr Auto nicht besonders gut zu kennen«, sagte der Mann und grinste belustigt. Tausend Lachfältchen tanzten um seine Augen. Ach du meine Güte, dachte Margarete, als es in ihrem Bauch zu flattern begann. Was ist das denn? Der Farmer und das alte Mädchen, sonntags 17 Uhr im ZDF? Rosamunde Pilcher für Ü50?

»Es ist nicht mein Auto«, erklärte sie wahrheitsgemäß und bereute es sofort. Der Farmer runzelte die Stirn, sagte aber nichts. Jetzt hielt er sie definitiv für verrückt. Er marschierte nach hinten zum Kofferraum und öffnete ihn.

»Gefunden!«, rief er nach kurzer Zeit, hielt triumphierend ein zusammengefaltetes Warndreieck in die Höhe, verschwand damit um die Kurve und tauchte kurze Zeit später wieder auf. »So, das Warndreieck steht, das wäre erst einmal das Dringendste. Trotzdem sollten wir schleunigst das Auto von der Straße räumen. Und dann sehen Sie aus, als könnten Sie eine Tasse Tee und eine Scheibe Toast gebrauchen. Sie müssen ja völlig durchgefroren sein. Ich bin übrigens Chris.«

Kaffee!, brüllte es in Margarete. Kaffee! Vollkornbrot! Heiße Dusche! Aber sie war ja in England. Und der attraktive Farmer war nicht nur zupackend und hilfsbereit, sondern auch noch einfühlsam! Wo war der Haken?

»*Nice to meet you, Chris.* Ich heiße Margarete und komme aus Stuttgart. Tee ... wäre großartig.«

»Margret geht uns Engländern leichter über die Lippen. Ich wohne nur ein paar Hundert Meter weg von hier. Dahinten, auf einer Farm. Irgendwo müsste ich noch einen Kanister Benzin rumstehen haben. Damit kommen Sie zumindest bis zur nächsten Tankstelle. Ich hole das Benzin, dann fahren wir das Auto zu mir rüber, und ich mache Ihnen einen Tee.«

»Vielen Dank«, sagte Margarete. »Dass Sie sogar Benzin haben, grenzt an ein Wunder.«

»Ach, auf einer Farm ist das normal. Es ist wahrscheinlich am besten, wenn Sie beim Auto bleiben. Setzen Sie sich aber lieber wieder rein, nicht dass Sie doch noch einer umfährt. Ich bin gleich wieder da.«

Er kletterte auf seinen Traktor, überholte den Mercedes, fuhr nach links in einen Feldweg, rückwärts wieder heraus und mit einem Kopfnicken an Margarete vorbei. Bevor sie sich zurück ins Auto setzte, inspizierte sie den Schaden, den die Mülltonne am Audole hinterlassen hatte, und stöhnte. Das würde Roland nicht gefallen. Überhaupt gar nicht. Sein Schätzle hatte vorne rechts nicht nur eine ordentliche Delle. Hässliche Kratzer begannen oberhalb des Reifens und zogen sich bis zum Scheinwerfer, der gesplittert war. Ein Wunder, dass das Licht funktioniert hatte! Vom weißen Lack war nicht mehr viel übrig. Am besten meldete sie es gleich ihrer Haftpflichtversicherung. Sie holte das Smartphone aus dem Auto und fotografierte den Schaden von allen Seiten. So eine alte Kiste herzurichten kostete sicher ein Vermögen. Ein Vermögen, das Margarete nicht besaß. Roland würde sie umbringen.

Sie setzte sich ins Auto, kramte eine Fleecejacke aus ihrer Reisetasche und zog sie über. Sie war tatsächlich komplett durchgefroren. In ihren Knien pochte noch immer der Schmerz. Vor allem aber war sie hungrig wie ein Bär. Roland hatte ihr erklärt, es sei ratsam, früh zu Abend zu essen, das sei besser für die Verdauung. Damit hatte er sicher recht, nur normalerweise aß Margarete nicht schon um kurz vor fünf zu Abend, und auch nicht nur ein paar schlappe Salatblättchen mit ein paar verlorenen Krabben darunter und ein bisschen Toast, weil das Café (ohne Meerblick) um fünf Uhr zumachte und kein warmes Essen mehr servierte. Margarete brauchte Kohlenhydrate! Am besten Pasta! Mit Sahnesoße! Oder Bolognese! Keine durchscheinenden jungen Salatblätter! Auch wenn Roland, der Arsch, in seinem mild-herablassenden Plauderton angemerkt hatte, ein paar Pfunde weniger könnten ihr nicht schaden. Das fände er ganz angemessen, wenn sie ihn in Zukunft als Frau an seiner Seite auf Kongresse und Tagungen begleitete, und er selber habe schließlich kein Gramm zu viel. Der hatte doch keine Ahnung. Keine Ahnung davon, dass Margarete noch genauso viel Hunger hatte wie vor zwei Jahren, genauso viel aß wie vor zwei Jahren und trotzdem in zwei Jahren sechs Kilo zugenommen hatte, sodass sie in keine Hose mehr passte. Dabei brauchte sie ihr Geld im Moment wirklich für andere Dinge als für Klamotten!

»Das sind die Wechseljahre«, bekam sie von allen Seiten zu hören. Es klang bedauernd, so als seien die Wechseljahre eine unheilbare Krankheit. Wie Krebs oder Alzheimer, aber exklusiv für

Frauen reserviert. »Es tut mir ja so leid, dass Sie in den Wechseljahren sind.« Scheiß auf die Wechseljahre, dachte Margarete jedes Mal wütend, wenn sie die Wahl hatte zwischen Hungern und Essen, und entschied sich in 99 Prozent der Fälle fürs Essen. Die Welt war einfach ungerecht. Wieso rannten die meisten Frauen ins Fitnessstudio, wenn sie in den Wechseljahren zunahmen, und sorgten sich ständig um ihr Gewicht, während die Männer glaubten, eine Frau, die es wert war, liebte sie mitsamt ihrem dicken Bauch?

Es hupte. Hinter ihr hielt ein schlammverspritzter Landrover, und Chris sprang mit einem Kanister in der Hand heraus, an seiner Seite einen schwanzwedelnden schwarz-weiß geflecktenHund. Hier machten Geländewagen wenigstens Sinn, im Gegensatz zu Stuttgart, wo die Mütter ihren Nachwuchs im chromglänzenden SUV zur Kita fuhren. Oje. Als Nächstes würde er sie nach dem Tankschlüssel fragen. Wo war überhaupt der Tank? Margarete wollte aussteigen, aber Chris leerte schon den Kanisterinhalt in den Tank, dann kam er zu ihr nach vorne.

»Fertig. Ich sammle das Warndreieck ein, dann fahre ich an Ihnen vorbei und wende, und Sie machen dasselbe Manöver und folgen mir, okay?«

An das Warndreieck hätte Margarete garantiert nicht mehr gedacht. »Vielen Dank. Ich weiß gar nicht, was ich ohne Sie gemacht hätte. Sagen Sie mir bitte, was ich Ihnen fürs Benzin schulde.«

Er winkte ab. »Lassen Sie's gut sein. Das sind fünf Liter, das bringt mich nicht um. Damit kommen Sie auf jeden Fall bis zur nächsten Tankstelle. Die ist in Truro.«

»Äh – ja. Vielen Dank.« Nicht dass Margarete die geringste Ahnung hatte, wo Truro lag. Sie konnte sich nur erinnern, dass sie den Ortsnamen auf dem Schild in Redruth gelesen hatte.

Ohne Proteste sprang der Motor des Oldtimers an. Margarete fuhr wie abgesprochen hinter dem Landrover her, zurück in die Richtung, aus der sie nachts gekommen war. Es war ein herzzerreißend schöner Morgen. Der Himmel war strahlend blau, Wolken von weißen und bläulichen Glockenblumen säumten den

Straßenrand, überall glitzerte der Tau, und die unzähligen Vogelstimmen übertönten sogar das Brummen der Motoren. Es existierte also doch, das Cornwall ihrer Träume! Nur das Meer fehlte noch. »Morning has broken, like the first morning ...«, summte Margarete vor sich hin, und trotz des nagenden Hungers und der Erschöpfung fühlte sie sich plötzlich ganz leicht und froh. Hatte es die demütigende Kündigung jemals gegeben, kurz nach ihrem fünfzigsten Geburtstag, wenige Monate nachdem man die junge, hübsche Kollegin »zu ihrer Entlastung« eingestellt hatte? Die unzähligen Absagen, die sie seither kassiert hatte? Und, viel aktueller, das schreckliche Hotel an der innerstädtischen Autobahn? Und Roland, das Schnarchmonster, das jetzt wahrscheinlich noch in tiefem Schlummer lag? Und was würde er tun, ohne sein Audole? Würde er die Polizei benachrichtigen oder selber nach Margarete suchen? Und was würde sie selbst überhaupt als Nächstes machen? Alles würde sich finden. Mit leerem Magen konnte man keine Probleme lösen. An einem Schild »Oak Hill Farm – Organic Farming« fuhr Chris von der Straße herunter und auf einen holprigen Weg, der bergauf führte. Links und rechts tummelten sich Schafe und Kühe auf den Weiden, dann tauchte am Ende des Weges die Farm auf. Chris bog nach rechts ab. Die Gebäude der Farm gruppierten sich um ein offenes Viereck herum, an den beiden Seiten lagen Ställe und eine Scheune, und geradeaus das Wohnhaus mit Solarpaneelen auf dem Dach. Chris parkte vor dem Haus und winkte Margarete, den Mercedes neben seinem Landrover abzustellen. Sie stieg dynamisch aus und versank mit ihren leichten Chucks in einer Mischung aus Schlamm und Mist. Shit.

»Oh, tut mir leid, ich hätte Sie warnen sollen«, rief Chris. »Es hat wahnsinnig viel geregnet in den letzten Tagen.«

»Nicht so schlimm«, seufzte Margarete und stakste wie ein Storch Richtung Haus. Bei jedem Schritt sank sie ein wenig tiefer ein. Nicht nur Chucks und weiße Söckchen waren jetzt schlammig-braun, auch das untere Ende ihrer Jeans. Jetzt hatte sie nur noch eine einzige saubere Hose! Und ein Paar alte, aber wenigstens saubere Sandalen! Chris ging zum Haus, zog seine verschlammten Gummistiefel aus, ließ sie auf der Schwelle liegen und öffnete die unverschlossene Haustür. Margarete schlüpfte ebenfalls aus ihren Turnschühchen und sah sich einen Moment um. Der Hof war nicht nur voller Schlamm und Mist, sondern auch voller Werkzeuge, Geräte, Kisten und Körbe, die überall verstreut lagen. Was für ein Durcheinander, dachte Margarete. Ganz offensichtlich war eine Farm in Cornwall kein schwäbischer Bauernhof. Platz gab es auf jeden Fall genug. Niemand war zu sehen. Plötzlich hatte Margarete eine Idee.

»Kommen Sie doch rein«, rief Chris von drinnen. »Sie müssen entschuldigen, dass es gerade etwas unordentlich ist. Es gibt im Moment einfach zu viel Arbeit, um sich daneben noch ums Haus zu kümmern.«

Margarete folgte dem Hund, der sich an ihr vorbeidrückte und schwarze Tapser auf dem Steinboden hinterließ. Sie kam in einen Flur, der genauso unordentlich war wie der Hof. An den Garderobenhaken hingen unzählige Mäntel, Mützen, Pullover und Regenschirme durcheinander. Der Boden war nahezu flächendeckend mit Schuhen in allen Größen, Spielzeug, einem Korb mit Brennholz und leeren Milchflaschen bedeckt. Margarete bahnte sich einen Weg, und dann schnappte sie nach Luft.

Von außen hatte die Farm unscheinbar gewirkt. Nun öffnete sich der Flur zu einem riesigen Wohn-Ess-Zimmer, dessen ganze Vorderfront nur aus Glas bestand. Die Tür in der Mitte der Glasfront stand offen, von dort führten ein paar Stufen hinunter auf eine großzügige Terrasse, die mit schicken Loungemöbeln möbliert und von Bäumen und Büschen umgeben war. An den dickeren Ästen hingen Schaukeln und Seile, und in einen Baum war ein knallbunt angestrichenes, hölzernes Baumhaus mit einer Piratenflagge hineingebaut worden, aber das war es nicht, was Margarete den Atem nahm. Die Farm lag auf einem Hügel, und am Fuße des Hügels lag ein Dorf, und da, wo das Dorf aufhörte, glitzerte das Meer in der Morgensonne. Weit draußen am Horizont lagen ein paar Boote. Der Anblick war einfach zauberhaft.

»Oh ... oh ... oh, das ist so schön ...«, stammelte Margarete und spürte, wie sich ein wildes Glücksgefühl in ihr ausbreitete. Das Meer! Sie war ihrem Instinkt gefolgt und hatte es tatsächlich gefunden! Sie war ganz nah dran gewesen in der Nacht!

Chris lachte. »Scheint Ihnen zu gefallen«, bemerkte er trocken. Er hantierte in einer offenen Küche an der rechten Seite des Raumes herum, einer superschicken Designerküche. Überhaupt war der ganze Raum voller cooler Designermöbel, die seltsam unbenutzt aussahen, denn im Gegensatz zum Flur war es hier sehr aufgeräumt und sauber, beinahe steril.

»Eine Farm in Cornwall hatte ich mir anders vorgestellt«, kommentierte Margarete in der Hoffnung, Chris zum Plaudern zu bringen, und schlenderte zum frei stehenden Küchenblock.

»Wollen Sie Milch in Ihren Tee?«, fragte Chris ungerührt, als hätte er nichts gehört. »Zucker?«

»Milch, keinen Zucker, bitte. War es nicht schwierig, einen Architekten für das Haus zu finden?«

Chris goss Milch in den Tee und schob ihr die Tasse hin. »Ich habe das Haus selber umgebaut. Vorher war's ein stinknormales Farmhaus.«

»Sie haben es selber umgebaut? Das ist ja fantastisch! Aber ich dachte, Sie sind Farmer?«

»Biofarmer, ja. Es ist nicht so schwer, ein Haus zu gestalten, wenn man handwerklich einigermaßen geschickt ist. Sorry, ich kann jetzt nicht länger mit Ihnen plaudern, ich muss raus und die Hühner füttern. Ich bin schon später dran als sonst, da werden sie nervös, und dann legen sie nicht gut, und dann fehlen mir die Eier. Ich bin in etwa zwanzig Minuten zurück. Hier ist der Toaster und da das Toastbrot. Fühlen Sie sich wie zu Hause. Bedienen Sie sich einfach im Kühlschrank.« Seine Stimme klang plötzlich schroff und abweisend.

»Es tut mir leid, wenn ich Sie aufgehalten habe«, sagte Margarete entschuldigend. »Vielen Dank, dass ich sogar noch Frühstück bei Ihnen bekomme. Ich meine, Sie kennen mich schließlich gar nicht und haben mir eigentlich schon genug geholfen.«

»Das ist doch selbstverständlich. Zumindest hier bei uns, auf dem Land. Bis gleich.«

Damit war er schon fast aus der Tür.

»Warten Sie!«, rief Margarete. »Ihre Frau ... Ihre Kinder ... wäre es nicht besser, sie vorzuwarnen, dass jemand Fremdes in der Küche ist?«

»Machen Sie sich darüber keine Gedanken«, gab Chris zurück. Er klang jetzt richtig ärgerlich. Dann fiel die Tür hinter ihm ins Schloss.

Was hat er denn auf einmal?, dachte Margarete verwundert. Sie hatte doch nur versucht, höflich zu sein! Die Engländer legten doch so schrecklich viel Wert auf Umgangsformen und sagten ununterbrochen *sorry* und *thank you!* Sie konnte es nicht ändern. War Chris wirklich weg? Konnte sie jetzt so richtig peinlich sein? Sie stürzte zum Toaster, schob zwei Scheiben Toastbrot hinein und riss den Kühlschrank auf. Der war leider außer ein paar Flaschen Bier, Eiern, Milch, Butter und selbst gemachter Erdbeermarmelade ziemlich leer. Womit kriegten die bloß ihre Kids satt? Egal. Margarete hätte sich zur Not sogar Bier aufs Brot geschmiert. Sie nahm Butter und Marmelade aus dem Kühlschrank, fand einen Teller und ein Messer und wartete heißhungrig, bis der Toast hochploppte. Sie zerrte die beiden Scheiben aus dem Toaster, verbrannte sich die Finger daran, bestrich sie in Windeseile mit Butter und Marmelade, biss gierig hinein, verbrannte sich den Mund daran und schob gleich noch einmal zwei Scheiben in die Schlitze. Dann nahm sie Teetasse und Teller und ging auf Strümpfen durch die offene Tür hinunter auf die Terrasse. Auch hier lag nichts herum. Kein Spielzeug, keine Wäsche auf der Leine, nichts. Alles war so aufgeräumt, als sei die Farm ein Ferienhaus, das auf die nächsten Gäste wartete. Die verschwenderisch blühenden Rosensträucher in verschiedenen Rosatönen waren das Einzige, was lebendig zu sein schien. Baumhaus, Schaukel, Wippe – alles wirkte unberührt.

Margarete ließ sich in einen der schicken geflochtenen Rattansessel sinken und hatte den ersten Toast innerhalb von zehn Sekunden verschlungen. Sie fühlte sich sofort besser. Sie holte tief Luft, nahm einen Schluck Tee und biss dann etwas entspannter in die zweite Scheibe. Sie sah sich um. Da das Haus in den Abhang gebaut war, stand es vorne auf Stelzen. Leider konnte man von hier unten das Meer nicht sehen, weil die Bäume und Büsche die Sicht versperrten, andererseits sorgten sie für einen guten Windschutz. Es war angenehm warm, dabei war es gerade einmal sieben Uhr! Im Haus regte sich nichts. Mussten die Kinder nicht in die Schule? Oder fing die hier später an als in Deutschland? Vielleicht waren Frau und Kinder verreist? Das konnte sich Margarete kaum vorstellen, wenn Chris, wie er sagte, so viel Arbeit hatte. Da wurde doch sicher jede helfende Hand gebraucht! Irgendetwas war hier seltsam.

Sie blickte betroffen auf ihren Teller. Wo war der zweite Toast? Offensichtlich in ihrem Magen. Margarete lehnte sich einen Augenblick zurück und nippte an ihrem Tee. Sie fühlte sich schon viel besser. Eigentlich fühlte sie sich sogar richtig gut. Sie war Roland los, die Sonne schien, sie war ganz nah am Meer, sie hatte etwas im Magen, und alles in ihr fühlte sich nach Abenteuer an. Cornwall! Endlich war sie in Cornwall! Der Gipfel der Gefühle wäre eine Dusche, aber Chris hatte nicht den Eindruck gemacht, als ob er ihr das auch noch anbieten würde. Eine bleierne Müdigkeit überkam sie.

»Margret! Maggie?« Margarete riss die Augen auf. Vor ihr stand Chris, in kurzen Hosen, ohne Hut und barfuß. Seine Beine waren braungebrannt bis zu den Knöcheln, während seine Füße weiß waren. Es sah aus, als trüge er Socken. In der einen Hand hielt er einen Teller, auf dem zwei Scheiben Toast lagen, in der anderen eine Tasse. Und ja, er trug einen Ring an der linken Hand.

»Ich fürchte, Ihr Toast ist kalt geworden. Sie müssen eingeschlafen sein.«

»Oh. Tut mir leid. Dass ich eingeschlafen bin, meine ich.« Sie sah auf die Uhr. Es war schon halb neun durch. Im Haus regte sich immer noch nichts.

»Ist doch nicht schlimm. Sie haben ja offensichtlich letzte Nacht nicht allzu viel Schlaf abbekommen. Haben Sie was gegessen? Wollen Sie noch eine Tasse Tee?«

»Nein, nein, ich habe Ihnen schon genug Umstände gemacht. Und ich habe zwei Scheiben Toast gegessen, vielen Dank.« Jetzt wusste er, dass sie verfressen war.

»Eine Tasse Tee kochen ist für einen Engländer kein Umstand. Eher so was wie Ein- und Ausatmen.« Chris grinste, stellte den Teller vor ihr ab, setzte sich in den Rattansessel auf der anderen Seite des niedrigen Glastisches und nippte an seinem Tee. Margarete wusste plötzlich nicht mehr, was sie sagen sollte. Das Schweigen zog sich.

»Herrlich, diese Terrasse«, sagte sie schließlich.

Chris zuckte mit den Schultern. »Ich sitze fast nie hier. Keine Zeit. Wo wollten Sie eigentlich hin?«

»Ans Meer«, antwortete Margarete wahrheitsgemäß und ein bisschen widerstrebend. Chris musste sie für bekloppt halten. Er hatte sie schlafend mitten auf der Straße in einem komischen Auto gefunden, weil sie mitten in der Nacht ans Meer wollte?

»Meer, welches Meer?«, fragte Chris belustigt.

»Na ja, das Meer da unten natürlich«, gab Margarete achselzuckend zurück.

»Sie wollten nach Port Piran?«

»Heißt das Dorf so?«

»Ja. Sie wussten also nicht, wie es heißt?«

»Nein. Ich hatte nicht die geringste Ahnung, wo ich bin.« Sie seufzte. »Das klingt verrückt, ich weiß.«

»Verrückt ist normal in Cornwall.« Er lehnte sich im Sessel zurück und grinste wieder. Au Mann, stöhnte es verzweifelt in Margarete. Der Kerl sieht einfach verdammt gut aus. Aber das ist nicht mehr meine Liga. Vor zehn Jahren vielleicht. Oder mit zehn Kilo weniger. Außerdem ist er verheiratet.

Aber immerhin hatte er wieder bessere Laune.

»Ich wollte einfach ans Meer.«

»Mitten in der Nacht?«

»Das ... hat sich so ergeben.«

»Es hat sich so ergeben. Natürlich.«

»Berge ... gibt's hier ja eher weniger.«

»Das ist natürlich ein Argument. Wüsten gibt's übrigens auch keine. Oder Regenwald. Nur falls Sie sich dafür auch interessieren.«

»Nein, Wüsten und Regenwald sind nicht so meins.« Wie kriegte sie jetzt bloß die Kurve? Chris grinste noch immer amüsiert, er schien das Geplänkel zu genießen. »Sagen Sie ... könnte ich das Auto vielleicht ein paar Tage hierlassen? Ich gebe Ihnen natürlich Geld dafür. Also, ich würde sozusagen einen Parkplatz mieten.«

»Sie wollen das Auto hierlassen?« Er wirkte skeptisch. Kein Wunder. »Darf ich fragen, warum?«

»Das ist eine lange Geschichte. Die will ich Ihnen nicht zumuten.«

»Margret. Engländer mischen sich nicht in private Angelegenheiten ein, wenn es sich vermeiden lässt. Trotzdem ... Sie haben gesagt, es ist nicht Ihr Auto, der Schaden am Kotflügel ist frisch, Sie wussten nicht, wo Sie sind, und haben keinen Plan, wo Sie hinwollen. Das geht mich alles nichts an, aber wenn Sie das Auto hier bei mir lassen, muss ich mir da Sorgen machen?«

»Nein, nein!«, entgegnete Margarete hastig.

»Wie lange?«

»Ich weiß noch nicht genau. Ein paar Tage vielleicht? Ich würde Sie anrufen.«

Er zuckte mit den Schultern. »Mich stört's nicht. Ich habe genug Platz.«

»Ich hätte noch eine Bitte. Könnte das Auto vielleicht irgendwo stehen, wo man es nicht sieht?«

»Jetzt mache ich mir wirklich Sorgen. Haben Sie Fahrerflucht begangen?«

»Nein!« Wenn man davon absah, dass sie Roland in einem Busch strampelnd zurückgelassen hatte.

»Haben Sie das Auto geklaut?«

»Ja«, sagte Margarete wahrheitsgemäß.

Chris warf den Kopf in den Nacken und brach in schallendes Gelächter aus.

»Wollen Sie es deshalb nicht mitnehmen?«

»Ja, genau.«

»Sie haben echt Humor. Dabei gelten die Deutschen als humorlos. Und wo wollen Sie jetzt hin? Oder wissen Sie das immer noch nicht?«

»Na, in das Dorf da unten. Da ist es doch sicher hübsch, oder? Ein paar Tage ausspannen, dann hole ich das Auto, und Sie sind mich los. Port – wie hieß es noch gleich?«

»Port Piran. Saint Piran ist der Schutzheilige von Cornwall.«

»Was möchten Sie für den Parkplatz?«

»Nichts.«

»Das kann ich auf keinen Fall annehmen.«

»Ich hab Ihnen doch gesagt, wir sind hier auf dem Land. Da hilft man sich gegenseitig aus.«

»Was wollen Sie als Gegenleistung?« Mit ihm ins Bett gehen, schoss es ihr durch den Kopf, und sie war ein klein wenig schockiert über sich selber. Der Mann war schließlich verheiratet.

»Backen Sie mir einen Kuchen. Ich liebe Kuchen. *Apple Crumble* zum Beispiel, oder *Flapjack*.«

»Ich kann nicht backen!«

»War auch nicht ganz ernst gemeint. Im Dorf unten gibt's eine Frau, die kann super backen. Mabel.«

»Hat sie ein Café? Dann kauf ich Ihnen einen Kuchen und bring ihn vorbei.«

»Nein. Caroline betreibt ein kleines Café, es ist ein Teil von ihrem Buchladen. Sie kann auch sehr gut backen, aber Mabel backt besser. Sie hat ein B&B und backt nur für ihre Gäste, zum Frühstück, aber wir sind seit vielen Jahren befreundet, deshalb kriege ich manchmal was ab, wenn ich ganz zufällig bei ihr vorbeischneie. Ich versuche, ziemlich regelmäßig zufällig vorbeizuschneien, denn ihre Scones sind die besten weit und breit.«

»Backt Ihre Frau nicht?«, platzte es aus Margarete heraus. Und bereute es im selben Augenblick.

Chris zuckte zusammen, als hätte sie ihm einen Schlag versetzt. Er richtete sich stocksteif auf. Das Grinsen war verschwunden. Innerhalb einer Sekunde hatte sich sein Gesicht in eine ausdruckslose Maske verwandelt.

»Ich muss jetzt wirklich an die Arbeit«, sagte er und sprang auf.

Toll, ganz toll, ärgerte sich Margarete über sich selber. Du hast doch geahnt, dass es ein Problem mit der Frau gibt, warum stichst du dann wie ein schwäbisches Tratschweib mitten ins Wespennest? Bring das gefälligst wieder in Ordnung, und zwar schleunigst!

»Habe ich etwas Falsches gesagt? Dann entschuldigen Sie bitte!«

»Sie haben nichts Falsches gesagt«, antwortete Chris und schaute durch Margarete hindurch, als sei sie gar nicht da. »Es ist alles okay. Aber ich muss jetzt dringend zu meinen Kühen.«

»Wenn Sie das mit dem Auto lieber lassen wollen ...«

»Wieso? Das haben wir doch alles besprochen. Lassen Sie mir den Schlüssel da, ich parke das Auto um, sodass man es nicht sieht. Ich gebe Ihnen meine Handynummer. Kann sein, Sie müssen's ein paarmal probieren. Wenn ich bei der Arbeit bin, höre ich es nicht immer. Melden Sie sich einfach. Hat keine Eile.« Er nahm Tassen und Teller, drehte sich um und ging mit großen Schritten Richtung Haus.

Seltsamer Typ, dachte Margarete, irgendwie empfindlich. Hatte ganz offensichtlich ein Problem. Ein Farmermimöschen mit gebrochenem Herzen? Wahrscheinlich war die Frau mit einem anderen Mann abgehauen. Am liebsten hätte sie jetzt einen Rückzieher gemacht, aber andererseits war er offensichtlich bereit, ihr Arrangement beizubehalten, und sie war auf seine Hilfe angewiesen. Das Auto war viel zu auffällig. Es würde sich herumsprechen, und das Risiko, dass Roland sie fand, war einfach zu groß. Sie würde ihre mit so viel Mühe erworbene Freiheit nicht gefährden. Sie folgte Chris ins Haus. Er räumte gerade das Geschirr in die Spülmaschine und drehte ihr den Rücken zu.

»Hier ist der Autoschlüssel«, sagte Margarete und legte den

Schlüssel auf den Küchentresen. »Ach nein, ich muss ja noch meine Sachen aus dem Auto holen. Bin gleich wieder da.« Sie nahm den Schlüssel wieder in die Hand.

Er drehte sich um. Sie hatte nicht die geringste Ahnung, ob er immer noch sauer war. »Was haben Sie jetzt vor?«, fragte er. Seine Stimme war emotionslos.

»Na, ich hole meine Sachen, bringe Ihnen den Autoschlüssel, und dann laufe ich die Straße hinunter ins Dorf. Dort suche ich mir ein B&B. Oder gibt es einen Fußweg?«

»Es gibt einen, der ist aber vermutlich zugewachsen und voller Dornen. Den finden Sie nicht, wenn Sie sich nicht auskennen.«

»Dann lauf ich eben die Straße runter«, entgegnete Margarete achselzuckend. »Ich wohne in der Großstadt, ich bin nicht empfindlich, was Verkehr angeht.«

»Es sind zwei Meilen von hier ins Dorf. Da brauchen Sie mindestens eine halbe Stunde. Und Sie haben Gepäck.«

»Macht ja nichts, ist ja schönes Wetter«, gab Margarete unbekümmert zurück.

»Ich fahre Sie. Ich muss sowieso im Dorf was erledigen. Ich bringe Sie zu Mabel. Honeysuckle Cottage ist das schönste B&B in Port Piran. Es wird Ihnen gefallen. Manchmal hat Mabel aber keine Lust, alle Zimmer zu belegen. Zu viel Arbeit, und sie ist nicht mehr die Jüngste. Es wird helfen, wenn ich Sie hinbringe.«

»Aber ... Ihre Kühe ...« Margarete verstand jetzt gar nichts mehr. Erst bügelte er sie ab, und jetzt wollte er sie ins Dorf fahren? Hatte er ein schlechtes Gewissen? Sein Gesicht war noch immer undurchdringlich. Er hatte etwas Nettes gesagt, aber er wirkte nicht nett.

»Auf eine halbe Stunde kommt's nicht an«, sagte er und ging Richtung Haustür, ohne sich umzusehen, ob sie ihm folgte. Margarete seufzte. Der Kerl war ihr ein Rätsel.

6. KAPITEL

Mabel

Das größte Problem war der linke Fuß. Er war seltsam verdreht, und Mabel war sich ziemlich sicher, dass er gebrochen war. Kompliziert gebrochen. Alles andere – die Platzwunde am Kopf, die sie mit der Hand ertastet hatte, an der jetzt Blut klebte, die Prellungen, die sie am ganzen Körper spürte – waren Nebenschauplätze. Aber der Fuß, genauer gesagt das Gelenk, tat einfach brutal weh. Sie hatte in ihrem Leben oft Schmerzen gehabt, schlimme Schmerzen, und konnte einschätzen, ob etwas banal war oder nicht. Wehleidigkeit war nicht ihr Ding, aber das hier fiel eindeutig in die Kategorie nicht banal. Gedankenfetzen jagten durch ihren Kopf. Was mach ich bloß, ich darf doch nicht ausfallen, Honeysuckle Cottage, meine Gäste, die Saison fängt gerade erst an, ich brauch das Geld, und erst der Kredit ... »No future, no future, no future for me,« grölten die *Sex Pistols*. Wenn sie nur die verdammte Platte abstellen könnte! Panik stieg in ihr auf, und sie drückte sie weg. Jetzt nicht. Später. Bisher hatte sie es nicht gewagt, ihre Position zu verändern, sie lag immer noch so da, wie sie gefallen war. Vielleicht war sie auch kurz bewusstlos gewesen. Jetzt richtete sie sich langsam, sehr langsam auf, bis sie zum Sitzen kam. Sie stützte sich mit den Händen ab. Eine kurze Verschnaufpause, dann robbte sie langsam mit dem Hintern Richtung Wand. Das ging natürlich nicht, ohne den Fuß zu bewegen. Der Schmerz war so schlimm, dass sie Angst hatte, ohnmächtig zu werden. Endlich, da war die Wand. Sie lehnte sich dagegen und schloss für einen Moment die Augen, dann öffnete sie sie wieder und wagte es zum ersten Mal, den Fuß anzusehen. Er war schon stark angeschwollen und begann, sich zu verfärben. Sie brauchte eine Schmerztablette, Kühlung und vor allem einen Krankenwagen. Es gab keinen Arzt in Port Piran, nicht einmal eine

Krankenschwester. Wo war das Telefon? Shit. Das Festnetztelefon hatte sie nach dem Anruf im ersten Stock liegen lassen, und wo zum Teufel war ihr Smartphone? Dann fiel ihr ein, dass sie alle Türen und Fenster abgeschlossen hatte. Eigentor, Lori-Darling, dachte sie. Fuck, fuck, fuck. Es würde Stunden dauern, bis die Filmleute kamen, und dann würden sie vor verschlossener Tür stehen. Bis dahin war wenigstens die Sex-Pistols-Platte durch. Vielleicht schaffte sie es, in die Küche zu robben und eine Ibuprofen zu holen? Bloß, die Tabletten waren in der obersten Schublade, wie sollte sie da drankommen? Sie versuchte, ihren Hintern Richtung Tür zu bewegen. Es tat so brutal weh, dass ihr schwarz vor Augen wurde. Das Klingeln ihres Smartphones drang schwach durch die Musik, es schien in der Küche zu liegen. Jetzt kam die Panik zurück. Dann hörte sie noch etwas anderes. Wann war der blöde Song endlich vorbei?

»Mabel? Mabel, bist du da? Seit wann schließt du die Tür ab?« Jemand klopfte an die Haustür. Chris! Noch nie hatte sich Mabel so gefreut, seine Stimme zu hören.

»Ich bin hier, im Frühstückszimmer! Ich hatte einen Unfall!«, krächzte sie, aber ihre Stimme hatte nicht genug Kraft, um die Sex Pistols zu übertönen.

»Mabel? Bist du da drin?«

Sie nahm ihre ganze Kraft zusammen. »Ja! Unfall!«, brüllte sie, so laut sie konnte.

»Mabel? Ich kann dich nicht richtig hören. Ist alles in Ordnung?«, rief Chris jetzt.

»Neein!«, schrie sie.

»Die Fenster sind auch alle zu. Soll ich die Tür aufbrechen?«

»Jaaa!«

»Hör zu, ich muss schnell zum Auto und Werkzeug holen. Ich bin gleich zurück, okay? Keine Sorge!«

»Verstanden!«, krähte sie. Sie war so froh, so froh. Es würde ein bisschen dauern, weil Mabel am Hang wohnte, an einem Fußweg, und Chris würde erst nach unten zum Hafen laufen müssen, wo er seinen Landrover geparkt hatte. Aber sie konnte ihr Glück kaum fassen, dass tatsächlich jemand gekommen war. Um diese Zeit waren eigentlich alle mit ihrer Arbeit beschäftigt, und jeder wusste, dass sie nicht ansprechbar war, weil sie die Zimmer machte. Die Panik war weg. Die Schmerzen nicht, und die Musik trieb sie in den Wahnsinn.

»Halten Sie durch, ich kann ihn schon sehen, mit dem Werkzeug in der Hand!«

Was war das denn? Eine weibliche Stimme. Mit Akzent. Das lenkte sie erfolgreich von ihren Schmerzen ab. Hatte Chris eine neue Freundin? Niemals! Nun begann ein Hämmern und Klopfen an der Haustür, untermalt von aufgeregtem Durcheinandergeplapper.

»Haut mir bloß die Tür nicht kaputt!«, schrie sie. Schlösser waren teuer, Notfall hin oder her. Dann hörte sie, wie die Tür nachgab. Vor Erleichterung schossen ihr die Tränen in die Augen. Sie wischte sie schnell weg. Lori weinte nicht. Zumindest nicht vor Publikum.

»Mabel! Was ist passiert?« Chris stürmte ins Frühstückszimmer.

»Chris! Dich schickt der Himmel!«

Chris stutzte einen Moment, als er ihre Punkerkluft sah. Das war jetzt nicht zu ändern, und er würde sicherlich niemandem brühwarm erzählen, in was für einer seltsamen Aufmachung er Mabel gefunden hatte. Leider hatte Chris ihren pensionierten Nachbarn John im Schlepptau.

»Ich hab versucht, dich auf dem Handy anzurufen, als Chris kam und sämtliche Fenster und Türen verrammelt waren!«, rief er aufgeregt. »Seit wann schließt du dich denn ein, Mabel! Und wieso bist du so seltsam angezogen! Und was hörst du für komische Musik?«

Mit einem Schritt war Chris an ihrem Vinylplattenspieler und hob den Tonarm von der Platte. Ade, Geheimnis. Nun würde ganz Port Piran erfahren, dass man Mabel mit schwarz umrandeten Augen, zerrissenen Klamotten und einem Nietenhalsband gefunden hatte.

Chris beugte sich über sie. »Was ist passiert?«, wiederholte er besorgt.

Hinter John erschien in dem Moment die Frau, die zu der Stimme gehören musste. Chris' neue Freundin? Niemals. Zu alt, zu mollig. Sie war zwar durchaus attraktiv mit ihrem schulterlangen flammend roten Haar. Aber überhaupt nicht Chris' Typ. Der stand nicht auf sinnlich-üppig, sondern filigran, Knackarsch und sexy. So wie Janie eben.

»Ich bin ... gestolpert«, log sie. »Ich bin so froh, dass du gekommen bist.«

»Reiner Zufall«, murmelte Chris, kniete sich vor sie hin und schob behutsam das Haar auf ihrer Stirn zur Seite, dann ließ er seine Augen langsam und prüfend über ihren Körper wandern. Er roch nach Kuhmist. »Die Platzwunde ist nicht schlimm, aber das Bein, oder? Kannst du es bewegen?«

»Nein.«

»Tut es dir sonst noch irgendwo weh?«

Mabel schüttelte den Kopf.

»Willst du erst mal so sitzen bleiben?«

Sie nickte. »Vielleicht kannst du mir ein Kissen in den Rücken stopfen.«

»Ich mach das!«, rief die Frau sofort, schnappte ein Stuhlkissen und schob es Mabel sehr behutsam in den Rücken.

»Du musst aber schlimm gestolpert sein, Mabel, Schätzchen!«, meinte John. »Wie hast du dir denn die Platzwunde geholt?«

Mabel sah Chris Hilfe suchend an. Der drehte sich zu John um. »Weißt du was, John, ich glaube, Mabel könnte jetzt ganz dringend eine Tasse Tee gebrauchen«, sagte er liebenswürdig.

»Eine hervorragende Idee! Auf den Schrecken hin ein Tässchen Tee! Wollte ich auch gerade vorschlagen! Ach, ich mach am besten gleich eine ganze Kanne, für uns alle! Kann allerdings einen Moment dauern! Ich mach ihn lieber in meiner Küche, da kenn ich mich besser aus!«

»Du bist ein Schatz, John,« bekräftigte Mabel. John nickte eifrig und verschwand. Einer weniger, dachte Mabel und seufzte erleichtert auf. »Wie geht's meiner Tür?«, fragte sie.

»Deiner Tür geht's prima, keine Sorge, die hat nicht mal einen

Kratzer. Im Gegensatz zu deinem Sprunggelenk. Ich hatte mal eine Kuh, deren Bein sah so aus wie deins. Die war mehrere Meter einen Abhang hinuntergestürzt. Was ist wirklich passiert?«

»Musstest du sie notschlachten? Ich bin vom Tisch gefallen«, murmelte sie.

Chris nickte, als sei es das Normalste der Welt, mit einundsechzig vom Tisch zu fallen.

»Vom Tisch gefallen?«, wiederholte die Rothaarige ungläubig. Was wollte die überhaupt hier?

»Ich fahr dich nach Truro ins Krankenhaus«, sagte Chris. »Wir müssen dich nur irgendwie ins Auto kriegen.«

»Ich kann doch helfen«, mischte sich die Frau ein. Sie schien nicht zu kapieren, dass das hier eine rein private Angelegenheit war. Wenn Mabel nicht so hilflos gewesen wäre, hätte sie sie längst rausgeschmissen.

»Chris! Das wirst du ganz sicher nicht tun. Das kann doch Stunden dauern, und du musst dich um deine Farm kümmern. Ruf mir einen Krankenwagen.«

»Die Farm wird ein paar Stunden ohne mich auskommen.«

»Hast du die Kühe versorgt?«

»Nein, noch nicht.«

»Weil er sich um mich gekümmert hat«, warf die fremde Frau hastig ein. Chris würdigte sie keines Blickes. Was lief da zwischen den beiden? Auf jeden Fall war sie nicht seine Freundin.

»Dann kannst du auch nicht weg, Chris. Rufst du mir jetzt einen Krankenwagen?«

»Na schön. Wo ist dein Telefon, mein Handy liegt zu Hause.«

»Ich könnte sie fahren, ich brauch nur ein Auto«, warf die Frau wieder ein.

»Oben. In einem der Gästezimmer. Ich glaube, im Zimmer ›Rose‹. Das Smartphone liegt irgendwo hier unten rum.«

»Nehmen Sie doch mein Telefon«, schlug die Frau vor und streckte Chris ein Smartphone hin. Er zögerte.

»Das ist doch viel teurer.«

»Seien Sie nicht albern, nun nehmen Sie schon, ehe wir noch

mehr Zeit verlieren. Die Vorwahl von Großbritannien lautet 0044.«

»Danke, ist mir bekannt«, sagte Chris knapp, nahm das Handy und ging damit in den Flur.

»Könnten Sie mir eine Ibuprofen holen?«, bat Mabel die Fremde. »Wie heißen Sie überhaupt?«

»Margarete. Margret ist, glaub ich, einfacher. Klar hol ich Ihnen eine, ich dachte nur, man soll nicht, solange kein Notarzt ...«

»Ist mir scheißegal. Das Bein tut scheißweh, und ich will eine Scheißtablette. Außerdem kann das eine Stunde dauern, bis der Krankenwagen hier ist.«

Die Rothaarige grinste. »Dafür, dass es Ihnen offensichtlich ziemlich schlecht geht, können Sie noch ganz schön fluchen. Wo sind die Tabletten?«

»Küchenschublade. Die oberste. Gläser sind im Regal oben links.«

Die Frau kam rasch mit einem Glas Wasser und einer Ibuprofen zurück. Mabel schluckte sie in Sekundenschnelle. Sie hatte Übung mit Tabletten.

»Interessante Dinge haben Sie da in Ihrer Küchenschublade.«

»Geht Sie 'nen Dreck an«, fauchte Mabel.

»Soll ich Ihnen davon auch einen bringen? Vielleicht geht's Ihnen dann besser.«

»Nein!« Die Fremde hatte also auf den ersten Blick ihre Joints entdeckt?

»Das war ernst gemeint«, sagte Margret achselzuckend. »Es tut mir leid, dass Sie Schmerzen haben.«

Mabel schämte sich jetzt, dass sie so unfreundlich gewesen war. Chris kam zurück. »Du hast riesiges Glück, Mabel. Der Krankenwagen wird in wenigen Minuten hier sein. Sie haben einen Patienten nach Mullion gebracht und nehmen dich auf dem Rückweg nach Truro mit ins Krankenhaus. Ist allerdings kein Arzt dabei, nur Rettungssanitäter.«

»Na, das sind doch gute Nachrichten«, kommentierte Margret aufmunternd.

»Danke, Chris. Ich hoffe, ich bin bis heute Abend wieder hier.«

Chris ging in die Hocke, blickte sie ernst an und legte ihr die Hand auf den Arm.

»Mabel. Ich will der Diagnose nicht vorgreifen, aber so wie das Bein aussieht, bist du nie im Leben heute Abend zurück. Und wenn, dann mit einem riesigen Gips am Bein. Wie willst du da Zimmer und Frühstück machen? Und was ist, wenn sie dich dabehalten?«

Die Panik kam zurück. »Ich bin voll belegt und kriege neue Gäste«, sagte Mabel schließlich. »Die Filmleute und eine Frau, die eine Woche bleiben will. Ich kann mir's nicht leisten, sie wegzuschicken. Und im Familienzimmer ist eine vierköpfige Familie aus London. Die sind noch bis Samstag da, denen kann ich doch nicht den Urlaub versauen.«

»Ich organisiere das«, erklärte Chris sehr bestimmt.

»Du musst dich um deine Farm kümmern.«

»Haben Sie keine Freunde?«, mischte sich diese Margret plötzlich ein. Was ging die das an?

»Der eine steht vor Ihnen, die andere muss sich um ihren Buchladen kümmern, und Betty, die dritte, ist mit ihrem Mann auf den Kanalinseln im Urlaub.«

»Nicht gerade üppige Ausbeute. Ich dachte, auf dem Land hilft man sich aus.« Sie warf Chris einen Seitenblick zu, aber der schien es nicht mal zu bemerken.

»Was machen Sie überhaupt hier?«, fragte Mabel unverblümt, da von Chris offensichtlich keine Aufklärung zu erwarten war. Sie wunderte sich zwar über sich selbst, aber irgendwie tat ihr die burschikose Art der fremden Frau gut.

»Ich wollte ein Zimmer bei Ihnen mieten.«

»Alle Zimmer sind belegt. Und selbst wenn ich eins hätte, ich kann mich nicht drum kümmern. Ich werde die Leute wohl doch woanders hinschicken müssen. Familie Saunders wird nicht begeistert sein.«

»Es ist *half term*. Alles ist ausgebucht, wir sind gerade an mehreren ›No Vacancy‹-Schildern vorbeigefahren. Das wird schwierig«, wandte Chris ein. »Wahrscheinlich ist es das Beste, du rufst sie gleich an. Dann müssen sie sich eben selber um eine Alternative kümmern. Das ist schließlich ein Notfall.«

»Ich mache die Zimmer und kümmere mich um den Laden«, sagte die fremde Frau lächelnd. »Wann kommen die nächsten Gäste?«

»Machen Sie Witze?« Warum klärte Chris sie nicht endlich auf, wie er an diesen komischen Vogel geraten war?

»Nein.«

»Wie lange stehen Sie hier schon dumm rum?« Sie grinste.

»Zehn, fünfzehn Minuten?«

»Zehn Minuten, und Sie wollen bei mir als Zimmermädchen anheuern?«

»Nein. Als Mädchen für alles. Ich mache die Zimmer, die Rezeption, das Frühstück. Sagen Sie mir, was anfällt. Ich hab grad sowieso nichts Besseres zu tun.«

»Haben Sie Erfahrung in der Gastronomie oder Hotellerie?«

»Nicht die geringste. Aber Sie können mir ja sagen, was zu tun ist.«

»Was sind Sie im richtigen Leben?«

»Pressereferentin bei einem Automobilzulieferer in Stuttgart. Schon mal gehört? Das liegt in Deutschland.«

Mabel stöhnte. »Pressereferentin? Tatsächlich. Das ist ja total nah dran an dem, was Sie hier tun müssten.«

»Man kann alles lernen. Ich kann anpacken. Ich bin Schwäbin.«

»Ist das was Ansteckendes?«

»Es heißt, dass ich mich nicht vor harter Arbeit scheue. Wir Schwaben haben eine hohe Arbeitsmoral.«

»Ich kann Sie nicht bezahlen.«

»Sie können mir das Zimmer und das Frühstück als Gegenleistung überlassen.«

»Ich habe kein Zimmer. Alle Zimmer sind vermietet.«

»Dann schlafe ich eben in Ihrem Bett, solange Sie im Krankenhaus sind.«

»Pfoten weg von meinem Bett! Nicht mal die Queen würde ich darin pennen lassen! Außerdem sind Ihre Hosen und Schuhe voller Kuhmist. Meinen Sie, ich lasse Sie so in mein Schlafzimmer?«

»Für jemanden, der hilflos auf dem Boden hockt, sind Sie ganz schön bissig. Muss ich Geld kassieren? Das kann ich gut.«

»Und Ihr Automobilzulieferer?«

»Hat mich rausgeschmissen.«

»Dafür gab es sicher gute Gründe.«

»Ja. Meinen fünfzigsten Geburtstag.«

»Autsch. Sie haben also nichts zu tun?«

»Nichts Dringendes. Ich bin arbeitslos.«

»Das ist durchgeknallt«, stellte Mabel fest.

»Du bist auch durchgeknallt, Mabel, passt also prima«, sagte Chris und grinste. Irgendwie war Mabel froh, dass er wieder etwas entspannter wirkte.

»Wenn Sie noch lang rummachen, ist der Krankenwagen da, und Sie haben die Zeit verplempert, anstatt mir die wichtigsten Dinge zu erklären.«

Mabel spürte, wie ihre Widerstandskraft bröckelte. Aber Honeysuckle Cottage einer völlig Fremden überlassen? Noch dazu einer Deutschen!

»Wissen Sie was? Ich gehe jetzt mal eben für kleine Mädchen. Wenn ich darf. Und solange können Sie ja noch mal überlegen«, schlug Margret vor.

»Da hinten im Flur links«, knurrte Mabel.

»Danke. Ich lasse mir Zeit«, sagte die Frau und verschwand.

»Schnell. Was würdest du mir raten, Chris?«, flüsterte Mabel. »Soll ich einer wildfremden Frau, die Ausländerin ist und aus der Automobilbranche kommt, Honeysuckle Cottage anvertrauen?«

»Ich kenne sie ja kaum. Aber ich denke, bevor du Honeysuckle Cottage zumachst und alle Gäste vergraulst, solltest du ihr zumindest eine Chance geben. Immerhin spricht sie sehr gut Englisch. Ich kann dir anbieten, ein Auge auf sie zu haben. Und Caroline sicher auch.«

»Danke.« Mabel schloss die Augen. Margret war ihr unsympathisch, das schon. Andererseits war es ganz schön mutig, so ins kalte Wasser zu springen, und sie wirkte patent. Margret kam zurück. Mabel zögerte, dann holte sie tief Luft. Sie hatte keine Wahl.

»Na schön, Margret. Probieren wir es miteinander. Ich bin launisch, ungeduldig und gewohnt, mein Ding zu machen. Kurz: Ich bin eine richtig fiese Chefin. Ich werde alle halbe Stunde anrufen und Ihnen Feuer unterm Hintern machen, und wenn ich zurück bin, werde ich ausnahmslos alles kritisieren, was Sie gemacht haben. Nach zwei Tagen sind Sie weg.«

»Vielleicht bin ich schon vorher mit der Haushaltskasse weg? Bis dahin hab ich die gefunden. Haben Sie irgendwo 'ne Perlenkette versteckt? Oder Goldbarren?«

»Wieso tun Sie das?«

»Weil es das Schicksal so gefügt hat.«

Mabel stöhnte wieder. »Sie sind doch hoffentlich nicht auch noch esoterisch, oder?«

»Nein, außer dass ich bei Vollmond nackt ums Haus tanze, wie sich das für eine rothaarige Hexe gehört. Aber ich glaube, dass es Schicksal war, dass wir in dem Moment hier eingetrudelt sind, als du Hilfe brauchtest. Als Erstes hätte ich gern deine Handynummer, damit du mich alle halbe Stunde zusammenscheißen kannst.«

»Vergiss die Katze nicht!«, warf Chris ein.

»Ich liebe Katzen!«, rief Margret mit leuchtenden Augen.

»Ich nicht. Die ist nur zur Tarnung da.«

»Wie heißt sie?«

»Bullshit.«

»Die Katze heißt Bullshit?«, erwiderte Chris ungläubig. »Rufst du sie nicht immer Bluebell?«

»Das ist ihr Codename vor den Gästen.«

Die Rothaarige stemmte die Fäuste in die Seiten und prustete jetzt vor Lachen. »Du hast echt Humor. Was hast du eigentlich auf dem Tisch gemacht?«

»Die Decke nach prähistorischen Höhlenmalereien abgesucht. Damit ich ein Museum aufmachen kann und mich nicht mehr mit den bescheuerten Gästen in meinem bescheuerten B&B herumschlagen muss.«

»Tada! Und hier kommt auch schon der Tee! Und ich hab sogar noch Blümchen gepflückt! Jetzt machen wir's uns alle gemütlich!« John balancierte mit einem Tablett zur Tür herein. Darauf standen eine Thermoskanne, Teetassen, eine Keksdose und ein Sträußchen mit Blümchen, die verdächtig nach Mabels Vorgarten aussahen. John strahlte, stellte das Tablett auf dem Tisch ab und rief:

»Unsere Verletzte zuerst!« Umständlich drehte er die Thermoskanne auf.

»Hallihallo! Krankenwagen!«, brüllte es plötzlich von draußen. Mabel war plötzlich sehr froh, diesem Irrenhaus zu entkommen.

»Ich hol sie rein«, meinte Chris und marschierte Richtung Tür.

»Neeein! Halt sie auf! Mabel muss doch noch ihren Tee trinken! Und einen Keks dazu essen!«, protestierte John. »Wer weiß, wann sie im Krankenhaus wieder was bekommt!«

»Und ich brauche Instruktionen!«, rief Margret. »Wo sind die Reservierungen für die nächsten Tage? Hat der Computer ein Passwort? Wie heißen die Gäste? Und wo ist das Katzenfutter für Bullshit?«

»Die soll sich Mäuse suchen. Futter ist unter der Spüle, aber das gibt's nur alle zwei Tage, und nicht mehr als eine halbe Dose.« Mabel winkte John, damit er sich mit dem Tee beeilte, bevor die Sanitäter da waren.

»Du scheinst einiges mit uns Schwaben gemeinsam zu haben. Den Geiz zum Beispiel.«

»Um drei kommen die Filmleute, also der Regisseur und der *location scout*. Sie wollen nur ihre Sachen ins Zimmer stellen und den Schlüssel holen, weil sie heute bis spätnachts drehen. Das sind wichtige Gäste, die kriegen eine Tasse Tee zur Begrüßung! Und ein paar von meinen selbst gebackenen Keksen dazu. Wer weiß, vielleicht kommen sie ja mit mehr Leuten, also, dass du mir die bloß nicht vergraulst! Die Wanderin, die eine Woche bleibt, wollte gegen sechs kommen und sich telefonisch noch mal melden, wenn's später wird. In den anderen beiden Zimmern gibt's keinen Wechsel. Viel Vergnügen mit Familie Saunders.«

John reichte ihr eine Tasse und einen Keks.

»Sie kümmern sich also um Honeysuckle Cottage? Ich komme rüber und helfe beim Teekochen!«, schlug er eifrig vor. »Das kriegen wir hin, Mabel, wär doch gelacht!«

Schnell biss sie in den Keks, bevor der Sanitäter es ihr verbot. Chris kam zurück, gefolgt von zwei kräftig gebauten Männern in leuchtend gelben Westen. Rasch stopfte sich Mabel den Rest des Kekses in den Mund. Einer der beiden Sanitäter beugte sich über sie und nahm ihr sehr bestimmt die Teetasse aus der Hand.

»Na, na, das lassen wir jetzt mal schön bleiben. Ich bin Pete, mein Kumpel da drüben heißt Andy. Wie geht's dir, Mabel? Was ist passiert?«

»Ich bin vom Tisch gefallen. Von dem da drüben.«

»Aha. Hast du auf dem Tisch gesessen?«

»Gestanden.«

»Warum?«

»Um ... eine Glühbirne einzudrehen? Dann hab ich das Gleichgewicht verloren.«

»Komisch. Es ist gar keine Lampe über dem Tisch. Und ich sehe auch keine alte Glühbirne.«

»Na schön. Ich habe – getanzt.«

»Auf dem Tisch.«

»Ja.«

»Und dann hast du das Gleichgewicht verloren und bist runtergefallen.«

»Genau.«

Margret konnte sich ein Glucksen offensichtlich nicht verkneifen, während Chris und John so taten, als hätten sie nichts gehört. Blöde Kuh. Pete beugte sich über das Bein und kniff die Augen zusammen.

»Damit machen wir gar nichts. Viel zu heikel. Wir stabilisieren das, holen unsere wirklich schicke neue Transportliege und nehmen dich mit, das sollen die sich im Krankenhaus in Truro ansehen. Kann jemand rasch ein paar Sachen für sie einpacken? So wie das aussieht, muss sie über Nacht bleiben.«

»Wer soll deine Unterhöschen zusammensuchen, Mabel?«, fragte Margret süffisant.

»Das soll Margret machen«, knurrte Chris. »Das ist Frauensache.«

»Kann ich bitte noch kurz ein anderes Oberteil anziehen? Es liegt in der Küche.« Man musste nicht auch noch in Truro wissen, dass Mabel ein geheimer Punk war. Sie stöhnte, und der Sanitäter sah sie mitfühlend an. Dabei stöhnte Mabel nicht wegen der Schmerzen, sondern weil John in ganz Port Piran herumtratschen würde, dass Mabel im Krankenhaus lag, weil sie in ihrem Frühstückszimmer beim Tanzen vom Tisch gefallen war.

7. KAPITEL

Margarete

Ich gebe Caroline Bescheid. Ihr Buchladen schließt um fünf, sie soll rüberkommen und dir ein paar Sachen erklären. Meine Handynummer hast du ja. Wenn was Dringendes ist oder du mit irgendwas nicht klarkommst, kannst du mich jederzeit anrufen. Ich versuche, heute Abend noch mal vorbeizuschauen. Okay?«

Margarete nickte. Immerhin wirkte Chris jetzt schon deutlich freundlicher als vorher. Er drückte Margarete ihre Reisetasche in die Hand, stieg in seinen Landrover und ließ die Scheibe noch einmal herunter.

»Und ... Margret?«

»Ja?«

»Danke. Mabel hat vielleicht nicht besonders enthusiastisch reagiert, aber eigentlich kann sie wirklich von Glück sagen, dass du hier so unerwartet aufgetaucht bist. Du kriegst das hin, da bin ich mir sicher.«

»Äh – danke«, antwortete Margarete überrascht. Chris wendete den Landrover und fuhr winkend an ihr vorbei. Ein paar Passanten warfen Margarete neugierige Blicke zu. Bestimmt kannte hier jeder jeden, und nun würden sie nur zu gern wissen, wer die Fremde mit den auffällig roten Haaren war, mit der Chris gesprochen hatte.

Margarete atmete tief durch. John hatte gesagt, er würde auf sie warten, schließlich habe er so viel Tee gemacht, und um den wär's doch schade, und er könne ihr gleich noch ein paar Sachen erklären.

Alle wollten ihr Dinge erklären, und sie konnte tatsächlich jegliche Unterstützung gebrauchen, aber sie hatte das Gefühl, wenigstens ein paar Minuten für sich zu benötigen, um zur Besinnung zu kommen. Sie hatte sich ja noch nicht einmal in Port Piran umgeschaut! Sie ging die wenigen Schritte hinunter zum winzigen Hafen. Dort herrschte reger Betrieb. Vier, fünf bunte Fischerboote lagen auf dem Strand. Ein paar Fischer in gelben Überhosen arbeiteten konzentriert auf den Booten, ohne sich von den umherwandernden und fotografierenden Touristen stören zu lassen, ein paar andere fuhren mit Traktoren zwischen den Booten hin und her und luden Eimer und Kisten ab. Neugierig lugte Margarete in eine Plastikkiste. Hellbraune Krebse krochen schwerfällig darin herum. So riesige Krebse hatte Margarete noch nie gesehen. Einer der Fischer stapfte an ihr vorbei. Ohne sie auch nur eines Blickes zu würdigen, schulterte er die Kiste und trug sie zu einem großen Lieferwagen. Dass hier überhaupt noch gefischt wurde!

Das ganze Dörfchen mit seinen reetgedeckten Häuschen schien komplett aus der Zeit gefallen zu sein. Als Chris nach Port Piran hineingefahren war, hatte Margarete ihr Glück kaum fassen können und sofort beschlossen, dass sie hierbleiben wollte. Nach dem schrecklichen Hotel an der Autobahn hatte sie endlich das Cornwall gefunden, von dem sie geträumt hatte! Es schien nur eine einzige Straße zu geben, die den Hügel hinunter ins Dorf, am Hafen entlang- und auf der anderen Seite den Hügel wieder hinaufführte. Margarete hatte links und rechts der Straße ein paar winzige Läden, einen Pub, einen Souvenirshop und ein Café erspäht. Außerdem gab es neben den Parkplätzen im Hafen einen improvisierten Fischladen. Bestimmt konnte man dort fangfrischen Fisch kaufen!

Der kleine Hafen war auf beiden Seiten von steilen Felswänden eingefasst. Weiter draußen im Meer lagen ein paar große Felsbrocken, die aussahen, als habe sie ein Maler dort hingetupft, um ein noch romantischeres Motiv zu haben. Auf der linken Seite des Dorfes führte ein Fußweg steil nach oben auf eine grasbewachsene Anhöhe. Ein Trupp Wanderer marschierte gerade im Gänsemarsch hinauf. Das war bestimmt der Küstenpfad.

Honeysuckle Cottage lag ziemlich genau in der Mitte des Dorfes, es war das letzte Haus rechts an einem Fußweg, der auf Höhe des Hafens von der Straße abzweigte und von Heckenrosen, Fuchsien, Rittersporn und Glockenblumen gesäumt steil hinaufführte. Links und rechts des Wegs lagen weitere weiß getünchte, reetgedeckte Cottages, »No Vacancy«-Schilder wiesen darauf hin, dass auch sie als B&Bs fungierten, die ausgebucht waren. Honeysuckle Cottage hatte als einziges Häuschen kein Reetdach und kein Haus gegenüber. Als sie vorhin mit Chris den Weg hinaufgegangen war und das alte Steinhäuschen zum ersten Mal gesehen hatte, hatte sie sich schwer zusammenreißen müssen, um nicht in Entzückensschreie auszubrechen, und sofort beschlossen, dass sie hierbleiben wollte. Von der Straße und dem hektischen Treiben im Hafen schien man hier oben meilenweit entfernt, nichts war zu hören außer dem Zwitschern unzähliger Vögel. Das Cottage versank in einem Meer aus blühenden, duftenden Rosen. Efeu und Geißblatt rankten sich die Mauern hinauf, und vor dem Haus führten ein paar Stufen zu einem windgeschützten Sitzplatz mit Holzbänken, noch mehr Blumen und ein paar Nutzbeeten. Auf der anderen Seite des Fußwegs wuchsen Bäume, sodass das Haus eine Insel für sich bildete. Sie war noch nie in ihrem Leben hier gewesen, und nun war sie plötzlich Herrin über Honeysuckle Cottage und seine Gäste!

Alles war so schnell gegangen. Erst vor wenigen Stunden hatte sie Rolands Auto geklaut und Titilope kennengelernt, war im Auto mitten auf der Straße eingeschlafen und von Chris aufgegabelt worden, und jetzt trug sie die Verantwortung für ein B&B in einem Dörfchen in Cornwall. Sie musste vollkommen verrückt sein! Sie kannte das Dorf nicht, und sie hatte noch nie in einem B&B übernachtet, was sie Mabel geflissentlich verschwiegen hatte. »Das sind ja ideale Voraussetzungen, Margarete«, murmelte sie zu sich selber.

Mit der Schule war sie in der zehnten Klasse nach London gefahren, erst mit dem Bus, dann mit der Fähre nach Dover und dann wieder mit dem Bus. Damals hatten sie in einem schrecklichen, dreckigen Jugendhotel übernachtet, seither war Margarete nicht mehr nach England gereist. Komisch eigentlich, denn London hatte sie fasziniert, und Englisch war immer ihr Lieblingsfach in der Schule gewesen. Im Englischleistungskurs hatte sie angefangen, Bücher auf Englisch zu lesen, und diese Gewohnheit hatte sie bis zum heutigen Tag beibehalten. Auch in ihrem Job hatte sie viel mit englischsprachigen Kunden zu tun gehabt, deshalb machte sie sich keine Sorgen, sprachlich würde sie bestimmt klarkommen. Eine Frühstückspension zu führen war dagegen eine andere Nummer. Backen war zum Beispiel überhaupt nicht ihr Ding, und wenn sie es richtig verstanden hatte, waren Mabels Gäste daran gewöhnt, zum Frühstück frisch gebackene Scones zu bekommen. Die hatte Margarete bisher erst einmal gegessen, nachmittags, mit Butter, Erdbeermarmelade und *clotted cream,* so einer Art streichfester Sahne. Und nun sollte sie die Dinger selber backen? Sie war hinter Mabel hergelaufen, als die Rettungssanitäter sie vorsichtig den Hügel hinunter zum Auto balancierten, und Mabel hatte sie mit Informationen bombardiert, bis Pete ihr die Türen des Rettungswagens vor der Nase zugeknallt hatte. Als Letztes hatte Mabel noch einmal herausgebrüllt, dass sie Margarete nicht über den Weg traute und sie sich unterstehen sollte, in ihrem Bett zu schlafen. »Wer hat in meinem Bettchen geschlafen?«, hatte Margarete spöttisch zurückgebrüllt, damit Mabel nicht das letzte Wort hatte.

Margarete hatte keine Zeit gehabt, sich die ganzen Details zu Frühstück, Zimmern, Gästen und Reservierungen zu notieren. Hoffentlich konnte sie sich alles merken! Mabel hatte ihr zum Beispiel eingeschärft, darauf zu achten, dass diese Familie aus London, die ein ziemlicher Albtraum zu sein schien, keine Handtücher mit an den Strand nahm. Doch als Erstes würde sie sich die Küche vornehmen und sich einprägen, wo die Sachen fürs Frühstück waren. In dem Augenblick klingelte ihr Smartphone.

»Bist du zufällig in der Küche?« Mabel klang so zackig wie ein Feldwebel. »Dann könnte ich dir noch ein paar Dinge zum Thema Frühstück erklären. Also die Schüssel fürs Rührei und der Schneebesen ...«

»Stopp. Ich bin am Hafen und schaue mir die Fischerboote an. Wirklich hübsch.«

»Du bist – wo? Ich dachte, du wolltest dich um Honeysuckle Cottage kümmern?«

»Das werde ich auch, keine Sorge. Aber bevor ich das tue, nehme ich mir eine winzige Auszeit.«

»Wie kannst du dir eine Auszeit nehmen, bevor du überhaupt angefangen hast? Glaubst du etwa, man kann ein B&B vom Strand aus führen? Ich wusste doch, dass das nichts wird mit dir! Und außerdem ... Hey, was soll das!« Mabel schien plötzlich weit weg. »Gib mir sofort mein Handy zurück!«

»Das reicht jetzt, Mabel«, hörte Margarete eine männliche Stimme. »Das ist ein Rettungswagen, kein Büro.« Das war bestimmt Pete, der Rettungssanitäter. »Mabel sagt jetzt Bye-bye!« Das Gespräch war weg.

Margarete musste grinsen. Sie mochte Mabel und ihren Kampfgeist, der offensichtlich selbst durch einen Unfall nicht zu erschüttern war. Sie warf einen letzten Blick auf den hübschen Hafen, dann drehte sie sich seufzend um und stapfte Richtung Honeysuckle Cottage.

»Margret! Huhu! Ich bin hier! Ein Tässchen Tee? Dazu ein *Chocolate digestive?*« John saß auf einer Holzbank vor einem reetgedeckten Häuschen, nur wenige Schritte unterhalb von Mabels Cottage auf der anderen Seite des Fußweges, und winkte eifrig. Das Teetablett stand auf einem wackeligen Tisch neben der Bank.

»Ja, gern.« Margaretes Magen knurrte schon wieder fürchterlich. Die beiden Scheiben weißer Toast, die sie bei Chris gegessen hatte, hatten nicht lange vorgehalten. Sie war einfach ein Vollkornbrotmensch! Nach dem Teetrinken würde sie Mabels Kühlschrank ausräubern. Sie setzte sich auf die Bank und nahm einen Keks aus der Dose, die ihr John hinstreckte. Der Keks war auf einer Seite mit Schokolade überzogen. Sie liebte Schokoladenkekse! Genüsslich biss sie hinein. Die Sonne schien ihr warm ins Gesicht, ein leises Lüftchen wehte. Margarete seufzte wohlig. Nur noch ein paar Minuten, und dann an die Arbeit.

»Die arme Mabel. Hoffentlich ist es nicht allzu schlimm. Ich kam mir wie ein Einbrecher vor, so ganz allein in ihrem Frühstückszimmer. Und das schöne Wetter sollten wir genießen, man weiß in Cornwall nie, wie lange es anhält! Milch? Zucker?«, fragte John.

»Nur Milch, danke. Wie schön es hier ist! Seid ihr schon lange Nachbarn, du und Mabel?«

John nickte, goss Milch in den Tee und reichte ihr die Tasse, auf der Prinz Harry und Meghan beim Hochzeitskuss abgebildet waren. »Seit vielen Jahren. Ich gehöre zu den wenigen Menschen in Port Piran, die hier aufgewachsen sind und noch immer hier leben. Ich bin jetzt sechsundachtzig!«

»Oh, so siehst du gar nicht aus.« Es war keine Bemerkung aus Höflichkeit. Margarete hätte John auf Anfang siebzig geschätzt, nicht älter. Er hatte noch erstaunlich viele dunkelbraune Haare, die nur von wenigen grauen Strähnen durchzogen waren, und wirkte abgesehen von einem kleinen Bauch schlank und drahtig, sein Gesicht und seine Hände waren braun gebrannt. Er musste einmal richtig gut ausgesehen haben. Seine Kleidung freilich war die eines alten Mannes, der nicht aufs Äußere achtete. Er trug eine abgewetzte Cordhose und ein verwaschenes Hemd in einem scheußlichen Grün, das falsch geknöpft war und einen großen Fleck auf der Brust aufwies. Margaretes Kommentar ließ seine Augen leuchten.

»Früher wohnte Ruth hier, eine Tante von Mabel«, fuhr er fort. »Sie war eine sehr freundliche Frau und gute Nachbarin, aber sie suchte nie Kontakt, sie lebte sehr zurückgezogen. Stell dir vor, in all den Jahren haben wir niemals auch nur ein Tässchen Tee zusammen getrunken! Ich meine, es ist schon normal, dass es ein, zwei Jahre dauert, bis man einen Nachbarn zum Tee einlädt, aber dass es überhaupt nicht passiert, das ist ungewöhnlich. Ruth hat Mabel das Cottage vererbt, dabei haben sie sich nie kennengelernt, aber Ruth hatte keine Kinder und hat

Mabel wohl mehr oder weniger nach dem Zufallsprinzip zur Erbin bestimmt. Mabel hat es dann zum Bed & Breakfast umgebaut und Honeysuckle Cottage genannt, vorher trug es nicht einmal einen Namen. Das muss, warte mal, irgendwann Mitte der Achtziger gewesen sein. Mabel kam aus Manchester, war zuvor nie in Cornwall gewesen und hatte nicht die geringste Ahnung, wie man ein B&B führt.«

»Kommt mir irgendwie bekannt vor.« Margarete seufzte. Ihr Smartphone klingelte. Mabel, natürlich. Wahrscheinlich war sie jetzt im Krankenhaus und musste warten. Sie drückte das Gespräch weg.

»Damals gab's hier auch kaum Touristen, und wenn, dann waren es Briten, keine Ausländer. Port Piran fehlt einfach ein richtiger Strand, um es familientauglich zu machen, und früher war Wandern auch nicht so beliebt wie heute. Die ganzen Häuser, die heutzutage an Touristen vermietet werden, gehörten den Fischern und den anderen Einheimischen. Alle haben Mabel für verrückt erklärt, aber sie hat sich nicht beirren lassen, und das B&B brummte von Anfang an. Die anderen B&Bs weiter unten am Weg kamen erst später dazu, sie profitierten von Mabels Erfolg, und Mabel schickte die Gäste weiter, wenn sie ausgebucht war. Leider hat der Tourismus auch seine Schattenseiten. Früher gab es beispielsweise keinen *Fish & Chips-Shop*. Was der an Müll produziert, und lästige Möwen anzieht! Dafür hatten wir mehrere Lebensmittelläden, die haben alle bis auf ein winziges Lädchen zugemacht. Ich bekomme meine Lebensmittel von *Tesco* geliefert, der Supermarktkette, anders ginge es gar nicht. Viele Einheimischen sind ins Hinterland gezogen und vermieten ihre Häuser im Dorf. Auch die wenigen Freunde von mir, die noch leben, sind weggezogen, wir treffen uns nur noch selten. Unser Haus ist das Einzige am Weg, in dem keine Zimmer vermietet werden.« Er seufzte, als er Margaretes fragenden Blick sah. »Ich sage immer noch ›unser Haus‹, dabei ist meine Frau Helen seit sechs Jahren tot. Aber ich werde mich wohl nie dran gewöhnen.«

»Das tut mir sehr leid«, entgegnete Margarete teilnahmsvoll. »Es war sicher eine schreckliche Umstellung.«

John nickte. »Das war es. Wir waren einundsechzig Jahre lang verheiratet. Wir haben am 2. Juni 1953 geheiratet.« Er machte eine Pause und sah Margarete bedeutungsvoll an. Er schien eine Reaktion von ihr zu erwarten, aber Margarete hatte nicht die geringste Ahnung, was für eine.

»Das ... das ist eine lange Zeit.«

»Natürlich. Aber das meine ich nicht! Das Datum! Warum wohl haben wir genau an diesem Tag geheiratet?« John strahlte jetzt über das ganze Gesicht.

»Äh – keine Ahnung, tut mir leid. Ich meine, Juni bietet sich natürlich an zum Heiraten ...«

»Die Krönung!«

»Die Krönung? Welche Krönung?«

»Margret! Ich bitte dich! Am 2. Juni 1953 wurde Elizabeth zur Königin gekrönt!« John sprang auf, wobei er beinahe den Teetisch umwarf, legte die rechte Hand aufs Herz und begann inbrünstig zu singen. »God save our gracious Queen ...« Seine Stimme war voll und wohlklingend. Ach du meine Güte, dachte Margarete. Erwartet er etwa, dass ich mitsinge?

»Es tut mir leid, aber ich kann den Text nicht«, erklärte sie schließlich.

John verstummte schlagartig und sah Margarete mitleidig an. »Tss. Und dabei trägst du den Namen der verstorbenen Schwester der Königin! Ihr Deutschen seid wirklich zu bedauern. So ganz ohne Königin und Paläste, Hochzeiten und Taufen. Fehlt einem da nicht etwas?«

»Wir haben einen Bundespräsidenten. Der wohnt in Schloss Bellevue in Berlin. Es ist – ein wenig bescheidener als Buckingham Palace.«

»Ein Präsident kann doch keine Königin ersetzen! Wie kommt er in sein Amt?«

»Er wird gewählt. Von der Bundesversammlung.«

»Siehst du! Genau das ist doch das Problem! Königin wird man aufgrund seiner Geburt! Und man lebt sein Leben lang in einem Palast und folgt dem Protokoll! Und wir Untertanen haben immer etwas zu feiern! Hast du dir meine Keksdose angesehen?«

Margarete nahm die Dose in die Hand. Sie war hellblau und rosa. »HRH Harry & Meghan« stand darauf, und sie zeigte einen Bräutigam und eine Braut von hinten, außerdem waren unzählige Herzchen, Kuchen und Sektgläser abgebildet.

»Damit könnt ihr Deutschen nicht mithalten!«, rief John triumphierend. »Du musst dir bald einmal unsere Sammlung auf dem Kaminsims anschauen. Von allen königlichen Hochzeiten, Taufen und Jubiläen. Tassen, Dosen, Vasen, Aschenbecher! Dabei rauchen wir gar nicht!«

»Ein andermal«, wehrte Margarete hastig ab und sprang auf. »Ich muss mich jetzt wirklich um Honeysuckle Cottage kümmern. Damit ich mich wenigstens halbwegs zurechtfinde, bevor die Filmleute kommen!«

»Ich komme nachher rüber und helfe dir. Ich sehe ja von meinem Küchenfenster aus, wann die Gäste kommen. Ich habe viel Zeit, ich kann dir gerne helfen!«

»Vielen Dank, aber Tee zu machen, das kriege ich alleine hin«, antwortete Margarete ehrlich.

Auf Johns Gesicht breitete sich Enttäuschung aus. Das konnte sie jetzt auch nicht ändern, dachte Margarete. Hilfsbereitschaft war ja gut und schön, aber John langweilte sich offensichtlich. Da konnte sie ihm erst mal leider auch nicht helfen. Sie murmelte einen Abschiedsgruß und floh den Hang hinauf.

Die Tür zu Honeysuckle Cottage stand offen. Eine Katze rieb sich am Türpfosten. Als Margarete Mabel gefragt hatte, wie ihre Katze aussah, hatte diese kryptisch geantwortet, »Du wirst sie sofort erkennen. Sie sieht so aus wie du.« Nun wusste sie, was sie gemeint hatte.

»Sehr witzig, Mabel«, murmelte Margarete.

Die Katze hatte ein rotes Fell, bis auf eine weiße Brust und vier weiße Pfoten, außerdem war sie fett. Margarete ging in die Hocke und sagte leise in Richtung der Katze: »Soll ich dich jetzt Bluebell oder Bullshit nennen? Und haben sie dich auch immer wegen deiner roten Haare gehänselt?«

Die Katze zögerte einen Moment, dann stolzierte sie mit aufgestelltem Schwanz herbei und rieb sich an Margaretes Hand und Knie.

»Du bist viel zu nett, um Bullshit zu heißen. Komm, Bluebell.« Sie ging ins Haus, die Katze folgte ihr erwartungsvoll in die Küche und baute sich maunzend vor der Spüle auf. »Na schön, Bluebell, damit wir schnell Freunde werden, besteche ich dich jetzt. Aber wir passen beide auf, dass wir nicht noch fetter werden, okay?«

Sie fand das Katzenfutter und einen Fressnapf unter der Spüle und kippte eine ganze Dose in den Napf. Die Katze stürzte sich darauf, als sei sie am Verhungern, was Margarete daran erinnerte, dass es ihr ähnlich erging. Aber zunächst musste sie sich in der Küche orientieren. Die war hell und geräumig. In der Mitte stand ein großer, gemütlicher Holztisch mit einem Blumenstrauß aus Mabels Garten, und am anderen Ende war eine Tür. Margarete öffnete sie neugierig und entdeckte eine Speisekammer mit Vorräten. Auf deren linker Seite führte eine weitere Tür ins Freie zu einem verwunschenen Sitzplatz mit nur einem Stuhl und einem wackligen Tisch, den man von keiner Seite einsehen konnte, weil ringsum alles zugewachsen war. Auf dem Tischchen stand ein Aschenbecher. »Hier rauchst du also heimlich deine Joints, Mabel«, sagte Margarete zu sich selbst und musste grinsen.

Sie ging in den Flur, wo ein kleiner Holztisch mit Computer, Telefon und der ausgedruckten Liste mit den Zimmerreservierungen stand. Mabel hatte es ihr »Büro« genannt. Sie öffnete die Schublade und fand, was sie suchte, ein kleines Blöckchen mit Haftnotizen. Zurück in der Küche, inspizierte sie Schränke und Schubladen, schrieb Stichworte auf die Haftzettel und klebte sie an. Hier waren die Teller, Tee- und Kaffeekannen, dort die Müslischüsseln, Tassen und das Besteck. Alles war übersichtlich, gut organisiert und sauber. Sogar Margarete, die eine miserable Köchin war, konnte sich vorstellen, in dieser Küche zu werkeln. Nun werde ich doch noch zu einer tüchtigen schwäbischen Hausfrau, und das ausgerechnet in Cornwall, dachte sie und grinste wieder vor sich hin. Plötzlich hörte sie Schritte im Flur.

»Mabel! Hallihallo, ich bin's! Mabel, bist du da? Oh, Guten Tag!«

Eine kräftige Frau mit einer großen Kiste in den Händen kam schwer atmend in die Küche gepoltert. Ihr Gesicht war rund und gerötet, die blonden Locken waren von grauen Strähnen durchzogen und hingen ihr wirr ums Gesicht. Sie trug einen bunt gestreiften Pullover, der aussah wie selbst gestrickt, dazu eine grüne Latzhose wie ein Gärtner und Gummistiefel.

»Die Kiste hier hochzutragen bringt mich jedes Mal um. Ist Mabel da?«

»Nein, tut mir leid. Sie hatte einen kleinen Unfall und musste ins Krankenhaus. Ich übernehme hier solange. Mabel hat wohl in der Hektik vergessen, mir zu sagen, dass Sie kommen.«

»Mabel hatte einen Unfall?« Die Frau stellte die Kiste neben dem Herd ab. »Ach du liebe Güte. Hoffentlich nichts Schlimmes?«

»Sie ist gestürzt. Es könnte sein, dass sie sich das Bein gebrochen hat. Sie wird gerade in Truro im Krankenhaus untersucht.«

»Die Arme. Ausgerechnet diese Woche, wo hier so viel los ist! Und da sind Sie so schnell eingesprungen?«

»Ich bin – eigentlich Gast hier. Und weil ich nichts Dringendes zu tun habe, kümmere ich mich um das Nötigste.«

»Da kann Mabel aber von Glück sagen! Ich bin übrigens Karen.«

»Margret. Ich bin Deutsche. Aus Stuttgart.« Margarete hatte beschlossen, dass es sowieso keinen Zweck hatte, sich mit ihrem richtigen Namen vorzustellen.

»Dachte ich mir. Die Klebezettel haben dich verraten.« Karen grinste breit. »Wir haben eine Farm mit einem Shop, ein paar Meilen von hier landeinwärts. Ich bringe Mabel zweimal die Woche frisches Obst, Saft, selbst gebackenes Brot, Eier von unseren Hühnern, Milch, Joghurt, Blauschimmelkäse, Cheddar und Speck. Alles von unseren Kühen, alles biologisch, nichts zugekauft. Nicht dass es die Gäste interessieren würde. Zumindest die britischen nicht. Die deutschen schon. Die sind schrecklich bewusst, mit allem.«

Margarete war sich nicht sicher, ob das ein Kompliment war. Karen stellte die Kiste ab und schickte sich an, die verderblichen Lebensmittel in den Kühlschrank zu räumen, als sei es das Normalste der Welt.

»Ist Honeysuckle Cottage ausgebucht?«, fragte sie. »Dann wirst du gut zu tun haben.«

Margarete nickte. »Ja, und ich habe mir die Zimmer noch nicht einmal angeschaut. Und wie das mit dem Frühstück läuft, weiß ich auch noch nicht genau.«

»Mabel macht normalerweise einen Obstsalat aus frischen Früchten zum Frühstück. Ich habe Erdbeeren aus unserem Gewächshaus und Rhabarber aus dem Garten mitgebracht, mehr frisches Obst gibt's im Moment leider noch nicht. Du könntest einen Erdbeersalat machen, oder Rhabarberkompott. Und unseren Speck nimmt sie natürlich zum Braten. Die Eier machst du so, wie es die Gäste wünschen.«

»Du backst nicht zufällig Scones?«

Karen schüttelte den Kopf und schloss die Kühlschranktür. »Nur Brot, sorry. Frag die Gäste, ob sie lieber Brot oder Toast wollen, viele essen tatsächlich lieber Toast aus der Packung als mein selbst gebackenes Brot! Vielleicht kann Caroline einspringen und Scones für morgen früh backen? Ich muss los, das Auto ist voller Bestellungen. Pack die übrigen Sachen am besten in die Speisekammer. Ich komme am Freitag wieder.«

»Und was ist mit der Rechnung?«

Karen winkte ab. »Keine Eile. Ich regele das immer mit Mabel am Monatsende. Hier ist meine Handynummer, für alle Fälle. Falls du von irgendetwas mehr brauchst. Mehr Eier zum Beispiel.« Sie gab Margarete eine Karte, auf der ein lachendes Schwein abgebildet war. *»The laughing pig, farmshop, local products«* stand darunter. In der Tür drehte sie sich noch einmal um.

»Kommst du morgen Abend?«

»Äh – wohin?«

»In den Pub natürlich. Wir, also die *locals,* treffen uns immer mittwochabends im Pub und singen zusammen. Singst du gern?«

»Äh – ja.«

»Prima. Bist du trinkfest? Das ist mindestens genauso wichtig.«

»Es geht so.«

»Daran wirst du arbeiten müssen. *Hasta mañana,* oder wie sagt man bei euch in Deutschland? Bis morgen! Grüß Mabel, wenn du mit ihr sprichst. Ach, und noch etwas. Biete jedem, hörst du, jedem, der zur Tür hereinkommt, außer der Katze, eine Tasse Tee oder Kaffee an. Auch mir.«

»Ich werde dran denken. Bei uns zu Hause sagt man: Alles grüßen, was sich bewegt, und alles putzen, was sich nicht bewegt.«

Karen lachte herzlich. Und schon war sie fort.

8. KAPITEL

Margarete

Margarete zappelte vor lauter Freude. Nun war sie erst seit ein paar Stunden hier und wurde schon in den Pub eingeladen! Mit den *locals!* Anstelle von Mabel! Jetzt musste sie sich aber endlich einen Überblick über die Zimmer verschaffen – zu spät. Sie hörte lautes Stimmengewirr von draußen, und dann wurde die Haustür aufgerissen.

»Hey, das ist ja obercool hier!« Die Stimme der Frau klang sehr jung. Margarete stürzte panisch aus der Küche in den Flur, obwohl ihr erster Impuls war, abzuhauen oder sich in der Speisekammer zu verstecken. Der Flur füllte sich mit immer mehr Menschen. Das waren nicht bloß zwei Leute. Das war ein ganzes Rudel!

»Hi! Sie müssen Mabel sein!«, rief die Frau, die die Gruppe anführte. Margarete schätzte sie auf gerade mal zwanzig. Sie trug knallenge und kurze Shorts und ein bauchfreies T-Shirt, als herrschte draußen größte Hitze, der sehr blonde Pferdeschwanz war durch die Öffnung einer Baseballkappe gezogen. Hinter ihr drängelte sich ein bunter Haufen Leute in bedruckten T-Shirts, Jeans, ausgebeulten Dreiviertelhosen und Bermudas, die alle fröhlich winkten und »Hello« riefen. Die meisten hatten Funkgeräte am Gürtelbund oder Kopfhörer um den Hals. Frauen waren eindeutig in der Minderheit.

»Sorry, Mabel, dass wir so reinplatzen, wir sind viel zu früh! Und ich hab die ganze Meute im Schlepptau. Könnten wir vielleicht alle 'ne Tasse Tee kriegen?«, fragte das junge Mädchen und strahlte Margarete an.

»Herzlich willkommen!«, rief Margarete aufgeregt. »Ich bin Margret. Mabel ist nicht da. Sie ist gestürzt. Ich bin kurzfristig eingesprungen. Leider kenne ich mich noch kein bisschen aus!«

»Das macht doch nichts, Hauptsache, wir kriegen das Zimmer und eine Tasse Tee! Wir müssen sowieso gleich wieder los, wir sind noch nicht fertig mit dem Dreh für heute, aber wir müssen die *location* wechseln, und Port Piran lag auf dem Weg. Unser Caterer ist versehentlich direkt zu unserm zweiten Drehort gefahren, nach Porthcurno, deshalb sind alle halb verhungert und verdurstet. Lunch kriegen wir nachher, aber Tee wäre super. Setzen Sie's einfach auf die Zimmerrechnung!«

»Natürlich«, stotterte Margarete. »Überhaupt kein Problem!« Sie war keine Teetrinkerin! Sie hatte nicht die geringste Ahnung, wie man Tee auf eine Weise zubereitete, dass er Engländern schmeckte. Und anscheinend war das mit dem Tee ja schrecklich wichtig.

»Also, Leute, wer von euch will Tee?«, rief das Mädchen. Niemand reagierte. Die komplette Truppe hatte sich im Frühstückszimmer ausgebreitet. Die einen hockten auf Stühlen, die anderen auf dem Boden, zwei Männer beugten sich über eine Videokamera und schienen über eine frisch gedrehte Szene zu fachsimpeln. Alle plapperten wild durcheinander, daddelten auf ihren Handys oder telefonierten. Es war ohrenbetäubend laut. Margarete stand da und betrachtete hilflos die Szene.

»He, Jungs und Mädels!«, brüllte die junge Frau noch lauter. »Jetzt reißt euch doch mal zusammen! Wer will Tee, wer will Kaffee?« Nun schrien alle gleichzeitig. Das Mädchen stöhnte. »Ich sag's Ihnen, kommen Sie bloß nie auf die Idee, zum Film zu wollen! Der reinste Chaoshaufen! Ich bin übrigens Sally.«

»Bist du für die Organisation zuständig?«

»Nee, eigentlich nicht. Ich bin der *location scout*. Klingt wahnsinnig toll, ist aber ein Knochenjob, und noch dazu bin ich die Einzige, die aus Cornwall stammt und sich auskennt. Und deshalb ist mir irgendwie die undankbare Aufgabe zugefallen, diesen Sack Flöhe zu hüten, wenn der Regisseur nicht dabei ist.«

»Du bist der *location scout?* Oh. Das heißt, du bist einer der Übernachtungsgäste, oder? Mabel hatte mir gesagt, es kämen zwei Männer. Wir haben leider keine zwei Einzelzimmer, es ist nur ein Doppelzimmer frei, aber immerhin mit getrennten Betten.«

»Das ist überhaupt kein Problem.« Sally grinste. »Wir haben schon öfter das Zimmer geteilt, Richard und ich. Richard ist der Regisseur. Er hat die Schauspieler noch in den Pub gebracht, zum Mittagessen, weil die was Besseres sind als wir vom Team, logisch. Er kommt gleich nach. Noch mal von vorne! Wer will Tee? Hand hoch!«

Nach einigem Hin und Her wusste Margarete endlich, dass elf Leute Tee, fünf Leute Kaffee und drei Leute einfach nur ein Glas Leitungswasser wollten. Zwei hatten »Bier!« gebrüllt, aber Sally hatte sie ausgelacht. Margarete stolperte in die Küche. Sie wusste, wo die Tassen waren, aber wo war der Tee? Sie riss die Schubladen auf, aber das Einzige, was sie fand, waren Teebeutel. Das war doch sicher ein Stilbruch! Wo war der offene Tee? Das Teesieb? Die Teekanne? Und es gab keine Kaffeemaschine! Panisch klaubte sie Tassen zusammen, dabei rutschte ihr eine Tasse aus der Hand und zerschellte auf dem Küchenboden. Mühsam hielt sie die Tränen zurück. Das war doch der helle Wahnsinn. Sie war in England, wo sie nur einmal in ihrem Leben, und das vor über dreißig Jahren, gewesen war, maßte sich an, eine Frühstückspension zu führen, deren Zimmer sie noch gar nicht gesehen hatte, und wusste nicht einmal, wie man Tee für Engländer kochte? Mabel hatte recht gehabt. Sie schaffte das nicht. Mabel würde sich jemand anderes suchen müssen. Diese Freundin, Caroline, zum Beispiel. Sobald die auftauchte, würde sie ihr sagen, dass sie das Handtuch warf. Sollte die sich doch um die Gäste kümmern. Welche Verpflichtungen hatte Margarete schließlich Mabel gegenüber? Sie hatte Urlaub! Sie würde die Filmleute versorgen, und dann war Schluss. Irgendwo in Port Piran würde es doch noch ein Zimmer für sie geben! Sie füllte drei Gläser mit Wasser aus dem Hahn und lief damit ins Frühstückszimmer, dann eilte sie zurück in die Küche.

»Guten Tag! Wer ist am durstigsten? Hier sind schon einmal fünf Tassen Tee! Und Kekse! Ich stelle das Tablett hier auf den Tisch, bedient euch!«

John wurde mit lautem Gejohle empfangen. Er tauchte im Türrahmen der Küche auf.

»Alles in Ordnung, Margret?«, fragte er eifrig. »Ich hab gesehen, wie viele Leute den Weg hinaufgelaufen sind, da hab ich gedacht, *o dear,* so viele, vielleicht brauchst du doch meine Hilfe. Fünf Tassen Tee hab ich gleich mitgebracht.«

Sie war unendlich erleichtert, ihn zu sehen, und hatte gleichzeitig ein schrecklich schlechtes Gewissen.

»John! Vielen Dank, dass du gekommen bist. Ich finde mich nicht zurecht und habe keine Ahnung, wie man Tee so kocht, dass er Engländern schmeckt! Und außerdem ist gleich als Erstes eine Tasse zu Bruch gegangen.« John lachte.

»Ist doch nicht schlimm. Darf ich reinkommen? Mabel lässt niemanden in ihre Küche außer Karen.«

»Natürlich! Komm rein!«

»Und du weißt wirklich nicht, wie man Tee macht?«

»Nein! Ich bin Deutsche. Ich trinke keinen Tee!«

John schüttelte ungläubig den Kopf.

»Du trinkst keinen Tee? Was für ein schreckliches Leben, ohne Tee und ohne Monarchie! Ihr seid schon seltsam, ihr Europäer. Wie viele Leute haben noch keinen Tee?«

»Sechs. Und fünf Leute wollen Kaffee. Und weißt du, wo Mabel einen Besen hat?«

»Nein, tut mir leid.« John nahm den Wasserkocher, füllte ihn bis zum Rand und schaltete ihn an. Dann deutete er auf eine Pappschachtel, auf der »PG Tips« stand, öffnete sie und warf in jede Tasse einen Teebeutel.

»Beutel?«, rief Margarete ungläubig.

»Wundert dich das? Kein Mensch trinkt heutzutage mehr offenen Tee im Alltag, mit Ausnahme der Queen, und die muss ihn nicht selber machen. Leider! Höchstens im *Tea room*! Du kippst heißes Wasser drauf, lässt ihn zwei, drei Minuten ziehen, dann fischst du die Teebeutel raus und stellst die Tassen auf den Tisch. Milch und Zucker tut sich jeder selber rein.«

»Und das ist alles?«

»Das ist alles.«

»Und Kaffee?«

»Schau mal, ob du eine Cafetière findest. Sonst nimmst du einfach löslichen Kaffee. Das nimmt dir keiner krumm, wenn's schnell gehen muss. Ich trinke schon mein ganzes Leben lang nichts anderes! Ich gieße den Tee auf, such du den Kaffee. Und guck doch mal, ob du noch eine Dose von Mabels legendären selbst gebackenen Keksen auftreibst.«

Margaretes Smartphone klingelte.

»Mabel! Die Filmcrew ist aufgetaucht. Fast zwanzig Leute! Ich kann jetzt nicht! Ich rufe dich zurück. Ich muss sowieso mit dir reden!«

»Ich habe nur eine Minute. Ich werde gleich abgeholt.«

»Abgeholt?« Mit dem Handy am Ohr öffnete Margarete die Kühlschranktür und angelte nach der Milch. Wo war der blöde Zucker?

»Ich werde noch heute operiert.« Mabel klang entsetzlich unglücklich.

»O nein! Ist das Bein so kompliziert gebrochen?«

»Es ist kein Bruch, sondern ein Bänderriss. Über dem Sprunggelenk. Komplizierter geht's nicht. Man muss das Band nähen und eine Schraube zwischen Schienbein und Wadenbein einsetzen.«

»Das tut mir schrecklich leid, Mabel.«

»Kommst du zurecht?«

»Äh – ja, klar. Wo sind deine Kekse?«

»In der Speisekammer, auf dem Regal gleich bei der Tür.«

»Du wirst also heute noch operiert?«

»Wenn kein Notfall dazwischenkommt. Sonst spätestens morgen früh. Nach der OP muss ich mindestens noch einen Tag hierbleiben. Wenn's dumm läuft, zwei. Ich kann im Moment nicht genau sagen, wann ich nach Hause darf.« Mabel machte eine Pause. Sie klang überhaupt nicht mehr überheblich, nur noch jämmerlich. »Margret ...«

»Ja?«

»Kannst du bleiben? Bis ich hier rauskomme? Also wenn's schlecht läuft, noch zwei Tage? Oder musst du dringend zurück nach Deutschland?«

»Was ist mit Caroline?«

»Ich habe sie angerufen. Sie hat normalerweise eine Aushilfe im Buchladen. Aber es ist wie verhext, weil Ann Schulkinder hat und *half term* ist, ist sie ausgerechnet diese Woche in Urlaub. Caroline kann dir vielleicht ein bisschen unter die Arme greifen, aber sie hat nur sehr wenig Zeit, sie muss sich um ihr Café und ihren Laden kümmern. Und ihre Tochter.«

Margarete blickte auf den Chaoshaufen im Frühstückszimmer. Das war erst der Anfang. Sie kannte die Zimmer nicht, sie kannte die Gäste nicht, sie wusste nicht, wie man ein ordentliches englisches Frühstück zubereitete oder Scones buk. Und nach dem Frühstück würde sie die Zimmer richten müssen. Dabei wollte sie eigentlich Urlaub machen. Deswegen hatte sie schließlich Roland beklaut! Und selbst wenn Mabel in zwei Tagen rausdurfte, konnte sie doch bestimmt nicht laufen oder gar die Zimmer machen? Wenn sie Mabel jetzt zusagte, kam sie nicht mehr so schnell weg. Welcher Tag war heute? Dienstag? Der ursprüngliche Plan war gewesen, mit Roland am Samstag zurück nach Stuttgart zu fahren. Aber was war von ihrem Plan überhaupt übrig? Und ... wollte sie überhaupt weg?

»Margret? Bist du noch dran?«

»Ich ... ich weiß nicht, ob ich das hinkriege. Ich glaube, ich habe es mir einfacher vorgestellt, als es tatsächlich ist.«

»Ich bin mir sicher, dass du das alles schaffst. John wird dir helfen. Und Caroline. Und Chris. Margret?«

»Ja?«

»Bitte.« Sie klang verzweifelt. »Ich kann's mir nicht erlauben, die Einnahmen dieser Woche zu verlieren oder Buchungsanfragen nicht zu beantworten, weil ich im Krankenhaus liege. Ich brauch das Geld. Du darfst auch in meinem Bettchen schlafen und alles benutzen und deine Wäsche waschen und futtern, so viel du willst.«

»Das ist es nicht. Es ist ...« Es ist der Wahnsinn, dachte sie. »Okay. Ja. Ich kann bleiben.«

»Danke. Vielen Dank, Margret.«

Margarete seufzte. Sie war sich ziemlich sicher, dass sie die Entscheidung spätestens beim Frühstückmachen bereuen würde. Aber auch wenn sie Mabel nichts schuldete und ihr vorm Frühstück graute: Sie wollte nichts lieber als in Port Piran bleiben.

Fünf Minuten später hatte sie mit Johns Hilfe das ganze Team mit Tee, Nescafé, Wasser und Mabels Keksen versorgt, einen Besen gefunden und die Scherben zusammengekehrt. Margarete atmete auf. Sie machte noch eine Tasse Kaffee für sich selbst, auch wenn sie löslichen Kaffee hasste, und gesellte sich zu den Filmleuten, um sich eine Pause zu gönnen. John plauderte angeregt mit Sally.

»Vielen Dank, Margret!«, rief sie. »Die Leute müssen bei Laune gehalten werden. In ein paar Minuten brechen wir wieder auf und lassen euch in Ruhe!«

»Was dreht ihr eigentlich für einen Film?«, fragte Margarete, froh über die Ablenkung.

»Kennst du *Cornwall 1900* etwa nicht?«, fragte Sally und schien erstaunt.

Margarete schüttelte den Kopf. »Ich komme aus Deutschland.«

»Es ist eine BBC-Serie, es geht um ein Liebespaar in einem kleinen Dorf in Cornwall. Armer, attraktiver Fischer liebt bildhübsche Tochter eines reichen Lords. Su-per süß, und su-per romantisch! Natürlich kriegen sie sich nach vielen Irrungen und Wirrungen, aber dann kommt der Erste Weltkrieg dazwischen, und der Held muss an die Front. Es ist schon die vierte Staffel, ich bin erst seit dieser Staffel dabei. Wir wollen heute eine Folge fertig abdrehen, deswegen wissen wir nicht, wie lange es dauert.«

»Ich liebe die Serie«, erklärte John. »Ich habe noch keine Episode verpasst. Mir gefallen vor allem die Szenen, die im Krieg spielen. Unsere tapferen *boys* in den Schützengräben! Ich versuche gerade, Sally davon zu überzeugen, dass ich als Statist mitspielen darf.«

Sally lachte. »Ich habe ihn gewarnt. Als Statist steht man stundenlang nur herum und wartet auf seinen kleinen Einsatz, und wenn man Pech hat, wird man am Ende rausgeschnitten.«

»Das macht mir nichts aus«, beteuerte John. »Ich habe ja alle Zeit der Welt!«

»Ab morgen ist sowieso Drehpause. Das Team hat die nächsten drei Tage frei, und Richard, du weißt schon, der Regisseur, will sich nach neuen *locations* umsehen. Da bin ich dann im Einsatz, und wir tingeln zusammen durch Cornwall. Ah, da ist er ja!«

Ein großer, sportlich wirkender Mann mit schulterlangen, grau melierten Haaren und einem grauen Vollbart betrat das Frühstückszimmer. Er trug eine beige Bermuda, ein blaues Polohemd und blaue Slipper. Wow, dachte Margarete. Endlich mal einer in meinem Alter! Und wie gut der aussieht!

»Hey, Leute, alles in Ordnung?«, fragte er gut gelaunt. »Kann ein armer Regisseur vielleicht noch 'ne Tasse Tee kriegen?«

»Tee schon, aber die Kekse haben wir alle aufgefuttert, Richard-Schätzchen!«, rief einer der Leute aus dem Team. »Die waren einfach zu geil!«

»Richie, darf ich dir Margret vorstellen«, sagte Sally. »Sie ist für Mabel eingesprungen, die einen Unfall hatte. Sie hat sich wirklich toll um uns gekümmert.«

»Hallo, Margret. Und vielen Dank.« Richard nahm Margaretes Hand und hielt sie eine Sekunde zu lange fest. Seine strahlend blauen Augen sahen sie prüfend und ein wenig herausfordernd an. Margarete musste sich ein Grinsen verkneifen. Okay, sie wusste Bescheid. Männer von der Sorte Berufs-Charmeur, die aus Prinzip mit jeder Frau flirteten, hatte sie beim Onlinedating mehr als genug kennengelernt. »Tolles rotes Haar haben Sie. Könnten wir vielleicht am Set brauchen.«

Margarete lachte. »Sorry, ich glaube nicht, dass ich zur Schauspielerin tauge. Die einzige Rolle in meinem Leben war einmal an Heiligabend im Weihnachtskrippenspiel. Ich war der Esel.«

Richard zog die Brauen hoch. Er wirkte sichtlich irritiert. »Die meisten Leute würden mir um den Hals fallen und eine Riesenchance wittern, wenn ich so etwas sage, selbst wenn sie nur eine Sekunde bauchabwärts hinten links zu sehen sind.«

»Sie ist Deutsche, Rich, sie kennt weder dich noch *Cornwall 1900*«, meinte Sally, und es klang spöttisch. »Deshalb ist sie nicht mit einem lauten Quieken in Ohnmacht gefallen.«

»Das erklärt einiges,«

»Also, ich würde gern mitspielen«, warf John eifrig ein. »Auch bauchabwärts hinten links. Ich bin ein echter Fan.«

»Im Moment brauchen wir vor allem noch ein paar *locations,* Schauspieler und Statisten haben wir genug«, sagte Richard, wobei sein Blick abschätzig auf dem Fleck auf Johns Hemd ruhte. »Aber du kannst ihm ja mal einen Fragebogen für Komparsen geben, Sally. Vielleicht brauchen wir in der nächsten Staffel einen alten Mann.«

Arschloch, dachte Margarete erbost.

»Wir sollten jetzt wirklich los«, drängte Sally. »Die Leute sind am Verhungern. Aber darf ich dir vorher noch eine wirklich prachtvolle *location* präsentieren, direkt vor deiner Nase? Tada! Ist Honeysuckle Cottage nicht entzückend? Allein die Lage! Könnte das nicht der geheime Treffpunkt von James und Marian sein, für ihre erste gemeinsame Liebesnacht, bevor James in den Krieg muss?«

»James überlebt den Krieg doch hoffentlich?«, fragte John und sah Richard flehentlich an. »Ich meine, so viele unserer Jungs sind nicht aus Flandern zurückgekommen. Aber James kommt wieder. Er wird vielleicht verwundet, und Marian ist die Lazarettschwester, die ihn gesund pflegt, aber er kommt doch wieder, nicht wahr?«

Richard gab keine Antwort und sah sich prüfend im Frühstückszimmer um. Dann stapfte er ohne Kommentar in die Küche und öffnete danach die Tür zu Mabels Schlafzimmer, um hineinzuspähen, und zwar ohne vorher um Erlaubnis zu bitten. Mabel würde ihn umbringen, dachte Margarete. Sie kannte sie zwar kaum, aber eine Frau wie sie, die niemanden in ihrer Küche duldete, würde wohl erst recht nicht ihr Haus als Liebesnest für eine kitschige Fernsehserie zur Verfügung stellen.

»Du hast recht, Sal, das Haus ist nahezu perfekt. Aber sagtest du nicht, du hättest für morgen Termine ausgemacht, um ein paar Cottages abzuchecken?«

»Schon, aber ich kann dir schon jetzt sagen, Honeysuckle Cottage ist hübscher als alles, was ich gefunden habe. Es hat viel mehr Charakter. Vor allem von außen.«

»Hmm. Würde die Besitzerin denn überhaupt zustimmen? Wann sprechen Sie das nächste Mal mit ihr, Margret?«

»Schwer zu sagen. Mabel ist im Krankenhaus und soll heute noch operiert werden. Ich fürchte, ich kann frühestens morgen Abend mit ihr telefonieren.« Margarete gab sich Mühe, bedauernd zu klingen.

»Viel zu spät«, antwortete Richard. Margarete fand, er klang mürrisch. Was für ein eingebildeter Kerl! »Wir wollen diese Szenen schon Anfang nächster Woche abdrehen und müssen morgen im Laufe des Tages eine Entscheidung treffen. Am Donnerstag, spätestens am Freitag müsste ich unsere Techniker vorbeischicken, damit sie sich alles anschauen und vorbereiten, wegen der Beleuchtung und so weiter. Wenn Sie hier schon Vertretung machen, können Sie nicht an Mabels Stelle zusagen? Wir sehen uns die anderen Häuser trotzdem an, aber wir sollten schon baldmöglichst wissen, ob das hier überhaupt eine Option ist.«

Margarete hatte das Gefühl, ihr Kopf würde gleich platzen. Auch das noch. Sie konnte doch nicht eine so wichtige Entscheidung treffen, ohne Mabel zu fragen! Andererseits war das eine Riesenchance. Mabel brauchte Geld, und die Filmleute zahlten sicher gut.

»Nun, das hängt natürlich auch davon ab, wie die Konditionen aussehen«, lächelte sie. Sie war schließlich lange genug Pressefrau gewesen, um freundlich, aber bestimmt zu kommunizieren. »Ich bin mir sicher, wenn Sie mir ein gutes Angebot machen, wird Mabel darüber hinwegsehen, dass ich sie nicht vorher gefragt habe.«

Richard verschränkte die Arme und lehnte sich auf seinem Stuhl zurück. »Sie sind Deutsche und kennen die Serie nicht, deshalb können Sie natürlich nicht einschätzen, was so eine Anfrage bedeutet. Wir zahlen eine Aufwandsentschädigung, mehr nicht. Ich kriege ständig Mails von Leuten, die mir ihre Pubs oder Gärten oder Landhäuser anbieten, ohne auch nur einen Penny dafür zu verlangen. Wenn Mabel hinterher auf ihrer Homepage schreibt, dass das hier der Drehort für die allererste Liebesnacht von James und Marian war, kurz bevor er in den Krieg zieht, und wir ihr dann noch ein paar Fotos vom Dreh zur Verfügung stellen, hat sie Gäste für den Rest ihres Lebens. Wissen Sie, wie viele Tausende Touristen nach Nordirland pilgern, nur wegen *Game of Thrones*? Alle werden in dem Liebesnestschlafzimmer übernachten wollen. Sie kann dann Eintritt nehmen und Führungen veranstalten!«

»Vor allem wenn Marian in der Nacht schwanger wird«, schaltete sich John wieder eifrig ein. »Das wäre doch gut möglich, oder?«

Richard tat wieder so, als habe er Johns Bemerkung nicht gehört. Als ob Mabel jemals Gäste in ihrem eigenen Schlafzimmer übernachten ließe oder gar Besichtigungstouren durch Honeysuckle Cottage anbieten würde, dachte Margarete erbost.

»Sie haben recht, das kann ich als Deutsche nicht beurteilen«, meinte sie und lächelte süßlich. »Machen Sie mir ein Angebot, dann sehen wir weiter. Aber die Dreharbeiten würden ja vermutlich auch die Gäste beeinträchtigen? Wie viele Tage würden Sie brauchen, was schätzen Sie?«

»Drei, maximal vier Tage. Ich bin mir sicher, Ihre Gäste würden begeistert sein. Vor allem wenn sie dann noch Autogramme bekommen.«

»Vielleicht sollten wir uns noch rasch die Räume im ersten Stock ansehen?«, schlug Sally vor. »Dann fällt uns die Entscheidung bestimmt leichter.«

»Aber gern«, entgegnete Margarete. »Ich hole nur kurz die Zimmerschlüssel.« Na toll. Nicht nur machte sie jetzt eine Führung durch ein Haus, das sie nicht kannte, Mabel hatte auch vergessen, ihr zu sagen, wo die Zimmerschlüssel waren. Sie eilte in die Küche. Sie konnte sich nicht an ein Schlüsselbord erinnern, und es gab auch keins. Als sie vorher die Schubladen geöffnet hatte, waren dort auch keine Schlüssel gewesen.

»John, könntest du bitte mal kurz kommen?«, rief sie.

John schlurfte postwendend in die Küche. »Sei vorsichtig, Margret. Ich sage dir jetzt schon, das wird Mabel nicht gefallen. Überhaupt nicht! Dieser Richard!«, raunte er. »Wie ist es nur möglich, dass ausgerechnet so ein unangenehmer Mensch meine Lieblingsserie dreht? Und dann auch noch etwas mit dem jungen Mädchen anzufangen. Sie ist doch fast noch ein Kind.«

»Wie kommst du denn darauf«, flüsterte Margarete. »Sally ist sein *location scout!* Nichts weiter!«

»Margret. Richard hält mich vielleicht für alt und naiv, aber das bin ich gewiss nicht.«

»Das hätte ich auch nie behauptet. Ich habe ein viel dringenderes Problem. Wo bewahrt Mabel ihre Zimmerschlüssel auf?«

»Das weiß ich nicht. Aber vielleicht stecken sie noch? Ich glaube, Mabel war noch nicht fertig mit Aufräumen, als der Unfall passierte. Ich gehe nach oben und sehe nach.«

»Danke, John. Was täte ich nur ohne dich!« John strahlte über beide Backen und schlurfte wieder aus der Küche. Margarete lief zurück ins Wohnzimmer. Seit dem frühen Morgen ging es Schlag auf Schlag, und allmählich war sie fix und fertig. Und hungrig! Richard trommelte mit den Fingern auf dem Tisch und sah genervt aus.

»Wir suchen noch ... nach den Zimmerschlüsseln. Es geht sofort los.«

»Gehen wir wenigstens schon einmal nach oben. Wir verlieren viel zu viel Zeit!«, antwortete Richard.

Margarete nickte ergeben. Sally und Richard folgten ihr die schmale Treppe hinauf.

»Die Treppe ist sehr eng«, murmelte Richard hinter ihr. »Da kriegen die Jungs das Equipment nicht hoch.«

»Die Schlüssel stecken!«, rief John von oben fröhlich herunter.

»Vielen Dank, John«, antwortete Margarete erleichtert. Sie

drehte sich auf der Treppe zu Richard um. »Mir fällt gerade noch ein, ich müsste natürlich erst die Reservierungen für die nächste Woche überprüfen, falls Sie in einem bestimmten Zimmer drehen wollen.«

»Margret«, sagte Richard kopfschüttelnd auf der Treppenstufe unter ihr, als spräche er zu einem kleinen Kind. »Sie sind Deutsche, ich weiß, aber ich glaube, Sie haben immer noch nicht ganz begriffen. *Cornwall 1900* ist nicht irgendeine Serie. Es ist ein nationales Ereignis. Ein Straßenfeger! Nicht nur wegen der zauberhaften Story, auch wegen der überwältigenden Landschaftsaufnahmen. Und die sind nicht auf dem Niveau Ihrer grauenhaften Rosamunde-Pilcher-Verfilmungen. Einige der unscheinbaren Jungs, die da unten auf dem Boden hocken, sind preisgekrönte Naturfilmer, die normalerweise wochenlang in der Arktis hocken und darauf warten, dass ein Pinguin hustet, weil sie ihn für eine Doku der BBC filmen.«

»Es tut mir ja so leid, Richard, dass ich so ganz offensichtlich die völlig falsche Person bin, um das zu beurteilen«, antwortete Margarete, so höflich sie konnte. »Ich schaue weder Rosamunde Pilcher noch kitschige Serien. Dazu fehlt mir schlichtweg die Zeit.«

Sie standen sich noch immer in dem engen Treppenhaus gegenüber, Richard und Sally auf der einen und John und Margarete auf der anderen Seite. Die Temperatur schien innerhalb von Sekunden um mehrere Grad gesunken zu sein. Richard seufzte theatralisch.

»Tatsächlich. Das ist natürlich schade, denn ich bin nicht nur der Regisseur, ich schreibe auch das Drehbuch für das kitschige *Cornwall 1900*. Die unzähligen Fanmails, die ich täglich bekomme, trösten mich darüber hinweg, dass Millionen meiner Landsleute unter Geschmacksverirrung leiden.«

Margarete drehte sich ohne weiteren Kommentar um und nahm die restlichen Treppenstufen. Sie riss aufs Geratewohl die Tür zum ersten Zimmer im Gang links auf, ohne die geringste Ahnung zu haben, was sich dahinter verbarg. Das mit vielen Blümchen bemalte Schild auf der Tür, auf dem »Marigold« stand, war nicht besonders aussagekräftig.

»Also das hier ist das Familienzimmer«, erklärte sie. »Für Eltern mit maximal zwei Kindern. Familie Saunders ist etwas empfindlich, ich würde deshalb darum bitten, das Zimmer nicht zu betreten.«

»Tut mir leid, aber dann kann ich mir kein wirkliches Bild machen. So unordentlich, wie Familie Saunders zu sein scheint, wird ihr das gar nicht auffallen.« Richard stapfte an ihr vorbei, und Margarete hilflos hinter ihm drein. Das Zimmer war groß genug für ein Doppelbett auf der einen und zwei kleinere Betten auf der anderen Seite, das riesige Fenster ging zum Garten. Über dem Elternbett hing ein Bild mit Ringelblumen. Die unzähligen Kissen und die Überwürfe über den Betten waren so gelb und orange wie die Blumen, und auf einem Tischchen stand sogar noch ein Strauß mit echten Ringelblumen. Das Zimmer wirkte fröhlich und gemütlich. Und schlampig. Überall lagen T-Shirts, Spielzeug, Zeitschriften und Schuhe herum, vor allem schicke Damenschuhe. Wieso nahm man so viele Paar Schuhe mit in einen einwöchigen Urlaub? Margarete graute es jetzt schon, wenn sie daran dachte, hier putzen zu müssen.

»Wo schlafen Sie eigentlich, Margret?«

»Äh – unten.«

»Sind alle Zimmer *ensuite*?«

»Ohn-was?«

Richard sah sie an, als sei sie nicht ganz gescheit. »Es bedeutet, dass sie ein eigenes Bad haben«, beeilte sich Sally zu erklären.

»Äh ... ja, ich glaube schon.«

Wenn das bloß nicht so weitergeht, dachte Margarete, aber es ging so weiter. Richard steckte seine Nase in jede Ecke, machte abfällige Bemerkungen über Gäste, die er nicht kannte, und bombardierte Margarete mit Fragen, von denen sie die meisten nicht beantworten konnte. Er war unerträglich arrogant, fand Margarete. Sally diskutierte mit Richard die Vor- und Nachteile von Honeysuckle Cottage, und beide benahmen sich so, als seien Margarete und John gar nicht da. John wiederum trottete wie ein Hund hinter ihnen drein und nutzte jede Gelegenheit, um Margarete anzustupsen und ihr bedeutungsvolle Blicke zuzuwerfen, die nicht wirklich heimlich waren und eine deutliche Sprache sprachen, dass nämlich Richard ein unverschämter Kerl war, der in hohem Bogen hinausgeworfen gehörte, *Cornwall 1900* hin oder her.

Anfangs wünschte sich Margarete weit, weit weg, doch nach einer Weile überwog ihr Entzücken über das Haus. Anscheinend waren im oberen Stock nachträglich riesige Fenster eingebaut worden. Die beiden Zimmer zum Hafen boten neben einem atemberaubenden Meerblick auch den Luxus einer breiten Fensterbank mit einem dicken Loungekissen darauf. Das Zimmer »Rose« war für Sally und Richard reserviert, und Margarete fand, es sei eigentlich viel zu hübsch, um es den beiden zu überlassen. Plötzlich wünschte sie sich nichts mehr, als allein zu sein, weit weg von Richards herablassender Geschwätzigkeit und Johns vorwurfsvollen Blicken. Wie schön wäre es jetzt, auf der Bank zu sitzen, bei weit geöffnetem Fenster, mit einer Tasse Kaffee in der einen und einem Buch in der anderen Hand, und ab und zu den Blick zu heben und aufs Meer zu schauen – hier könnte sie den ganzen Tag verbringen!

Richard schien jedoch gar nicht zu bemerken, wie geschmackvoll die Zimmer eingerichtet waren, oder dass im Zimmer »Rose« ein Rosenbild, in »Ivy« ein Efeubild und in »Violet« die Fotografie einer Veilchenwiese hing. Komisch, dachte Margarete im Veilchenzimmer und klemmte sich eine Gästemappe unter den Arm, um sich ein paar Infos anzulesen. Die heimeligen Zimmer passen gar nicht zu Mabels ruppigem Wesen.

»Danke, Margret. Ich schätze, wir sind nach wie vor interessiert«, sagte Richard schließlich, nachdem sie alle vier Zimmer besichtigt, noch eine schnelle Runde durch den Garten gedreht hatten und wieder unten an der Haustür standen. Sally scheuchte gerade das Filmteam hinaus. »Wir würden das Schlafzimmer hier unten nehmen, wegen der engen Treppe. Bis zum Frühstück brauche ich ein Ja oder Nein.«

»Und ich brauche bis dahin ein Angebot«, antwortete Margarete kühl. »Vom Ruf einer Fernsehserie allein lässt es sich nicht leben.«

»Na schön«, entgegnete Richard mürrisch. »Richten Sie Mabel aus, ich biete ihr siebenhundert Pfund am Tag. Damit liege ich schon deutlich über dem, was wir normalerweise bezahlen.« Sally riss überrascht die Augen auf. Margarete beschloss, zu pokern. Hoch zu pokern. Was hatte sie schließlich zu verlieren?

»Wenn die Serie so erfolgreich ist, wie Sie sagen, können Sie doch sicher noch dreihundert Pfund drauflegen? Dann kann ich Ihnen jetzt schon zusagen, und Sie können in aller Ruhe überlegen.« Ihr Herz klopfte. Sie spürte, wie John hinter ihr den Atem anhielt.

»Tausend Pfund? Sie sind frech. Sehr frech.«

Margarete zuckte mit den Schultern. »Ihre Entscheidung.«

»Meinetwegen«, knurrte Richard. »Damit sind dann aber alle Kosten abgedeckt. Kommen Sie mir dann nicht hinterher mit einer Stromrechnung!«

Damit marschierte er ohne Gruß aus der Haustür, und Sally lief hinter ihm nach. Margarete konnte nicht verhindern, dass sich ein triumphierendes Grinsen auf ihrem Gesicht breitmachte.

»Wenn du das mal nur nicht bereust, Margret«, murmelte John in ihrem Rücken. »Wenn du das nur nicht bereust.«

9. KAPITEL

Mabel

Der Junge starrte sie an, ohne ein Wort zu sagen. Er trug eine kurze Hose, ein verwaschenes T-Shirt und keine Schuhe. Er war mager, beinahe knochig. Bekam er denn nichts zu essen auf seiner Farm? Seine Haare waren kurz und strohblond, fast weiß. In seinem Gesicht tanzten die Sommersprossen. Am auffälligsten waren seine Augen. Sie waren sehr grün und sehr wach. Jetzt musterten sie Lori, in dieser unverhohlenen, direkten Art, die Kinder so an sich hatten und die Lori nicht mochte. Irgendetwas stimmte nicht mit ihm. Er wirkte so ernst, fast traurig. Welchen Grund hatte ein Farmerskind in Cornwall, das in geordneten Verhältnissen mit zwei, drei älteren Geschwistern aufwuchs, ernst zu sein?

Aber das war nicht Loris Problem. Sie musste dringend nach den Handwerkern sehen, die über der Küche herumhämmerten und seit Wochen, nein Monaten damit beschäftigt waren, Ruths altmodische Zimmer im ersten Stock in moderne Gästezimmer mit Bad zu verwandeln. Lori hatte schnell kapiert, dass sie regelmäßig kontrollieren musste, was die da oben machten, sonst machten sie gar nichts. Nichts außer regelmäßig in der Küche aufzutauchen und um eine Tasse Tee zu bitten. Sie schienen es völlig normal zu finden, Lori nach Tee zu fragen, aber nicht, von einer Frau Anweisungen entgegenzunehmen. Schon gar nicht von einer jungen Frau. Lori hatte einmal testweise ein bisschen herumgebrüllt, um sich Respekt zu verschaffen. Es hatte funktioniert, natürlich hatte es funktioniert (die Handwerker waren zu Tode erschrocken, zivilisierte Briten brüllten nicht, schon gar nicht junge Frauen). Lori hatte die Straßen von Manchester überlebt. Was waren ein paar Handwerker in Cornwall dagegen?

»Was ist denn noch. Du kannst jetzt gehen. Sag deiner Mutter, ich bringe das Geld für die Eier Ende des Monats vorbei.«

Der Junge rührte sich nicht.

»Was machst du überhaupt hier, um diese Zeit? Hast du keine Schule?«

Der Junge schüttelte den Kopf. »*Half term*«, murmelte er und starrte Lori noch immer an. Es war das erste Wort, das er laut aussprach, seit er den Karton mit Eiern stumm neben der Spüle abgestellt hatte. Natürlich, es war *half term*, das hatte Lori komplett vergessen. Eine Woche Schulferien, Ende Mai, nach dem *Bank Holiday*. Sie hatte nicht einmal mehr zwei Monate, wenn sie zu Beginn der britischen Sommerferien eröffnen wollte. Die ersten Gäste hatten gebucht, das Tourismusbüro in Truro hatte sie vermittelt, und sie hatte eine Anzeige in der *Times* geschaltet, aber manche Interessenten wollten ohne Hausprospekt nicht zusagen. Sie musste den Handwerkern Feuer unterm Hintern machen. Sie brauchte so schnell wie möglich zumindest ein fertiges Zimmer, damit die Werbeagentur endlich die fehlenden Fotos für den Prospekt schießen konnte. Sie hatten schon Fotos vom Hafen gemacht, von der Außenansicht von Honeysuckle Cottage und vom fertig renovierten Frühstückszimmer, nur das Foto eines Doppelzimmers fehlte noch. Und ein Foto von Lori, auf dem sie als hochprofessionelle Wirtin zu sehen war, am besten in ihrer Küche, im Flanellrock und mit einer Rührschüssel in der Hand, dabei war sie gerade mal siebenundzwanzig. Ohne Hausprospekt ging es nicht, und Lori brauchte dringend Gäste. Die Bank hatte ihr einen Architekten vermittelt, der aus Ruths Haus Honeysuckle Cottage machte, genauso wie sie es sich vorgestellt hatte, bloß dass er dafür ein Vermögen kassierte, viel mehr als geplant. Die fünfzigtausend Pfund waren aufgebraucht, die monatliche Kreditbelastung war hoch. Lori war pleite. Auch ohne Kontakt zu den Dorfbewohnern zu pflegen, wusste sie, dass man über sie tratschte. Es gab kaum Übernachtungsgäste in Port Piran. Urlauber wollten einen vernünftigen Strand, für die Kinder zum Spielen und um sich zu sonnen, und den gab es in Port Piran nun einmal nicht.

Port Piran lebte vom Fischfang. Lori hatte ein Vermögen ausgegeben, um ein B&B zu eröffnen, das von vorneherein zum Scheitern verurteilt war. Sagten die Einheimischen.

»Wie heißt du?«, fragte Lori, da der Junge offensichtlich keine Anstalten machte, ihre Küche zu verlassen.

»Christopher.«

»Wie alt bist du?«

»Sieben.«

Sieben, dachte Lori. War das nicht ein wunderbares Alter, wenn man in Cornwall auf einer Farm aufwuchs und noch dazu Ferien hatte? Sie war schon öfter auf der *Oak Hill Farm* gewesen, Christophers Eltern wirkten vernünftig, und es gab dort Kühe und Schweine und Hühner und Schafe und Hunde und Katzen, war das nicht ein Paradies für einen Siebenjährigen? Einmal hatte sie die Familie beim Abendessen überrascht, sie hatten alle zusammen vor dampfenden Schüsseln um einen großen Tisch gesessen, die Eltern und die vier strohblonden Kinder, und Mabel hatte es einen Stich gegeben, dass es tatsächlich Familien gab, die gemeinsam aßen. Und wie kriegte sie dieses unbarmherzig starrende Kind bloß aus ihrer Küche? Lori mochte keine Kinder. Vor allem wusste sie nicht, wie man mit ihnen umging.

Und endlich fiel bei Lori der Groschen. Der Junge starrte nicht sie an. Er starrte das an, was hinter ihr auf dem Küchentisch stand und gerade abkühlte. Ihre selbst gebackenen Scones.

Seit Lori den Entschluss gefasst hatte, Ruths Haus zu einem Bed & Breakfast umzubauen, gab es drei Projekte, die sie von morgens bis abends auf Trab hielten und dafür sorgten, dass sie jede Nacht todmüde und völlig zerschlagen ins Bett fiel: Das erste war die Renovierung des Hauses. Im Erdgeschoss hatte Lori keine grundlegenden Änderungen vorgenommen, sie hatte die wackeligen Regale in der Speisekammer durch neue ersetzt, eine moderne Küche mit Mikrowelle, Geschirrspüler und Waschmaschine einbauen und das Frühstückszimmer renovieren lassen, auch die Tische und Stühle für das Frühstück der

Gäste waren schon geliefert worden. Vier Zimmer, vier Tische. Ruths Schlafzimmer, in dem sie weiterhin in dem Bett mit dem Baldachin schlief, hatte sie nur streichen lassen. Das Bad neben ihrem Schlafzimmer würde sie später renovieren lassen, wenn sie wieder flüssiger war. Im ersten Stock blieb kein Stein auf dem anderen. Vor allem der Einbau der vier Bäder entpuppte sich als extrem aufwendig und kompliziert. Wände mussten eingezogen und Leitungen und Rohre verlegt werden, und ständig musste Lori Entscheidungen über Waschbecken, Duschen, Armaturen, Wandfarben und Böden treffen, und da sie sich nie mit solchen Dingen befasst hatte, war sie heillos überfordert. Das zweite Projekt war der völlig zugewucherte Garten. Das Cottage sollte romantisch und ein klitzekleines bisschen verwildert aussehen, aber eben nur ein kleines bisschen, und Lori wollte Beete anlegen und ihr eigenes Gemüse und Kräuter und vielleicht ein paar Himbeeren ziehen, um Geld zu sparen. An dieser Front kämpfte Lori gegen Schnecken, Blattläuse und ihre eigene völlige Unerfahrenheit und Ungeduld. Nichts schien richtig zu wachsen, nur das Unkraut.

Das dritte Projekt, das sie beinahe am meisten beschäftigte, hing mit der Tatsache zusammen, dass Gäste in einer Frühstückspension Frühstück erwarteten. Das war lästig, aber Lori würde nicht darum herumkommen, wenn sie keine Köchin einstellen wollte. Also begann sie, mit dem Kochbuch, das sie in Truro gekauft hatte, zu üben. Das Buch war von einer gewissen Delia Smith und hieß schlicht *Delia Smiths Complete Cookery Course*. Lori hatte es gekauft, weil auf dem Cover eine Frau abgebildet war, die jünger aussah als Lori. Sie hatte eine grauenhafte Föhnfrisur, trug eine unfassbar spießige Blümchenbluse und hielt ein Ei in der Hand. Da waren keine kompliziert aussehenden Gerichte auf dem Foto, nein, da war nur eine junge Frau mit einem rohen Ei, das sie lächelnd in die Kamera hielt. Eier waren in einer Frühstückspension fundamental, und Lori hatte nicht die geringste Ahnung von Eiern. Sie konnte sich nicht einmal daran erinnern, jemals Eier gegessen zu haben, bevor sie nach Port Piran kam, und dann war da diese Delia, die ein Ei in der Hand hielt, als sei es das Selbstverständlichste auf der Welt!

Sie fing also mit den Eiern an. Delia machte Rührei mit Speck und Champignons, mit Kräuterkäse, Räucherlachs und Schinken. Es gab Rezepte für Omeletts und Soufflés und Gratinées und Frittatas, für gekochte und pochierte Eier und Eggs Benedict. Lori arbeitete sich verbissen durch die unzähligen Varianten. Sie dämpfte Spinat, rieb Käse, schälte Kartoffeln und schnitt Lachs in Streifen. Nach den Eiern waren die anderen Bestandteile des Frühstücks dran. Lori briet Speck, Würstchen und Tomaten und machte *Baked Beans* warm. Da sie nie zuvor gekocht hatte, ging zunächst einmal alles schief. Die Eier fielen herunter, das Rührei wurde zu schlabberig oder brannte an, die Würstchen waren nicht durch oder schnurzelten zu einer schwarzen Masse zusammen, die an Hundekot erinnerte, das Omelett wurde nicht fluffig, sondern staubtrocken. Lori rührte, kochte und briet, ohne jegliche Freude oder Enthusiasmus, aus dem einzigen Grund, weil ihre Existenz davon abhing. Ihre Gäste sollten einmal das beste Frühstück bekommen, das je in einem B&B serviert worden war. Bis dahin war es allerdings noch ein weiter, weiter Weg.

Lori aß alles selber, egal wie misslungen es geriet, schließlich waren die Zutaten teuer genug. Irgendwann halbierte sie die Portionen, um zu sparen. Sie war nicht besonders groß und konnte auch mit wenig Essen auskommen. Es dauerte beinahe zwei Monate, bis sie mit ihrem Gästefrühstück zufrieden war. Allein die Béchamelsoße für die Eggs Benedict! Es machte ihr keine Freude, das zu essen, was sie zubereitet hatte, selbst wenn es ausnahmsweise gelungen war. Darum ging es auch gar nicht. Sie hatte einen Job zu erledigen. Und auch wenn ihr vieles missglückte, hatte das Kochen doch einen erstaunlichen Nebeneffekt: Zum ersten Mal in ihrem Leben aß Lori selbst gekochtes Essen aus frischen Zutaten. Ihre Haut war längst nicht mehr bleich und aschefarben, sondern färbte sich erst rosig und schließlich braun, von der Arbeit im Garten. Ihr Körper füllte sich aufgrund der regelmäßigen Mahlzeiten ein wenig aus, und sie bekam zunehmend Kraft und

Muskeln. Ihre Haare hatten sich vom Autolack erholt und waren jetzt kinnlang und glänzend. Wenn Lori in den Spiegel sah, erblickte sie eine ganz normale junge Frau. Sie war sich nicht ganz sicher, was sie davon halten sollte.

Auch die Handwerker schienen nicht so recht zu wissen, was sie von ihr halten sollten. Wenn es ausnahmsweise einmal verführerisch roch, tauchte wie durch Zufall einer der jungen Kerle in der Küche auf und schnupperte.

»Mmm, hier riecht's aber gut.«

»Freut mich«, antwortete Lori dann knapp. Die Handwerker bekamen Unsummen an Geld und am Nachmittag eine Tasse Tee, das war mehr als großzügig. Sie beschloss, den Tee in Zukunft auf ein Tablett im Flur zu stellen, und hängte ein Schild an die Küchentür, »*Keep out! Private!*«. Niemand hatte in ihrer Küche etwas zu suchen. Nur bei diesem kleinen Jungen, der die Eier brachte, machte sie eine Ausnahme.

»Möchtest du gern einen Scone essen, Christopher?«

Der Junge zögerte. Seine Mutter hatte ihm bestimmt eingeschärft, die Eierkunden nicht unnötig zu belästigen. »Du stellst die Eier ab, grüßt höflich und gehst«, hatte sie gesagt, »hast du mich verstanden, Christopher?« Und Christopher hatte genickt, und jetzt traute er sich nicht, zuzugeben, dass er nichts lieber wollte, als einen der Scones zu essen, der mit vier Kumpels auf einem Teller auskühlte und den er seit fünf Minuten sprachlos anstarrte.

»Du brauchst keine Angst zu haben«, erklärte Lori. »Setz dich. Möchtest du Butter und Erdbeermarmelade?«

Clotted cream war ein Luxus, den sich Lori nicht leistete. Nachdem sie sich durchs Frühstück in all seinen Varianten gekämpft hatte, hatte sie mit Delias Hilfe angefangen zu backen. Backen war Lori kinderleicht erschienen, erwies sich aber als weitaus komplizierter als die Zubereitung von Eiern. War der Teig erst einmal im Ofen, war die Sache gelaufen. Seit Tagen versuchte Lori, den perfekten Scone zu backen, aber es wollte ihr einfach nicht gelingen, dabei bestanden Scones nur aus wenigen Zutaten.

Sie hatte geglaubt, es würde nur darum gehen, ob man sie mit oder ohne Rosinen bevorzugte. Von wegen! Entweder die Scones waren zu krümelig und zerbröselten in tausend Einzelatome, wenn Lori sie quer durchschnitt und versuchte, mit Butter zu bestreichen, oder sie gingen nicht richtig auf und waren hart wie ein Ziegelstein.

Lori produzierte jetzt seit Tagen Scones. Sie änderte das Mehl und das Triebmittel, sie gab Rosinen hinzu oder ließ sie weg, sie knetete den Teig mal lange und mal kurz, sie versuchte es mit und ohne Ei, mit Buttermilch und mit Schmalz. Seit Tagen aß Lori nichts anderes als Scones, sie kamen ihr zu den Ohren heraus, aber sie würde erst damit aufhören, wenn sie mit dem Ergebnis zufrieden war. Nach jedem neuen Versuch nahm sie ein Lineal und notierte, wie hoch die Scones aufgegangen waren. Warum nur war es so wahnsinnig schwierig, einen guten Scone zu backen? Nicht einmal Delia schien darauf eine Antwort zu wissen.

Wobei sich Lori gar nicht so sicher war, wie ein guter Scone schmeckte. In ihrer Kindheit hatte es keine selbst gebackenen Scones oder Besuche in *Tearooms* gegeben. In den Jahren ihres Lebens auf der Straße und der Ernährung mit Fast Food oder Abfällen waren ihre Geschmacksnerven verkümmert. Anders hätte sie die Zeit wahrscheinlich gar nicht überstanden. Nun fiel es ihr schwer, zu sagen, ob etwas gut, mittelmäßig oder schlecht schmeckte.

Christopher saß am Küchentisch. Lori stellte ihm einen Teller hin, die Butter und die Erdbeermarmelade. Sie nahm einen lauwarmen Scone, schnitt ihn quer durch und legte ihn auf den Teller. Er war ein wenig zu krümelig, sah ansonsten aber ganz passabel aus. Sie gab Christopher das Messer. Langsam, sehr langsam schmierte er Butter auf eine Scone-Hälfte, dann tauchte er das Messer in die Marmelade. Danach hielt er inne und sah Lori an, als müsse er sich noch einmal vergewissern, dass er tatsächlich die Erlaubnis hatte, zu essen. Lori nickte, und Christopher biss in den Scone.

»Schmeckt es dir?«, fragte Lori.

Christopher nickte. Sein Gesicht zeigte keinerlei Regung. Er kaute bedächtig.

»Ich möchte dich bitten, ganz ehrlich zu sein. Gibt es irgendetwas, was dich stört?«

Christopher schüttelte heftig den Kopf.

»Du würdest mir wirklich sehr helfen, wenn du mir ehrlich sagst, wie du diesen Scone noch lieber essen würdest.« Sie konnte sehen, wie es in ihm arbeitete. Wahrscheinlich war er noch nie in seinem Leben nach seiner Meinung gefragt worden.

»Mummys Scones sind ... ein bisschen süßer«, murmelte er schließlich. »Und die Butter klebt irgendwie besser. Und die Rosinen sind größer. Und sie macht die Marmelade selber. Da sind immer ganz große Erdbeerstücke drin.«

Lori nickte. Sie hatte ihr perfektes Versuchskaninchen gefunden.

10. KAPITEL

Margarete

Margarete hatte gar nicht gut geschlafen. Mabels seltsames Bett mit dem Baldachin war ihr nicht nur viel zu kurz, sie hatte auch ständig niesen müssen und war mit verquollenen Augen aufgewacht. Sie hatte eine Hausstauballergie, und der Baldachin aus Stoff, der über dem Bett zu schweben schien und an den vier Ecken an Holzpfosten befestigt war, sah aus wie ein schrecklicher Staubfänger. Sie würde ihn nach dem Frühstück absaugen oder ausschütteln, oder am besten ganz entfernen, bis Mabel zurückkam. Es konnte sowieso nicht schaden, das ganze Zimmer zu saugen. Im Gegensatz zum Rest des Hauses leistete sich Mabel in ihrem Privatgemach das totale Chaos. Margarete hatte über aufgeschlagene Kochbücher, zerfledderte Zeitungen, einzelne Socken und seltsame Sonnenhüte steigen müssen, um ins Bett zu gelangen.

Das Frühstück war der zweite Grund, warum sie nicht schlafen konnte. Das gab es zum Glück erst ab acht. Um kurz nach halb sieben war sie aus dem Cottage geschlichen, um niemanden zu wecken und wenigstens ein bisschen was von Port Piran zu sehen, bevor ihr Arbeitstag begann. Das Dorf lag still und friedlich da. Nur ein paar Möwen trippelten am Strand entlang, und eine Katze spazierte würdevoll über die Straße. Margarete fühlte sich, als würde ihr Port Piran ganz allein gehören. Die Fischerboote waren schon ausgelaufen. Sie marschierte am Hafen vorbei und fand hinter dem letzten Haus den schmalen Küstenpfad. Sie wollte dorthin, wo sie gestern die Gruppe Wanderer gesehen hatte, auf den Hügel hoch über dem Hafen. In der Nacht hatte es geregnet. Ihre alten Sandalen und die Hosenbeine ihrer Jeans wurden feucht vom nassen Gras, als sie den steilen Pfad hinaufstapfte.

Schrecklich, wie sehr sie ins Schwitzen kam! Sie trieb einfach viel zu wenig Sport. Wenn sie wieder in Stuttgart war, würde sie sich zum Fitnessstudio anmelden – endlich!

Nun stand sie oben, ließ den Blick weit schweifen, und es zerriss ihr fast das Herz. Direkt unter ihr lag die schmale Bucht mit dem Hafen, und auf dem grünen Hügel, der hinter dem Hafen sanft anstieg, verteilten sich die reetgedeckten Häuschen. Die bunten Fischerboote weit draußen auf dem Meer waren gerade noch zu erkennen. Auf der anderen Seite des Dorfes ragten an der Küste Halbinseln wie Finger hinaus ins Meer, und der einzige Hinweis auf menschliche Zivilisation war ein weißer Leuchtturm, weit hinten am Horizont. Es war eine Schönheit, die schmerzte, eine raue Schönheit, die Margarete in den Schreien der Seevögel hörte und im kräftigen Wind spürte.

Als sie losgegangen war, war der Himmel strahlend blau gewesen, jetzt war er schwarz und bedrohlich, doch ganz plötzlich blitzte die Sonne zwischen den Wolken durch und badete Margarete in ihrem warmen Licht. Gleichzeitig öffneten sich die Schleusen des Himmels, und es begann zu schütten. Margarete blieb einfach stehen, wo sie war, schloss die Augen und spürte die kalten Regentropfen auf ihren nackten Armen und ihrem Gesicht. Nach zwei Minuten hörte der Regen ebenso plötzlich auf, wie er angefangen hatte, und nun riss der Himmel richtig auf, ein kräftiger Wind vertrieb die Wolken und ließ einen blitzblanken, blauen Himmel zurück. Was für ein Spektakel, dachte Margarete, staunend und beinahe ehrfürchtig. Dies war kein Ort. Dies war ein Gefühl, eine Verheißung. Mehr noch. Eine Zukunft.

Wie konnte das nur sein? Sie war doch erst gestern Morgen angekommen! Seither war so viel passiert, dass sie kaum zum Nachdenken gekommen war. Und nun hatte sie das Gefühl, zu Hause zu sein? In einem winzigen Dorf am Meer, in Cornwall, wo sie noch nie in ihrem Leben gewesen war? Es war, als würden ihr die Seevögel zurufen: Wach auf, Margarete! Wach auf! Heute fängt der Rest deines Lebens an! Der Rest des Lebens. Wann begann er? Jeden Tag, jede Minute, jede Sekunde? Er beginnt jetzt, dachte Margarete. Mit fünfzig geht's doch erst richtig los. Plötzlich liefen ihr die Tränen übers Gesicht. Was bist du doch für ein Sensibelchen, dachte sie und musste gleich darauf über sich selber lachen. Was machte Port Piran nur mit ihr? Ihre Gefühle waren genauso durcheinander wie das Wetter. Widerstrebend wandte sie sich zum Gehen. Es gab noch eine Menge zu tun, wenn sie Familie Saunders nicht gleich beim ersten Frühstück vergraulen wollte.

»Aber das ist doch einer der Hauptgründe, warum wir hier abgestiegen sind!«, rief Mrs Saunders zwei Stunden später und sah aus, als ob sie gleich weinen würde. »Die TripAdvisor-Bewertungen von den Scones! Das ist ja nicht die erste Enttäuschung. Es gibt hier ja auch keinen vernünftigen Strand mit *rock pools!* Wir müssen immer das Auto nehmen, und Lullaby wird's jedes Mal schlecht auf der kurvigen Straße!«

»Ich bin mir nicht sicher, ob Sie mich verstanden haben«, knurrte Margarete. Ihre Augen ruhten auf Klein-Lullaby, die gerade die faszinierende Entdeckung gemacht hatte, dass man *Rice Krispies* mit einem Löffel aus der Müslischüssel quer durch den Raum katapultieren konnte. »Mabel hatte einen Unfall. Sie musste operiert werden und liegt im Krankenhaus. Un-fall!«

»Einen Unfall kann es immer geben. Dafür muss man eben vorsorgen! Indem man zum Beispiel Scones einfriert! Zumindest, wenn man die Scones extra auf der Homepage erwähnt!«

»Darling, nun lass doch gut sein«, murmelte Mr Saunders und tätschelte besänftigend den Arm seiner Frau. »Vielleicht kann Mabel ja schon bald wieder backen. Einen Tag wirst du es doch wohl ohne Scones aushalten? Du hast dich doch sowieso beklagt, dass sie nicht gut sind für deine Figur.«

»Nun, es ist eine Sache, ob ich mich freiwillig entscheide, auf Scones zu verzichten, oder ob ich dazu gezwungen werde!«, jammerte Mrs Saunders und ließ selbstgefällig die Hand auf dem kurzen rosa Strickjäckchen über ihrer schmalen Taille ruhen. Darunter trug sie ein cremefarbenes Shirt in exakt der gleichen Farbe wie ihre flachen Sandalen und dreiviertellange Jeans. Ihr Lippenstift wiederum war in genau dem gleichen Rosaton gehalten wie das Jäckchen, und ihre langen hellbraunen Haare wurden von einer Dolce-&-Gabbana-Sonnenbrille in Schmetterlingsform zurückgehalten. »Und ausgerechnet heute habe ich mich schon den gan-zen Morgen auf einen Scone gefreut! Ich lag im Bett und dachte: Heute, ja heute werde ich einen fluffigen Scone von Mabel mit Erdbeermarmelade essen. Und nun ist der ganze Tag versaut!«

»Ich kümmere mich jetzt um das gekochte Frühstück.« Margarete nahm Lullaby sehr bestimmt den Löffel aus der Hand, ignorierte ihren quiekenden Protestlaut, schaufelte die *Rice Krispies,* die überall auf dem Tisch verstreut waren, mit der Hand in die Müslischüssel und ging damit zurück in die Küche. Dort lehnte sie sich an den Kühlschrank, schloss die Augen und holte tief Luft. Wie ertrug Mabel das nur? Lullaby brüllte.

»Woher, sagte diese Ausländerin, kommt sie? Sie ist unhöflich. Du musst etwas zu ihr sagen, Arthur. Sie ist unhöflich!«, hörte sie Mrs Saunders in einer kurzen Brüllpause klagen.

»Soll ich dir helfen? Ich bin ein ziemlich guter Rühreimacher.« Ben, der pensionierte Amerikaner, der seine Wurzeln suchte und von seinem Tisch aus jedes Wort der schrecklichen Konversation mit Familie Saunders mit angehört haben musste, lehnte in der Küchentür. Er hatte Margarete gleich vorgeschlagen, ihn doch beim Vornamen zu nennen, und nannte sie Maggie. Die allein wandernde junge Frau hatte Margarete gestern Abend nur ganz kurz gesehen. Susie war erst kurz nach neun eingetroffen und hatte gesagt, sie sei die letzten Tage so viel gelaufen und so hundemüde, dass sie einfach nur ausschlafen wollte, Margarete sollte nicht mit dem Frühstück auf sie warten. Margarete hatte ihr angeboten, Müsli, Frühstücksflocken und Obst stehen zu lassen, bis sie aufwachte, und ihr erlaubt, Milch aus dem Kühlschrank zu holen und sich einen Tee zu machen. Richard und Sally waren noch nicht zum Frühstück aufgetaucht, sie schienen erst mitten in der Nacht zurückgekommen zu sein.

»Eigentlich sollte der Gast nicht sein eigenes Frühstück machen müssen.«

»Nun, das hier ist wohl eine Ausnahmesituation.« Ben zwinkerte Margarete zu. »Ich übernehme das Rührei, du den Speck und die Tomaten und die Würstchen, in Ordnung?«

Margarete nickte erleichtert. Sie hatte Mabels Frühstückskarte ausführlich studiert, aber es gab so viele verschiedene Varianten, dass sie sich immer noch komplett überfordert fühlte.

»Wo sind die Eier?«, fragte Ben.

»In der Speisekammer, dahinten.«

Der erste Teil des Frühstücks war die leichteste Übung gewesen, weil er sich vorbereiten ließ. Jeder bediente sich selbstständig bei Saft, Müsli und einer Reihe Frühstücksflocken, dazu gab es eine Schale mit frischem Obst und Rhabarberkompott, das Margarete am Abend zuvor aus Karens Rhabarber gekocht hatte, und wahlweise Milch, Sojamilch oder Naturjoghurt. Dann aber, so hatte Mabel es ihr aufgetragen, musste Margarete den Gast wie eine Bedienung und so höflich wie möglich nach seinen Essens- und Getränkewünschen fragen. Auf jedem Tisch stand eine Menükarte. Zur Auswahl standen Rührei und Omelett und Eggs Benedict und pochierte Eier, und das konnte man wiederum mit Speck, Pilzen, Lachs, Käse oder frischen Gartenkräutern kombinieren. Margarete hatte zum Glück daran gedacht, nach ihrem Morgenspaziergang in den Garten zu gehen, um Schnittlauch und Dill zu schneiden. Außerdem konnte man Baked Beans und Tomaten und diese kleinen Würstchen haben, die Rostbratwürstchen ähnelten, und als Alternative dazu vegetarische Würstchen von Linda McCartney (war sie nicht längst tot? Margarete hatte nicht gewusst, dass sie Würstchen produzierte). Außerdem gab es weißen und braunen Toast, dabei war einer so gummiartig wie der andere.

Karen hatte im Übrigen recht behalten, Familie Saunders wollte viel lieber Toast aus der Packung als ihr selbst gebackenes Brot. Mr Saunders hatte ein *Full English Breakfast* bestellt, Mrs Saunders wollte Rührei mit Tomate und Gartenkräutern und Linda McCartneys Würstchen, weil sie Vegetarierin war, wie sie betonte, und die Kinder wollten Rührei mit Würstchen. Viele Würstchen. Zum Glück wollte niemand Eggs Benedict, Margarete hatte nämlich keine Zeit gehabt, nachzuschauen, was das war. Sie kämpfte mit dem Speck, den Würstchen und den Tomaten in der Pfanne, während Ben neben ihr in einer zweiten Pfanne Eier rührte. Margarete war froh, dass er nichts sagte, sie musste sich nämlich schrecklich konzentrieren. Sie war eine sauschlechte Köchin. Dem Speck schien eine hohe Temperatur angenehm zu sein, um richtig kross zu werden, während es Würstchen und Tomaten offensichtlich rasch zu heiß in der Pfanne war, sie drohten zu verbrennen. Außerdem hatte sie noch keine Getränke gemacht. Grünen Tee für Mrs Saunders, Kaffee für Mr Saunders, Kakao für die Kinder.

»Das Rührei ist fertig. Dreimal Natur, einmal mit Kräutern.«

»Ben, das ist großartig.« Ben verteilte das Rührei auf vier Teller. Es war fluffig und sah genauso aus, wie Rührei aussehen sollte. Margarete schaufelte reichlich Würstchen dazu und eilte mit den zwei Tellern für die Kinder ins Frühstückszimmer, dann machte sie das Frühstück für die Eltern fertig. Plötzlich fiel ihr auf, dass sie die vegetarischen und die nichtvegetarischen Würstchen nicht mehr auseinanderhalten konnte.

»Ben«, flüsterte sie entsetzt. »Welches sind die Würstchen von Linda?«

Ben betrachtete nachdenklich die leicht schrumpeligen und ziemlich verbrannten Würstchen.

»Ich habe nicht die geringste Ahnung, Maggie«, murmelte er. »Sie sind alle gleich verbrannt.«

»Ach, was soll's, das merkt die eh nicht«, raunte Margarete und warf jeweils drei Würstchen und zerfallene Tomate auf die Teller mit dem Rührei. Dann schaufelte sie Speck auf den Teller für Mr Saunders und lief ins Frühstückszimmer. Mrs Saunders senkte ihr Näschen und blickte missbilligend auf die dunkel gefärbten Würstchen. »Sie denken an unsere heißen Getränke?«, säuselte sie.

»Ist schon unterwegs. Und der Toast auch.«

»Kommen die Baked Beans extra?«, fragte Mr Saunders. »Und die Kinder hätten gerne Marmelade für ihren Toast.«

»Oh. Tut mir schrecklich leid. Ich habe die Bohnen komplett vergessen.« Margarete eilte zurück in die Küche. Ben öffnete gerade eine Dose mit Bohnen, kippte sie in eine kleine Schüssel und knallte sie in die Mikrowelle.

»Deine Würstchen sind ja ganz verbrannt, Schatz!«, kommentierte Mrs Saunders laut.

»Ich mag sie verbrannt«, antwortete Mr Saunders. Er klang vergnügt.

»Das ist krebserregend! Und wie kann man nur so lange brauchen, um heiße Getränke für eine Kleinfamilie zu machen?«

Dann herrschte für ein paar Momente Ruhe. Bis Mrs Saunders laut aufquiekte.

»Mar...«, sie machte eine Pause, »...gret!«, rief sie sichtlich empört.

Margarete stürzte aus der Küche ins Frühstückszimmer.

»Stimmt etwas nicht?«

Mrs Saunders hatte ein kohlschwarzes, angebissenes Würstchen aufgespießt und hielt es Margarete erbost unter die Nase. »Dieses. Würstchen. Ist. Nicht. Vegetarisch!«, hyperventilierte sie.

»Dafür ist dieses hier garantiert nicht aus Fleisch«, ergänzte Mr Saunders und deutete auf seinen Teller. Er schien sich prächtig zu amüsieren.

»Oh – das tut mir schrecklich leid, wirklich. Ich muss sie durcheinandergebracht haben.«

»Aber man brät doch nicht vegetarische Würstchen in der gleichen Pfanne wie nicht-vegetarische! Wissen Sie, wann ich das letzte Mal Fleisch gegessen habe? Das muss Jahre her sein! Jahrzehnte! Wahrscheinlich wird mir jetzt schlecht!«, jammerte Mrs Saunders. »Ich spür's schon! Mir wird schlecht.« Sie griff sich an die Kehle und röchelte.

»Ashley. Von einem Bissen Würstchen wird dir bestimmt nicht schlecht. Und es ist ihr erster Tag. Morgen wird es sicher besser laufen. Und das Rührei hat sie doch prima hingekriegt. Nicht wahr?«

»Ja«, murmelte Margarete. »Morgen wird es sicher besser laufen.« Sie stürzte zurück in die Küche, packte eine Gabel, rannte wieder ins Frühstückszimmer und spießte Mrs Saunders' Würstchen auf.

»Ich mache Ihnen frische.«

»Lassen Sie's gut sein«, seufzte Mrs Saunders und schob den Teller zurück. »Woher, sagten Sie, kommen Sie?«

»Aus Deutschland. Stuttgart, um genauer zu sein.«

»Warum hast du dann keine Lederhose an?«, wollte Lucky Blue wissen, der schreckliche ältere Bruder von Lullaby. Margarete schätzte ihn auf fünf und Lullaby auf drei.

»Wir tragen keine Lederhosen«, erklärte Margarete. Außer beim Cannstatter Volksfest, dachte sie, aber das würde Familie Saunders sowieso nicht kapieren. »Lederhosen trägt man in Bayern. In Stuttgart wird Mercedes gebaut, und Porsche.«

»Wie interessant!«, rief Mr Saunders begeistert. »Dann wurde unser Auto vielleicht bei Ihnen vor der Haustür gebaut! Es ist ein Mercedes-Cabrio. E-Klasse. Es steht auf dem Parkplatz im Hafen. Bestimmt haben Sie es gesehen. Man kann es eigentlich nicht übersehen!«

»Äh ... nein«, antwortete Margarete wahrheitsgemäß.

»Leider ist das Wetter bei uns oft zu schlecht, um offen zu fahren.«

»In der Tat.«

»Abgesehen von den Autos kennen wir Deutschland leider nur aus dem Film«, meinte Mrs Saunders, die offensichtlich beschlossen hatte, etwas freundlicher zu sein. »*The Sound of Music*. Den Film kennen Sie doch sicher?«

»Hm ... nein, tut mir leid«, sagte Margarete.

»Aber den müssen Sie kennen! Julie Andrews! Es spielt in Salzburg! Während der Nazizeit! Die bösen, bösen Nazis. Do-re-mi-fa-so!«

»Salzburg? Das liegt in Österreich.«

»Ach. Na ja. Ist da denn so ein großer Unterschied, zwischen Deutschland und Österreich?«

Am Nachbartisch verschluckte sich Ben an seinem Kaffee und bekam einen Hustenanfall.

»Aber nein«, antwortete Margarete und bemühte sich, sich nichts anmerken zu lassen. »In den Weltkriegen haben sich ja ständig die Grenzen verschoben, und das ist schließlich noch gar nicht so lange her.« Ben prustete in sein Taschentuch.

»Dachte ich mir's doch«, meinte Mrs Saunders triumphierend und schien sehr zufrieden mit sich.

»Kannst du jodeln?«, fragte Lucky Blue.

»Nein.« Ben ging in die Küche und brachte die Bohnen und den Toast.

»Vielen Dank, Ben.«

»Ich brate mir ein paar Spiegeleier, Margret, wenn du nichts dagegen hast.«

»Aber das kann ich doch machen!«

»Weißt du was, Maggie, ich mache das wirklich gern. Zu Hause lässt mich meine Frau nicht an den Herd.« Er grinste und verschwand wieder in der Küche.

Margarete holte tief Luft und wappnete sich innerlich, was mit einer Gabel in der Hand, auf der drei verbrannte Würstchen aufgespießt waren, nicht ganz einfach war.

»Ach, Mrs Saunders, bevor ich's vergesse ...«

»Ja?«

»Vermutlich haben Sie den Ordner übersehen, der im Zimmer liegt. Darin schreibt Mabel, dass es nicht erlaubt ist, Handtücher mit an den Strand zu nehmen. Sollten Sie das weiterhin tun wollen, dann dürfen Sie die Strandhandtücher gerne behalten. Ich müsste sie Ihnen dann nur bei Ihrer Abreise in Rechnung stellen. Herzlichen Dank.« Damit drehte Margarete auf dem Absatz um und atmete langsam wieder aus.

»Habe ich es nicht gesagt, Arthur? Sie ist unhöflich! Die Handtücher in Rechnung stellen. Soll das ein Witz sein? Diese kratzigen Billighandtücher von Marks & Spencer sollen wir auch noch bezahlen? Dabei kann sie nicht einmal jodeln!«

Eine Dreiviertelstunde später war Familie Saunders endlich abgerauscht. Um sich zu belohnen, hatte Margarete die schöne Ed-Sheeran-CD eingelegt (sie hätte Mabel gar nicht so einen guten Musikgeschmack zugetraut), Frühstück für sich selber gemacht, endlich, und es in der Küche heißhungrig verschlungen. Ben hatte ihr noch ein bisschen von der Suche nach seinen Vorfahren berichtet. Er war in der Küche von Susie abgelöst worden, die ausgeruht und in Plauderlaune aufgetaucht war. Sie brannte offensichtlich darauf, ihre Abenteuer auf dem *Coast Path* zu erzählen, aber Margarete hatte sie mit ihrem Müsli und dem Hinweis, sie müsse die Zimmer machen, sich selbst überlassen.

»Bringen wir's hinter uns«, seufzte sie und putzte und saugte »Marigold«, das Zimmer von Familie Saunders. Natürlich waren die Handtücher wieder voller Sand. Sie holte frische Handtücher und war gespannt, ob ihre Warnung Wirkung zeigen würde. Als das Zimmer fertig geputzt war, was eine Ewigkeit zu dauern schien, trug sie die gebrauchten Teetassen und Handtücher nach unten und Carolines Cookies nach oben, um die Keksdosen aufzufüllen.

Caroline war am Tag zuvor nur kurz hereingeschneit und hatte ihr zwar keine Scones, aber zumindest ein paar Cookies mit weißer Schokolade gebracht, die im Café übrig geblieben waren. Mabel hatte Caroline angerufen und um Unterstützung gebeten, aber sie war erst um sechs im Laden fertig gewesen und hatte keine Zeit gehabt, Margarete zu helfen, weil sie auf dem Weg nach Falmouth war, um ihre Mutter zu besuchen, die im Heim lebte. Sie war aber sehr nett gewesen, Margarete mochte sie sofort. Sie hatte versprochen, vorbeizukommen, sobald sie konnte.

Gegen zehn hatte sich Margarete dabei ertappt, dass sie nur deshalb nicht ins Bett ging, weil sie auf einen Anruf von Chris wartete, obwohl sie beinahe umfiel vor Müdigkeit, schließlich hatte sie die Nacht zuvor kaum geschlafen, aber er hatte sich nicht gemeldet, und Margarete hatte deshalb eine leise Enttäuschung verspürt.

Als Nächstes putzte sie »Ivy«, Bens Zimmer. Abgesehen davon, dass sich verstaubte alte Bücher auf dem Fußboden stapelten, war das Zimmer sehr ordentlich, und Margarete war ruckzuck damit fertig. Im Gegensatz zu Kochen und Backen putzte sie gern. Es hatte so etwas Konkretes, Zupackendes, und man sah gleich das Ergebnis. Jetzt waren die Zimmer mit Meerblick dran. Richard und Sally waren zum Frühstück nicht aufgetaucht. Wahrscheinlich waren sie längst aufgebrochen und bei ihrer Locationsuche.

Margarete klopfte an die Tür von »Rose«. Keine Reaktion. Sie schloss die Tür auf. Die beiden Einzelbetten waren zusammengeschoben worden. John hatte recht gehabt. Sie stellte den Eimer mit den Putzsachen ab.

»Bist du jetzt geschockt?« Sally kam aus dem Bad. Sie klang spöttisch. Sie hatte die Haare geföhnt und sich ein bisschen geschminkt. Sie sah zum Anbeißen aus. Frisch, hübsch, sportlich. Und vor allem sexy. Das schien auch Richard aufgefallen zu sein.

»Entschuldige bitte die Störung. Ich dachte, ihr seid längst weg.«

»Richard ist im Pub und frühstückt mit den Schauspielern. Sie haben dort übernachtet.«

»Ich komme später wieder.«

»Nein, bleib, ich muss sowieso los. Richard hat mir gerade eine Nachricht geschickt, er macht sich jetzt auf den Weg und wartet unten am Auto.« Sie schnappte ihre Umhängetasche und stopfte das Handy und eine Wasserflasche hinein. Margarete beschloss, schleunigst zu verschwinden, drehte sich um und griff nach der Türklinke.

»Gib's zu, du bist geschockt«, sagte Sally zu ihrem Rücken.

Natürlich war sie geschockt. Aber sie war in England, und sie versuchte, die Regeln zu lernen. Die hießen, Teetrinken und Small Talk waren okay. Persönliche Angelegenheiten waren dagegen nicht okay.

»Das geht mich nichts an.«

»Natürlich nicht. Ich würde trotzdem gern deine Meinung wissen.« Seufzend drehte sich Margarete wieder in Sallys Richtung.

»Warum?«

»Einfach so. Du bist – anders als wir Briten. Vielleicht deshalb.«

Die Filmleute sind wichtig, hatte ihr Mabel eingebläut. Aber wenn Sally sie nun einmal nach ihrer Meinung fragte ...

»Richard ... ich fand ihn ... nun ja, nicht besonders nett«, begann Margarete vorsichtig.

»Natürlich ist er nicht nett«, bestätigte Sally achselzuckend. »Er ist ein arroganter Sack. Aber er ist nun mal einer der bekanntesten und einflussreichsten Regisseure in ganz Großbritannien.«

Endlich fiel bei Margarete der Groschen.

»Du schläfst mit ihm ... weil du Karriere beim Film machen willst?« Margarete versuchte erst gar nicht zu verbergen, wie geschockt sie war.

»Wie naiv bist du eigentlich, Maggie?«, antwortete Sally spöttisch. »Aus welchem anderen Grund sollte ich mit ihm schlafen? Er ist mehr als *dreißig* Jahre älter als ich! Ich könnte jeden der jungen Kerle im Team haben, wenn ich wollte! Die sehen gut aus, *und* sie sind nett!«

Margarete spürte, wie der Ärger in ihr hochstieg. Sally fand sie also naiv, obwohl sie garantiert auch dreißig Jahre älter war als sie?

»Du willst meine Meinung wissen? Okay. Du könntest meine Tochter sein. Und glaub mir, wenn du's wärst, ich würde dich übers Knie legen«, erklärte sie unverblümt.

Sally lachte. »Alles klar, dann weiß ich Bescheid.« Dann wurde sie ernst. »Diese ganzen Schlampen, die wegen der MeToo-Debatte irgendwelche Produzenten und Regisseure angezeigt haben, die haben doch bloß die Flucht nach vorn angetreten«, meinte sie verächtlich. »Ich glaub denen kein Wort. So tickt die Branche nun mal, das weißt du vorher.«

»Richard hat dir aber keine Rolle versprochen?«, fragte Margarete vorsichtig.

Sally sah sie an, und ihre Augen glänzten. »Glaubst du im Ernst, ich wär mit ihm ins Bett gegangen, wenn er mir *keine* Rolle versprochen hätte?«, rief sie triumphierend.

»Hast du's schriftlich?«, fragte Margarete, obwohl sie die Antwort schon kannte.

»Maggie! Also ehrlich!«, antwortete Sally spöttisch. »Natürlich nicht!«

»Und du glaubst ihm?«

»Ich hab ihm gesagt, wenn er sein Wort bricht, schneid ich ihm entweder die Eier ab, oder ich häng mich an die MeToo-Debatte dran und zerr ihn wegen Vergewaltigung vor Gericht. Ich hab außerdem behauptet, dass die Regieassistentin, die er bei seinem letzten Filmprojekt angebaggert hat, eine enge Freundin von mir ist. Das stimmt zwar nicht, sie ist nur eine Bekannte, aber er hat mir geglaubt. Richard weiß genau, dass ich seine Karriere von heute auf morgen zerstören kann.«

Sally sah nicht aus, als ob sie Witze machte. Trotz ihrer Überheblichkeit tat sie Margarete leid. Sie könnte wirklich ihre Tochter sein. Die Tochter, die sie sich immer gewünscht hatte. Und wenn es ihre Tochter wäre? Sie würde sie nicht übers Knie legen. Sie würde sie anflehen, nicht so einen Mist zu machen.

»Sally?«

»Ja?«

»Pass auf dich auf, ja? Ich habe einfach das Gefühl, Richard ist ein ziemlich ausgebuffter Typ. Einer, der immer am längeren Hebel sitzt. Und mach vor allem nicht den Fehler, dich in ihn zu verknallen.«

Sally grinste. »Keine Sorge, ich bin auch ziemlich clever. Aber danke, dass du dir Sorgen um mich machst und mir gute Ratschläge gibst. So ein Gespräch, wie wir es eben geführt haben, wäre mit einer englischen Pensionswirtin sicher nicht möglich gewesen. Bis später!«

Und damit war sie fort. Margarete sah hinter ihr her und seufzte. Sie hatte kein gutes Gefühl, was Richard betraf. Diese Geschichte würde mit einem zerbrochenen Herzen enden, und es würde nicht Richards Herz sein.

11. KAPITEL

Mabel

»Mabel! Ich bin froh, von dir zu hören. Wie geht es dir?«
»Beschissen.«
»Wieso? Ist die OP nicht gut gelaufen?«
»OP, welche OP? Es ist überhaupt nichts passiert. Null, niente, nada. Erst haben sie mich auf heute Morgen vertröstet. Sieben Uhr, haben sie mir versichert, erste OP. Dann haben sich irgendwelche bescheuerten testosterongesteuerten Motorradfahrer bei Nacht und Nebel zwischen St. Ives und Zennor ein Rennen geliefert, auf einem besonders kurvigen Sträßchen, was in einer Massenkarambolage endete. Die Typen wurden in aller Herrgottsfrühe in Einzelteilen eingeliefert und müssen jetzt im OP wieder zusammengesetzt werden, bevor ich dran bin.«

»Oh, Mabel, das ist schrecklich und tut mir sehr leid. Die Warterei ist sicher ätzend. Hast du Schmerzen?«

Mabel hatte kein Auge zugetan in dem bescheuerten Krankenhausbett, weil sie sich mit dem geschienten Bein nicht umdrehen konnte, und fühlte sich wie gerädert. Aber das ging niemanden etwas an. Und diese Frau am Telefon kannte sie überhaupt nicht und war trotzdem voller Mitgefühl. Das war doch nicht normal!

»Nein. Es gibt ja moderne Schmerzmittel. Wenn ich viel Glück habe, komme ich heute noch unters Messer. Wenn's richtig dumm läuft, erst morgen früh. Die glauben, ich säße normalerweise mit einem fetten Schoßhund auf dem Sofa und hätte nichts Dringendes zu tun. Kommst du halbwegs klar?« Mabel lauerte auf die Antwort. Sie hatte es gefühlt schon hunderttausend Mal bereut, dieser komischen Tante vom Kontinent Honeysuckle Cottage anvertraut zu haben. Man gab doch auch sein Baby nicht in fremde Hände! Und Honeysuckle Cottage war ihr Baby. Ihr Baby und ihre

Altersvorsorge. Das durfte auf gar keinen Fall gegen die Wand gefahren werden! Schon gar nicht von dieser völlig Fremden, die gestern dermaßen überfordert geklungen hatte, dass Mabel sicher gewesen war, dass sie spätestens beim Frühstück die Flucht ergreifen würde. Jetzt schien sie überhaupt nicht mehr panisch, und Mabel war fast ein bisschen enttäuscht.

»Es ist alles in Ordnung, Mabel. Heute morgen lief's besser als gedacht. Ben hat mir geholfen.« Margret klang geradezu euphorisch.

»Ben? Welcher Ben?« Die Tür ihres Krankenzimmers ging auf, und eine Schwester schob einen Trolley herein. Mittagessen. Wer zum Teufel wollte um halb zwölf Mittagessen?

»Na, dein Gast. Der Amerikaner, der wissen will, wo seine Familie herkommt. Netter Kerl.«

»Mr Penhaligon hat dir beim Frühstück geholfen? Du hast ihn aber nicht in die Küche gelassen?«

»Wie hätte er mir sonst helfen sollen? Per Telegramm?«

»Weißt du, wie lange ich gebraucht habe, um den Leuten beizubringen, dass sie nicht in meine Küche latschen? Und du schaffst es, das in nicht einmal einem Tag wieder zunichtezumachen?«

Einen Augenblick blieb es still. »Weißt du was, Mabel? Wir tun jetzt einfach so, als hättest du das nicht gesagt. Okay? Wo waren wir stehen geblieben? Beim Frühstück.«

Mabel biss sich auf die Zunge. Margret hatte ja recht. Im Moment gab es dringendere Probleme als Leute, die in ihre Küche marschierten. Und trotzdem. Mabel war nun einmal ein territorialer Typ.

»Und Bluebell geht's auch gut, danke der Nachfrage.«

»Bluebell? Sie heißt Bullshit. Okay, wie ist das Frühstück gelaufen? Hat sich Mrs Saunders benommen?«

Am anderen Ende der Leitung stöhnte es. »Sie war schockiert, weil sie sich so wahnsinnig auf einen Scone gefreut hat, und dann gab's keinen.«

»Sie war *was?* Ich schwöre dir, sie hat noch keinen einzigen gegessen! Sie hat neidisch zugeschaut, wie Arthur-Darling, Lucky-Blue-Schätzchen und Sweetheart Lullaby Scones vertilgt haben, als gäbe es kein Morgen, und sie hat sie nicht mal probiert, weil sie schon zunimmt, wenn sie die Scones nur anguckt, wie sie mir versichert hat.«

»Keine Sorge. Ich habe mich mit einem nicht-vegetarischen Würstchen gerächt.«

Gegen ihren Willen musste Mabel lachen. »Und sie sind nicht sofort abgereist und haben damit gedroht, eine grauenhaft negative Kritik auf TripAdvisor zu hinterlassen?«

»Nein. Obwohl ich Mrs Saunders im Anschluss sehr höflich darauf hingewiesen habe, keine Handtücher mehr mit an den Strand zu nehmen.«

»Das hast du *gesagt?*« Sie biss sich auf die Zunge. So etwas sagte man doch nicht! Jedenfalls nicht laut, und nicht direkt. Man öffnete im Ordner die Seite, auf der das mit den Handtüchern stand, und ließ den Ordner aufgeschlagen liegen. Im Normalfall reichte das als diskreter Hinweis. Diese Margret machte einfach alles falsch! Laut sagte sie: »Und wie hat sie reagiert?«

»Pikiert. Aber sie hat es geschluckt. Ich glaube nicht, dass sie vorzeitig abreist. Was mache ich jetzt morgen früh? Caroline hat mir ein paar Cookies gebracht. Sie war im Stress, ich weiß nicht, ob sie heute Zeit hat, Scones zu backen. Kann man die irgendwo kaufen?«

»Nicht in Port Piran. Da bräuchtest du schon ein Auto. Und sie schmecken auch nicht so wie selbst gemachte. Du könntest versuchen, welche zu backen.«

»Die wären dann vielleicht selbst gemacht. Ob das allerdings die Kommentare für Honeysuckle Cottage auf TripAdvisor verbessert, da bin ich mir nicht so sicher.«

»Überleg's dir. In der Küche steht ein Notizbuch mit meinen handgeschriebenen Rezepten. Alle unzählige Male ausprobiert und perfektioniert. Mein Scone-Rezept ist unschlagbar. Ich rufe Caroline an. Vielleicht kann sie dir zeigen, wie's geht? Ist eigentlich kein Hexenwerk.«

Sie könnte Chris fragen. Er hatte ihr als Kind schließlich hundertmal geholfen, Scones zu backen. Vielleicht hatte er ein Stündchen Zeit? Aber irgendetwas in ihr sträubte sich dagegen. Dann musste es eben mal ohne Scones gehen.

»Noch etwas.« Margret hüstelte.

»Ja?«

»Das Filmteam.«

»Ach ja. Wie ist es gestern gelaufen mit der Invasion?«

»Es war kein Problem. John hat mir geholfen.«

Aha. Den hatte sie also auch in ihre Küche gelassen.

»Aber?«

»Sie waren total begeistert von Honeysuckle Cottage.«

»Na, das ist doch schön.«

»Nicht als Pension. Als Location. Für diese Serie, die sie gerade drehen. *Cornwall 1900*. Sie brauchen ein romantisches Setting für eine Liebesnacht.«

Mabel musste wieder lachen. »Was für eine lächerliche Idee.« Margret gab keine Antwort. »Bist du noch dran?«, fragte Mabel.

»Ich habe tausend Pfund am Tag rausgehandelt.«

»Du hast *was?*«

»Sie bieten dir tausend Pfund am Tag an, wenn sie in Honeysuckle Cottage drehen dürfen. Ich ...«

Mabel explodierte. »Du hast Ihnen Honeysuckle Cottage angeboten? Ohne mich zu fragen?« Die Frau im Nachbarbett drehte sich zu ihr um und blickte sie missbilligend an, bevor sie ihren Blick betont auf das Schild mit dem durchgestrichenen Handy richtete, das auf dem Tisch stand. Sie wusste nicht, was der Frau fehlte. Eigentlich sah sie ganz munter aus. Munter genug, um ein dringendes Telefonat auszuhalten.

»Nun lass mich doch erst einmal ausreden! Ich habe Ihnen gar nichts angeboten. Sie wollten wissen, ob das Cottage zur Verfügung steht. Ich habe gesagt, ich bespreche es mit dir, weiß aber nicht, wann du dich meldest, und dann habe ich tausend Pfund pro Tag rausgehandelt, falls du Ja sagst. Und falls sie das Cottage überhaupt wollen! Sie schauen sich heute andere mögliche Locations an. Aber ich muss wissen, was ich antworten soll.«

»Über meine Leiche!«, fauchte Mabel. »Das sollst du antworten. Über meine Leiche!«

»Denk doch wenigstens drüber nach! Ich dachte, du brauchst Geld?«

»Was mischst du dich in meine finanziellen Angelegenheiten ein? Das geht dich überhaupt nichts an!«

»Moment mal. Du sagst, du hast kein Geld, um mich dafür zu bezahlen, dass ich hier deinen Laden schmeiße. Du kommst nicht einmal auf die Idee, mir ein Taschengeld anzubieten! Dann aber lehnst du das stolze Sümmchen von tausend Pfund am Tag und kostenlose Werbung mal eben ab, ohne auch nur eine Sekunde darüber nachzudenken? Die zahlen normalerweise *gar nichts*. Ich habe für dich gefeilscht. Das geht mich sehr wohl etwas an!«

Was glaubte die Frau eigentlich, wer sie war? »Ich habe dich nicht drum gebeten, für mich zu feilschen. Nur weil ich Geld brauche, mache ich doch nicht jeden Scheiß mit!« Mabels Stimme war laut geworden. Die Stationsschwester stand plötzlich an ihrem Bett.

»Mabel. Würden Sie bitte aufhören, zu telefonieren? Ihre Mitpatientin hat sich beschwert. Sie ist frisch am Blinddarm operiert und braucht Ruhe. Außerdem gibt es jetzt Mittagessen.«

Mabel starrte auf das Bett neben sich. Die Frau lag immer noch darin, hatte sich aber von ihr weggedreht. Die Zicke war also zu feige gewesen, ihr ins Gesicht zu sagen, dass sie zu laut war, und hatte stattdessen nach der Stationsschwester geklingelt und sie verpetzt?

»Ich muss Schluss machen«, bellte sie ins Telefon.

»Die Antwort lautet also Nein?«

»Die Antwort lautet: Ich lasse mich nicht unter Druck setzen. Ich treffe eine Entscheidung, wenn sie Honeysuckle Cottage wirklich wollen.«

»Sie brauchen die Antwort aber sofort. Weil die Techniker schon morgen alles vorbereiten müssten. Dann sage ich ab.«

Tausend Pfund. Das war sehr viel Geld. Es war mehr als das, was sie der Bank im Monat zurückzahlen musste.

»Um wie viele Tage geht es?«

»Drei, vier Tage maximal.«

In ein paar wenigen Tagen hätte sie mehrere Monatsraten für die Bank zusammen. Das würde ihr Luft verschaffen. Sehr viel Luft. Und sie brauchte Luft, so, wie das Bein aussah.

»Und wo wollen sie drehen? Das wird dann ja schwierig mit den Gästen.«

Vielleicht gaben sie sich ja mit einem der Einzelzimmer für diese Liebesnacht zufrieden. Solange sie nur aus ihrer Küche draußen blieben. Und ihrem Schlafzimmer, das niemand außer Margret je betreten hatte.

»In deinem Schlafzimmer.«

12. KAPITEL

Margarete

Es hatte Margarete große Überwindung gekostet, noch einmal aus dem Haus zu gehen, selbst wenn der Pub nicht einmal fünf Minuten Fußweg von Honeysuckle Cottage entfernt lag. Nach dem denkwürdigen Telefonat mit Mabel hatte sie den Nachmittag damit verbracht, Wäsche zu waschen – ihre eigene und die der Gäste –, Mabels Schlafzimmer zu saugen und den Baldachin über dem Bett abzuhängen. Es war keine gute Idee gewesen, ihn im Garten auszuschütteln, denn jetzt war die Petersilie staubig. Caroline hatte keine Zeit gehabt, vorbeizukommen, und so würde es am nächsten Morgen weder Scones noch Cookies geben. Mrs Saunders wird nicht erfreut sein, dachte Margarete. Beim Putzen hatte sie eine interessante Entdeckung gemacht: In einer Ecke des Schlafzimmers stieß sie auf eine elektrische Gitarre auf einem Ständer. Im Gegensatz zu allen anderen Dingen im Zimmer war die nicht voll Staub, was darauf hindeutete, dass Mabel sie regelmäßig benutzte. Margarete hätte Mabel gar nicht zugetraut, dass sie ein Instrument spielte.

Nach der Putzaktion hatte sie sich erst einmal duschen und ihre Haare waschen müssen, weil sie vollkommen eingestaubt war. Danach war sie fix und fertig. Schlafmangel, die viele Aufregung und der lange Arbeitstag forderten ihren Tribut. Mit zwanzig hättest du das weggesteckt, dachte sie wehmütig und seufzte, mit fünfzig nicht mehr. Außerdem hatte sie vergessen, Karen zu fragen, um wie viel Uhr sich die Einheimischen im Pub trafen. Sie hätte Karen kurz anrufen können, sie hatte ja ihre Nummer, aber was, wenn sie die Einladung nur so dahingesagt hatte, aus Höflichkeit? Außerdem fiel es Margarete schwer, auf Englisch zu telefonieren. Jetzt stell dich nicht so an, tadelte sie sich schließlich.

Wenn keiner der *locals* da ist, setzt du dich eben hin, bestellst dir ein Glas Wein und wartest ein Weilchen. Und wenn keiner kommt, gehst du wieder nach Hause. Die paar Meter, und es wird schließlich höchste Zeit, dass du endlich mal einen Pub von innen siehst! Es war unfassbar, aber wahr: Margarete war noch nie in ihrem Leben in einem Pub gewesen. Pubs gehörten zu den Einrichtungen, die in Rolands Reiseplan nicht vorgesehen waren. Wahrscheinlich, weil man dort gezwungen war, Geld auszugeben. Margarete war jedoch wild entschlossen, alles nachzuholen, was sie in den letzten Tagen versäumt hatte. Sie zog ein sauberes T-Shirt an und föhnte ihre rote Mähne trocken. Wie immer nach dem Waschen sah sie aus wie der Struwwelpeter, von einem Glorienschein aus Haar umgeben. Sie versuchte, die Haare mit den Händen etwas platter zu drücken, aber es war vollkommen sinnlos. Seit sie denken konnte, kämpfte sie mit den Haaren. Sie hätte sie gerne kürzer getragen, aber dann sah sie aus wie ein Fliegenpilz.

Im Haus war es still, alle Gäste schienen ausgeflogen zu sein. Margarete nahm ihre Jeansjacke und war schon an der Haustür, aber dann drehte sie sich noch einmal um. Etwas Lippenstift kann vielleicht nicht schaden, dachte sie und fand sich gleichzeitig albern, während sie im Bad ihre Lippen nachzog. Wen wollte sie damit beeindrucken? Einen englischen Farmer, der sie offensichtlich bescheuert fand, weil sie sich nach seinem Privatleben erkundigt hatte? Sie wusste ja nicht einmal, ob er heute Abend kommen würde. Sie war schon fast wieder an der Haustür, als sie ihr Handy in Mabels Schlafzimmer klingeln hörte. Sie zögerte. Vielleicht war das Mabel. Dann war es wichtig, weil sie von ihr noch keine Rückmeldung zum Thema Filmleute bekommen hatte. Seufzend schloss sie die Schlafzimmertür zum zweiten Mal auf und griff nach dem Smartphone. Es war nicht Mabel. Es war ihre Mutter. Nein, nein, nein, dachte Margarete unwillig. Ich will jetzt nicht mit dir reden, Mutter! Ich weiß doch schon vorher, dass ich hinterher genervt bin! Andererseits war ihre Mutter über achtzig. Sie erfreute sich zwar einer eisernen Gesundheit, aber sie lebte seit dem Tod ihres Vaters alleine, und Margarete würde sich den Rest des Abends Sorgen machen, ob es nicht doch dringend gewesen war.

»Hallo, Mutter«, meldete sie sich matt.

»Ich dachte, du lässt mal von dir hören.« Die Stimme ihrer Mutter klang wie immer: vorwurfsvoll.

»Du weißt doch, dass ich in Cornwall bin.«

»Eben! Gerade deshalb!«

Margarete hatte ihrer Mutter natürlich sagen müssen, dass sie ein paar Tage nicht in Stuttgart sein würde. Sie war Einzelkind, und man wusste ja nie. Sie hatte sich vorher geschworen, ihrer Mutter nicht zu sagen, dass sie mit einem Mann verreiste. Aber ihre Mutter hatte sie rundheraus gefragt, mit wem sie nach Cornwall fuhr, und Margarete hatte es nicht übers Herz gebracht, sie anzulügen. Wie erwartet, war ihre Mutter in Entzückensschreie ausgebrochen. In schwäbische Schreie noch dazu. Das passierte nur, wenn sie aufgeregt war.

»Margretle! Vielleicht heiradesch ja doch no!«

Margarete hasste es, wenn ihre Mutter sie Margretle nannte.

»Mutter. Wir haben uns vor gerade mal vier Wochen kennengelernt!«

»Na und? Je oller, desto doller. Auch beim Heiraten.«

»Und selbst wenn. Für Enkel ist es in jedem Fall zu spät. Das ist dir doch wohl hoffentlich klar?«

»Ich weiß.« Ihre Mutter schniefte theatralisch. Sie war der festen Überzeugung, dass Margarete nur deshalb keine Kinder bekommen hatte, um sie zu ärgern. Ihre Tochter war über fünfzig und immer noch nicht aus dem Gröbsten raus! Wie hatte das nur passieren können, wo es ihre Schulfreundinnen doch ausnahmslos zu etwas gebracht hatten? Zu einem, zwei oder gar drei Kindern, einem Mann, der bei Daimler, Porsche, Mahle oder Bosch schaffte, einer Eigentumswohnung in Stuttgart oder einem Häuschen in Leinfelden-Echterdingen, Fellbach oder Leonberg? Ihre Mutter hörte nicht einmal zu, wenn Margarete ihr entgegenhielt, dass bei einigen dieser Freundinnen die Idylle längst zerbröselt war, weil die Männer sich umorientierten, um es mal nett zu formulieren. Es interessierte sie auch nicht, dass die geschiedenen Schulfreundinnen nicht nur ohne Beziehungsleben, sondern auch ohne nennenswerte Rentenansprüche dastanden. Die Kinder dagegen durften sie behalten, vor allem wenn diese mit schlechten Noten, Drogenproblemen oder ADHS kämpften oder auch nur der neuen Beziehung im Weg standen. Bisher hatte Margarete wenigstens damit argumentieren können, dass sie selbst zwar keine feste Beziehung, keine Kinder und kein Eigentum vorweisen konnte, aber immerhin finanziell auf eigenen Füßen stand. Leider war auch dieses Argument mit ihrer Kündigung hinfällig geworden.

Aber nun war Roland aufgetaucht, wie ein aus dem Nichts geborener, strahlend heller Stern. Ein Astrophysiker! Ein Professor! Ein Mann, der Margarete, wenn auch keine Kinder mehr, so zumindest einen Posten mit Prestige und finanzielle Absicherung bieten konnte! Noch dazu gebürtiger Stuttgarter und echter Schwabe! Dass so ein Prachtstück, nur ein paar Jahre älter als Margarete, nicht nur Single, sondern auch noch ihrer widerspenstigen Tochter über den Weg gelaufen war! Die Weltordnung war endlich wiederhergestellt. Glaubte ihre Mutter. Und jetzt musste Margarete doch lügen, weil der Stern schon wieder erloschen war.

»Margarete? Bist du noch dran?«

»Ja, ja. Ich ... wir waren nur gerade auf dem Sprung in den Pub.« Jeder, der sie nur ein bisschen kannte, würde sofort merken, dass sie log.

»Und, wie läuft's?«, fragte ihre Mutter in verschwörerischem Ton. Was bewies, wie schlecht sie Margarete kannte.

»Es – es läuft ganz prima.« Sie senkte ihre Stimme. »Ich kann dir das doch jetzt nicht erzählen. Vor Roland.« Eigentlich war das mit dem Lügen ganz einfach.

»Dann rufst du mich eben später an. Nicht wahr, du meldest dich noch mal?«

»Mutter. Ich melde mich, wenn wir aus Cornwall zurück sind. In Ordnung?«

»Meinetwegen. Wo seid ihr denn?«

»Mutter! Das sagt dir doch sowieso nichts!«

»Ihr seid aber nicht in St. Ives? Da, wo die Rosamunde-Pilcher-Filme immer spielen? Da seid ihr nicht? Das sieht immer so hübsch aus. Ihr könntet mich ja mal mitnehmen, wenn ihr jetzt öfter nach Cornwall fahrt.«

»Nein, Mutter! Wir sind in einem winzigen Kaff. In Port Piran. Aber damit kannst du doch eh nichts anfangen!«

»Du setzt es aber nicht in den Sand, Margarete, hörst du? Du bist fünfzig. Das ist vielleicht deine letzte Chance! Ein Astrophysiker! In deinem Alter! Ich habe schon allen Freundinnen davon erzählt!«

»Ich muss jetzt wirklich Schluss machen. Roland wartet.«

»Grüß mir deinen Roland, hörst du? Und wenn ihr nächste Woche wieder in Stuttgart seid, kommt ihr zum Kaffee, hörst du?«

Margarete drückte den »Auflegen«-Knopf und warf das Handy fluchend und mit Schwung aufs Bett. Wie alt musste man eigentlich werden, um sich endlich nicht mehr über die eigene Mutter zu ärgern? Margarete wollte jetzt nur noch raus. Raus und in den Pub.

Sie fühlte sich etwas weniger resolut, als sie vor dem reetgedeckten Haus stand und hinauf auf das große Schild schaute, auf dem in schnörkeliger Schreibschrift »The Merry Fisherman« stand. Auf dem Schild waren ein vor sich hin dümpelndes Segelschiff und ein bärtiger Fischer in einer gelben Regenjacke und Gummistiefeln abgebildet. Mit der linken Hand hielt der Fischer einen riesigen, kopfüber nach unten hängenden Fisch an der Schwanzflosse fest. Margarete blickte unschlüssig auf das Schild. Ein feiner Nieselregen fiel, die Port Street lag wie ausgestorben da, und Margarete kämpfte mit sich. Ein Pärchen kam aus der Tür, und mit ihm eine ganze Flut an Sinneseindrücken – Licht, Musik, Essensgerüche, Stimmengewirr und Gelächter. Der Mann hielt Margarete die Tür auf, und sie nahm ihren Mut zusammen und schlüpfte hinein.

Sie stand in einem holzgetäfelten Flur. Auf dem Boden lagen nasse Regenschirme und Gummistiefel wild durcheinander. Margarete spähte neugierig durch die offene Tür auf der linken Seite in einen großen, gemütlichen Raum, in dem es keinen einzigen freien Stuhl zu geben schien. An groben Holztischen saßen Paare und Familien und aßen. Der Raum auf der rechten Seite war kleiner und schummriger. Hinter einer Bar an der Längsseite zapfte ein kräftiger junger Mann mit verwuscheltem strohblondem Haar und Vollbart Bier und plauderte dabei mit einem Gast vor dem Tresen. Es dauerte einen Moment, bis Margarete kapierte, dass ihr der Barmann deshalb so bekannt vorkam, weil er aussah wie der Fischer auf dem Schild draußen. Jeder Barhocker war besetzt, ansonsten waren die Tische kleiner und niedriger als im Restaurant und wurden von altmodischen Petroleumlampen erleuchtet. Ein paar Gäste hatten ihre Hocker um einen Kamin herum gruppiert, in dem ein Feuer brannte. Es war voll, laut und gemütlich. Die Männer trugen Poloshirts, Bermudas und Segelschuhe, die Frauen Sommerkleidchen, fast alle sahen aus wie Touristen. Bermudas und dünne Kleidchen, bei der Kälte!, dachte Margarete. Niemand beachtete sie, und sie stand ein wenig unschlüssig herum.

Am anderen Ende des Flurs klappte eine Tür auf, und eine Kellnerin, die mit beiden Händen volle Teller balancierte, lief mit schnellen Schritten auf Margarete zu. Auf den Tellern waren Muscheln, gebratener Fisch, Langusten, Kartoffeln, Pommes, Soßen und Salat appetitlich angerichtet, und das Wasser lief Margarete im Mund zusammen. In den letzten Tagen war sie kaum zum Essen gekommen. »Sorry«, sagte die Kellnerin, und um ihr aus dem Weg zu gehen, machte Margarete einen Schritt hinein in den Raum mit der Bar.

»Margret!« Jemand rief ihren Namen. In der linken Ecke des Raums, die Margarete von dort, wo sie gestanden hatte, nicht hatte sehen können, saß Karen mit ein paar Leuten um zwei Tische herum. An einem Hocker lehnte eine Gitarre. Karen legte das Instrument auf die Bank am Fenster und winkte Margarete, sich auf den Hocker zu setzen.

»Super, dass du gekommen bist! Wir machen gerade Singpause. Hey, Leute, das ist Margret aus Deutschland! Seid nett zu ihr, sie kümmert sich um Honeysuckle Cottage!«

Margarete lächelte nach allen Seiten, und man nickte ihr zu, freundlich, aber nicht besonders enthusiastisch, wie sie fand. Außer Karen saßen noch zwei weitere Frauen und vier Männer an den Tischchen. Sie unterschieden sich schon rein äußerlich von den Touristen. Sie trugen Jeans, Wollpullover und verwaschene Hemden und entweder nur dicke Socken oder grobe Schuhe an den Füßen. Auf den Tischen standen große Biergläser. Weder Caroline noch Chris waren zu sehen.

»Was möchtest du trinken?«, fragte Karen.

»Vielleicht – ein Glas Wein?«

Karen lachte und schüttelte entschieden den Kopf. Sie schien nicht mehr ganz nüchtern zu sein. »Magst du etwa kein Bier?«

»Doch, schon.«

»Trink lieber keinen Wein im Pub, wenn es sich vermeiden lässt. Der ist meistens überteuert und schlecht. Ich hole dir ein Bitter. *Pint* oder *half pint*?«

Diese schrecklichen englischen Maße! Sie wollte lieber erst mal ein kleines Bier, wie hieß das jetzt auf Englisch? In Stuttgart war eine Halbe ein halber Liter. War ein *pint* dann die Hälfte?

»Ein Pint, bitte.«

»So gefällst du mir!« Karen lachte, schlug ihr auf die Schulter und marschierte mit ein paar leeren Gläsern in der Hand Richtung Bar.

Mittlerweile hatte Margarete kapiert, dass man sich die Drinks selber an der Bar holte.

»Ich weiß nicht, ob es Sinn macht, dass wir uns alle mit Namen vorstellen. Die vergisst du wahrscheinlich sowieso gleich wieder. Ich bin jedenfalls Joseph, Karens Mann. Und hier neben mir sitzt Judith. Wie geht es Mabel?« Joseph sah jünger aus als Karen und überhaupt nicht wie ein Farmer, eher wie ein Intellektueller. Er trug eine Nickelbrille, ein bedrucktes T-Shirt, Jeans und Turnschuhe.

»Sie sollte eigentlich schon gestern operiert werden, aber es kamen ein paar akute Notfälle dazwischen, sodass sich die OP immer wieder verschoben hat. Sie wollte sich melden, sobald sie telefonieren kann. Ich dachte, ich vertrete sie heute Abend hier im Pub.«

Alle lachten.

»Hab ich was Falsches gesagt?«, fragte Margarete irritiert.

»Nein, natürlich nicht. Es ist nur so, Mabel ist berühmt dafür, *nicht* in den Pub zu gehen«, antwortete Joseph grinsend.

»Sie war noch nie hier!«, bekräftigte einer der anderen Männer.

»Sie war noch nie im Pub? Ist sie noch nicht so lange hier?«

Wieder lachten alle. »Sei uns nicht böse, du kannst das alles nicht wissen«, erklärte Joseph. »Aber Mabel lebt, soweit ich weiß, seit Mitte der Achtzigerjahre in Port Piran.«

»Sie lebt seit über dreißig Jahren hier und war noch nie im Pub? Aber wieso denn nicht?«

»Das wissen wir nicht so genau.«

»Habt ihr sie nie gefragt, warum sie nicht kommt?«

Wieder lachten alle. »Du kennst Mabel nicht besonders gut, oder?«, fragte Joseph.

Margarete schüttelte den Kopf. »Ich kenne sie eigentlich überhaupt nicht. Das war alles reiner Zufall. Ich wollte mich bei ihr einmieten, und sie brauchte ganz schnell jemanden, der das B&B übernimmt, und ich hatte nichts Dringendes zu tun.«

»Mabel ist kein Mensch, der großen Wert auf Kontakte mit uns legt. Caroline und Christopher mal ausgenommen«, sagte Karen, die mit drei großen Biergläsern in der Hand zurückgekommen war. Eines davon stellte sie vor Margarete ab, der gerade dämmerte, dass ein Pint ein großes Bier war.

»Immerhin lässt sie dich in die Küche, Karen!«, rief Joseph. »Darauf kannst du dir was einbilden. Sie schmeißt ja manchmal selbst ihre Katze raus!«

»Aber das ist doch seltsam. Mabel lebt hier und geht nicht in den Pub? Nicht mal ab und zu?«

»Sie wird schon ihre Gründe haben«, sagte eine der anderen Frauen achselzuckend. »Wir sind ihr nicht böse deshalb.«

»Aber interessiert es euch denn nicht, was das für Gründe sind?«, beharrte Margarete.

Die amüsierten Blicke, die sich die anderen zuwarfen, entgingen ihr nicht.

»Natürlich interessiert es uns«, erwiderte Karen schließlich. »Glaub bloß nicht, dass wir nicht gerne tratschen! Und wir haben auch viel darüber spekuliert. Aber letztlich ist es ihre private Angelegenheit.«

Ratlos sah Margarete in die Runde. Sie verstand einfach nicht, warum man über Mabels Beweggründe spekulierte, anstatt sie einfach direkt zu fragen. Diese Engländer waren manchmal wirklich seltsam. Andererseits schienen sie Mabel trotzdem zu mögen.

»Lasst uns was singen«, schlug Joseph vor und schien damit die Diskussion für beendet zu erklären. Er griff nach der Gitarre und spielte ein paar Akkorde.

»Wenn du die Lieder kennst, kannst du gerne mitsingen, Margret«, sagte er. »Wir singen allerdings in der Regel cornische Volkslieder, die nicht sehr bekannt sind.«

In der nächsten halben Stunde schmetterten die *locals* ein Stück nach dem anderen, und Joseph schrubbte auf der Gitarre die Akkorde dazu. Tatsächlich hatte Margarete keinen einzigen der Folksongs und nicht eine der Balladen je zuvor gehört, und sie verstand auch die Texte nicht besonders gut. Es schien viel um einsame Seemänner, liederliche Frauen, die ihnen die Köpfe verdrehten, Nachtigallen und Minenarbeiter zu gehen. Die Melodien waren eher einfach gestrickt und mal ein-, mal mehrstimmig, und der Gesang war zwar ab und zu etwas schräg, aber immer sehr inbrünstig. Alle schienen großen Spaß zu haben, auch die Touristen, die mit Gläsern in der Hand näher gerückt waren, Fotos mit ihren Handys machten und begeistert applaudierten. Die *locals* schienen die Touristen gar nicht zu bemerken. Margarete fühlte sich ein wenig unwohl, weil sie zwar bei den *locals* saß, aber weder zu ihnen gehörte noch mitsingen konnte.

»Margret. Wie wäre es, wenn du zur Abwechslung etwas singst?«, fragte Joseph plötzlich.

»Ich?«, rief Margarete panisch. »Aber ich kenne diese Lieder doch gar nicht!«

»Du kannst ja etwas anderes singen.« Er schob ihr ein zerfleddertes Buch zu. »Schau mal da rein. Das ist ein allgemeines Liederbuch, vielleicht gibt es da irgendwas, was du kennst. Wenn es nicht so kompliziert ist, kann ich es auf der Gitarre begleiten.«

Nervös schlug Margarete das Liederbuch auf und überflog das Inhaltsverzeichnis. Es war eine Mischung aus bekannten Folk-, Pop- und Rocksongs. In Stuttgart sang sie in einem Kirchenchor im Sopran. Manchmal trafen sich ein paar von ihnen privat, um zur Gitarre zu singen. Man hatte Margarete immer eine schöne Stimme bescheinigt, aber sie war es nicht im Mindesten gewohnt, solo zu singen. Dass sie sich nun auch noch unter Zeitdruck für einen Song entscheiden sollte, machte sie umso nervöser.

»Wie wäre es mit ›Sound of Silence‹?« Margarete liebte Simon & Garfunkel.

»Lass mal die Akkorde sehen ... hm, das kriege ich hin.« Joseph spielte die Akkorde an. »Passt das so, in der Tonart?«

Margarete summte leise mit. Ihre Stimme zitterte. Das konnte ja heiter werden.

»Ja, das geht.«

»Na, dann mal los.« Joseph grinste. »Keine Sorge, wir sind hier nicht das Opernhaus in Sydney.«

»Trink noch einen Schluck«, warf Karen ein und hob ihr Glas in Richtung Margarete. »Dann geht's besser.« Margarete nahm einen Schluck Bier, obwohl sie nicht sicher war, ob ihr die lauwarme Brühe überhaupt schmeckte.

»Ich spiele ein ganz kurzes Intro.« Joseph zupfte ein paar Akkorde, nickte Margarete zu, und sie setzte ein. *»Hello, darkness, my old friend ...«*

Ihre Stimme zitterte noch immer fürchterlich. Sie hatte das Gefühl, als würden sie alle Touristen abschätzig und mitleidig mustern, und hätte sich am liebsten unter dem Tisch verkrochen. Aber dann fiel Joseph mit ein und sang die zweite Stimme, so wie in der Originalversion. Margarete fühlte sich gleich viel besser.

Ihre Stimme wurde allmählich kräftiger und sicherer. Sie harmonierte wunderbar mit Josephs warmem Tenor, und Margarete spürte, wie sich die Atmosphäre veränderte und die Leute plötzlich gebannt zuhörten. Alle Gespräche waren verstummt. Das gab ihr noch mehr Auftrieb, und sie schloss die Augen, konzentrierte sich ganz auf die Musik und versuchte, mehr Gefühl in ihre Stimme zu legen.

»... *sound ... of silence.*«

Die letzten Töne verklangen, dann brach Beifall los. Margarete holte tief und erleichtert Luft. Sie spürte, wie die Anspannung in ihrem Gesicht erst einem schüchternen, dann einem strahlenden Lächeln wich. »Tolle Stimme!«, rief eine der Touristinnen anerkennend, und als Margarete ihr, immer noch strahlend, zum Dank zunickte, kreuzte ihr Blick den eines Mannes, der neben der Frau an der Theke stand. Es war Chris. Auch er lächelte und hob sein Bierglas zum Gruß. Ja, er lächelte tatsächlich, und es war ein herzliches, anerkennendes Lächeln, aus dem alle Reserviertheit verschwunden war. Margarete spürte, wie ihr Herzschlag für einen Moment aussetzte, und schaute verlegen weg.

»Wow, du und Joseph, ihr seid ja ein Dream-Team!« Karen klatschte vergnügt in die Hände. »Wenn ich im Stall singe, halten sich sogar die Schweine die Ohren zu und quieken ›Aufhören! Aufhören!‹«

»Das war toll!«, bekräftigte die Frau, die Judith hieß, wenn Margarete sich recht erinnerte, und die, wie sich herausstellte, in der Gemeindeverwaltung arbeitete. »Ihr solltet beim *Port Piran Village Festival* mitmachen!«

Joseph klopfte Margarete freundschaftlich auf die Schulter. »Das war wirklich sehr hübsch, Maggie. Wir sollten das nächste Woche unbedingt wiederholen. Warum suchst du dir nicht einen Song aus und gibst mir Bescheid? Dann kann ich die Begleitung ein bisschen üben.«

»Ich habe nicht die geringste Ahnung, ob ich nächsten Dienstag noch hier bin«, seufzte Margarete. »Eigentlich muss ich am Samstag zurück nach Deutschland.«

»Dann wird auch aus dem Auftritt beim Festival nichts«, sagte Judith bedauernd.

»Ich kann leider sowieso nicht da sein, ich habe Prüfungstermine in Exeter«, erklärte Joseph. »Aber du hast recht, Judith, da hätten wir einen richtig tollen Auftritt hinlegen können. Ich wollte schon so lange mitmachen, aber mit Karen hier ...« Er lachte.

»Was ist das für ein Festival?«, fragte Margarete neugierig.

»Unser jährliches großes Dorffestival, es beginnt am Sonntag in einer Woche mit einem landwirtschaftlichen Wettbewerb, das Konzert ist der Abschluss und Höhepunkt am Samstag drauf«, antwortete Karen. »Das Ganze ist so eine Art Familientreffen, ein Pflichttermin für alle, die mal hier gewohnt haben und weggezogen sind oder irgendwelche Verbindungen hierher haben. Im Hafen werden Essensstände aufgebaut und eine Bühne, dort gibt es Livekonzerte, und der Höhepunkt am Samstagabend ist ein musikalischer Wettbewerb. Da sind keine Profibands zugelassen, nur Amateure. Es ist immer ein Riesenspaß und eine Mordsüberraschung, wenn deine Nachbarn plötzlich auf der Bühne stehen und rocken. Ja, für uns ist das echt der Höhepunkt im Jahr. Es kommen auch viele Touristen. Betrunken sind am Ende alle.«

Karen schielte immer wieder auf ihr leeres Bierglas. Wahrscheinlich wartete sie darauf, dass Margarete jetzt die Drinks holte. Ihr eigenes Glas war noch zu einem Drittel voll. Da sie sich jedoch an ihrem ersten Abend im Pub mit den *locals* auf keinen Fall unbeliebt machen wollte, nahm sie ihr Glas und trank es in einem Zug aus.

»Möchtest du noch was trinken, Karen?«

»Gern, danke. Noch ein Pint von dem hier.«

»Was ist das?«

»Gary weiß, was wir trinken. Sag einfach, noch mal dasselbe.«

»Und du, Joseph?«

»Ich mach langsam, danke. Du könntest auch ein Päuschen machen, Karen.«

»Ich hab heute tonnenweise Mist geschaufelt, während du deine Nägel gefeilt und dein Näschen gepudert hast, Schätzchen.« Alle lachten. »Ich hab mir noch ein Bier verdient.«

»Wie du meinst«, murmelte Joseph.

»Joe ist Professor, weißt du«, erklärte Karen. »Er verdient das Geld an der Uni in Exeter, und ich gehe den Kühen an die Eier, äh, ich meine natürlich an die Euter.«

Wieder lachten alle, auch Joseph. Margarete stand auf, sammelte die leeren Gläser ein und ging zur Bar. Das war gar nicht so einfach. Das Bier war ihr bereits gewaltig zu Kopf gestiegen. Der junge bärtige Mann hinter dem Tresen nickte ihr zu und nahm ihr die Gläser ab.

»Hübscher Song. Was darf's sein?«, fragte er. »Dein Drink geht aufs Haus, schließlich hast du zur Unterhaltung der Gäste beigetragen.«

»Oh, danke! Gibt's auch was ohne Alkohol?«

»Klar. Cola, Fanta, Sprite, das Übliche. Trinkt hier bloß keiner außer die unter Zwölfjährigen.«

»Und Säfte?«

»Haben wir natürlich auch. Apfel- oder Orangensaft. Was echt lecker schmeckt, ist die Holunderlimonade.«

»Dann für mich eine Holunderlimonade und für Karen noch mal dasselbe. Ach, und noch ein Tütchen Erdnüsse.« Sie hatte einfach viel zu wenig gegessen. Gary nahm eine kleine grüne Flasche aus dem Kühlschrank und schüttete den Inhalt in ein Glas.

»Eis?«, fragte er.

Margarete nickte. Der kalte Drink würde sie hoffentlich wieder nüchterner machen. Gary gab Eiswürfel in das Glas und schob es ihr hin. Dann zapfte er Karens Bier. Dabei kniff er die Augen zusammen und schaute an Margarete vorbei. »Ach, du liebe Güte. Die Achtziger sind auferstanden. Dabei war ich da noch gar nicht geboren. Sonny Crockett ist zu Besuch.« Margarete fuhr herum. In der offenen Tür stand Roland. Roland in einem rosa Anzug. Er hatte seine Brille abgenommen und putzte sie umständlich.

»Shit«, entfuhr es Margarete. Sie hatte schätzungsweise noch fünf Sekunden. Der einzige Fluchtweg führte durch die Tür, in der Roland stand. Sie hatte keine Wahl, sie musste sich verstecken. Blitzschnell ließ sie sich auf alle viere fallen, dann bahnte sie sich im Vierfüßlergang ihren Weg am Tresen entlang, was angesichts der vielen Gäste und doppelt so vielen Beine erstens nicht einfach und zweitens fürchterlich peinlich war, aber darauf konnte sie jetzt keine Rücksicht nehmen. Sie hörte aufgeregtes Getuschel, manche lachten. Eine Frau schrie auf, als Margarete versehentlich gegen ihre nackten Beine stieß, und dann schwappte etwas Kaltes und Nasses auf Margaretes Rücken, vermutlich Bier aus dem Glas der Frau, aber darauf kam's jetzt auch nicht mehr an, nachdem ihre Hände klebrig waren vom Boden und ihr ein stinkender, wuscheliger Hund erst mit dem Schwanz durchs Gesicht fuhr und es dann ableckte. Wenigstens hatte sie es jetzt ans Ende des Tresens geschafft. Sie krabbelte um die Ecke und unter dem Brett durch, das die Bar vom Schankraum trennte. Sie ging auf die Knie und kroch neben Gary, der sie milde, aber ohne sichtbares Erstaunen von oben betrachtete.

»Sonny Crockett darf mich nicht sehen!«, zischte Margarete.

Gary nickte, als sei es das Normalste auf der Welt. Mit beiden Händen schob er eines der Bierfässer unter dem Tresen zur Seite, sodass sich eine Lücke zum nächsten Fass auftat.

»Da rein«, raunte er. Margarete krabbelte rückwärts in die enge Lücke, ging in die Hocke und legte die Hände auf die Knie, um weniger Platz zu brauchen. Die bauchigen Fässer drückten schmerzhaft in ihre Seiten, und die Häschenhaltung war verdammt anstrengend. Außerdem waren auch die Fässer klebrig. Ich bin zu alt für so was, dachte sie verzweifelt, während sie einen Fleck auf Garys Knie direkt vor ihrer Nase betrachtete.

»Hi, alles klar?«, sagte Gary laut. »Was darf's sein?«

»Ich suche eine Freundin«, hörte sie Rolands Stimme mit dem fürchterlichen Akzent. Er suchte sie also tatsächlich. Warum nur war sie ausgerechnet heute Abend in den Pub gegangen!

»Jaa?«, erwiderte Gary in einem Tonfall, der deutlich machte, dass er nicht besonders interessiert war.

»Das ist sie. Hier, auf dem Foto.« Garys Knie streckten sich, als er sich über den Tresen beugte. »Das ist hier in Cornwall. In einem Café.«

»Tatsächlich.«

»Sie ist nicht zufällig hier gewesen?«

»Nicht dass ich wüsste«, antwortete Gary gleichmütig.

»Bitte, schauen Sie noch einmal genau hin«, insistierte Roland. »Es ist sehr wichtig. Ich glaube, sie benötigt dringend meine Hilfe.«

Arroganter Sack, dachte Margarete erbost.

»Nein, tut mir leid, nie gesehen. Sie sieht auch irgendwie so aus, als könne sie selber auf sich aufpassen.«

»Glauben Sie mir, sie bringt sich selber ständig in Schwierigkeiten. Sie hat leuchtend rote Haare, ist ein bisschen moppelig und nicht mehr ganz jung«, wiederholte Roland. Mit Müh und Not unterdrückte Margarete einen Empörungsschrei. Moppelig und nicht mehr ganz jung?

»Nein«, sagte Gary sehr bestimmt. »Ich habe keine Frau gesehen mit roten Haaren, die ein bisschen moppelig ist. Und wenn Sie nichts trinken möchten, würden Sie so freundlich sein und Platz machen für die Leute, die was bestellen wollen?«

»Natürlich«, murmelte Roland. »Vielen Dank. Entschuldigen Sie bitte die Störung.«

»Gerne.«

»Gary, Karen wundert sich, wo Margret abgeblieben ist.«

Margarete erstarrte unter dem Tresen. Das war Chris' Stimme! Er würde alles ruinieren! Sie zerrte panisch an Garys Hosenbein. Er legte ihr eine Hand auf den Kopf und tätschelte ihn beruhigend, als sei sie ein Bernhardiner.

»Margret?«, hörte sie Rolands alarmierte Stimme.

»Margret ist ein ziemlich häufiger Name hier«, sagte Gary. »Und *diese* Margret ist bestimmt nicht moppelig. *Diese* Margret ist mal eben für kleine Mädchen. Die Drinks sind bezahlt, Chris, die kannst du mitnehmen.«

»Ach, die kann sie auf dem Rückweg einsammeln. Machst du mir ein Pint?«

Gary trat zur Seite. Margarete hob den Kopf – und blickte direkt in Chris' grüne Augen. Er hatte sich über den Tresen gebeugt und sah belustigt auf sie hinunter. Ihr Herz begann wie wild zu klopfen. Was ist das denn?, dachte sie und ärgerte sich über sich selber. Sie war doch kein Teenager mehr!

»Du kannst rauskommen«, erklärte er. »Er ist weg.«

Margarete krallte sich am Tresen fest und zog sich mit Mühe hoch. Ihre Knie schmerzten, alles an ihr klebte, und sie spürte, wie sich die Röte auf ihrem Gesicht ausbreitete. Roland war verschwunden. Chris nippte an seinem Bier und betrachtete sie interessiert.

»Mir ist – was runtergefallen.«

Chris nickte ernst. »Ja. Natürlich. Und Gary konnte es nicht für dich aufheben.«

»Äh ... nein. Es war zu klein. Zu klein und – zu persönlich.«

»Ich verstehe.« Es zuckte um seine Mundwinkel. »Willst du den Rest des Abends hinter der Bar herumkriechen, oder kommst du irgendwann mal wieder raus?«

»Sie kann gern bleiben und für mich Bier zapfen«, grinste Gary.

»Danke, Gary«, murmelte Margarete. »Ich schulde dir was. Ich hoffe, das war jetzt nicht allzu seltsam für dich.«

Gary zuckte mit den Schultern. »Ich stehe hinter dieser Bar, seit ich sechzehn bin. Wir haben hier das ganze pralle Leben. Und einer Lady in Nöten hilft man doch immer gern.«

Margarete tauchte wieder unter dem Tresen durch und ging zurück zu ihren Gläsern, wobei sie nach allen Seiten Entschuldigungen murmelte.

»Ist es besser, wenn ich dich nicht frage, warum du dich vor diesem komischen Vogel versteckt hast?«, fragte Chris, als sie bei ihm ankam.

»Viel besser.«

»Wahrscheinlich sollte ich dich auch nicht fragen, ob dieser komische Vogel etwas mit dem Auto zu tun hat, das du bei mir untergestellt hast.«

»Nein. Frag nicht.«

Chris seufzte. »Weißt du, Margret, du machst alles kaputt. Mein Bild von den Deutschen jedenfalls. Ich dachte immer, ihr seid humorlos, total gut organisiert und vernünftig und sagt dem Rest von Europa, was sie tun sollen. So wie Angela Merkel. Und dann tauchst du hier auf. Du hast keinen Job, was sich kein Mensch hier vorstellen kann von einem Land, in dem es praktisch keine Arbeitslosigkeit gibt, du schläfst mitten auf der Straße in seltsamen Autos ein, die dir nicht gehören, und dann versteckst du dich in unserem Pub hinter dem Tresen vor einem seltsamen Typen im rosafarbenen Anzug. Du wirfst meine ganzen Vorurteile über den Haufen.«

»Es tut mir leid. Können wir jetzt an den Tisch zurückgehen? Karen wartet auf ihren Drink.«

»Es ist kein Beinbruch, wenn Karen noch ein bisschen auf ihren Drink warten muss. Aber ja, lass uns an den Tisch zurückgehen. Dann kannst du mir auch berichten, wie es dir mit Honeysuckle Cottage ergangen ist.«

13. KAPITEL

Mabel

Es klopfte. Mabel reagierte nicht. Das war doch eh nur wieder für die Blinddarmzicke im Bett nebendran. Wie lange behielten sie die denn noch hier, nur wegen eines blöden Blinddarms? Gestern hatte sie sich noch über Mabel beschwert, weil sie telefonierte, und nun gaben sich ihre Besucher schon den ganzen Nachmittag die Klinke in die Hand. Wobei es vor allem Besucherinnen waren. Im Augenblick zerrissen sie sich die Mäuler über eine Bekannte, deren siebzehnjährige Tochter schwanger war, und spekulierten darüber, wer wohl der Vater war.

Mabel hätte sich am liebsten die Ohren zugehalten. Niemanden schien es auch nur die Bohne zu interessieren, dass man sie erst am Vormittag operiert hatte und sie, nach dem Zwischenstopp im Aufwachraum, erst seit dem frühen Nachmittag zurück in ihrem Zimmer war und sich ziemlich elend fühlte. Nicht weil sie unter Schmerzen litt, sondern weil der Arzt im Aufwachraum kurz nach ihr geschaut hatte. Er war jung und nett. Er wolle ihr nur sagen, die OP sei gut verlaufen, man habe das Band genäht und eine Stellschraube eingesetzt, damit es in Ruhe heilen konnte. Die Schraube käme in ein paar Monaten wieder raus.

Mabel war sehr erleichtert gewesen. »Ich hoffe, ich kann bald nach Hause?«, hatte sie gefragt. »Ich habe ein B&B, um das ich mich kümmern muss, und die Saison fängt gerade an.«

Auf einmal guckte der Arzt ganz komisch.

»Was genau sind das für Dinge, die Sie da tun müssen, Mabel? Computerarbeit?«

»Nun, eigentlich alles. Die Verwaltung und die Abrechnungen und das Frühstück und die Zimmer. Backen, Putzen, Saugen,

Bettwäsche wechseln, die Versorgung der Gäste. Ich bin ein Einfraubetrieb.«

Der Arzt schien einen Moment zu zögern, ehe er antwortete. »Mabel. Es gibt völlig unproblematische Bänderrisse. Aber ein Riss des Syndesmosebandes gehört nicht dazu. Da geht es um die Stabilität des Sprunggelenkes, und wenn der Fuß anfangs nicht genug geschont wird, können Sie nie mehr beschwerdefrei gehen. Das wollen Sie doch sicher nicht riskieren? Es wird Wochen dauern, bis Sie wieder normal laufen, geschweige denn ein Zimmer putzen können. Der Fuß braucht jetzt erst einmal Schonung. Am besten wäre eine mehrwöchige Reha mit viel Krankengymnastik. Die würden wir vielleicht nicht auf Anhieb durchkriegen, aber wir könnten es zumindest versuchen. Wie alt sind Sie – einundsechzig? Ab einem gewissen Alter erholt sich der Körper nicht mehr so schnell.«

»Aber ... aber das geht nicht«, hatte Mabel gestammelt. »Ich habe niemanden, der mir hilft oder der mich längerfristig vertreten kann.«

»Ich fürchte, dann werden Sie sich jemanden suchen müssen. Ich erkläre Ihnen morgen bei der Visite noch einmal alles in Ruhe, und wir überlegen, wie wir das mit der Physio hinkriegen«, hatte der Arzt gesagt. »Sie gehen heute noch zum Röntgen. Ach, und ich würde gerne den Rücken mitröntgen lassen. Ein stabiler Rücken kann die Genesung beschleunigen. Gibt es einen Physiotherapeuten in Port Piran?«

»Nicht dass ich wüsste. Ich habe aber auch nie einen gebraucht. Wann darf ich nach Hause?«

»Mit viel Glück nach der Visite. Aber das entscheiden wir erst morgen früh, und ich lasse Sie nur gehen, wenn Sie versprechen, dass Sie sich nicht zu Hause gleich wieder in die Arbeit stürzen.«

In dem Moment ging die Tür auf. Was für ein attraktiver junger Mann, dachte Mabel, bis sie kapierte, wer da zu Besuch kam.

»Chris! Wie schön!«

Chris grinste über beide Backen. In der Hand hielt er einen Blumenstrauß. Das Gequatsche am Nachbarbett verstummte für einen Moment, wie Mabel mit großer Genugtuung feststellte. Chris beugte sich über sie und küsste sie auf die Wange. Dann sah er sie forschend an.

»Wie geht's dir? Sie wollten mir am Telefon nichts sagen. Ich habe am späten Vormittag angerufen, da warst du gerade im Aufwachraum.« Er kämpfte mit dem Einwickelpapier, und zum Vorschein kam ein wunderschöner Strauß roter Rosen.

»Ich war mir nicht sicher ...«, erklärte Chris und wirkte verlegen. »Ob du dich über Rosen freust, wo du doch selber so viele im Garten hast.«

»Chris. Der Strauß ist wunderschön!« Mabel schluckte. Hoffentlich merkte Chris nicht, wie gerührt sie war. Mabel hatte noch nie Rosen geschenkt bekommen. Wenn Sie sich's genau überlegte, hatte sie überhaupt noch niemals Blumen geschenkt bekommen. Sie klingelte nach der Stationsschwester. Der Drachen würde ganz schön blöd gucken, wenn ausgerechnet Mabel eine Vase für so einen tollen Strauß benötigte.

»Setz dich doch. Oh.« Sie hob die Stimme. »Leider sind alle Stühle schon besetzt«, sagte sie streng. Es gab drei Besucherstühle, die alle am Bett der Blinddarmtrulla standen und von schnatternden Frauen mit lila gefärbten Haaren besetzt waren.

»Oh, Sie können gern meinen Stuhl haben, junger Mann«, zwitscherte eine der Nachbarinnen. »Ich wollte sowieso gerade gehen.«

»Aber ich möchte Ihnen nicht den Platz wegnehmen«, antwortete Chris höflich.

»Nein, nein, wirklich, gerade habe ich gesagt, ich muss jetzt endlich gehen«, sagte die Frau, sprang auf und schob den Stuhl in Chris' Richtung. Er nahm ihr den Stuhl ab, und dann bedankten sie sich noch fünfmal beieinander.

Diese bescheuerten englischen Höflichkeitsrituale, dachte Mabel genervt. Als sie noch ein Punk gewesen war, hatte sie sich mit so was nicht aufhalten müssen. Die Stationsschwester kam, und Mabel bat sie knapp um eine Vase.

»Kannst du dir das denn leisten, so mitten am Tag die Farm Farm sein zu lassen?«

Chris zuckte gleichmütig mit den Schultern und stellte den Stuhl ans Bett. »Die Tage sind lang. Ich hänge es heute Abend dran. Ich wollte wenigstens kurz nach dir schauen. Also, wie geht es dir?«

»Ich bin noch etwas erschöpft, aber die OP ist wohl gut gelaufen. Sie haben das Band genäht und eine Schraube eingesetzt. Der Arzt sagt aber, es wird Wochen dauern, bis ich wieder normal laufen, geschweige denn arbeiten kann. Er will mich sogar in Reha schicken. Wie soll das gehen? Reha ist was für Leute, die nichts zu tun haben.« Mabel zuckte zusammen, als hätte sie sich selbst einen schmerzhaften Schlag versetzt, nun, da sie laut ausgesprochen hatte, was der Unfall für Konsequenzen mit sich brachte. Und alles nur deshalb, weil sie gemeint hatte, wie früher Party machen zu müssen! Selber schuld, Mabel. Die wilden Zeiten waren endgültig vorbei.

»Das tut mir sehr leid, Mabel«, antwortete Chris mitfühlend und legte seine Hand auf ihren Arm. Es war nur eine ganz leichte, kurze Berührung, und doch musste Mabel sich beherrschen, nicht in Tränen auszubrechen. Das sind die Nachwirkungen der Anästhesie, dachte sie. Ich weine schließlich nie. Aber Chris war der erste Mensch, mit dem sie über ihre Sorgen reden konnte, und es tat so gut.

»Willst du eine Tasse Tee?«, fragte Mabel, bevor es noch persönlicher wurde. »Auf dem Tisch steht eine Thermoskanne mit heißem Wasser.«

»Nein, danke. Ich habe nicht so viel Zeit. Hast du dir schon überlegt, wie es jetzt weitergeht?«

»Nun, ich habe vermutlich keine große Wahl. Ich mache Honeysuckle Cottage die nächsten Wochen zu und kuriere mich aus. Dann habe ich zwar eine Menge Gäste vergrault, die halbe Saison verloren und kein Geld verdient, aber rechtzeitig zu den Sommerferien bin ich wieder fit und kann zumindest die Hauptsaison und den Herbst mitnehmen. Was soll ich denn sonst machen? Ich kann's mir nicht leisten, ein Zimmermädchen oder eine Frühstückshilfe zu bezahlen.«

»Was ist mit Margret?«

Hatte sie richtig gehört?

»Margret? Niemals! Sie passt nicht hierher. Für meinen Geschmack ist sie viel zu übergriffig. Stell dir vor, das Filmteam hat angefragt, ob sie in Honeysuckle Cottage eine Liebesszene drehen können, und sie hat ihnen das Cottage für mehrere Tage angeboten, ohne es vorher mit mir zu besprechen! Dabei kennen wir uns kaum. Eine Engländerin hätte so etwas niemals getan!«

»Eine Engländerin hätte aber auch vermutlich nicht Knall auf Fall deine Pension übernommen. Und ist das denn so eine schlechte Idee? Du würdest doch sicher Geld dafür bekommen.«

»Schon.« Mabel senkte die Stimme. Das ging die Tratschtanten nichts an. »Tausend Pfund am Tag, für drei bis vier Tage insgesamt.«

»Das ist sehr viel Geld, Mabel. Und gerade jetzt kommt das doch wie gerufen!«

»Sie wollen in meinem Schlafzimmer drehen, Chris! Sie werden ganz Honeysuckle Cottage auf den Kopf stellen. Es wird laut sein. Überall werden meine Gäste über Kabel und Lampen stolpern!«

»Mabel. Ich will dir nicht zu nahe treten, aber du bist in einer Notsituation. Und es geht doch nur um ein paar Tage, und die ganze Sache bringt gutes Geld. Margret hat es sicher bloß gut gemeint.«

Mabel kniff die Augen zusammen. Was lief da eigentlich? Noch vor zwei Tagen war Chris extrem distanziert Margret gegenüber gewesen. Und nun schlug er Mabel vor, sie zu behalten, ja, er verteidigte sie sogar?

»Wie kommt sie zurecht?«, fragte sie und bemühte sich um einen beiläufigen Ton.

»Erstaunlich gut. Sie hat uns gestern Abend im Pub vorgespielt, wie sie Mrs Saunders beim Frühstück versehentlich nicht-vegetarische Würstchen serviert hat. Es war ziemlich komisch.«

»Margret ... war mit euch im Pub? Hast ... du sie eingeladen?« Wenn er Ja sagte, dann hatte er sich in sie verknallt.

»Karen hat sie gefragt, ob sie nicht kommen will. Alle sind froh, dass dir jemand kurzfristig aus der Patsche geholfen hat.«

»Als ob es irgendjemanden im Dorf interessiert, wie's mir geht!«

»Mabel.« Chris seufzte. »Wir haben schon oft darüber gesprochen. Ich glaube, du schätzt die Leute falsch ein. Natürlich machen sie sich Sorgen um dich. Und Karen hat Margret in den Pub eingeladen, um ihr das Gefühl zu geben, dass sie willkommen ist. Weil ihr vermutlich klar war, dass du noch längere Zeit Hilfe benötigst.«

»Ich kann doch nicht eine wildfremde Frau aus Deutschland wochenlang beschäftigen! Und wo soll sie überhaupt schlafen?«

»Du weißt ja auch gar nicht, ob sie kann. Oder will. Gestern Abend hat sie gesagt, sie kann nicht beim *Port Piran Village Festival* mitmachen, weil sie am Samstag zurückfahren muss.«

Das wurde ja immer bunter! »Wieso sollte Margret bei unserem Festival mitmachen?«

»Sie hat gestern Abend mit Joseph zusammen gesungen.«

»Sie hat ...*gesungen?*« Das bestätigte doch, wie übergriffig sie war. Mabel war noch nie im Pub gewesen, und Margret sang mit den *locals,* als würde sie zu ihnen gehören?

»Es klang nicht einmal schlecht.« Chris lächelte amüsiert. »Mabel. Ich weiß, du magst sie nicht, aber sie ist nicht so schrecklich, wie du denkst, und dafür, dass sie sich nicht auskennt, hat sie deinen Laden ganz gut im Griff, wie mir scheint. Sie hat doch erzählt, dass sie ihren Job in Deutschland verloren hat. Vielleicht ist sie ganz froh über eine Beschäftigung? Du könntest sie zumindest fragen. Vielleicht würde sie es ja für ein Taschengeld, Unterkunft und Essen machen? Es scheint ihr in Port Piran zu gefallen. Und die Frage ist doch, wo kriegst du sonst so schnell eine Hilfe her? Im Augenblick hat keiner Zeit, nicht einmal Caroline.«

»Taschengeld? Ich kann's mir nicht leisten, ihr ein Taschengeld zu zahlen.«

Chris zuckte mit den Schultern. »Das musst du selber wissen. Ich schätze aber, sie hat ihren Stolz, und ob sie es ganz ohne Bezahlung macht?«

Du hast dich ganz schön mit der Frau beschäftigt, wenn du meinst, sie so gut beurteilen zu können, dachte Mabel. Etwas tief in ihr drinnen sagte ihr, dass sie sich gerade ziemlich albern aufführte, um nicht zu sagen: eifersüchtig. Immerhin hatte Margret ihr aus der Patsche geholfen, obwohl sie sie gar nicht kannte. Aber Honeysuckle Cottage war eine Sache; Chris war eine andere. Und es gefiel ihr nicht, dass Chris Margret anpries. Nein, es gefiel ihr überhaupt nicht.

»Ich würde gerne noch bleiben, aber ich muss jetzt los«, sagte Chris bedauernd. »Kann ich noch irgendetwas für dich tun?«

Mabel holte tief Luft. »Ja. Könntest du ... mit Margret sprechen und sie fragen, ob sie bereit wäre, zu bleiben? Sagen wir mal, zumindest die nächsten zwei Wochen. Ich würde sie ja selber fragen, aber ich darf nicht telefonieren. Um meine Nachbarin nicht zu stören.« Sie warf einen bösen Blick zum Nachbarbett, wo jetzt zwar nur noch drei Frauen tratschten, der Lärmpegel aber genauso hoch war wie vorher. »Außerdem – bist du vermutlich diplomatischer.«

»Natürlich, Mabel. Das mache ich doch gern. Ich muss jetzt erst die Schafe füttern, danach fahre ich schnell ins Dorf. Du müsstest mir nur sagen, was ich ihr anbieten soll?«

»Ich biete ihr Kost und Logis, mit der Übernachtung muss ich mir noch etwas einfallen lassen. Und – Taschengeld. Ein kleines Taschengeld. Sagen wir, fünfzig Pfund am Tag.«

»Ich frage sie. Wann darfst du nach Hause?«

»Hoffentlich morgen früh, nach der Visite. Und die Filmleute – ich bin einverstanden. Falls sie Honeysuckle Cottage überhaupt noch wollen.«

Mabel streckte sich im Bett aus und schloss die Augen. Das Gespräch mit Chris hatte sie mehr erschöpft als gedacht, und gleichzeitig lag ihr die Sorge um Honeysuckle Cottage und ihre Gesundheit schwer auf der Seele. Sie wurde älter, sie wurde gebrechlicher, und konnte sich doch beides nicht leisten. Bis siebzig musste sie durchhalten, mindestens, bei der mickrigen Rente, die sie erwartete, und wegen ihrer Schulden. Sie war nicht besonders scharf drauf, dass der Arzt ihren Rücken röntgen lassen wollte. Seit einiger Zeit hatte sie ständig Rückenschmerzen, ignorierte sie und nahm Ibuprofen, wenn es allzu schlimm wurde. Ob sie jetzt die Rechnung dafür bekam, dass sie bis Mitte zwanzig Raubbau an ihrem Körper betrieben hatte, als sei er der brasilianische Urwald? Aber von Ecstasy bekam man vielleicht alles Mögliche, aber doch bestimmt keine Rückenschmerzen! Außerdem war sie seit Jahren *clean,* und das bisschen Kiffen war doch bestimmt eher stimulierend als schädlich.

Die andere Sorge, die sie umtrieb, betraf Chris. Sie ärgerte sich über sich selbst, dass sie ihn gebeten hatte, mit Margret zu reden. Mit dem Telefonierverbot hatte das nichts zu tun gehabt. Sie hatte den Job auf Chris abgewälzt, weil sie keine Lust hatte, Margret um Hilfe anzubetteln. Und ihr auch noch Geld anzubieten! Aber Chris schien Margret sympathisch zu finden, und er verknallte sich immer in die falschen Frauen. Sie hatte das mit Janie kommen sehen, aber Chris hatte ihre Warnungen in den Wind geschlagen. Diesmal würde sie besser auf ihn aufpassen. Sie würde es zu verhindern wissen, dass er sich in eine Frau verliebte, die mindestens zehn Jahre älter, fett, vollbusig und noch dazu Deutsche war. Nicht dass Mabel Vorurteile hatte. In der Regel blieben die deutschen Gäste nur eine Nacht, weil sie auf dem *Coast Path* wanderten, sie waren begeistert von Cornwall und freundlich. Der einzige Nachteil, den Deutsche aus Mabels Sicht hatten, war, dass sie wahnsinnig gerne quatschten, weil sie ihr Englisch üben wollten. Kein Brite war scharf drauf, Fremdsprachen zu üben! Die meisten beherrschten eh nur ihre Muttersprache. Aber die Deutschen verwickelten Mabel in endlose Gespräche, wenn sie ihnen Kaffee oder Toast an den Tisch brachte, und waren nur schwer aus ihrer Küche herauszuhalten. Außerdem sahen die Deutschen anscheinend irgendwelche kitschigen Filme, die in Cornwall spielten, und kamen dann auf die seltsame Idee, dass Cornwall auch in Wirklichkeit so war, voller einsamer männlicher Herzen. Lauter attraktive Adelige, Landärzte und Pferdezüchter warteten nur darauf, dass sich deutsche Frauen in sie verliebten. Wenn Margret tatsächlich noch eine Weile blieb, würde Mabel es zu verhindern wissen, dass sie Chris das Herz brach, um dann wieder nach Deutschland zu verschwinden. Es reichte schließlich, dass Janie ihm das Herz gebrochen hatte. Mehr konnte man einem Menschen in einem Leben einfach nicht zumuten.

Genau wie mit Christopher hatte das mit Janie in ihrer Küche angefangen. Es ist schon seltsam, sinnierte Mabel, dass eine dämliche Küche so viel Einfluss auf das Leben verschiedener Menschen haben kann. Als Janie damals in den Sommerferien mit ihren Eltern zum ersten Mal für volle drei Wochen nach Port Piran gekommen war, wie alt mochte sie da gewesen sein, sechs oder sieben? Auf jeden Fall zwei Jahre jünger als Chris. Unzählige Kinder verbrachten ihre Ferien in Honeysuckle Cottage, die meisten von ihnen waren verzogene Bälger, und es war nicht Mabels Art, sie besonders zu betüteln, wo käme sie denn da hin. Sie behandelte sie genauso wie die Erwachsenen, und in ihre Küche ließ sie sie schon gar nicht. Am liebsten hätte sie nur erwachsene Gäste in ihrem B&B aufgenommen, aber dafür brachte das Familienzimmer zu viel Geld ein.

Janie war ein schmales, blasses, kränkliches und stilles Kind, und da war etwas an ihr, das Mabel anrührte. Ihre Eltern hatten das Familienzimmer gebucht, für Janie jedoch ein zusätzliches Einzelzimmer. Mabel konnte es egal sein, schließlich bezahlten sie die Zimmer, und für die Eltern spielte Geld offensichtlich keine Rolle. Aber ein Kind, das so einsam und verloren wirkte, alleine in ein Zimmer zu stecken, anstatt es im gemeinsamen Zimmer unterzubringen, das fand sogar Mabel brutal. Als Janie das erste Mal in einem sehr weißen Kleidchen in ihrer Küchentür auftauchte und sich an ihre Puppe klammerte, ohne ein Wort zu sagen, brachte Mabel es nicht übers Herz, sie wegzuschicken. Ihre Eltern hielten Mittagsschlaf, und sie durfte sie nicht stören, fand Mabel nach einer Weile heraus. Sie fragte Janie, ob sie ihr beim Backen helfen wolle, und es dauerte beinahe zwanzig Sekunden, bevor sie mit großen Augen nickte, und dann, wie in Zeitlupe, gingen erst ihre Mundwinkel auseinander, und dann öffneten sich ihre Lippen, und heraus kam das strahlendste Lächeln, das Mabel jemals auf einem Kindergesicht gesehen hatte. Der Mund schien viel zu breit für das schmale Gesichtchen, und in der oberen Zahnreihe hatte sie eine Zahnlücke. Gegen ihren Willen schmolz Mabel dahin.

Von nun an kam Janie jeden Nachmittag in die Küche, wenn ihre Eltern Mittagsschlaf hielten. Der dauerte immer mindestens eine Stunde. Die Mutter fragte Mabel voller Besorgnis, ob Janie ihr denn nicht auf die Nerven ginge. Mabel schüttelte den Kopf und sagte, Janie sei ganz gewiss nicht die Art von Kind, das einem auf die Nerven gehe, worüber sich die Mutter sehr zu wundern schien. Janie erledigte mit großem Ernst alle Aufgaben, die Mabel ihr auftrug. Sie schien große Angst zu haben, etwas falsch zu machen.

Am zweiten Nachmittag fiel ihr ein Ei herunter. »Verdammt, Janie!«, entfuhr es Mabel spontan in einem nicht besonders freundlichen Ton. Sie ärgerte sich sofort über sich selber, als sie sah, dass Janie die Hände vors Gesicht schlug und in eine Schockstarre verfiel. Nach ein paar Sekunden begann ihr ganzer kleiner Körper zu beben. Mabel ging in die Hocke und nahm Janie spontan in die Arme. Wahrscheinlich hatte sie noch nie das Wort »verdammt« gehört. Mabel dagegen hatte noch nie ein Kind im Arm gehabt (hatte sie überhaupt schon einmal irgendjemanden im Arm gehabt? Ihr fiel niemand ein), sie fühlte sich entsetzlich tollpatschig und war verwundert, dass das Kind sofort aufhörte zu zittern. Sie ließ Janie los und sagte: »Es ist nicht schlimm. Es ist ja nur ein Ei. Du musst es aber wegputzen. In Ordnung?«

Janie nickte.

Am dritten Nachmittag brachte Christopher frische Eier vorbei. Er blieb wie vom Donner gerührt in der Küchentür stehen, als er sah, wie Janie mit großem Eifer Scones ausstach, eine Tätigkeit, die normalerweise sein Privileg war.

Mabel winkte ihn in die Küche. »Christopher, möchtest du Janie Hallo sagen? Sie kommt aus London und macht mit ihren Eltern hier Urlaub. Janie, Christopher wohnt auf einer Farm ganz in der Nähe.«

Christopher stellte die Eier ab. Dann stopfte er beide Hände in die Hosentaschen, baute sich vor Janie auf und starrte sie finster an. Janie legte die Ausstechform neben den Teig und schlug die Augen nieder.

»Christopher«, sagte Mabel schnell. »Habt ihr nicht gerade kleine Kätzchen auf der Farm?«

»Doch«, antwortete Christopher gleichmütig und ohne den Blick von Janie zu wenden. Janies Augen begannen sich mit Tränen zu füllen.

»Janie, warst du schon einmal auf einer richtigen Farm?«, fragte Mabel. »Mit Kühen, Schweinen, Schafen und kleinen Kätzchen?«

Janie schüttelte stumm den Kopf.

»Christopher, würdest du Janie die Farm zeigen?« Christopher hob seine Schultern und ließ sie wieder fallen.

»Janie, würdest du gerne die kleinen Kätzchen sehen?« Mabel kam sich völlig bescheuert vor. Sie hatte keine Ahnung von Kindern, und jetzt spielte sie »Wir haben uns alle lieb«. Sie kannte die Regeln des Spiels nicht. Doch erstaunlicherweise hob Janie langsam den Blick, und sie sah Christopher an, und nun bekam er dieses fantastische Zahnlückenlächeln in voller Breite ab, und sie nickte heftig, und er lächelte scheu zurück. Aber dann erstarb Janies Lächeln.

»Ich weiß nicht, ob ich mitgehen darf«, flüsterte sie. »Ich muss doch erst meine Eltern fragen.«

Nachdem die Eltern endlich aus dem Mittagsschlaf aufgewacht waren, bestanden sie darauf, Christopher mitsamt seinem Fahrrad in ihr Auto zu laden, zur Farm zu fahren und sich zu vergewissern, dass dort erstens keine Lebensgefahr für ihr einziges Kind bestand und zweitens Janie Christophers Eltern nicht auf die Nerven ging. Den Rest der Ferien sahen sie ihre Tochter zwischen Frühstück und Abendessen nicht mehr. Janie tauchte auch nur noch morgens in Mabels Küche auf, um ihr mit glühenden Wangen von ihren Abenteuern zu berichten. Sie erzählte von den kleinen Kätzchen und dem neugeborenen Kalb und davon, dass sie Christopher beim Hühnerfüttern, beim Eiersammeln, beim Himbeerenpflücken und beim Wollezusammenfegen nach der Schafschur half. Sie durfte ein altes Kinderfahrrad von Christophers Bruder ausleihen, und sie fuhren zusammen Eier aus. Einmal kam sie morgens mit großen Pflastern auf den Knien in die Küche, weil sie vom Rad gefallen war und sich die Knie aufgeschlagen und das hübsche weiße Kleidchen zerrissen hatte. Ihre Eltern waren entsetzt und wollten Janie den Kontakt zu Christopher verbieten. In London wäre das alles nicht passiert! Janie weinte und bettelte so lange, bis ihre Eltern sie wieder auf die Farm ließen.

Ohne Wissen der Eltern weiteten die Kinder ihre Streifzüge aus. Wenn Christopher nicht auf der Farm helfen musste, radelten sie zum Strand, badeten und fischten Krebse. Christopher zeigte ihr seine Lieblingsbuchten und seine geheimen Höhlen, er nahm sie mit zu den Klippen, wo sich die Kegelrobben sonnten und wo man von einem Felsvorsprung aus gefahrlos ins bitterkalte Meer springen konnte, aber nur bei Flut! Janie wurde langsam mutiger und härter im Nehmen. Am Ende der drei Wochen wussten ihre Eltern nicht so richtig, was sie davon halten sollten, dass Janie braun gebrannt und sehr fröhlich war und keine Lust mehr hatte, Kleidchen und Röcke anzuziehen, weil die so wahnsinnig unpraktisch waren.

Aber auch Christopher, der bis dahin ein Einzelgänger gewesen war, blühte auf. Auf der Farm war er das jüngste von vier Kindern, aber Zeit zum Spielen mit seinen Geschwistern hatte er nicht. Er machte sich keine Gedanken darüber, dass er zu Hause helfen musste und ihm neben der Schule und der Farm kaum Zeit für eigene Freundschaften blieb. Bis Janie auftauchte. Sie bewunderte ihn für all die Dinge, die für ein Farmkind alltäglich waren und die niemand sonst erwähnenswert fand: Christopher konnte Kühe melken, die Schafe mit dem Hütehund hereinholen oder ein Fahrrad reparieren. Das hilflose Großstadtkind weckte nicht nur seinen Beschützerinstinkt, es fragte ihn auch Löcher in den Bauch. Christopher war plötzlich gezwungen, Antworten zu geben. Der einzige Mensch, mit dem er bis dahin so richtig geredet hatte, war Mabel, aber Mabel war erwachsen, und Janie war ein Kind, so wie er selbst. Auf einmal hatte Christopher eine Freundin. Janie plapperte und lachte den ganzen Tag, aber sie konnte auch ganz still und ehrfürchtig sein. Sie konnte stundenlang neben Christopher auf einem Felsvorsprung liegen und zusehen, wie die Robben von den vorgelagerten Klippen ins Wasser glitten, wie sie schwammen und tauchten und wieder zurück auf ihre Klippen robbten, ohne ein Wort zu Christopher zu sagen. Nur ab und zu blickte sie ihn an, und ihr Gesicht war ein einziges Strahlen. Am Ende ihrer Sommerferien weinte Janie bittere Tränen, und als Christopher das erste Mal wieder bei Mabel auftauchte, war er sehr still.

In den Herbstferien war Janie zurück. Ohne ihre Tochter hätten die Eltern nicht so recht gewusst, wie sie den Tag herumbringen sollten, und weil jeder Londoner Investmentbanker, der etwas auf sich hielt, ein *second home* in Cornwall besaß, hatten sie zum Zeitvertreib ein paar Immobilien besichtigt und auf diese Weise ein entzückendes reetgedecktes Häuschen in Port Piran gefunden. Weil dessen Besitzer dringend Geld brauchte, hatten sie sogar den Kaufpreis noch etwas gedrückt. Von nun an kam Janie regelmäßig nach Cornwall. Nicht für jeden Urlaub, schließlich wollten ihre Eltern auch ab und zu nach Mallorca oder an die Costa Brava, wo das Wetter besser war als im launischen Cornwall. Aber in den meisten Ferien. Und es war immer dieselbe Geschichte, die beiden Kinder verbrachten den ganzen Tag miteinander, und ihre Eltern und Mabel gewöhnten sich daran, dass sie nicht viel von Janie beziehungsweise Christopher zu sehen bekamen, wenn die Familie in Port Piran war. Mabel freute sich für Christopher, sie freute sich für beide. Christopher wurde immer aufgeräumter, Janie wurde immer wilder. Und immer hübscher. Und irgendwann wurde sie erwachsen.

14. KAPITEL

Margarete

Margarete ließ die Arme hängen, lehnte sich im Stuhl vor und legte die Stirn auf den Küchentisch. Es war erst vier Uhr, aber sie konnte nicht mehr. Sie kapitulierte.

Der Tag war einfach grauenhaft gewesen. Von der ersten Sekunde an. Als Familie Saunders zum Frühstück aufkreuzte und sie Mrs Saunders gestehen musste, dass es wieder keine Scones gab, nicht einmal gekaufte, presste Mrs Saunders ihre kirschrot geschminkten Lippen über dem kirschroten Blüschen zu einer immer schmaler werdenden kirschroten Linie zusammen.

»Und morgen?«, fragte sie, und in ihrer Stimme schwang ein drohender Unterton mit. »Gibt es morgen endlich wieder das, was wir gebucht haben? Wir reisen am Samstag ab. Das heißt, noch zwei Mal frühstücken. Es wäre schön, wenn wir Freitag und Samstag Scones zum Frühstück hätten. Sonst müssten wir leider auf TripAdvisor vermerken, dass diese an sich reizende Pension nicht zu halten vermag, was sie verspricht.«

»Ich werde mein Möglichstes tun, Mrs Saunders«, murmelte Margarete. »Es ist alles – etwas kompliziert ohne Mabel. Ich habe statt der Scones einen besonders leckeren Obstsalat gemacht. Nur Ihretwegen, Mrs Saunders. Der hat auch nur ganz wenig Kalorien.«

»Was soll das heißen?«, empörte sich Mrs Saunders. »Sie machen einen Salat mit besonders wenig Kalorien, speziell für mich? Halten Sie mich etwa für zu dick?«

Mr Saunders tätschelte seiner Frau beschwichtigend den Arm. »Ashley. Darling.«

»Aber nein!«, stöhnte Margarete. »Ich hatte Sie nur so verstanden, dass Sie auf Ihre Linie achten!«

»Ach. Und Sie meinen, da darf ich mir nicht von Zeit zu Zeit einen Scone erlauben, vor allem wenn wir eigentlich nur deshalb hier abgestiegen sind, weil wir gedacht haben, die Scones kompensieren die fehlenden *rock pools?*«

»Aber ja doch«, flüsterte Margarete. Sie hatte nicht die Energie, um mit Mrs Saunders zu streiten oder Lullaby daran zu hindern, mit triumphierendem Gesichtsausdruck erneut *Rice Krispies* durchs Frühstückszimmer zu werfen, als sei es Konfetti beim Stuttgarter Faschingsumzug. Sie hatte überhaupt keine Energie, was vor allem daran lag, dass sie gestern doch noch ein zweites Pint getrunken hatte. Sie hatte gewusst, dass das keine gute Idee war – wann trank sie schon einen Liter Bier? –, aber nach der Krabbelaktion hinter der Theke, und weil sie neben Chris saß und nicht wusste, worüber sie mit ihm reden sollte, und Chris auch nichts sagte, obwohl er doch angeblich hatte wissen wollen, wie es ihr in Honeysuckle Cottage ergangen war, hatte sie vor lauter Nervosität den Holunderdrink in Rekordzeit hinuntergekippt. Das war an sich kein Problem, weil der ja alkoholfrei war. Aber dann war Caroline plötzlich aufgetaucht, hatte Margaretes leeres Glas gesehen und sie gefragt, ob sie ihr noch ein Pint mitbringen solle, und Margarete hatte Ja gesagt, weil sie nicht unhöflich sein wollte. Auch die anderen hatten ihre Gläser zügig geleert und durch volle ersetzt. Die Stimmung war immer ausgelassener geworden, die Scherze flogen nur so hin und her, und Margarete hatte viel Spaß gehabt, auch wenn sie nicht jede Pointe verstand. Sie erntete große Lacherfolge damit, Mrs Saunders beim Frühstück nachzuäffen, sogar Chris lachte herzlich, und Karen lachte so dröhnend, dass der ganze Pub zu wackeln schien. Längst waren sie die letzten Gäste. Irgendwann hatte sich Margarete laut gewundert, weil sie gedacht hatte, in den Pubs gäbe es eine Sperrstunde, worauf Chris trocken antwortete: »Ja. Die war vor einer halben Stunde.« Kurz darauf stand ein weiteres Glas vor Margarete, ohne dass sie sich erinnern konnte, wie es dort hingekommen war, immerhin nur ein kleines, aber dann hatte Gary gesagt, er würde jetzt doch ganz gerne langsam ins Bett gehen, und sie hatte wieder nicht unhöflich sein wollen und das Bier viel zu schnell hinuntergestürzt.

An die Verabschiedung und den Rückweg nach Honeysuckle Cottage konnte sie sich nicht so richtig erinnern. Heute Morgen hatte sie gegoogelt, dass zweieinhalb Pint umgerechnet so viel waren wie 1420,65 Milliliter Bier. In ihrem ganzen Leben hatte Margarete noch nie mehr als einen halben Liter Bier getrunken. Kein Wunder, dass sie einen Kater hatte.

Margarete war zu spät ins Bett gegangen, sie hatte zu viel getrunken, und es war eine Sache, sich im Pub über Mrs Saunders lustig zu machen. Die echte Mrs Saunders zu ertragen, noch dazu mit einem Presslufthammer im Kopf, war eine andere. Margarete schleppte sich zurück in die Küche und überlegte, ob sie die Tür von innen verbarrikadieren und erst wieder öffnen sollte, wenn Familie Saunders abgereist war.

»Sie findet mich zu dick, Arthur.«

»Aber nein, Ashley, das hast du falsch verstanden.«

»Bin ich zu dick, Honey? Dann sag's mir ehrlich, und wir vergessen die Scones. Bin ich zu dick?«

»Ashley. Schätzchen. Du bist nicht zu dick!«

»Die Frau ist viel dicker als du, Mummy«, krähte Lucky Blue.

»Aber Darling! So etwas sagt man doch nicht. Jedenfalls nicht, wenn die Frau zuhört. In Deutschland isst man eben nicht so gesund wie hier bei uns in England. Da gibt es immer nur Schweinshaxe und Sauerkraut!«

Margarete spürte, wie ihr Herz plötzlich schneller zu schlagen begann und ihr ganzer Körper auf einmal sehr heiß wurde. Meine erste Hitzewallung, dachte sie leicht verwundert, mit fünfzig Jahren, und ausgerechnet jetzt. Vielleicht war es aber auch nur eine Mrs-Saunders-Wallung? Sie öffnete den Kühlschrank, streckte den Kopf hinein, schloss die Augen und genoss die Kühle. Sie würde einfach zwei, drei Tage so stehen bleiben. Hinter ihr räusperte sich jemand.

»Ich kümmere mich um die Eier. Ich habe den Eindruck, als könntest du erst mal einen starken Kaffee gebrauchen.«

»Danke, Ben«, flüsterte Margarete und schloss die Kühlschranktür. »Was macht die Ahnenforschung?« Sie brauchte dringend ein Mrs-Saunders-freies Thema.

»Ich bin fertig.«

»Du bist fertig?«

»Ja. Ich bin durch ganz Cornwall gefahren, habe unzählige Kirchenbücher und Schulregister durchforstet und Grabsteine auf Friedhöfen angeschaut. Gestern war ich zum krönenden Abschluss in Redruth im neuen Kresen-Kernow-Archiv. Dort befinden sich sämtliche Unterlagen, die irgendwie Aufschluss geben können im Zusammenhang mit Ahnenforschung in Cornwall: Taufregister, Geburts- und Todesanzeigen, Pachtverträge und Volkszählungen. Wenn es irgendwo irgendetwas zu meinen Vorfahren gäbe, dann wäre es dort archiviert, aber ich habe nichts gefunden, gar nichts. Penhaligon ist zwar ein cornischer Name. Trotzdem gibt es nicht den geringsten Hinweis darauf, dass meine amerikanische Familie Vorfahren in Cornwall hat.«

»Oh, Ben! Das tut mir leid! Dann war die ganze Reise umsonst?«

Ben lachte. »Nein, überhaupt nicht. Ich habe entzückende kleine Kirchlein entdeckt, bin über verwunschene Friedhöfe gestreift, habe mit freundlichen hilfsbereiten Menschen in Pfarrbüros gesprochen und mich überhaupt schon lange nicht mehr so gut erholt wie in den vergangenen Tagen. Ich hatte einen sehr anstrengenden Job früher, weißt du. Ich war niedergelassener Arzt und habe gearbeitet, bis ich siebzig war. Dann habe ich mich letzten Sommer in den Ruhestand begeben und freute mich darauf, endlich zu tun und zu lassen, was ich wollte, aber meine Frau hatte andere Vorstellungen. Sie ist ... ein wenig besitzergreifend, weißt du? Seit ich pensioniert bin, gibt sie mir ständig irgendetwas zu tun. Und sie will den ganzen Tag mit mir reden. Es ist ja nicht so, dass ich etwas dagegen hätte, zu reden. Ich habe jahrelang täglich mit meinen Patienten geredet, aber das war viel weniger anstrengend als mit meiner Frau. Das klingt jetzt vielleicht ein wenig sexistisch, aber die Tage ohne sie waren herrlich, und jetzt freue ich mich wieder auf sie. Ich werde die restliche Zeit hier einfach genießen. Ich werde mich mit einem Buch in ein Café setzen und aufs Meer blicken, ohne auf die Uhr zu schauen, und ich werde spazieren gehen und abends im Pub ein Bier trinken, vielleicht sogar zwei, ohne dass mich jemand wegen der Kalorien oder wegen des Alkohols tadelt. Dann werde ich zurückfliegen nach Vermont und meiner Frau sagen, dass diese ganze Ahnenforschung doch sehr viel schwieriger ist als gedacht und dass ich deshalb nächsten Sommer noch einmal nach Cornwall fahren muss, und ich werde schon jetzt das Einzelzimmer in Honeysuckle Cottage buchen, und zwar das mit Meerblick.«

»Das klingt gut, Ben.«

»Ja, das tut es. Und jetzt mache ich Eier für dich.« Er ging in Richtung Speisekammer, und Margarete sah ihm hinterher und lächelte. Er war groß und breitschultrig und bewegte sich trotzdem mit überraschender Leichtigkeit. Das Alter war ihm überhaupt nicht anzumerken. Und was für eine herzliche Ausstrahlung er hatte! Sicher war er ein guter Arzt gewesen.

»Danke für deine Hilfe, Ben. Ich habe die Bestellungen noch gar nicht aufgenommen.« Margarete bewaffnete sich mit ihrem Blöckchen, ging zurück ins Frühstückszimmer und fing mit Susie, der allein wandernden Frau, an. Sie hatte mehrere Bücher und Wanderkarten auf dem Tisch ausgebreitet. Richard und Sally waren seit gestern Morgen nicht mehr aufgetaucht.

»Nachdem ich gestern das warme Frühstück verpasst habe, nehme ich heute das volle Programm«, grinste Susie. »Vegetarisch, bitte. Baked Beans, Tomaten, Rührei mit Kräutern, Pilze, Linda McCartneys Würstchen und das selbst gebackene Brot. Klingt köstlich. Meine Blasen heilen langsam, ich mache heute eine kleine Wanderung ins Inland. Zu einem Pub namens Shipwright Inn am Helford River. Ist es da hübsch?«

»Oh, da ist es gewiss sehr hübsch«, seufzte Margarete. »Ganz bestimmt. Ich hatte bisher überhaupt keine Zeit für eigene Ausflüge. Wenn es nicht hübsch ist, gib Bescheid.« Sie gab Susies Wünsche an Ben weiter, bevor sie zum Tisch von Familie Saunders ging. Sie hatte beschlossen, ein Frühstück nach dem anderen abzuarbeiten, um nicht wieder ein Würstchenchaos zu produzieren. Als sie sich dem Tisch näherte, knirschte es unter ihren Füßen, weil überall *Rice Krispies* auf dem Boden lagen. Sie baute sich vor Familie Saunders auf, den Bestellblock in den Händen, und straffte die Schultern. Lullaby grinste sie frech an. Es reichte jetzt. Das Leben war zu kurz, um sich von Familie Saunders ärgern zu lassen. Entspannt und gleichzeitig professionell, das war die Devise.

»Was darf ich Ihnen bringen?«, säuselte sie.

»Ich hatte eine Idee!«, rief Mrs Saunders mit Triumph in der Stimme. »Zum Ausgleich für die Scones könnten Sie meinem Mann einen *Black Pudding* machen. Ich esse ihn ja nicht, aber mein Mann ist geradezu vernarrt in ihn.« Margarete ließ den Block sinken, starrte Mrs Saunders verzweifelt an und wünschte sich zum wiederholten Mal an diesem Morgen zurück nach Stuttgart. Butterbrezeln und Kaffee. Das Leben und das Frühstück konnten so einfach sein.

»*Black Pudding*? Einen schwarzen Pudding? Aber ich weiß nicht, ob Mabel Puddingpulver hat. Und so ein Pudding ... braucht ziemlich lange. Man muss ihn erst kochen. Und dann muss er auch noch abkühlen! Und muss er unbedingt schwarz sein? Könnte er nicht gelb sein? Oder wie wäre es, wir sehen das für morgen früh vor, dann kann ich den Pudding vorher kochen?«

»Puddingpulver? Gelb? Kochen? Sind Sie noch recht gescheit?« Mrs Saunders starrte Margarete ungläubig an. Die Kinder kicherten schadenfroh. Lullaby nahm eine Handvoll *Rice Krispies* in die Hand und ließ sie langsam und konzentriert aus ihrer Faust auf den Teppichboden rieseln.

»Ashley. Schätzchen, ich habe den Eindruck, Margret weiß nicht, was ein *Black Pudding* ist«, warf Mr Saunders milde ein. »Auf dem Oktoberfest wird doch nur Grillhähnchen gegessen.«

»Aber ich kann doch kein B&B führen, ohne zu wissen, was ein *Black Pudding* ist!«, klagte Mrs Saunders. »Ich kann nicht einmal auf der Welt sein, ohne zu wissen, was *Black Pudding* ist. Diese Pension ist eine einzige Katastrophe! Also, Margret, ein *Black Pudding* hat nichts mit einem normalen Pudding zu tun. Also zum Beispiel mit *Roly Poly, Knickerbocker Glory* oder einer *Eton Mess*.«

»*Knickerbocker Glory? Eton Mess?*«, stotterte Margarete. Waren das englische Puddingsorten? Oder Hersteller, so wie Dr. Oetker? »Es tut mir leid. Das sagt mir alles nichts.« Knickerbocker waren Kniebundhosen. Von Eton hatte sie gehört, das war eine Eliteschule. Aber was hatten Kniebundhosen und das Durcheinander in einer Eliteschule jetzt schon wieder mit Pudding zu tun? Oder war *Black Pudding* vielleicht nur ein besonders dunkler Schokoladenpudding?

»Das darf einfach nicht wahr sein. Dann nehmen Sie eben Ihr Handy und googeln die deutschen Übersetzungen!«

Tränen schossen in Margaretes Augen. Wieso schaffte es Mrs Saunders, die vermutlich gerade mal Anfang dreißig war, dass sie sich abgekanzelt fühlte wie damals in der zehnten Klasse von der bescheuerten Chemielehrerin Frau Brehmke? Sie stolperte in die Küche. Ben briet gerade Susies Eier, er drehte sich kurz um und sah Margarete teilnahmsvoll an.

»Bei uns in Amerika ist *Roly Poly* ein kleines krabbelndes Tier«, raunte er und grinste. Margarete griff nach ihrem Smartphone und gab die Wörter ein. Ein *pudding* war kein Vanillepudding zum Anrühren, sondern ein allgemeiner Begriff für Nachspeise. *Roly Poly* war eine Biskuitrolle, im amerikanischen Englisch aber eine Kellerassel, *Knickerbocker Glory* war geschichtetes Eis, und eine *Eton Mess* war eine Nachspeise aus Baiser, Früchten und Sahne. Und *Black Pudding?* War Blutpudding. Schweineblut mit Haferflocken und Fett. Eine britische Spezialität, die in Scheiben geschnitten und in der Pfanne angebraten wurde. Woher sollte sie das alles wissen? Aus Sicht von Mrs Saunders hatte sie sich schon wieder zu Tode blamiert, bloß weil sie nicht wusste, dass die bescheuerten Briten Blutwurst in Scheiben schnitten, anbrieten und zum Frühstück aßen und diese Sauerei dann *Black Pud-*

ding nannten? Die hatten sie doch nicht mehr alle! Wann kam Mabel endlich zurück und übernahm ihren Laden wieder?

Trotz ihres Ärgers und um die Situation zu entspannen, hatte sie Mrs Saunders versprochen, dass es am nächsten Tag Scones geben würde, ohne die geringste Ahnung zu haben, woher sie die nehmen sollte. Sie würde sich etwas einfallen lassen müssen. Der Rest des Frühstücks verlief ohne Zwischenfälle, was vor allem daran lag, dass Ben mit sichtlichem Spaß Eier, Speck und Würstchen für sie briet und dazu »*We are the breakfast champions*« und »*On the sunny side of the egg*« schmetterte. Endlich hatten sich Susie und Familie Saunders getrollt, und Ben und Margarete räumten gemeinsam das Frühstückszimmer und die Küche auf. Danach brauchte Margarete unbedingt eine Pause, bevor sie sich um die Zimmer kümmerte. Sie machten es sich mit einer Tasse Kaffee am Küchentisch gemütlich, und Ben erzählte ihr die kuriosesten Fälle aus seiner Zeit als Arzt.

»Ich hatte zum Beispiel mal einen Patienten, dem der Zahnarzt eine neue Goldkrone im Oberkiefer anpassen wollte. Sie rutschte ihm aus den Fingern, und der Patient verschluckte sie. Er war dann so sauer, dass er den Zahnarzt in den Finger biss. Beide saßen dann nebeneinander bei mir im Wartezimmer, ohne ein Wort miteinander zu reden, der eine, weil er wissen wollte, wie er am schnellsten wieder an seine Goldkrone kam, der andere, um seinen Finger verarzten zu lassen.«

Margarete lachte laut heraus. In der einen Hand hielt sie die Kaffeetasse, mit der anderen streichelte sie Bluebell, die es sich schnurrend auf ihrem Schoß gemütlich gemacht hatte. Durch die weit geöffneten Küchenfenster strömte ein warmes Mailüftchen herein. Es war herrlich, sich von Mrs Saunders zu erholen.

»Vielen Dank für deine Hilfe, Ben«, seufzte Margarete. »Eigentlich müsste Mabel dir etwas vom Zimmerpreis nachlassen.«

Ben winkte ab. »Ich bitte dich, Margret. Ich mache das wirklich gern. Wenn ich nicht für Samstag meinen Flug zurück in die Staaten gebucht hätte, ich würde bleiben und dir und Mabel unter die Arme greifen. Ach, und du bist natürlich jederzeit herzlich eingeladen, uns in Vermont zu besuchen. Dann mache ich dir echt amerikanische Pfannkuchen.«

»Das klingt sehr verlockend, Ben.«

»Das klingt wirklich verlockend. Aber ich glaube, wir geben uns mit einem englischen Frühstück zufrieden.«

In der Küchentür standen Richard und Sally. Richard hatte den Arm besitzergreifend um Sally gelegt.

»Sie kommen zum Frühstück?«, fragte Margarete ungläubig. »Jetzt?«

»Nun, das ist ein *Bed & Breakfast,* oder? Bett hatten wir.« Er lachte anzüglich. Sally grinste. Sie trug ein kurzes Hängerchen und Flipflops. »Dann stünde jetzt Breakfast auf dem Programm.«

»Tut mir leid, Richard, aber Frühstück gibt es bis zehn Uhr. Es ist jetzt viertel vor elf.« Sie nahm sich fest vor, sich nicht aus der Ruhe bringen zu lassen.

»Zehn Uhr? Lächerliche Zeit für Filmleute. Wir fangen spät an und hören spät auf.«

»Aber warum haben Sie denn nicht kurz Bescheid gegeben?«

»Weil wir nicht wussten, dass Sie so abwegige Zeiten haben.«

»Sie können sich gerne noch am Müsli bedienen und ich bringe Ihnen Kaffee oder Tee. Alles andere haben wir leider gerade weggeräumt.«

»Dann räumen Sie es eben wieder hin. Sie sitzen doch eh nur rum im Moment! Wir haben gestern schon nicht gefrühstückt und Ihnen damit Arbeit und Geld erspart. Ich nehme das *Full English Breakfast* mit braunem Toast, danke. Sally, was möchtest du?«

»Rührei, Tomate und Pilze. Ach, und frische Kräuter. Gerne brauner Toast. Danke, Margret.« Sie machte eine Handbewegung, die man mit viel gutem Willen als Entschuldigung interpretieren konnte. Während die beiden ins Frühstückszimmer marschierten, redete Richard ununterbrochen, und Sally kicherte in einem fort. Margarete kochte innerlich. Sie klappte den Mund auf, um etwas zu sagen, aber Ben legte warnend einen Zeigefinger auf seinen Mund. Er sprang auf, legte Margarete beruhigend die Hand auf die Schulter, holte die Milch aus dem Kühlschrank, nahm zwei Müslischüsseln und zwei Löffel und ging hinter den beiden her.

»Fangen Sie doch schon einmal in aller Ruhe mit dem Müsli an. Tee oder Kaffee?«, hörte sie Ben sagen.

»Kaffee für beide, danke«, antwortete Richard. »Ein bisschen Flexibilität kann man schon erwarten, oder?«

»Ich bin Dr. Benjamin Penhaligon aus Vermont, amerikanischer Allgemeinmediziner im Ruhestand, spezialisiert auf Bluthochdruck und sicher nicht die richtige Person, um diese Frage zu beantworten.«

»Oh«, antwortete Richard, offensichtlich ausnahmsweise sprachlos.

Speck, Eier, Pilze, Bohnen, Tomaten, Kräuter, Milch, Butter, Toast, Pfanne, Topf, Schneebesen, Brett, Teller, Besteck. Leise vor sich hin fluchend, kramte Margarete alles wieder zusammen, was sie gerade gespült und weggeräumt hatten, und Ben stellte sich wieder an den Herd. Eine Viertelstunde später bemühte sie sich, sich nichts anmerken zu lassen, als sie Sally und Richard Frühstück servierte. Richard schaute nicht von seinem Smartphone auf.

»Die Techniker kommen in ungefähr einer halben Stunde«, murmelte er.

»Sprechen Sie mit mir oder mit Sally?«

»Mit Ihnen natürlich.«

»Die Techniker? Was für Techniker?«

»Die Licht- und Tontechniker. Für den Dreh«, schaltete sich Sally ein. Sie sah schuldbewusst aus.

»Für den Dreh? Aber Mabel hat sich noch nicht gemeldet. Sie ist heute Morgen erst operiert worden. Sie hat noch gar nicht zugesagt! Und Sie haben auch nicht zugesagt! Wir haben vor zwei Tagen das letzte Mal über das Thema gesprochen!«

»Schätzchen, weißt du was? Du machst dir grade in die Hosen.« Richard sah sehr langsam von seinem Handy auf und lächelte milde, bevor er sich wieder auf sein Telefon konzentrierte. »Wir haben nichts Besseres gefunden als die Bude hier, also nehmen wir die Bude hier. Ihr kriegt gutes Geld dafür und einen Haufen kostenloses Marketing.«

Etwas in Margarete explodierte. Sie drückte die Brust heraus, beugte sich kerzengerade über den Tisch und zischte: »Schauen Sie mich an.« Richard blickte starr auf sein Handy.

»Sie schauen mich gefälligst an, wenn ich mit Ihnen rede!«

Richard hob sehr langsam den Blick und runzelte die Stirn.

»Sie hören mir jetzt gut zu. Wir sind nicht Ihre Dienstboten, und *Cornwall 1900* ist mir scheiß-e-gal. Wenn Sie hier drehen wollen, dann halten Sie ab sofort ein paar Spielregeln ein. Sie reden anständig mit uns, und Sie behandeln uns anständig. Wenn Sie dazu nicht in der Lage sind, habe ich nur noch einen einzigen Kommentar: *Fuck off*, Richard. Mitsamt deinem *location scout*. Und zwar sofort. Ich werde Mabel aus meiner eigenen Tasche den Zimmerpreis für Sie beide erstatten.«

Aus der Küche hörte man ein leises Glucksen, das in ein Husten überging. Sally blickte Margarete nicht an. Richard zuckte mit den Schultern.

»Du bist ein wenig überempfindlich, scheint mir. Meinetwegen. Dann werde ich meine besten britischen Manieren für dich auspacken. Ich weiß nur nicht genau, ob ich sie finde. Dürfte ich vielleicht noch ein wenig Kaffee haben, wenn es nicht allzu viele Umstände macht?«

»Aber gern«, zischte Margarete und rauschte ab in die Küche. Ben stand mit beiden Händen am Herd aufgestützt und bebte vor Lachen, ohne einen Ton von sich zu geben. »Gut gemacht, Margret«, flüsterte er. »Ich mache Kaffee.«

Margarete und Ben hatten gerade wieder die Küche aufgeräumt, als vier breitschultrige Männer auftauchten. Etwa eine Stunde liefen sie unablässig zwischen dem Parkplatz im Hafen und Honeysuckle Cottage hin und her, bis jeder freie Zentimeter mit Kabeltrommeln, Lampen in allen Größen, Leitern, Kabeln, Mikrofonen, Kameras, Schienen für die Kameras, Computern und jede Menge weiterem Zeugs vollgestellt war, von dem Margarete nicht einmal wusste, zu was es gut war. Sie musste das ja auch nicht wissen. Es wäre nur hilfreich gewesen, wenn ihr Richard vorher gesagt hätte, dass die Kabel, Lampen und Mikrofone nicht nur provisorisch verlegt und aufgestellt, sondern fest installiert wurden und bis zum Drehbeginn am Montag genau so stehen und liegen bleiben mussten. Am Freitag hatten die Techniker nämlich keine Zeit, und am Montagmorgen war es zu spät, da musste alles fertig sein, weil die Dreharbeiten schon um acht Uhr früh beginnen sollten und man weder Schauspielern noch Regisseur Wartezeiten zumuten konnte. Das bedeutete, dass man nun überall in Honeysuckle Cottage über Kabel und Lampen stolperte, auch und vor allem in Mabels Schlafzimmer, das im Augenblick theoretisch ihr Schlafzimmer war.

Margarete hatte leider zu spät mitbekommen, dass die Techniker ohne langes Federlesen nicht nur alle Möbel von Mabel in eine Ecke geschoben, sondern auch sämtliche Bücher und Zeitschriften, die auf dem Boden verstreut waren, in der Ecke auf einen wilden Haufen geworfen hatten, damit sie die Lampen und Kabel verteilen konnten. Auch Mabels elektrische Gitarre und Margaretes Sachen waren in der Ecke gelandet. Auf dem Fußboden war ein einsames schwarz-weißes Foto zurückgeblieben. Wahrscheinlich war es vor Jahren hinter irgendein Möbelstück gefallen und jetzt beim Herumräumen aufgetaucht. Margarete hob es auf, staubte es sorgfältig ab und schob es in ihre Hosentasche, um es Mabel zu geben, sobald sie zurück war.

Bis Montag früh sieben Uhr dreißig, so erklärten ihr die Techniker bei einer Tasse Tee, um die sie sie höflich gebeten hatten – Richard und Sally waren kommentarlos verschwunden –, musste das Zimmer komplett leer geräumt sein. Bis auf das reizende Bett, das Richard gerne für die Liebesnacht benutzen wollte, weil es so herrlich altmodisch aussah. An diesem Punkt hatte Margarete panisch versucht, Mabel anzurufen, erreichte aber nur die Mailbox. Sie war heillos überfordert. Mabels Bett! Ausgerechnet! Wäre es nicht besser, alles abzublasen? Längst war ihr klar, dass Mabel sie erst aus dem Cottage werfen und dann umbringen würde. Und dann waren da noch die anderen Gäste, die sie nicht hatte vorwarnen können, dass der Flur und das Frühstückszimmer wie die Zentrale des MI5 in den James-Bond-Filmen aussahen. Margarete war gerade dabei gewesen, eine Nachricht zu formulieren, die sie jedem Gast sorgfältig ausdrucken und ins Zimmer legen wollte, als John auftauchte und sich erkundigte, was in Honeysuckle Cottage vor sich ging. Er sah sich erst gründlich um, kommentierte dann jede Lampe und jedes Kabel, erklärte zum wiederholten Male, dass er Richard nicht mochte, warnte Margarete kopfschüttelnd, dass Mabel nicht besonders *amused* sein würde – was für eine hilfreiche Neuigkeit! –, und wollte sie dann zum Tee einladen. Nur mit Mühe gelang es ihr, John nicht allzu unhöflich hinauszukomplimentieren. Sie war mit ihren Nerven am Ende. Wieso tat sie sich das eigentlich an? Einen kurzen Moment lang war sie versucht, ihre Sachen zu packen und sich heimlich davonzuschleichen. Nach ihr die Sintflut. Sie war niemandem verpflichtet und hatte immer noch das Geld, das sie Roland geklaut hatte. Nur weg aus Port Piran! Wenn da nicht dieses seltsame Gefühl gewesen wäre, dass das alles am Ende irgendwie einen Sinn ergeben würde. Auch wenn sie im Moment meilenweit davon entfernt war, diesen Sinn zu erkennen.

Natürlich war es eine Schnapsidee gewesen, nach dem Mrs-Saunders-Richard-Doppeldesaster und dem Putzen der Gästezimmer auch noch Scones backen zu wollen. Mittlerweile war es drei Uhr, Margarete war seit halb sieben auf den Beinen und todmüde, sie war noch immer leicht verkatert, und sie wünschte sich nur noch hinaus in die warme Maisonne. Beim Aufräumen der nach vorne gelegenen Zimmer hatte sie sehnsüchtig hinausgeblickt auf das verlockend daliegende Meer, auf dem kleine Wellen mit weißen Schaumkronen tanzten. Margarete wünschte sich nichts mehr, als sich die verschwitzten Klamotten vom Leib zu reißen, zu duschen, frische Sachen anzuziehen und hinaufzusteigen auf den *Coast Path*. Dort würde sie sich ein windgeschütztes Plätzchen suchen und in der Sonne einschlafen. Schlafen, schlafen, schlafen, die Rufe der Seevögel im Ohr, am besten bis zum nächsten Morgen, und sie würde kein Handy mitnehmen, um nicht mit Mabel reden und ihr die Sache mit Richard gestehen zu müssen.

Aber Margarete hatte das mit den Scones nun einmal versprochen, und außerdem würde Mrs Saunders vermutlich komplett ausrasten, weil nun überall Kabel herumlagen und Lampen standen und sie ihre zwei reizenden Kinderchen Todesgefahren ausgesetzt sah. Bestimmt befürchtete sie, dass Klein Lullaby sich ein Kabel um den Hals wickeln und daran ersticken würde. Also suchte sie Mabels Rezeptbuch und fand es auch sofort in einer Schublade. Sie fand auch das Scones-Rezept gleich. Und damit fingen die Schwierigkeiten an.

Mabels Schrift war derart krakelig, dass sie sie kaum entziffern konnte. Die Zutaten waren zudem in diesen grauenhaften englischen Maßen angegeben, mit denen sie überhaupt nichts anfangen konnte. Zuallererst rechnete Margarete mit ihrem Handy Unzen in Gramm und ein Viertelpint Milch in Milliliter um und notierte alles auf einem Zettel. Plötzlich fiel ihr ein, dass sie einen kapitalen Denkfehler gemacht hatte, weil Mabel vermutlich einen Messbecher mit englischen Maßen besaß. Einen solchen wiederum konnte Margarete nirgends finden, obwohl sie die Küche komplett auf den Kopf stellte. Im Internet fand sie dann eine Umrechnungstabelle in Esslöffel. Sie entschied, die Mehl-, Butter-, Milch- und Zuckermengen in Esslöffeln abzumessen. Es war zeitraubend und nervtötend, Mehl auf einen Löffel zu häufeln und Butterstücke löffelgerecht zuzuschneiden. Wenigstens hatte sie dann eine Ausstechform gefunden, die vermutlich für die Scones gedacht war. Sie brachte irgendwie einen Teig zustande, knetete ihn lange und ausgiebig, um nur ja nichts falsch zu machen, und schaffte es schließlich zu ihrem eigenen Erstaunen, elf Scones auszustechen. Sie schob die Teiglinge in den Ofen und ging eine Viertelstunde lang nervös auf und ab. Dann zog sie das Blech aus dem Ofen.

Sie konnte sich noch gut an die Scones erinnern, die sie mit

Roland im Café gegessen hatte (ein Scone pro Nase, mehr gestand ihnen Roland nicht zu). Sie waren hoch aufgegangen und hatten so lecker ausgesehen, dass Margarete sofort hineinbeißen wollte. Innen waren sie flufflig und leicht krümelig gewesen, und sie waren auf der Zunge zergangen. Sie hatten definitiv nicht ausgesehen wie diese platten, unappetitlichen Gebilde, die da vor ihr lagen. Vielleicht schmeckten sie ja besser, als sie aussahen? Margarete beschloss, einen Scone testweise in der Mitte durchzuschneiden. Idealerweise würde er in zwei dampfende, butterweiche Teile zerfallen. Das Messer kratzte nur an der Oberfläche. Der Scone war so hart wie ein Stein. Wenn sie diese Dinger Mrs Saunders zum Frühstück servierte, war es endgültig vorbei.

Das war der Moment gewesen, in dem Margarete den Kopf auf den Tisch gelegt hatte. Müde und verzweifelt. Sie wachte von ihrem eigenen Schnarchen auf. Und von dem irritierenden Gefühl, dass jemand sie beobachtete. Sie fuhr hoch und blinzelte. In der Küchentür stand Chris und starrte sie an.

»Wie lange stehst du da schon?«, entfuhr es ihr.

»Es tut mir leid! Ich habe geklopft, aber du hast es nicht gehört. Ich muss mit dir reden, aber ich wollte dich nicht stören! Am besten lasse ich dich in Ruhe.« Und schon war er aus der Tür. Nein, nein, nein, nein, nein, dachte Margarete unglücklich. Das lief schon wieder komplett schief!

»Chris! Warte!« Karen. Hatte Karen ihr nicht gesagt, sie solle jedem Besucher eine Tasse Tee anbieten? »Willst du eine Tasse Tee?«, brüllte sie Chris hinterher. Aber Chris war schon fort. »Shit«, fluchte sie laut und haute mit der Faust auf den Tisch. »Shit, shit, shit!«

»Gerne«, sagte Chris, der gerade wieder in der Tür aufgetaucht war und sich kein bisschen anmerken ließ, dass er ihr Kettenfluchen gehört hatte.

»Mir fällt gerade ein, ich bin gar nicht so gut im Teekochen«, murmelte Margarete.

Chris grinste. »Aber ich. Möchtest du auch einen?«

Margarete hätte viel lieber Kaffee gehabt, aber das war immer so umständlich. Außerdem war sie nervös genug, nun, da Chris aus heiterem Himmel aufgetaucht war. »Ja, gern.«

Chris schlenderte in die Küche und schon wieder stellte sich dieses merkwürdige Schweigen ein, das den Großteil ihrer Kommunikation auszumachen schien. Man muss auch miteinander schweigen können, dachte Margarete grimmig. Warum nur wurden ihr bei einem Farmer aus Cornwall, mit dem sie kein vernünftiges Wort wechseln konnte und den sie zum dritten Mal in ihrem Leben sah, die Knie weich, als sei sie fünfzehn? Offensichtlich gingen bei ihr die Wechseljahre nahtlos in die Midlife-Crisis über. Sie verknallte sich in jüngere Männer, nur weil sie Jeans und T-Shirt trugen, von der Arbeit im Freien braun gebrannt waren und weil Kuhmist an ihren Gummistiefeln klebte, anstatt sich an Roland zu halten, der im selben Alter, eine richtig gute Partie und der Schwiegersohntraum ihrer Mutter war. Animalisch statt Astrophysiker, dachte sie düster. Du bist einfach nur peinlich, Margarete.

Chris bewegte sich mit großer Selbstverständlichkeit in Mabels Küche. Er stellte Wasser auf, wusste, wo die Tassen und die Teebeutel waren, dann deutete er auf die Scones.

»Was ist das?«, fragte er.

»Sind die Scones so eine Katastrophe, dass man sie nicht einmal erkennt?«, antwortete sie verzweifelt.

Chris schüttelte sehr ernst den Kopf, nahm einen der Scones, blickte ihn konzentriert an und wog ihn dann in der Hand.

»Du hast keine Scones gebacken. Das ist dein Beitrag zu den Olympischen Sommerspielen in Tokio. Die Disziplin ist neu und heißt Diskuswerfen für unter Dreijährige. Das Olympische Komitee wird dir ewig dankbar sein.«

Er nahm den Scone zwischen Daumen und Zeigefinger, holte weit aus und ließ ihn fliegen, bis er gegen die Tür der Speisekammer knallte und zu Boden ging. Margarete konnte gar nicht anders, sie lachte, bis ihr die Tränen kamen. Die Schwere, die sie eben noch empfunden hatte, war wie weggezaubert. Sie nahm das Backblech und kippte die restlichen Scones mit Schwung in den Mülleimer. Als sie sich zu schnell wieder umdrehte, prallte sie gegen Chris, der ihr eine Tasse reichen wollte. Tee schwappte auf sein T-Shirt.

»*I'm sorry!*«, riefen sie wie aus einem Munde. Dann mussten sie beide lachen.

Margarete lief zur Spüle, hielt einen Lappen unter den Hahn, und ohne lange nachzudenken, zog sie mit der linken Hand Chris' T-Shirt straff und begann, mit der rechten Hand an dem Fleck, der etwa auf Höhe des Bauchnabels war, herumzurubbeln. Chris musterte sie erstaunt-amüsiert und sagte nichts. O nein, dachte Margarete todunglücklich. Das läuft doch schon wieder total schief. So was macht man in England bestimmt nicht! Außerdem war der Lappen viel zu nass. Sie ließ den Lappen sinken und das durchweichte T-Shirt los und spürte, wie ihr wieder einmal die Röte ins Gesicht stieg. Das T-Shirt klebte jetzt pitschnass an Chris' Waschbrettbauch.

»Mach ruhig weiter«, murmelte Chris. »Es wird sonst ein bisschen kalt am Bauch.« Sie standen ganz nah beieinander. Chris sah sie forschend an, aus den grünsten Augen, die Margarete jemals angesehen hatten, dann hob er langsam die Hand, in der er keine Tasse hielt, als wolle er ihr über die Wange streichen. Margarete hielt vor lauter Schreck die Luft an. Chris ließ die Hand wieder sinken und schaute über sie hinweg ins Nichts.

»Du ... du hast Mehl im Haar«, erklärte er. »Und auf der Stirn.«

»Oh«, sagte Margarete und hatte das Gefühl, noch heftiger zu erröten. Hastig wischte sie ein paarmal über ihre Stirn und wuschelte sich durch ihre Haare, dass das Mehl nur so staubte. Das passte sowieso zu ihrer Stimmung. »Küss mich, küss mich«, hatte alles in ihr gebrüllt. Aber Chris schien ihre Lippen nicht zu bemerken. Nur das Mehl in ihrem Haar.

»Es ... ist nicht schlimm«, flüsterte er. »Es ... es sieht sogar süß aus.«

»Süß«, wiederholte Margarete verwirrt. Wenn es süß aussah, dann würde sie die nächsten vier Wochen die Haare nicht waschen. Chris flirtete doch nicht etwa mit ihr? Nein. Das war Einbildung. Es konnte nur Einbildung sein! Er war schließlich viel jünger! Und vermutlich hatte er eine Frau zu Hause und einen Stall voller Kinder! Sie trat einen Schritt zurück, damit Chris kapierte, dass sie kapierte, dass er nicht mit ihr flirtete. Chris trat ebenfalls einen Schritt zurück und räusperte sich.

»Okay. Vielleicht finden wir ja heraus, was schiefgegangen ist. Mit den Scones, meine ich.« Gott sei Dank. Chris war schon wieder zu einem sehr sachlichen Ton zurückgekehrt. Er blickte angestrengt an ihr vorbei. Margarete atmete auf. Der peinliche Moment war vorüber. Ab sofort würde sie genauso sachlich sein und Emotionen jeglicher Art vermeiden.

»Äh ... ja. Natürlich. Was schiefgegangen ist? Das kann ich dir sagen. Mabel hatte mir von ihrem Rezeptbuch erzählt. Alles in diesen seltsamen englischen Maßeinheiten aus der Zeit von Queen Victoria.«

»Ist die nicht immer noch Königin? Ich mache dir einen Vorschlag. Ich zeige dir, wie's geht, und verrate dir die besten Tricks. Nebenher erstatte ich dir von Mabel Bericht. Ich komme gerade aus dem Krankenhaus.«

»Du kannst Scones backen?«

»Ist das etwa nur was für Mädchen?«, fragte Chris belustigt. »Ich backe Scones, seit ich mit sieben zum ersten Mal in Mabels Küche marschiert bin. Ich war ihr Testesser, und als ihre Scones richtig perfekt waren, hat sie mir beigebracht, wie man sie macht.«

»So hatte ich das nicht gemeint. Ich dachte nur, als Farmer ... hat man keine Zeit für so was.«

»Hat man auch nicht. Das heißt aber nicht, dass man es nicht jemand anderem beibringen kann. Es ist kein Hexenwerk, du musst nur ein paar Dinge beachten. Hast du noch alle Zutaten? Man braucht ja nicht viel. Selbsttreibendes Mehl, Butter, Milch, Zucker. Und mach den Ofen wieder an.«

»Selbsttreibendes Mehl? Was ist das? Ich habe dieses Mehl hier genommen.« Sie zeigte auf die Mehltüte.

»Das ist normales Mehl. Das erklärt, warum du Wurfscheiben

produziert hast. Im selbsttreibenden Mehl ist das Backpulver schon drin.« Er ging zur Speisekammer und kam mit einer Mehltüte zurück, auf der »*self-raising flour*« stand.

»Das gibt es bei uns in Deutschland nicht.« Margarete backte so selten, dass ihr nicht einmal aufgefallen war, dass das Backpulver fehlte. »Außerdem habe ich nirgends einen Messbecher gefunden.«

»Den braucht Mabel nicht. Ich auch nicht. Wir haben das im Gefühl.«

»Aber ich nicht! Ich habe kein Scones-Gefühl!«

»Dann besorge ich dir einen Messbecher. Aber jetzt brauchst du erst einmal dringend eine Ladung Scones, damit deine Mrs Saunders morgen zufrieden ist.«

»Heute wollte sie zur Entschädigung einen **Black Pudding**. Mir war nicht klar, dass es Blutwurst ist. Ich dachte, sie will eine Süßspeise.«

Chris lachte laut heraus. »Weißt du, wo das Mehlsieb ist?«

»Man muss das Mehl sieben?«

»Ja. Und die Butter sollte Zimmertemperatur haben.« Margarete schaltete den Ofen wieder an, kramte in Mabels Schränken, bis sie ein Mehlsieb fand, und holte ein frisches Stück Butter aus der Speisekammer. Chris siebte das Mehl in eine Schüssel, arbeitete geschickt die Butterstückchen ein, fügte dann den Zucker und eine Prise Salz hinzu und goss schließlich Milch in den Teig. Das alles, ohne die Zutaten abzuwiegen. Margarete hätte stundenlang zusehen können, wie seine kräftigen, braun gebrannten Hände Teig kneteten. Was, wenn diese Hände ... sie schluckte. Vergiss es, vergiss es sofort, tadelte sie sich.

»Fertig.«

»So schnell? Ich habe den Teig viel länger geknetet.«

»Nein, nur ganz kurz. Das ist wichtig. Und jetzt wellst du ihn aus. Nicht zu dünn! Und achte beim Ausstechen darauf, dass du die Form nicht hin und her bewegst. Mit einer schnellen Bewegung ausstechen, zack.« Margarete folgte seinen Anweisungen.

»Die sehen schon im Rohzustand viel besser aus als meine.«

Kurze Zeit später waren die Scones im Ofen, und Margarete räumte zum gefühlt hundertsten Mal am Tag die Küche auf.

»Hast du den Küchenwecker gestellt? Fünfzehn Minuten.«

»Vielen Dank für deine Hilfe, Chris. Das war wirklich nett von dir.«

»Ich bleibe noch so lange, bis du die Scones aus dem Ofen holen kannst, damit ich sicher bin, dass sie auch was geworden sind. Dann muss ich aber wirklich los.«

»Du wolltest mir berichten, wie es Mabel geht.« Margarete setzte sich. Nun, da sie mit Backen fertig waren und sich untätig gegenübersaßen, wurde es schon wieder deutlich komplizierter.

»Die OP ist gut gelaufen. Das ist die gute Nachricht. Die schlechte Nachricht ist, dass es viel länger dauern wird, bis sie wieder voll einsatzfähig ist, als sie gedacht hat.«

»Wie lange?«

Chris zuckte mit den Schultern. »Ein paar Wochen, vermutlich. Alles, was sie am Computer und im Sitzen machen kann, ist natürlich kein Problem, Buchungsanfragen, Bestellungen, Rechnungen und so weiter. Aber Zimmer putzen? Frühstück machen, und zwischen der Küche und dem Frühstückszimmer hin und her laufen? Das wird dauern.« Er machte eine Pause und sah sie forschend an. »Kurz, sie will wissen, ob du länger bleiben kannst.«

Margarete dachte an den schrecklichen Morgen und ihre Fluchtgedanken. »Die letzten Tage waren eine interessante Erfahrung, und ich will sie nicht missen. Trotzdem. Ich bin eigentlich kein Zimmermädchen, keine Putzfrau und auch keine Mitarbeiterin im Frühstücksservice. Ich bin hierhergekommen, um Urlaub zu machen, und sollte eigentlich nächste Woche wieder in Stuttgart sein. Kann sonst niemand einspringen?«

»Das ist schwierig im Moment. Die Saison läuft gerade voll an, alle sind im Stress. Mabel wird jemanden suchen müssen, ja, aber das wird nicht so schnell gehen.«

»Warum fragt sie mich nicht selbst?«

»Sie darf im Zimmer nicht telefonieren. Und aufstehen kann sie auch nicht.«

»Ach.«

»Außerdem ist sie kein Mensch, dem es leichtfällt, um Hilfe zu bitten.«

»Also bittest du für sie?« Das machte ihn eigentlich sympathisch.

»Als Siebenjähriger habe ich ihr Eier gebracht. Sie hat in der Zeit Kochen und Backen gelernt, ich hatte ständig Hunger und habe alles gegessen, was sie mir vorgesetzt hat. Irgendwann fing ich an, meine Hausaufgaben hier zu machen, vor allem im Winter, wenn ich nicht auf der Farm helfen musste. Ich habe erst Jahre später kapiert, dass sie fast keine Schulbildung hatte und bei meinen Hausaufgaben genauso viel gelernt hat wie ich!« Er lachte. »Meine Eltern haben den ganzen Tag gearbeitet, sie hatten einfach keine Zeit. Mabel hatte immer Zeit, und hier war es warm und gemütlich. Und es gab immer was zu essen. Ich verdanke ihr viel.«

Margarete dachte angestrengt nach. »Es geht nicht nur um das, was ich will. Ich bin in Deutschland arbeitslos gemeldet und muss mich theoretisch für Stellenangebote zur Verfügung halten, sonst streichen sie mir das Arbeitslosengeld. Ich weiß nicht, ob ich das auf die Schnelle klären kann, noch vor dem Wochenende.«

»Und wenn du bleiben könntest? Mabel bietet dir Kost und Logis und ein Taschengeld von fünfzig Pfund am Tag an.« Chris' Stimme war vollkommen emotionslos. Es war ihm egal, ob sie blieb oder nicht. Er war nur der Überbringer von Mabels Nachricht und teilte ihr ihre miesen Konditionen mit, weil sie selbst zu feige war, sie direkt zu fragen. Was erwartest du denn, Margarete?, dachte sie. Dass er dich auf Knien anfleht, zu bleiben, weil er dich gerne näher kennenlernen würde? Hör auf zu träumen!

»Im Moment wurschtele ich mich hier alleine durch. Das ist anstrengend, aber mit Mabel zusammenzuarbeiten, stelle ich mir auch nicht so einfach vor.«

»Ich vermute, das ist es auch nicht.«

Der Küchenwecker klingelte. Margarete ging zum Ofen, schaltete ihn aus und zog das Blech heraus. Chris warf einen Blick auf die Scones und grinste.

»Chris! Die sehen sensationell aus. Ich glaube dir jetzt, dass du keinen Messbecher brauchst. Möchtest du einen probieren?«

Er schüttelte den Kopf. »Danke. Ich muss zu meinen Schafen. Außerdem sind die ja für Mrs Saunders.«

»Wann kommt Mabel aus dem Krankenhaus?«

»Frühestens morgen.«

»Die Filmleute kommen am Montag. Sie haben gar nicht mehr gefragt. Mabel wird ausflippen.«

»Ich hab's mir schon gedacht. All die Kabel und Lampen ... sie ist einverstanden.«

Margarete seufzte erleichtert auf. Ein Problem weniger. Aber die fünfzig Pfund Taschengeld von Mabel waren eine Frechheit.

»Ich kann das jetzt nicht auf die Schnelle entscheiden, ob ich Mabels Angebot annehme oder nicht. Ich bleibe auf jeden Fall, bis sie aus dem Krankenhaus zurückkommt. Und dann rede ich mit ihr.«

Chris ging zur Tür. Aber dann drehte er sich noch einmal um und räusperte sich. Er sah Margarete an. Irgendwie aber auch durch sie hindurch.

»Margret ... da ... da ist noch was.«

»Ja?«

»Wegen ... gestern Abend.«

»Ja?« Wahrscheinlich wollte er jetzt eine Erklärung dafür, dass sie im Pub eine Krabbelgruppe aufgemacht hatte.

»Als ich dich nach Hause gebracht habe.«

»Nach Hause gebracht? Du hast mich nach Hause gebracht?«

»Ja, natürlich!« Chris sah sie sichtlich verwirrt an.

»Du meinst, zum Honeysuckle Cottage?«

»Bis vor die Tür von Honeysuckle Cottage.«

»Es ist leider so ... ich kann mich an nichts mehr erinnern. An den Pub, natürlich. Aber nicht ... an den Heimweg.«

»Du kannst dich an nichts erinnern?«

»Ich trinke normalerweise nicht so viel Bier.«

»Das dachte ich mir.«

»Ich war betrunken.«

»Dann ist ja alles in Ordnung.«

»Und wenn ich mich erinnern könnte, wäre es nicht in Ordnung?«, fragte Margarete unglücklich.

»Nein, nein! Ich meine: doch! Ach, vergiss es«, sagte Chris hastig. »Vergiss es einfach, okay? Das heißt ... du musst es ja gar nicht vergessen. Weil du es schon vergessen hast. Ich ... vergesse es auch.«

Und damit war er endgültig aus der Tür, und Margarete sank auf den Küchenstuhl, ließ die Stirn wieder auf den Tisch fallen, mitten hinein ins Mehl, und stöhnte vor Verzweiflung.

15. KAPITEL

Mabel

»Kannst du mir vielleicht erklären, was das hier werden soll, Margret?«

»Mabel. Was für eine Überraschung! Und auch dir einen schönen Tag, und willkommen daheim!«

Mabel kochte innerlich. Es war schon unendlich erniedrigend gewesen, im Hafen von Port Piran unter lauter sensationslüsternen Blicken mühsam aus einem Krankenwagen zu klettern, sich von dem mürrischen Pfleger, der sie begleitete, Krücken reichen zu lassen und sich dann unendlich langsam den Weg hinaufzuquälen, ohne den operierten Fuß zu belasten. John hatte mit der *Times* in der Hand auf dem Bänkchen vor seinem Haus gesessen. Er hatte dem Pfleger sehr bestimmt die Tasche aus der Hand genommen, ihn zurück zum Krankenwagen geschickt und sie mit Fragen und Mitleidsbezeugungen bombardiert. Es war nett gemeint, natürlich war es nett gemeint, aber sie hatte auf beides nicht die geringste Lust. John hatte ihr die Tür zu Honeysuckle Cottage aufgehalten, und dann war sie mit ihren Krücken an einem Kabel hängen geblieben, um dann festzustellen, dass der ganze Flur nur noch aus Kabeln und Lampen bestand. Einer bösen Vorahnung folgend, hatte sie die Klinke zu ihrem Schlafzimmer heruntergedrückt und die Tür mit einer Krücke aufgestoßen. Der junge Arzt in der Klinik in Truro hatte sie eigentlich noch dabehalten wollen, aber sie hatte ihn bei der Visite so lange bequatscht, bis er sie nach Hause gehen ließ. Nach Hause! In ihr eigenes Schlafzimmer, ihre Küche. Ihr Refugium! Bloß: Das war nicht ihr Schlafzimmer. Mabel fühlte sich, als habe es eine kriegerische Auseinandersetzung gegeben, und Besatzungsmächte hätten sich in ihrem Schlafzimmer breitgemacht, um dort Kabel,

Lampen, Computer und Leitern abzustellen. Ihre Möbel und ihre Sachen waren in der Ecke zu einem lieblosen Haufen aufgetürmt, der Baldachin über ihrem Bett fehlte. Sie war nur wenige Tage aus dem Haus gewesen, und schon hatte man sie komplett entrechtet und enteignet? Sie war wütend. Sehr wütend sogar. Mit dieser Wut im Bauch humpelte sie in die Küche. Ihre Küche, aus der Gemurmel und schallendes Gelächter drangen, obwohl die Küche nur Mabel allein gehörte. An ihrem Küchentisch saßen Margret, Dr. Penhaligon und eine junge Frau, die sie nicht kannte. Sie tranken Tee und futterten Scones. Wo hatten sie die her? Bullshit saß auf Margrets Schoß, sie streichelte das Viech, und es schnurrte. Als die Katze sie erblickte, sprang sie auf den Boden und rannte in großen Sätzen an ihr vorbei, als sei ihr eine bösartige Bulldogge erschienen. Margret wiederum starrte sie nach ihrer Bemerkung wortlos an.

Dr. Penhaligon stand auf.

»Mabel! Wie schön, dass man Sie entlassen hat! Setzen Sie sich doch. Den Fuß sollen Sie sicher hochlegen?«

Auch die junge Frau sprang auf und deutete auf ihren Stuhl. Mabel setzte sich umständlich, ließ die Krücken fallen und legte das operierte Bein auf den zweiten Stuhl.

»Vielleicht noch ein Kissen?«, schlug Dr. Penhaligon vor.

Mabel nickte wortlos. Die junge Frau brachte ihr ein Kissen aus dem Frühstückszimmer und platzierte es vorsichtig unter ihrem Fuß. Dann streckte sie Mabel lächelnd die Hand hin. »Wir kennen uns noch gar nicht. Ich bin Susie, die Wandersfrau.«

»Freut mich«, antwortete Mabel. »Eigentlich ist diese Küche nicht für Gäste vorgesehen. Es gibt einen Frühstücksraum und ein Gemeinschaftszimmer.« Einen Augenblick herrschte betretenes Schweigen. Nur weil Mabel unmissverständlich klarmachte, dass ab sofort wieder ihre Regeln galten? Sie war schließlich immer noch der Boss.

»Mabel, dir ist wahrscheinlich nicht klar, dass ich auf die Unterstützung ebendieser Gäste in den letzten Tagen angewiesen war. Insbesondere Dr. Penhaligon hat jeden Morgen am Herd gestanden und mir sehr geholfen.« Margrets Ton war höflich und eiskalt. Warum färbte sie diese flammend roten Haare nicht? Sie waren eine einzige Provokation. Sie sah aus wie ein Racheengel.

»Das war eine Ausnahmesituation. Die ist ja jetzt vorbei«, antwortete Mabel ungerührt.

»Am besten lassen wir Mabel erst einmal ankommen«, schlug Dr. Penhaligon liebenswürdig vor.

»Natürlich«, ergänzte Susie hastig. Beide ließen ihre Teller mit den halb verspeisten Scones stehen und verschwanden.

»Danke für eure Hilfe!«, rief Margret hinter ihnen drein. Mein Gott, was für ein Getue! Und John hatte sich breit hingesetzt, blickte starr auf den Teller mit den frischen Scones und schien nicht zu kapieren, dass das mit der Küche auch für ihn galt. Vor ihrem Unfall hatte er sich auch nicht über die Türschwelle getraut! Margret legte ihm die Hand auf den Arm.

»John. Ich glaube, es wäre gut, ich würde erst einmal in Ruhe mit Mabel sprechen. Alleine.«

»Ich gehe ja schon«, erwiderte John spitz. »Ich wollte ja nur wissen, wie es Mabel geht. Wie ich sehe, ist sie ganz die Alte.«

Lauter Mimosen.

Sie blieben zu zweit zurück. Margret starrte Mabel wortlos an. Sie schien nicht auf die Idee zu kommen, ihr eine Tasse Tee und einen dieser erstaunlich lecker aussehenden Scones anzubieten, obwohl sie frisch aus dem Krankenhaus entlassen war. Endlich öffnete sie den Mund.

»Danke, dass du mir die Entscheidung abgenommen hast.« Ihre Stimme war immer noch kalt.

»Entscheidung, welche Entscheidung?«

»Die Entscheidung, ob ich hierbleibe und mich weiter um Honeysuckle Cottage kümmere oder nicht.«

»Und wofür hast du dich entschieden?«

»Ich packe meine Sachen und gehe. Und zwar jetzt gleich.«

Mabel schnaubte. »Du lässt mich also im Stich, obwohl du siehst, in was für einem Zustand ich bin? Das hätte ich mir ja denken können!«, platzte es aus ihr heraus.

»Meinetwegen kannst du in deinem Selbstmitleid ertrinken.«

»Selbstmitleid? Ich hatte einen Unfall. Da kann man doch wohl ein kleines bisschen Rücksichtnahme erwarten! Ich habe hart darum gekämpft, die Gäste aus meiner Küche herauszuhalten!«

»Darum geht's nicht.«

»Um was dann?«

»Du schickst Chris hierher, weil du selber zu feige bist, um mich um Hilfe zu bitten. Du bietest mir lächerliche fünfzig Pfund Taschengeld am Tag an, obwohl du für die Dreharbeiten tausend Pfund am Tag bekommst, eine Summe, die ich für dich ausgehandelt habe. Dann platzt du ohne Vorwarnung hier herein und scheißt mich und die Gäste mit maßloser Arroganz zusammen, statt uns auf Knien zu danken, dass wir deinen Laden am Laufen und Mrs Saunders bei Laune gehalten haben. Das war ein unsäglicher Auftritt, Mabel. Ich weiß nicht, ob du eine unglückliche Kindheit hattest oder welche Laus dir sonst über die Leber gelaufen ist. Ich weiß es nicht, und ich will es auch gar nicht wissen. Ich weiß nur, dass ich mich nicht so behandeln lasse. Finde einen anderen Deppen, der deinen Laden schmeißt.« Und damit stand Margret auf, und Mabel fand sich alleine in ihrer Küche wieder, genau so, wie sie es sich gewünscht hatte. Wieso fühlte es sich dann so beschissen an?

»Margret! Komm zurück!«

Nichts geschah.

»*BITTE!*«

Margret tauchte mit verschränkten Armen im Türrahmen auf.

»Würde – würde es dir etwas ausmachen, mir eine Tasse Tee zu machen? Ich bin, glaube ich, teehydriert. Ich kann dann einfach besser reden.«

Margret setzte stumm Wasser auf. Mabel schluckte.

»Touché.«

Margret drehte sich um und musterte sie mit zusammengekniffenen Augen.

»Es ... es tut mir leid.«

»Tatsächlich.«

»Ich bin ... mehr so der Typ Einzelkämpferin.«

»Was du nicht sagst.«

»Als ich Honeysuckle Cottage geerbt habe, war es eine Bruchbude. Ich hab mir den Rücken krumm geschuftet, um es zu dem zu machen, was es heute ist. Es ist wie mein Baby.«

»Das ist verständlich, aber kein Grund, sich komplett danebenzunehmen.«

»Und jetzt ist der Rücken im Arsch.«

»Der Rücken? Ich dachte, du hast dir das Band am Sprunggelenk gerissen?«

»Ja, schon. In diesem Zusammenhang kam der junge, übereifrige Arzt auf die fabelhafte Idee, meinen Rücken zu röntgen.«

»Und?«

»Hat dabei festgestellt, dass ich meine Wirbelsäule verschlissen habe. Er rät mir zu Schwimmen, Nordic Walking und Wandern auf dem *Coast Path.* Schwere Gartenarbeit, Bettenmachen, Matratzenwenden oder Badputzen, also so ungefähr alles, was meinen Job hier ausmacht, sollte ich mir seiner Meinung nach schnellstens abgewöhnen, sonst bekomme ich die Rechnung dafür, und zwar gesalzen.«

»Seit wann weißt du das?«

»Seit zwei Stunden.«

»Das hat deine Laune nicht unbedingt gehoben.«

»Nein.« Mabel konnte nicht verhindern, dass ihre Stimme zitterte. »Das ... das rüttelt an meiner Existenz. Ich habe einen Kredit, der noch jahrelang läuft. Ich kann mir für ein paar Wochen eine Aushilfe leisten, die die Zimmer macht. Aber auf Dauer? Es war ein Schock.«

Margret seufzte. »Das tut mir leid. Möchtest du einen Scone?«

»Ja. Gern. Wer hat die gemacht?«

»Chris.« Chris hatte Scones für Margret gebacken? Und was war noch passiert zwischen den beiden? Aber das war ein anderes Thema. Es musste warten.

»Mrs Saunders war begeistert. Sie hat gleich zwei gegessen! Vielleicht würgt sie dir doch keinen TripAdvisor-Verriss rein.«

Margret stellte eine dampfende Tasse Tee und einen Teller mit einem Scone vor Mabel ab und räumte das Geschirr von Dr. Penhaligon und dieser Susie in die Spülmaschine. Sie schien sich vollkommen selbstverständlich in ihrer Küche zu bewegen. Es gab Mabel einen Stich.

Ich mache mich lächerlich, dachte sie. Ich brauche Margrets Hilfe, und dann stoße ich sie so vor den Kopf, dass sie abhauen will, und anschließend ärgere ich mich darüber, dass sie sich in meiner Küche zurechtfindet?

»Soll ich dir den Scone aufschneiden?«, fragte Margret. Mabel schüttelte den Kopf.

»Ich hab einen kaputten Fuß, meine Hände sind in Ordnung, danke«, antwortete sie trocken. Sie machte eine Pause. »Kannst du mich ein bisschen updaten über die Lage hier – bitte?«

»Klar.« In der nächsten halben Stunde berichtete Margret ihr detailliert, was alles vorgefallen war und was sie an neuen Buchungsanfragen hereinbekommen hatte. Die Dreharbeiten würden kein Spaß werden, so viel war sicher. Dieser Richard schien ein ziemlicher Idiot zu sein. Sie mussten das Schlafzimmer komplett ausräumen, und es stellte sich die Frage, wo Mabel schlafen sollte. Und Margret? Falls sie überhaupt blieb. Mabel wagte kaum mehr, diesen Punkt anzusprechen.

»Ich habe den Eindruck, du hast alles ... alles richtig gut hingekriegt, Margret«, sagte sie.

»Hab ich richtig gehört?«, fragte Margret spöttisch. »Hast du mich eben gelobt?«

Mabel nickte. »Na ja, man merkt natürlich, dass du nicht von hier bist. Diese Direktheit, zum Beispiel. Die ist sehr unenglisch. Obwohl sie Richard sicher nicht geschadet hat.«

»Jetzt nimm's bloß nicht wieder zurück!«, grinste Margret.

»Was ich sagen wollte – falls du hierbleiben könntest, wenigstens noch ein Weilchen, dann wäre – dann wäre ich dir sehr dankbar.«

»Wenn du meinst, dass du es auf Dauer hinkriegst, in diesem unerwartet höflichen Ton mit mir zu reden, dann bleibe ich.«

»Ich kann es nicht versprechen«, murmelte Mabel. »Ich werde mich darum bemühen. Sonst musst du mir eben einen auf den Deckel geben.«

»Ich habe mit dem Arbeitsamt in Stuttgart gesprochen. Ich müsste vier Wochen bleiben, damit ich weiterhin Arbeitslosengeld bekomme, und du müsstest mir eine Art Bescheinigung für ein Praktikum in der Hotellerie ausstellen. Sie fanden das sogar ganz prima. Der Tourismus boomt in Stuttgart, während es in meinem Bereich sowieso nichts gibt. Jedenfalls in meinem Alter.«

»Du bist doch noch gar nicht so alt!«

»Anfang fünfzig bist du aus Sicht deutscher Arbeitgeber praktisch tot. Ich stelle aber eine Bedingung. Seit du deinen Unfall hattest, stecke ich hier in Honeysuckle Cottage fest. Ich helfe dir morgens beim Frühstück, dann mache ich die Zimmer. Die Nachmittage und Abende sind frei. Wenn neue Gäste kommen, kümmerst du dich um sie. Ich habe es noch nicht ein einziges Mal zu Caroline in ihren Laden geschafft, geschweige denn auf den *Coast Path*. Ich will auch ein bisschen was haben von Cornwall, Praktikum hin oder her.«

»Einverstanden. Backen sollte ich alleine hinkriegen.«

»Und wo soll ich schlafen?«

»Ich kann dir nur den Gemeinschaftsraum anbieten. Da gibt es eine Couch zum Ausklappen, die habe ich schon manchmal für Gäste benutzt, wenn Not am Mann war, sie ist eigentlich ganz gemütlich. Müssen die Gäste eben für eine Weile auf das Zimmer verzichten. Es wird sowieso kaum benutzt. Ich schlafe im Frühstücksraum auf einer Matratze, solange die Filmleute drehen.«

»Dann haben wir einen Deal? Vier Wochen, Nachmittage und Abende frei, freundlicher Umgangston, ein Praktikumszeugnis, das mich in den Himmel lobt?«

Mabel nickte. »Vier Wochen ist großartig. In einem Monat geht es mir sicher schon viel besser, und ich kann in Ruhe jemand anderes suchen. Willst du das alles schriftlich?«

Margret schüttelte den Kopf. »Ich denke mal, ich kann dir vertrauen«, sagte sie.

Da sei dir mal nicht so sicher, dachte Mabel. In ihrer ganzen Erzählung hatte Margret Chris mit keinem Wort erwähnt. Sie hatte auch keinen Freund oder Mann erwähnt, dem sie Bescheid geben musste, dass sie jetzt mal eben einen Monat in Cornwall bleiben würde. Höchste Zeit, ihr auf den Zahn zu fühlen.

»Chris hat also diese Scones gebacken?«, fragte sie scheinbar beiläufig.

Margret nickte. »Er hat mir den Hintern gerettet. Ich hätte nicht gedacht, dass ein Farmer so gut backen kann.«

»Ich hab's ihm beigebracht. Außerdem ist Chris viel mehr als ein gewöhnlicher Farmer. Er hat Architektur, Ökolandbau und Philosophie studiert. Er hat seine Farm selber umgebaut und meine Gästezimmer eingerichtet. Wir sind schon lange befreundet.«

Sie sah, wie in Margrets Augen Interesse aufflammte. Hatte sie sich in Chris verknallt? War er der wahre Grund, warum sie blieb? In vier Wochen konnte eine Menge passieren. Sie würde die beiden mit Argusaugen beobachten. Chris und Margret? Niemals.

»Wie habt ihr euch eigentlich kennengelernt?«

Margret zögerte mit ihrer Antwort. Aha. Da gab es also Geheimnisse.

»Ich bin spätnachts mit dem Auto liegen geblieben. Mir ging das Benzin aus. Ich bin eingeschlafen, und Chris hat mich morgens gefunden und mir aus der Patsche geholfen.«

»Du hast ein Auto? Aber wieso steht es dann nicht hier in Port Piran?« Und wieso fuhr sie mitten in der Nacht damit herum? Und dann auch noch alleine? Nie im Leben war Margret Single.

»Ich habe es bei Chris untergestellt.« Margrets Stimme klang abweisend.

»Als ihr hier ankamt, gleich nach meinem Unfall, da war er ungewöhnlich reserviert dir gegenüber, selbst für einen Engländer. So kannte ich ihn gar nicht. Er ist eigentlich immer nett zu allen. Und hilfsbereit.« Hoffentlich merkte Margret nicht, dass das ein verstecktes Verhör war.

»Er war auch zu mir sehr nett. Bis ich ihn nach seiner Frau gefragt habe.«

Mabel stöhnte. »Damit hast du an einem Tabu gerüttelt.«

»Woher sollte ich das wissen?«, verteidigte sich Margret. »Ich habe mich gewundert, dass weder Frau noch Kinder aufgetaucht sind, obwohl die Garderobe voller Schuhe und Mäntel und Spielsachen war. Es war doch eigentlich Frühstückszeit, und der Menge der Sachen nach zu urteilen dachte ich, er hat mindestens zwei, wenn nicht sogar drei Kinder.«

»Er hat zwei. Und eine Frau.« Sie lauerte. Es war ganz offensichtlich: Margret war enttäuscht.

»Und wo sind die?«

»Das weiß keiner«, log Mabel, ohne dabei rot zu werden. Sie war gut im Lügen.

»Was ist denn genau passiert?«

»Keine Ahnung. Er redet ja mit niemandem drüber. Janie und Chris, das war die große, leidenschaftliche Liebe. Ihre Eltern hatten ein Cottage hier in Port Piran, und als Kinder haben sie immer die Ferien miteinander verbracht. Sie waren unzertrennlich, und da blieb es nicht aus, dass sie sich irgendwann ineinander verknallten. Janie war ein entzückendes Mädchen, bis ihre Eltern sie in London auf ein privates Mädchencollege schickten. Da wurde aus ihr eine Zicke. Alle haben es gemerkt, nur Chris nicht. Mit Mitte zwanzig haben sie geheiratet, und mit Anfang dreißig hat sie die Kinder bekommen. Eines Tages war sie einfach verschwunden, bei Nacht und Nebel, und die beiden Kinder auch. Ist gut anderthalb Jahre her. Mehr weiß ich nicht.« Mehr Brocken würde sie ihr nicht hinwerfen.

»Anderthalb Jahre?«, wiederholte Margret ungläubig. »Seit anderthalb Jahren stolpert er im Flur über die Schuhe und Spielsachen seiner Kinder?«

Mabel nickte.

»Dann ist er ein Fall für den Therapeuten! Kein Wunder, dass er so seltsam reagiert hat. Er sagte so im Spaß, ich könne ihm zum Dank fürs Autounterstellen einen Kuchen backen, weil er immer zu dir gehen und um Kuchen betteln muss.«

»Und dann?« Es war gar nicht schwer, die Geschichte aus Margret herauszukitzeln.

»Habe ich so ganz beiläufig gefragt, ob seine Frau keinen Kuchen backt.«

»Das erklärt natürlich, warum er dir gegenüber reserviert war. Das war eine viel zu intime Frage.«

»Was bitte ist an Kuchenbacken intim?«

»Wie lange kanntest du ihn da?«

Margret überlegte. »Anderthalb Stunden? Mindestens.«

»Anderthalb Stunden! Und da stellst du ihm eine Frage, die ihn zwingt, über seine persönlichen Verhältnisse Auskunft zu geben?«

»Mabel! Er trägt einen Ehering. Überall waren Kindersachen verstreut! Als lägen die alle oben im Bett! Ich hab ihn doch nicht gefragt, was der Sinn des Lebens ist, oder ob er mit mir Sex haben will! *Das* wäre intim!«

Mabel war nicht doof. Wenn Margret das so formulierte, selbst im Spaß, dann hatte sie zumindest über Sex mit Chris nachgedacht.

»Maggie. Du bist hier in England! Da musst du dich anpassen! Vor allem wenn du bei mir arbeiten willst. Hier redet man nicht nach einer Stunde über private Angelegenheiten, wenn man nicht sowieso schon drüber Bescheid weiß. Vergraul mir bloß meine englischen Gäste nicht!«

»Okay. Über was redet man dann? Über den Brexit?«

»Nein! Das ist noch viel schlimmer! Du redest doch nicht mit jemandem über Politik, den du gerade erst kennengelernt hast! Viel zu gefährlich.«

»Was heißt gefährlich? Schlagen sich die Leute die Köpfe ein?«

»Nur wenn sie betrunken sind. Nein, im Ernst, Engländer doch nicht! Sie haben nur Angst, es könnte unangenehm und peinlich werden. Und das ist das Schlimmste, was einem Engländer passieren kann. Dann fühlt er sich einfach richtig schlecht. Merk dir das, Politik und Religion, das sind Tabuthemen im Umgang mit Leuten, deren Meinung du nicht kennst. Meine Gäste zum Beispiel. Und allzu Persönliches wie Frau und Kinder auch!«

»Ihr spinnt, ihr Briten«, murmelte Maggie düster. »Ich hätte Chris ja wahrscheinlich auch nicht nach seiner Frau gefragt, wenn ich nicht das Gefühl gehabt hätte, wir würden uns nett unterhalten. Nach der Frage hat er sich zack!-bumm in sein Schneckenhaus zurückgezogen. Irgendwie hatte ich aber schon vorher das Gefühl, dass da was nicht stimmt.«

»Du hast es also geahnt? Umso bescheuerter, wenn du nach ihr fragst.«

»Und wo sind die Frau und die Kinder jetzt?«

»Keine Ahnung. Das ist ein Tabuthema.«

»Willst du damit sagen, du hast ihn nie danach gefragt? Und er hat's dir nie erzählt? Obwohl du mit ihm befreundet bist?«

»Ich glaube, ich muss dir noch ein bisschen Englisch beibringen. Nicht die Sprache, da hast du meinen größten Respekt. Wir Briten sind in der Hinsicht schließlich die vollen Loser und verlassen uns einfach drauf, dass die anderen schön brav unsere Sprache lernen. Womit wir aber gar nicht umgehen können, hey, ihr Deutschen seid so was von grauenhaft direkt! Das passiert mir ständig mit den deutschen Gästen. Ihr trampelt ohne jegliches Feingefühl auf unseren inneren Zäunen rum!«

»Innere Zäune. Soso. Wikipedia: Faszinierendes psychologisches Phänomen der inneren Abgrenzung, das nur in Großbritannien auftritt und noch nicht ausreichend erforscht ist.«

»Du hast's kapiert, Schätzchen. Jeder entscheidet hier für sich, wann er das Tor aufmacht. Aber du rüttelst nicht dran, verstehst du? Wenn Chris mir was erzählen will, dann wird er das tun. Ich werde ihm zuhören, und wenn's in meiner Macht steht, werde ich ihm einen Rat geben oder ihm helfen. Aber solange er dieses riesige Schild um den Hals hängen hat, auf dem in großen Lettern TABU steht, geh ich davon aus, er kommt selber damit klar, und ich dräng mich nicht auf.«

Natürlich wusste sie, wo Janie und die Kinder waren. Aber das waren alles Notlügen, um Chris zu schützen. Je dramatischer sich seine Geschichte anhörte, desto eher würde Margret die Finger von ihm lassen.

»Ihr habt sie doch nicht mehr alle. In Deutschland würden wir das als unterlassene Hilfeleistung bezeichnen.«

»Wir nennen es Diskretion und Privatsphäre. Unser höchstes Gut.«

»Ich kapier's trotzdem nicht.«

»Ich sag dir, lass die Finger von Chris. An dem beißt du dir die Zähne aus. Der ist nicht drüber hinweg, dass seine Frau abgehauen ist.«

Wenigstens das entsprach der Wahrheit.

»Keine Sorge. Ich hab bestimmt nicht vor, mich an einem Farmer aus Cornwall abzuarbeiten. Nur noch eines. Wenn Chris doch sauer auf mich war, warum hat er dann das Angebot, das Auto bei ihm unterzustellen, nicht zurückgezogen? Und dann hat er mich noch ins Dorf gefahren, obwohl er angeblich dringend zu seinen Kühen musste!«

»Weil das eine mit dem anderen nichts zu tun hat. Er hatte es dir versprochen, damit konnte er es nicht einfach wieder rückgängig machen. Das fällt jetzt unter die Kategorien Fairness und Ritterlichkeit. Eine Frau allein, das löst bei englischen Männern einen Helferinstinkt aus.«

»Du scheinst dich ja wirklich gut mit englischen Männern auszukennen. Was machen eigentlich deine inneren Zäune, Mabel?«, fragte Margret süffisant.

»Es gibt sie, danke der Nachfrage. Und sie warten nicht drauf, von einer naseweisen Deutschen eingerannt zu werden. Klar?«

Margret nickte spöttisch. »Worüber darf ich dann überhaupt mit deinen Gästen reden?«

»Halt dich im Zweifelsfall an das Wetter. Damit machst du nie etwas falsch.«

16. KAPITEL

Margarete

»Hier ist der Zimmerschlüssel, Mabel«, zwitscherte Mrs Saunders. »Wir sind dann mal weg. Vielen Dank noch mal!«

»Aber gern, Mrs Saunders. Gute Heimfahrt. Ich hoffe, Sie haben sich wohlgefühlt, auch wenn es bedingt durch meine Krankheit etwas holperig war.«

»Doch, doch. Margret hat ... sich wirklich Mühe gegeben.« Mrs Saunders winkte zur Küche herein.

Margarete zwang sich zu einem Lächeln. »Es war mir ein Vergnügen. Vor allem wegen Ihrer entzückenden Kinder.« Wieso wuchs ihr keine lange Nase?

Mrs Saunders strahlte, winkte und machte auf dem Absatz kehrt. Die Haustür fiel ins Schloss. Margarete sprang auf wie von der Tarantel gestochen.

»Maggie, denk dran. Sei diplomatisch! Das Schlimmste, was du einer Engländerin antun kannst, ist, dass sie ihr Gesicht verliert, vor allem wenn sie Mrs Saunders heißt. Sie würde sich mit einer unglaublich miesen TripAdvisor-Kritik rächen. Und wenn es was ganz Kleines ist, dann lass es gut sein. Das ist den Stress nicht wert!«

»Oh, doch«, zischte Margarete. Sie rannte aus der Küche und mehrere Stufen auf einmal nehmend nach oben. Ohne die vielen Schuhe und Sachen von Familie Saunders wirkte das Familienzimmer auf einmal riesig. Margarete scannte blitzschnell den Raum, den sie immerhin mehrere Tage hintereinander geputzt und aufgeräumt hatte. Sie hatte nicht den Eindruck, dass irgendwelche Bilder, Sofakissen oder Überwürfe fehlten, auch Fernseher und Radiowecker waren da. Sie riss den Kleiderschrank auf. Die Bügel baumelten brav an der Kleiderstange. Sie lief ins Bad. Die

Handtücher lagen in einem wilden Haufen auf dem Boden. Margarete wühlte sie schnell durch und zählte. Alle da, und sie waren auch nicht voller Sand. Sie kniff die Augen zusammen und analysierte jeden Zentimeter im Raum. Irgendetwas fehlte, sie kam bloß nicht drauf, was. Dann fiel ihr Blick auf einen Haken an der Wand. An dem Haken hing nichts. Sie polterte die Treppe wieder hinunter.

»Und, wie sieht's aus?«, rief Mabel aus der Küche.

»Wusste ich's doch! Sie haben den Föhn mitgehen lassen!«, brüllte Margarete und war schon zur Haustür hinaus.

»Der war brandneu!«, brüllte Mabel zurück. »Und teuer!«

Margarete rannte den kleinen Weg hinunter. John goss gerade die Blumen vor seinem Haus. Er blickte auf und rief: »Möchtest du eine Tasse Tee, Margret?« Sie winkte ihm zu und galoppierte weiter. Es ging ihr nicht um den Föhn, selbst wenn er teuer war, und es ging ihr nicht um Mabel. Es ging ihr darum, Mrs Saunders, die sie die letzten Tage schikaniert hatte, nicht einfach so davonkommen zu lassen. Sie hätte schwören können, dass sie etwas klauen würde, und dies war ihre klitzekleine, sehr persönliche Rache. Sie rannte über die Straße und sah mit einem Blick, dass das offene Mercedes-Cabrio noch im Hafen parkte. Die Kinder waren auf der Rückbank angeschnallt, Mrs Saunders fummelte an Lullabys Kindersitz herum. Mr Saunders beugte sich über den Kofferraum.

»Mrs Saunders, Mrs Saunders!«, keuchte Margarete und winkte.

Mrs Saunders blickte auf, und ganz ohne Zweifel hatte sie Margarete erkannt. Sie krabbelte vom Rücksitz, rief ihrem Mann etwas zu und warf die hintere Tür ins Schloss. Beide hasteten nach vorn und sprangen in den Wagen. Sekunden später schloss sich das Dach über dem Cabrio. Mr Saunders wendete und fuhr sportlich zur Ausfahrt, dass der Kies nur so spritzte, aber Margarete hatte sich bereits mit einem strahlenden Lächeln direkt davor postiert. Mr Saunders hielt und guckte sehr böse. Margarete lief auf die Beifahrerseite. Sie darf nicht das Gesicht verlieren, hämmerte sie sich ein. Langsam, sehr langsam ließ Mrs Saunders das Fenster herunter.

»Was ist denn noch, Margret?«, fragte sie ungehalten.

»Entschuldigen Sie bitte, Mrs Saunders, aber könnte es vielleicht sein, dass Sie zu Hause einen braunen Föhn besitzen, der genauso aussieht wie der von Mabel, und dass der Föhn, der im Bad war, nicht Ihrer ist, sondern der von Mabel, und Sie den eingepackt haben? Versehentlich, natürlich.«

»Margret. Das ist doch lächerlich. Deshalb rennen Sie uns hinterher? Wir müssen jetzt wirklich los, sonst stehen wir vor London stundenlang im Stau.«

»Es tut mir leid, Mrs Saunders. Es ist nur leider so, dass der Föhn fehlt. Mabels Föhn. Vielleicht haben Sie ihn einfach verwechselt.«

»Ich habe einen Föhn eingepackt, ja, und er ist braun. Aber das ist meiner.«

»Mrs Saunders. Ich behellige Sie wirklich nur ungern, aber würden Sie einmal kurz nachschauen?«

»Aber der Föhn ist ganz unten in meinem Koffer!«, zischte Mrs Saunders. »Und der Koffer ist unter lauter anderen Koffern!«

»Ashley, Schätzchen, nun sieh doch kurz nach. Damit wir endlich Ruhe haben und loskommen. Ich muss schon sagen, das ist mir noch in keinem Hotel passiert«, tadelte Mr Saunders vom Fahrersitz.

»Das werden wir in unserem Kommentar auf TripAdvisor vermerken, dass man uns des Diebstahls verdächtigt hat!« Mrs Saunders blitzte Margarete böse an. Dann löste sie unendlich langsam ihren Gurt, öffnete die Tür, schälte sich aus dem Sitz und marschierte um das Auto herum. Wie von Geisterhand öffnete sich der Kofferraum. Er war vollgestopft mit Koffern, Taschen und Spielsachen. Ganz zuoberst lag ein Handtuch. Es war braun vom Sand und ganz eindeutig ein Handtuch von Mabel. Auf dem Handtuch lag ein Föhn. Auf dem Föhn war ein Aufkleber. Honeysuckle Cottage.

»Sehen Sie, Sie haben ihn doch verwechselt!«, zwitscherte Margarete. »Das kann doch jedem mal passieren!«

Mrs Saunders war knallrot angelaufen. Ohne ein Wort drückte sie Margarete den Föhn in die Hand. »Du kannst wieder schließen, Arthur!«, bellte sie und ließ Margarete stehen.

»Vielen Dank, Mrs Saunders. Jetzt steht einem freundlichen Kommentar Ihrerseits auf TripAdvisor ja nichts mehr im Wege!« Langsam senkte sich der Deckel des Kofferraums. In letzter Sekunde schnappte Margarete das Handtuch und winkte fröhlich damit, bis das Cabrio aus ihrem Blickfeld verschwunden war. Halleluja! Nie mehr für Mrs Saunders Frühstück machen, dachte sie erleichtert.

Der Abschied von Ben war ihr dagegen schwergefallen. Er hatte sie noch einmal herzlich nach Vermont eingeladen. Neue Gäste wurden für heute erwartet; nur Susie würde noch ein paar Tage bleiben. Richard und Sally waren gestern abgereist, ohne sich zu verabschieden, aber sie würden ja am Montag erneut aufkreuzen.

Dank Mabels Anwesenheit war das Frühstück komplikationslos verlaufen, bis auf einen kleinen Zwischenfall, als Ben wie jeden Morgen gut gelaunt in die Küche marschierte, um zu fragen, ob er beim Frühstück helfen sollte, und noch dazu anbot, einen Blick auf Mabels Bein zu werfen, und Mabel ihn sehr unfreundlich anraunzte, sie könne in beiden Angelegenheiten auf seine Hilfe verzichten. Margarete hatte darauf bestanden, dass sich Mabel bei Ben entschuldigte, wenn sie nicht wollte, dass ihr Arrangement sofort platzte, was diese dann zähneknirschend getan hatte. Danach hatte sie Margarete aber unmissverständlich klargemacht, dass die Küche ab sofort für die Gäste wieder tabu war. Mabel hatte am Herd gestanden, das schaffte sie, auch wenn es sie Mühe kostete, und Margarete hatte die Gäste bedient. Sie musste nur noch die Zimmer machen, dann konnte sie endlich ihren ersten freien Nachmittag genießen.

Während sie die letzten Tage in Honeysuckle Cottage eingesperrt gewesen war, waren für andere das Leben und der Urlaub in Port Piran weitergegangen. Touristen mit Eis in der Hand schlenderten über die Straße und sahen den Fischern zu, die ihren Fang abluden und ihre Boote putzten, am Strand spielten ein paar Kinder, und auf einer Bank versuchte ein Pärchen in Wanderkleidung, seine Fish & Chips vor den Möwen zu retten, die um ihre Köpfe kreisten. Es war kühl und windig, aber sonnig.

Margarete drehte den Kopf Richtung Meer, schloss für einen Moment die Augen und genoss Sonne und Wind auf ihrem Gesicht. Sie fühlte sich wie befreit, auch wenn es einen Haufen Dinge gab, über die sie dringend nachdenken musste. Praktische Dinge, zum Beispiel. Sie hatte nicht genug Klamotten. Persönliche Dinge, die sie erfolgreich verdrängte. Roland, und sein Audole. Und ihre Mutter, der sie bisher weder gesagt hatte, dass die Sache mit Roland schiefgegangen war, noch, dass sie vier Wochen in Cornwall bleiben würde. Und Chris ... Später. Es gab schließlich überhaupt keinen Grund, sofort zu ihrer Arbeit, Mabels Feldwebelton und allen Problemen zurückzukehren. Die neuen Gäste wurden erst gegen Abend erwartet, bis dahin war sie längst mit den Zimmern fertig.

Zuallererst würde sie Caroline einen Besuch in ihrem Buchladen abstatten. Der lag nur hundert Meter weiter oben direkt an der Port Street, und Margarete hatte es noch nicht einmal bis dahin geschafft! Das Einzige, was sie in Port Piran außer Honeysuckle Cottage kannte, war der Pub. Sie lief an einem winzigen Tante-Emma-Laden, der Bushaltestelle und ein paar reetgedeckten Cottages vorbei, die aussahen wie Ferienhäuschen. »Booklover's Haven. Bookshop & Café« stand auf dem verschnörkelten Schild über Carolines Laden. Margarete spähte hinein. Die ganze Vorderfront war verglast, hier standen die Bistrotische des Cafés. An beinahe jedem Tisch saßen Gäste, die Kaffee oder Tee tranken, Kuchen aßen und in Büchern blätterten. Wie gemütlich! Caroline hatte ihr im Pub erzählt, dass man von ihrem Café aus den schönsten Meerblick in Port Piran hatte. Margarete nahm sich vor, an einem verregneten Nachmittag wiederzukommen, aufs Meer zu schauen und Carolines selbst gebackenen Kuchen zu probieren, der ebenso legendär war wie Mabels Scones.

Plötzlich stieg ein warmes Gefühl in ihr hoch. Es würde vielleicht nicht immer leicht sein, mit Mabel auszukommen, aber sie durfte vier Wochen in Cornwall und Port Piran bleiben! Sie war noch nie so lange am Stück am Meer gewesen. Und ganz nebenbei würde sie ihr Englisch trainieren! Sie nahm sich vor, jede freie Minute auszukosten und nachmittags so viel wie möglich zu unternehmen. Sie drückte die Tür auf. Eine Glocke bimmelte. Auch von innen wirkte der Laden hell und einladend. Im hinteren Teil stöberten Leute in den Bücherregalen.

»Maggie! Das ist aber eine nette Überraschung!« Hinter einer Glastheke stand Caroline und schnitt gerade eine köstlich aussehende Schokoladentorte an. »Wie schön, dass du bei mir reinschaust. Möchtest du einen Kaffee? Und ein Stück Kuchen von meinem frisch gebackenen *Chocolate Cake?* Du kannst natürlich auch gern die *Bakewell Tart* oder die *Brownies* probieren.«

»Einen Kaffee, gern. Deine Kuchen sehen köstlich aus, aber wir haben vorhin erst gefrühstückt, nachdem wir die Gäste versorgt haben. Ich bin noch pappsatt von Mabels Rührei.«

»Ich habe schon gehört, dass Mabel zurück ist.«

»So schnell hat sich das rumgesprochen?«

»Du bist hier in einem Dorf, Maggie! Da passiert nicht viel, und das, was passiert, spricht sich wie ein Lauffeuer herum.« Caroline lachte. Sie war wirklich hübsch mit ihren langen hellbraunen Haaren und den Sommersprossen, die auf ihrer Nase tanzten. Außerdem war sie lässig angezogen, sie trug ein sehr kurzes rosa Kleid, eine lila Strumpfhose und schwarze Bikerstiefel. Wie alt mochte sie sein, vielleicht Anfang vierzig?

»Was möchtest du für einen Kaffee – Americano, Cappuccino, Latte? Und wieso hast du einen Föhn dabei?«

»Gern einen Latte. Den Föhn wollte Mrs Saunders klauen. Ich habe ihn ihr wieder abgejagt.«

Caroline warf den Kopf in den Nacken, dass ihre langen Haare flogen, und lachte noch mehr, dann machte sich an einer Kaffeemaschine zu schaffen. »Wie geht's Mabel?«, rief sie über die Schulter.

»Nach dem Frühstück war sie völlig erledigt, sie kann nicht lange stehen. Aber sie ist ja auch erst gestern entlassen worden.« Ein junges Mädchen kam mit einem Buch in der Hand aus der Küche herausspaziert und blickte Margarete scheu an. Sie sah aus wie eine jüngere Kopie von Caroline, die gleichen langen Haare und Sommersprossen. »Julie, willst du Maggie Hallo sagen? Sie kommt aus Deutschland und hilft Mabel. Ich hatte dir doch erzählt, dass sie einen Unfall hatte. Maggie, das ist meine Tochter.«

»Hallo, Maggie«, murmelte das Mädchen. Dann wanderte sie zurück in die Küche.

»Julie kommt nach mir. Sie hockt in der Küche des Cafés und liest den ganzen Tag oder surft auf ihrem Tablet. Gut, dass am Montag die Schule wieder beginnt. Sie muss mit dem Bus nach Truro, dort sind ihre ganzen Freunde. Hier im Dorf gibt es leider niemanden in ihrem Alter.«

»Wie alt ist sie?«

»Zwölf.«

»Das ist ja auch kein einfaches Alter.«

»Sie ist noch nicht so richtig in der Pubertät, und mir graut ehrlich gesagt davor. Ich bin alleinerziehend, weißt du. Und wie sieht es bei dir aus? Weißt du schon, wie lange du bleiben kannst?«

»Ganze vier Wochen! Das Arbeitsamt in Stuttgart rechnet mir die Zeit als Praktikum im Hotelgewerbe an.«

»Wie schön, Maggie!« Caroline schien sich ehrlich zu freuen, und wieder verspürte Margarete dieses warme Gefühl. »Du hast die schönste Zeit im Jahr erwischt. Die *half term*-Gäste reisen jetzt ab, und die nächsten zwei Wochen ist es ein bisschen ruhiger. Dann zieht es langsam wieder an. Und jetzt im Frühsommer blühen auch die meisten Blumen am *Coast Path*. Die ganz Mutigen gehen jetzt schwimmen, weil die Strände schön leer sind. Du wirst sehen, es ist einfach herrlich. Du wirst gar nicht mehr hier wegwollen!« Sie stellte eine Tasse Kaffee mit einem Keks auf den Tresen.

Margarete hatte angenommen, Latte sei die Abkürzung von Latte macchiato, aber stattdessen stand eine Art Milchkaffee mit einem Herzchen im Milchschaum vor ihr. Sie legte das Handtuch und den Föhn auf dem Tresen ab. »Ich war noch nicht ein einziges Mal spazieren auf dem *Coast Path*. Ich habe mich ja noch nicht mal richtig in Port Piran umgesehen! Ich freue mich schon sehr drauf.«

»Und nun könntest du ja doch beim *Port Piran Village Festival* auftreten!« Caroline räumte dreckiges Geschirr in die Spülmaschine.

»Stimmt! Daran habe ich noch gar nicht gedacht. Wobei ich mir erst darüber klar werden muss, ob ich mir das zutraue. Ich singe zu Hause in einem klassischen Chor, aber solo, auf einer Bühne?«

»Ich kann dir aus langjähriger Erfahrung sagen, es haben schon Leute beim Festival auf der Bühne gestanden, die praktisch keinen einzigen Ton treffen! Sie hatten lustige Kostüme an und sangen irgendwelche selbst getexteten Songs. Es geht da mehr um den Spaß. Der Wettbewerb ist nebensächlich. Ich war ja leider zu spät dran, aber alle haben mir versichert, du hast klasse gesungen im Pub!«

»Danke, Caroline, das ist sehr freundlich. Es ändert aber nichts daran, dass Joseph beim Festival nicht da ist, und ich kann mich ja nicht alleine auf die Bühne stellen und deutsche Volkslieder trällern. Ich spiele gar kein Instrument.«

Caroline grinste und beugte sich verschwörerisch über den Tresen. »Wusstest du, dass Mabel Bassgitarre spielt?«

»Ich habe eine Gitarre bei ihr im Zimmer stehen sehen, ja. Aber ich weiß nicht, ob sie sie benutzt.«

»Ich verrate dir was. Mabel denkt, es sei ihr kleines Geheimnis, weil sie ja nie in den Pub kommt, aber sie spielt richtig gut. Karen hat sie mal heimlich belauscht, als sie ihr Vorräte gebracht hat und früher dran war als verabredet. Da muss Mabel Honeysuckle Cottage gerockt haben! Sie hat auf dem E-Bass gespielt und dazu gesungen, und Karen meinte, sie dachte, es fliegen gleich die Fenster aus Honeysuckle Cottage, sie hat wohl auch eine richtige Röhre! Vielleicht würde es sie auch aufmuntern nach ihrem Unfall. Und Gitarre spielen kann sie auch im Sitzen!«

»Es stimmt schon, sie scheint ein wenig deprimiert zu sein.«

Margarete beschloss, Caroline nicht zu sagen, dass Mabel eine niederschmetternde Diagnose wegen ihres Rückens erhalten hatte. Das wäre Mabel sicher nicht recht. Caroline spähte an Margarete vorbei.

»Sorry, da möchte jemand bezahlen. Ich bin gleich wieder da.« Caroline nahm eine große Geldbörse aus einer Schublade und kam hinter dem Tresen hervor. Margarete nippte an ihrem Kaffee. Mabel hatte doch diese schöne Ed-Sheeran-CD für die Gäste. Vielleicht konnten sie zusammen ein paar Singer-Songwriter-Songs einstudieren? Ein bisschen Ed Sheeran, ein bisschen Simon & Garfunkel, ein bisschen Van Morrison oder so was wie »Yesterday«? Das würde sicher riesigen Spaß machen. Aber ob es Spaß machen würde, mit Mabel zu proben? Die Türglocke bimmelte. Sie nahm noch einen Schluck von ihrem Kaffee.

»Hallo, Margret! Hast du dich aus Mabels Klauen befreit?«

Margarete fuhr herum. Vor ihr stand Chris, in beiden Händen einen Turm aus aufeinandergestapelten Eierkartons und an den Füßen seine unvermeidlichen grünen Gummistiefel.

»Chris!«, rief sie und fühlte sich schon wieder leicht panisch. Wie sollte sie auch nicht panisch sein? Sie hatte sich das Hirn zermartert, um sich daran zu erinnern, was in der Nacht nach dem Pub-Besuch vorgefallen war. Wahrscheinlich hatte sie, betrunken, wie sie war, die Arme um Chris geworfen und versucht, ihn zu küssen, und ihm war es wahnsinnig peinlich gewesen, sonst würde er es ja nicht vergessen wollen. Eine andere Erklärung konnte es nicht geben. Ob Hypnose der Erinnerung auf die Sprünge half?

»Ich habe gehört, dass du keinen Messbecher mehr brauchst, weil Mabel zurück ist. Und dass du dich mit ihr geeinigt hast.« Hier sprach sich wirklich alles schnell herum. »Das freut mich sehr.«

»Ja, mich auch.« Beide klappten den Mund wieder zu. Schweigen. Chris lächelte so liebenswürdig-distanziert, als würde er die Tagesschau moderieren. Nicht schon wieder, dachte Margarete unglücklich. Nicht schon wieder! Sie musste irgendetwas sagen, und zwar schnell. Ihr Blick wanderte über die Kuchentheke und blieb an den Eiern hängen. Es waren bestimmt hundert Stück.

»Das sind aber ... hübsche Eier. Sie sind ... so hübsch braun. Viel ... hübscher als weiße.« Ging's noch bekloppter?

»In der Tat. Sehr hübsch. Es sind auch sehr hübsche Hühner. Und das ist ein sehr hübscher Föhn. Und ein sehr hübsches Handtuch, wenn auch etwas sandig. Warst du am Strand?«

Machte sich Chris etwa über sie lustig? Er stand mit seinen Eierkartons vor ihr, als sei er festgenagelt. Wieso stellte er sie nicht ab? Wahrscheinlich brauchte er einen Schutzwall, um ganz sicherzugehen, dass sie sich nicht wieder an seinen Hals warf. Margarete wurde plötzlich wütend. Sie verspürte das absurde Bedürfnis, sich wie ein Kind im Kindergarten zu benehmen und Chris zu schubsen, sodass er die Eier fallen ließ, alle hundert, und es eine richtige, riesige Sauerei gab. Er würde sprachlos dastehen, in einem See aus Eigelb und Eiweiß und Eierschalen, und sie würde sich auf ihn stürzen und ihm das karierte Flanellhemd vom Leib reißen und seinen Oberkörper mit Küssen bedecken. Das hätte er dann von seiner Eiermauer! Sie ballte die Fäuste.

Was war bloß los mit ihr? So durchgeknallt kannte sie sich gar nicht. Das mussten die Wechseljahre sein. Margarete sah flehend zu Caroline hinüber, aber von der war derzeit keine Hilfe zu erwarten, sie eilte von Tisch zu Tisch, um zu kassieren und Bestellungen aufzunehmen. Caroline und Chris waren etwa gleich alt. Das war doch eine viel naheliegendere Kombi als Chris und Margarete!

»Ich ... also ich habe jetzt mehr Zeit.«

»Das ist doch schön«, nickte Chris ernst. »Das wirst du sicher genießen.«

»Du ... du könntest mir ja vielleicht mal was zeigen«, platzte es plötzlich aus ihr heraus. Hatte sie das wirklich gesagt? Hatte sie sich gerade schon wieder megapeinlich Chris an den Hals geschmissen? Und lief sie zur Abwechslung mal wieder rot an? »Vergiss es«, schob sie hastig hinterher. »Du hast natürlich keine Zeit, so als Farmer.« Sie nahm einen viel zu großen Schluck von ihrem Kaffee, verbrannte sich den Mund und musste husten. Wie lange würde er noch so dastehen, mit den Eiern in der Hand?

Er blickte sie nachdenklich an. »Du hast ... Milchschaum auf der Oberlippe«, murmelte er schließlich.

»Und, sieht es süß aus?«, fragte Margarete verzweifelt, weil ihr nichts Besseres einfiel. Es war jetzt sowieso alles egal.

Doch da geschah etwas Seltsames. Chris warf den Kopf in den Nacken und lachte schallend.

»Es sieht zum Anbeißen aus«, grinste er. »Und es ist eine hervorragende Idee, dass du mal etwas anderes zu Gesicht bekommst als Honeysuckle Cottage. Morgen ist Sonntag. Da nimmt sich selbst ein Farmer am Nachmittag ein paar Stunden frei. Warst du schon auf dem Meer?«

»Machst du Witze? Ich war noch nicht mal *am* Meer. Es geht wahrscheinlich schneller, wenn ich dir aufzähle, wo ich schon war: auf deiner Farm. Auf dem Parkplatz im Hafen. Im Pub. In Honeysuckle Cottage, sehr ausführlich. Und jetzt hier.« Ihr Handy piepste. »Und jetzt fragt Mabel bestimmt, wo ich bleibe, weil ich es gewagt habe, mich nicht für eine halbe Stunde abzumelden. Das ist alles.«

»Das ist nicht besonders viel. Glaub mir, Cornwall hat mehr zu bieten als Honeysuckle Cottage. Zum Beispiel *sea kayaking*.«

»Ich weiß nicht, was das ist, aber ich sollte dich lieber warnen. Wenn das irgendwie mit Sport zu tun hat, dann lassen wir es lieber bleiben. Ich bin ungefähr so sportlich wie eine Tüte Kartoffelchips. Was ich sehr gut kann, ist spazieren gehen. Und Scones essen. Und ich lerne gerade Tee trinken.«

»Das kannst du alles auch alleine. Wir treffen uns morgen Nachmittag um vier Uhr am Parkplatz im Hafen. In Ordnung? Bring einen Badeanzug mit. Das Handtuch hast du ja schon. Den Föhn kannst du dir sparen.«

Und damit stellte er endlich die Eier auf dem Tresen ab, kehrte auf dem Absatz um, dass seine Gummistiefel nur so quietschten, und ging ohne ein weiteres Wort aus dem Buchladen, wobei er Caroline zuwinkte.

»Wo warst du?« Mabel saß am Küchentisch, den Fuß hochgelegt, die Scones für den nächsten Tag waren offensichtlich im Ofen. Vor ihr lag eine Zeitung.

»Ich habe es gewagt, völlig unbeaufsichtigt und total spontan bei Caroline im Café vorbeizuschauen und eine Tasse ihres köstlichen Kaffees zu schnorren. Es tut mir leid, aber er schmeckt besser als deiner. Der selbst gebackene Keks war auch nicht schlecht.«

»Ich bin Engländerin. Ich trinke Tee. Ich habe nicht die geringste Ahnung, wie mein Kaffee schmeckt. Wann machst du die Zimmer?«

»Jetzt, großer Häuptling. Statt rumzumaulen, könntest du dich dafür bedanken, dass ich deinen Föhn und dein Handtuch zurückerobert habe.« Sie legte beides auf den Tisch.

»Ich hoffe, du warst diskret. Du musst dich ranhalten, die Gäste, die das Familienzimmer gebucht haben, kommen schon um zwei, nicht erst um vier.«

»Kein Problem. Dann putze ich dort zuerst. Das wird eine Weile dauern, nach Familie Saunders. Vorher muss ich dich noch was fragen.«

»Solange du meine inneren Zäune respektierst.«

»In deinem Zimmer steht eine elektrische Gitarre. Kannst du darauf spielen?«

»Geht dich das was an?«

»Achtung, innerer Zaun! Ich möchte beim *Port Piran Village Festival* auftreten.«

»Als deutscher Clown? Da werden sich die Kinder aber freuen.«

»Sehr witzig. Ich möchte singen. Aber nicht allein.«

»Du fragst mich, ob wir zusammen beim Festival auftreten? Ist das dein Ernst?« Mabel lachte sich sehr ausführlich kaputt.

Margarete wartete geduldig, bis sie fertig war, dann räusperte sie sich. »Okay. Kannst du mir sagen, was daran so komisch ist?«

»Was für eine Art Musik würdest du da machen wollen?«

»Ich dachte an so Singer-Songwriter-Sachen. Simon & Garfunkel, so in die Richtung.«

»Du meinst diesen kitschigen, melodiösen, kommerziellen Scheiß? Wo alle den Refrain mitsingen und Feuerzeuge schwenken wie in den Achtzigern? Mit viel Lailalai und Schubidu?«

»Ist Ed Sheeran etwa nicht kommerziell?«

»Und wie!«

»Und trotzdem schiebst du jeden Morgen zum Frühstück seine CD ein?«

»Für die Gäste. Ganz bestimmt nicht für mich! Ich hasse Ed Sheeran. Ich hasse Simon & Garfunkel und vermutlich alles, was du gerne hörst und gerne singen würdest.«

»Wir kommen also nicht zusammen? Schade.«

»Vielleicht doch.«

»Und wie?«

»*Ich* gebe die Musikrichtung vor.«

»Mabel, du bist der demokratischste, teamfähigste Mensch, den ich je getroffen habe. Es macht richtig Spaß, mit dir zusammen ein Projekt auf die Beine zu stellen.«

»Du hast die Wahl. Wir spielen das, was *ich* sage. Oder wir spielen gar nichts.«

»Und was ist das?«

Mabels Augen glänzten. Ihre Mundwinkel verzogen sich zu einem breiten Grinsen.

»Punk!«, rief sie triumphierend.

17. KAPITEL

Mabel

Bumm, bumm, bumm, badadumm, dumm, dumm ... Es geht ja zunächst nur darum, so eine Art Beat zu finden. Probier einfach mal ein bisschen rum, dann hören wir uns das Original noch mal an.«

Margret nahm die beiden Kochlöffel und haute damit versuchsweise auf die umgedrehte Rührschüssel.

»Der Rhythmus ist gut, aber das ist viel zu brav. Das muss aggressiver werden. Ich sing's dir noch mal vor. *God save the Queen* ...«

Margret haute jetzt kräftiger auf die Schüssel, und Mabel spielte versuchsweise ein paar Basstöne dazu.

»*Good afternoon.*«

John stand mit offenem Mund in der Tür des Frühstückszimmers.

»Hallo, John.«

Mabel nahm die rechte Hand von ihrem Bass. Margret ließ ihren Kochlöffel sinken.

»Ich störe hoffentlich nicht.«

»Aber nein!«, riefen Mabel und Margret wie aus einem Mund. Dann herrschte einen Moment Schweigen. Mabel fragte sich, wieso sie vergessen hatte, die Haustür abzuschließen, wo doch alle Gäste bei dem schönen Wetter ausgeflogen waren, und wie sie John möglichst höflich und schnell wieder hinauskomplimentieren konnte, ohne dass er allzu viele Fragen stellte.

»Wollt ihr ... vielleicht ein Tässchen Tee bei mir trinken? Es ist schließlich *tea time*. Und außerdem Sonntag. Ich habe auch schottisches *shortbread*.«

»Nein!«, riefen Mabel und Margret wieder unisono, und Mabel

hängte als gute Engländerin noch ein »… aber vielen Dank für das Angebot, vielleicht später!« hinten dran.

»Dann will ich euch nicht länger aufhalten.« John drehte sich sehr langsam um, um mit herabhängenden »Keiner-liebt-mich«-Schultern aus dem Raum zu schleichen.

»John! Warte! Sei nicht böse. Es ist gerade etwas … ungünstig. Wir üben.«

John drehte sich wieder um und blickte Mabel neugierig an.

»Ihr übt? Wofür?«

»Wir wollen beim Wettbewerb auftreten. Beim *Port Piran Village Festival.*«

»Ihr wollt *auftreten?* Damit? Du zupfst ein paar Töne, und Margret haut mit Kochlöffeln auf eine Plastikschüssel?«

»Wir haben ein ganz einfaches Schlagzeug für Maggie bestellt. Das dauert aber ein paar Tage, bis das geliefert wird. Bis dahin müssen wir improvisieren.«

»Was hast du da für eine Gitarre, Mabel?«

»Eine Bassgitarre.«

»Die spielt also mehr so das, was unten ist, oder?«

»Genau.«

»Ihr habt also niemanden, der das spielt, was oben ist?«

»Im Moment noch nicht. Das ist unsere allererste Probe, John. Du hast uns ziemlich kalt erwischt.«

»Ich spiele Gitarre.« Johns Augen glänzten.

»Akustische Gitarre, ja. Das hat mit dem, was wir hier machen, nichts zu tun.«

»Und was macht ihr?«

»Punk. Das ist sozusagen das Gegenteil von der britischen Militärmusik, die du so gerne hörst. Ich glaube nicht, dass das dein Musikgeschmack ist, John.«

»Woher weißt du das? Warum … lasst ihr mich nicht mitmachen?«

»John.« Mabel machte eine bedeutungsschwangere Pause. »Ist das nicht offensichtlich?«

»Nein.«

»Ich will dir nicht zu nahe treten. Du bist sechsundachtzig?«

»Das ist mir bekannt. Ich lade euch heute schon zu meinem siebenundachtzigsten Geburtstag ein. Der ist am 3. September, falls du es vergessen hast, und ich plane, ihn bei bester Gesundheit zu feiern. Und ja, Mabel, du darfst gerne etwas für mich backen. Vielleicht einen Apfelkuchen?«

»Willst du dir mit sechsundachtzig eine Gitarre umhängen und auf einer Bühne Punk grölen?«

»Wieso denn nicht? Die Queen ist bald hundert und immer noch berufstätig. Das ist alles eine Frage der Disziplin und des Wollens. Und Sir Michael Philip Jagger, besser bekannt als Mick Jagger, ist Ende siebzig und gibt noch immer Rockkonzerte, wenn man dem glauben darf, was in der *Sun* steht!«

»Schon, aber ...«

»Mabel. Bitte. Ich langweile mich so schrecklich! Und wieso bin ich immer für alles zu alt? Ich fühle mich nicht alt. Morgen fangen hier die Dreharbeiten für *Cornwall 1900* an, da hätte ich so gern mitgemacht, aber Richard will mich nicht als Statist, und in deiner Band darf ich nicht Gitarre spielen? Soll ich den ganzen Tag fernsehen und Kekse in mich hineinstopfen? Außerdem bist du einundsechzig und kannst im Augenblick nur mit Krücken laufen!«

Mabel seufzte. Sie würde es bereuen, das wusste sie schon jetzt, aber John sah so unglücklich aus, dass ihr Herz schmolz.

»Wie viele Gitarrengriffe kannst du?«

»Drei!«, rief John triumphierend.

»So rein theoretisch reicht das für Punk. Damals gab es dieses geflügelte Wort: ›Das ist ein Gitarrengriff, das ist ein anderer, das ist ein dritter. Jetzt gründe eine Band.‹ Aber kannst du die Griffe auch rasch wechseln?«

»Nun ja, mit meiner Arthrose geht natürlich alles nicht mehr so schnell wie früher. Aber ich habe ja Zeit zum Üben. Es ist nur ... ich weiß eigentlich nicht, was Punk ist«, gestand John.

»Ich ehrlich gesagt auch nicht«, sagte Margret. »Der einzige Punksong, an den ich mich erinnern kann, ist ›London Calling‹ von The Clash.« Sie summte ein paar Takte. »Ich hab ganz andere

Musik gehört. Die Beatles. Supertramp. Simon & Garfunkel. Und natürlich Abba.«

»Klar. Den ganzen kommerziellen Shit eben. Davon hatten wir's ja schon.« Mabel konnte die Verachtung in ihrer Stimme kaum unterdrücken. Pink Floyd, Genesis, Led Zeppelin. Wie hatte sie die alle gehasst!

»War Punk etwa nicht kommerziell?«, fragte Maggie.

»Ursprünglich nicht. Punk war Protest. Zumindest bei uns in Manchester. Wir *Manchester Kids* waren damals komplett perspektivlos. Meine Eltern waren arm, mein Vater hat gesoffen, und das Land steckte in einer fürchterlichen Wirtschaftskrise. Ich war ein Teenie und wusste, dass ich nicht die geringste Chance hatte, jemals einen Job zu finden, und dass es niemanden interessierte, ob ich am Leben war oder in der Gosse verreckte. Erst kam Bowie. Und dann kam der Punk. Vor allem die Sex Pistols. Alles, was ich gehasst habe, war in ihrer Musik und in diesem Konzert im Sommer 1976. Es war, als würden die Jungs meine Gefühle kennen und meine Gedanken lesen.«

»Bei uns in Deutschland gab's natürlich auch Punks. Aber die waren irgendwie Exoten, mit ihren Klamotten, Piercings und dem Irokesenschnitt. Wir anderen waren alternativ. Wir waren so etwas wie eine Art Spätfolge der 68er«, erklärte Maggie.

»Die 68er fielen bei uns aus, wir hatten stattdessen in den Siebzigern den Punk. Du hättest meinen Irokesenschnitt sehen sollen! Was bedeutet alternativ?«

»Wir Mädels trugen Indienkleider, die Jungs lange Haare und grüne Parkas, und alle protestierten gegen Atomkraft, den Konsum und den Krieg. Wir waren vor allem gegen die Amerikaner und ihre Raketenstationierungen. Die waren ganz in der Nähe von Stuttgart.«

»Wir waren gegen alles«, sagte Mabel. »Aber wir waren nicht wirklich politisch und haben nicht gekämpft. Weil wir glaubten, dass man die Welt, das ganze Establishment, die Gesellschaft, die Machtstrukturen sowieso nicht ändern kann.«

»Wir haben also zumindest eine Gemeinsamkeit. Wir waren

gegen etwas.« Margret lächelte versonnen. »Eigentlich schade, dass man nicht mehr gegen etwas ist.«

»Ich war nie gegen etwas. Ich war immer für das Britische Empire und die Queen!«, rief John und sprang mal wieder auf, um die Nationalhymne anzustimmen. ›*God save ...*‹«

»John! Hör auf!«, stöhnte Mabel. »Ich muss dir jetzt was Wichtiges sagen. Und danach wirst du vermutlich nicht mehr bei uns mitspielen wollen.«

»Wieso?«, fragte John und wirkte verwirrt.

»Weil wir ›God save the Queen‹ singen werden.«

»Aber das ist doch großartig!« John strahlte. »Ich wusste gar nicht, dass unsere Nationalhymne auch Punk ist! Da muss ich ja nicht mal Text lernen!«

»Nicht die Version, die du kennst.« Mabel ging zu ihrem alten Plattenspieler und setzte den Tonabnehmer sorgfältig auf die Platte. Das Frühstückszimmer wurde erst von harten Gitarrenriffs und dann von der Stimme von Johnny Rotten vollgedröhnt.

»Hör gut zu«, warnte Mabel. *God save the Queen, she's not a human being,* grölte Johnny Rotten.

»Die Queen ist kein menschliches Wesen? Jetzt erinnere ich mich!«, rief John aufgeregt. »Es gab einen Skandal. Da war diese schreckliche Band, und sie spielte diesen blasphemischen Song auf einem Boot auf der Themse. Beim silbernen Thronjubiläum der Queen. Fünfundzwanzig Jahre! Ausgerechnet! Am 7. Juli 1977. Es war eine entsetzliche Provokation. Ein Angriff auf die Werte der Monarchie!«

»Ich weiß. Das ist noch der harmlosere Teil des Songs«, seufzte Mabel. »Aber das war nun mal der größte Hit der *Pistols*.«

»Aber ... das kann ich nicht singen! Oder auch nur die Gitarre dazu spielen! Ich bin Royalist. Dieser Text ist ein einziger Verrat! Und du darfst ihn auch nicht singen, Mabel, hörst du!«

Mabel musste sich extrem zusammenreißen, um John nicht anzubrüllen. Er war ein alter Mann und stammte aus einer anderen Zeit.

»Es tut mir leid, John. Aber dieser Song ist nun mal *meine* Nationalhymne, und ich werde mich von dir nicht davon abhalten lassen, ihn zu singen. Ich bin nicht wie du behütet in einem Fischerdorf in Cornwall aufgewachsen, sondern in den Straßen von Manchester, und die waren dreckig, gewalttätig und voller Drogen. Niemand zwingt dich, beim Dorffestival mitzumachen und Texte zu singen, hinter denen du nicht stehst.«

»Maggie, sag du doch auch was!«, forderte John und lief erregt hin und her.

»Was soll ich als Deutsche schon dazu sagen? Ich hab's nicht so mit Königinnen. Aber überleg doch mal, John, das ist alles über vierzig Jahre her! Das ist doch mittlerweile Geschichte. Musikgeschichte! Das muss man aus der Zeit heraus sehen! Das Britische Empire ist schließlich auch Geschichte!«

»Wie bitte?«, rief John empört. »Das Empire lebt! Und es schlägt zurück! Ohne die EU werden wir mächtiger sein denn je!«

Mabel verdrehte die Augen. John und sein Empire-Mist! Genau das war es ja, wogegen sie damals protestiert hatten und wogegen sich »God save the Queen« richtete! Sie würden nie zusammenkommen. Sie holte tief Luft.

»John. Du weißt, dass ich dich sehr gernhabe. Aber politisch leben wir auf vollkommen unterschiedlichen Planeten. Ich glaube, es wäre besser, du hältst dich aus unserem Punkauftritt raus. Sonst reden wir am Ende kein Wort mehr miteinander! Wir wollen doch gute Nachbarn bleiben!«

»Ich habe dich auch sehr gern, Mabel.« John seufzte. »Auch wenn ich deine Ansichten nicht teile.«

»Dann lassen wir es also? Und bleiben Freunde.« Mabel war erleichtert, dass sie John los waren. Konnten sie jetzt endlich weiterüben?

»Natürlich bleiben wir Freunde. Von so ein paar gegensätzlichen politischen Ansichten lassen wir uns doch nicht drausbringen! Aber vielleicht stimmt es ja.«

»Was stimmt?«

»Dass die Queen kein menschliches Wesen ist.«

»Wie bitte?« Mabel schwante Fürchterliches.

»Jemand, der weit über neunzig noch immer seiner Nation dient, ist doch eigentlich kein Mensch. Eher eine Heilige. Von daher haben deine Pistolen vielleicht gar keinen so schlechten Text geschrieben.«

Mabel blieb die Spucke weg. Maggie legte ihr beruhigend die Hand auf den Arm.

»Das heißt, du kannst es doch mit deinem Gewissen vereinbaren, John?«, fragte sie freundlich. »Das würde uns sehr freuen. Nicht wahr, Mabel-Darling?«

Mabel klappte den Mund auf und wieder zu. »Äh ... ja, natürlich«, stotterte sie schließlich. Was sollte sie auch sonst sagen?

»Ich muss den Text ja nicht singen. Ich spiele ja nur Gitarre.«

»Ganz genau, John. Wie wäre es, du gehst nach Hause und übst schon einmal ein paar Gitarrengriffe? Wir sind noch nicht so weit, dass wir zu dritt proben können«, schlug Maggie vor. »Wenn wir uns alle ein bisschen sicherer fühlen, treffen wir uns wieder. Und bis dahin ist vielleicht auch mein Schlagzeug eingetroffen.«

»Mach ich. Vielleicht kommen wir sogar groß raus!«, rief John eifrig.

»Wir kommen bestimmt groß raus. Als die größte Lachnummer, die die Welt je gesehen hat«, entgegnete Mabel düster. »Ein Sechsundachtzigjähriger, der mit Müh und Not drei Gitarrengriffe hinbekommt und noch nie in seinem Leben etwas anderes gehört hat als ›Rule, Britannia‹ und Militärmärsche. Eine Deutsche, die am liebsten ›Sound of Silence‹ hauchen würde, und eine Einundsechzigjährige, die zwar mit Punk groß geworden ist, aber mittlerweile ein spießiges B&B führt und kaum noch laufen kann.«

»Wenn das Leben ein Film wäre, würden alle für uns stimmen, und wir kämen ganz groß raus.«

»Schmink dir das ganz schnell ab, John. Und außerdem, hast du *The Commitments* gesehen? Diesen Film, der in Dublin spielt? Die kommen gar nicht groß raus. Weil sie sich alle in die Haare kriegen. So wie wir eben.« Mabel hatte jetzt schon gar keine Lust mehr. »Punk hat jedenfalls einen großen Vorteil: Es gibt keinen künstlerischen Anspruch.«

»Das könnte damit kollidieren, dass das Publikum heutzutage durchaus einen künstlerischen Anspruch hat. Die Zeiten haben sich gewandelt. Meinst du wirklich, man kann sich noch vor ein Publikum stellen und Punksongs grölen?«, fragte Maggie. »Vielleicht wären wir mit Simon & Garfunkel doch auf der sicheren Seite?«

»Nein! Nein, wir singen nicht ›Bridge over troubled water‹! Und es ist mir egal, wenn wir am Ende null Punkte bekommen!« Die zwei kapierten wirklich gar nichts, dachte Mabel wütend. Und vor allem hatten sie nicht die geringste Ahnung, was Punk bedeutete. Was er *ihr* bedeutete!

»Ist ja gut, ist ja gut«, sagte Maggie und hob beschwichtigend die Hände.

Mabel dachte nach. »Ich hab noch 'ne andere Idee. Es gibt eine Pistols-Version von Sinatras ›My Way‹.«

»Das Lied kenn ich!«, rief John glücklich und fing inbrünstig an zu singen, ***And I did it my way.***

»Du darfst es nicht so schön singen!«, protestierte Mabel.

»Ich soll hässlich singen? Absichtlich? Wieso das denn?«

»Sonst ist es kein Punk! Am besten schaust du dir die Punkversion auf YouTube an.«

»YouTube? Was ist das?«

Mabel stöhnte. »Das ist ein Internetkanal. Mit vielen Musikvideos.«

»Du weißt genau, dass ich keinen Computer habe.«

»Aber ein Smartphone hast du. Da kannst du auch YouTube gucken.«

»Das musst du mir zeigen«, sagte John.

Mabel seufzte. »Ich glaube, wir haben noch einen sehr langen Weg vor uns.«

»Hallo, Mabel. Hallo, Maggie.«

Mabel stöhnte. Kaum war John zur Tür hinaus, tauchte der nächste ungebetene Gast auf. Was machte Chris hier? An einem Sonntag?

»Hast du unsere Verabredung vergessen, Maggie? Es ist Viertel nach vier.«

Verabredung. So weit waren die beiden schon? Sie hatte recht gehabt.

»Ich weiß«, murmelte Maggie, ohne Chris anzusehen. »Es tut mir leid, ich hätte dir Bescheid geben sollen. Ich kneife.« Sie war rot geworden. Es gab nicht den geringsten Zweifel: Sie war verknallt. Das war kein Problem, solange Chris nicht verknallt war.

»Du kneifst?«

»Ich habe gegoogelt, was *sea kayaking* ist.« Daher wehte der Wind. Die beiden wollten zusammen Kajak fahren? Wie romantisch.

»Du hast es mit Mrs Saunders aufgenommen. Du hast es mit dieser ganzen Pension aufgenommen. Du hast es sogar mit Mabel aufgenommen! Und da hast du Angst vor einem Kajak?«

»Ich habe nicht die geringste Angst vor einem Kajak. Solange ich nicht drin sitzen muss. Auf einem Fluss oder einem See, meinetwegen. Aber nicht auf dem Meer. Ich war vorhin kurz unten im Hafen, um die Lage zu checken. Da sind Wellen auf dem Meer. Große Wellen. Solche mit Schaumkronen. Und da soll ich drauf, in einem winzigen Kajak? Ich kann nicht Kajak fahren. Das Leben ist zu kurz, um früh zu sterben. Wenn du eine Fähre im Angebot hättest, würde ich drüber nachdenken.«

»Wir paddeln nicht hinaus aufs Meer. Wir halten uns an die Küstenlinie. Du bekommst einen Neoprenanzug, eine Schwimmweste und einen Helm. Mehr Sicherheit geht nicht.«

»Beruhigt mich das?«, murmelte Margret.

»Jedes Kleinkind in Cornwall macht *sea kayaking*«, stellte Mabel verächtlich klar. »Stell dich nicht so an.« Sie würde Maggie ermutigen, damit die sich so richtig ordentlich blamierte und Chris kapierte, dass sie nicht zu ihm passte. Janie war supersportlich gewesen. Und gertenschlank. Bei Maggie würde deutlich sichtbar das Fett schwabbeln. Ein Neoprenanzug verzieh rein gar nichts.

»Jedes Kleinkind in Kuba kann Salsa tanzen«, erklärte Maggie. »Das muss an den Genen liegen. Hier liegt den Kindern wahrscheinlich Kajakfahren in den Genen. Aber nicht mir. Ich komme aus Stuttgart. Da gibt's kein Meer, nur einen einbetonierten Fluss. Außerdem werde ich sehr schnell seekrank.«

»Ich habe noch nie gehört, dass jemand in einem Kajak seekrank wird«, antwortete Chris belustigt.

»Einmal ist immer das erste Mal.«

»Was macht ihr hier eigentlich?«, fragte Chris und deutete auf Mabels Bass.

»Eine öffentliche Probe«, antwortete Mabel sarkastisch.

»Wir üben für einen Auftritt beim *Port Piran Village Festival*«, erklärte Marget.

»Hübsche Idee. Holst du deinen Badeanzug, Maggie?«

»Nun geh schon«, drängte Mabel. »Die Sonne scheint. Bessere Bedingungen kriegst du nicht. Außerdem brauche ich wenigstens für ein paar Stündchen sturmfreie Bude. Morgen kommen die Filmleute, dann ist es erst mal vorbei mit der Ruhe.«

»Na schön«, seufzte Maggie. »Aber beklag dich ja nicht, wenn du mich retten musst, Chris, ich habe dich gewarnt. Und da wirst du was zu tun haben, ich bin nämlich kein Leichtgewicht.«

Das würde dir so passen, dachte Mabel. Kentern und sich dann romantisch das Leben retten lassen? Wobei Maggie nicht Janie war. Die hätte so etwas inszeniert. Maggie nicht. Die würde wirklich kentern.

»Räumst du das Schlagzeug auf, Mabel?«, bat Maggie und verschwand aus der Küche.

»Das Schlagzeug?«, fragte Chris und sah sich um. »Welches Schlagzeug?«

Mabel deutete auf die Rührschüssel. »Maggie spielt nur Blockflöte, aber das fanden wir für einen Auftritt ein bisschen unpassend. Wir haben im Internet ein ganz einfaches Schlagzeug bestellt, damit wir mehr Begleitinstrumente haben, aber es wird erst in ein paar Tagen geliefert.«

»Ihr wollt also wirklich auftreten?«

»Klar. Wir machen einen auf Singer-Songwriter. Simon & Garfunkel und so.«

»Das passt irgendwie gar nicht zu dir. Und braucht man für Singer-Songwriter ein Schlagzeug? Vor allem wenn man es nicht spielen kann? Ich dachte immer, du stehst auf Punk?«

»Schon. Aber das wird beim Festival wohl kaum jemand hören wollen. Und du, auf was stehst du? Oder, besser: auf wen?«

»Wie meinst du das?«

»Maggie, meine ich. Stehst du auf sie?«

»Und wie geht's dir so, Mabel? Was macht dein kranker Fuß?« Chris grinste.

»Ich dachte, wir kennen uns gut genug, dass ich dich das so direkt fragen kann.«

»Wir kennen uns gut, ja. Trotzdem bin ich auch nicht anders als andere Männer. Ich rede nicht gern über Gefühlskram.«

»Von Janie hast du mir immer viel erzählt.«

»Das ist was anderes. Du kennst Janie so lange wie ich. Ich bin froh, dass ich mit dir darüber reden kann, und der Streit ums Sorgerecht zerreißt mich, das weißt du.«

»Wann siehst du die Kinder das nächste Mal?«

»Ich möchte sie in den Sommerferien für zwei Wochen auf die Farm holen. Ich brauche aber eine zuverlässige Person, die mir die Arbeit auf der Farm abnimmt, damit ich auch Zeit für die Kinder habe. So jemanden zu finden ist nicht einfach. Ich brauche eine Vertretung, die ohne mich klarkommt. Allein die Kinder aus Dublin zu holen und sie wieder zurückzubringen kostet mich jeweils einen ganzen Tag.«

Nun waren sie vom Thema abgekommen, und gleich würde Maggie wieder auftauchen. Mabel räusperte sich.

»Es geht mich nichts an. Aber ich habe den Eindruck, wie die meisten Touristen hat Margret so eine verklärte romantische Vorstellung von Cornwall, die nichts mit der Realität zu tun hat. Du bist ein Teil davon. In vier Wochen verschwindet sie wieder, und du wirst nie mehr von ihr hören. Es täte mir leid, wenn du schon wieder verletzt würdest.«

»Mabel, weißt du was? Du hast recht. Es geht dich nichts an. Trotzdem, ich weiß deine Sorge um mich zu schätzen.«

Maggie kam die Treppe heruntergepoltert. Sie hatte ihre Reisetasche in der Hand.

»Ist das nicht die Tasche, die du im Auto hattest?«, fragte Chris belustigt. »Wir verreisen nicht.«

»Ich habe gar nicht so viele Klamotten dabei, weil ich ja nur ein paar Tage hierbleiben wollte, aber ich habe jetzt einfach mal alles eingepackt, was warm und trocken ist, weil ich später sicher ausgekühlt und nass bin.«

»Na, wenn es dich beruhigt«, meinte Chris und grinste. War er nun verknallt oder nicht? Mabel war kein bisschen schlauer als vorher.

18. KAPITEL

Margarete

Ach, du liebe Güte, dachte Margarete und klappte Mabels Laptop zu. Ihr dröhnte der Kopf. Worauf hatte sie sich da nur eingelassen? Sie waren schrecklich früh aufgestanden, weil das Filmteam um acht mit den Dreharbeiten beginnen wollte. Und dann hatte Sally um kurz nach acht angerufen, dass sich alles verschoben hätte und sie erst am nächsten Tag kommen würden. Mabel war stinksauer gewesen, aber jetzt ließ es sich sowieso nicht mehr ändern. Plötzlich hatten sie viel Zeit, und nachdem sie die Zimmer fertig hatte, hatte Margarete Mabel gebeten, ihr ein paar bekannte britische Punkbands zu nennen. Mabel hatte gesagt, sie hatte noch nicht endgültig entschieden, welche Songs sie beim *Port Piran Village Festival* singen würden, aber sie könnte sich ja mal testhalber ein paar Sachen anhören. In Sekundenschnelle hatte sie ihr die Namen von ein paar Bands auf einen Zettel gekritzelt. Die meisten Namen hatte Margarete noch nie gehört. Klar kannte sie die Sex Pistols und The Clash, aber Buzzcocks, The Jam, The Damned, The Slits, The Undertones oder Joy Division? Es gab unzählige britische Bands und Musiker, mit denen Margarete groß geworden war, aber diese Bands gehörten bestimmt nicht dazu. Die Beatles, Barclay James Harvest, die Bangles, The Police und Simply Red hatten sie durch ihre Jugend begleitet, und sie liebte Elton John, James Blunt oder Adele. Sie alle hatten Musikgeschichte geschrieben. Und sie alle gehörten in die kommerzielle Musikecke, die Mabel verachtete.

Mittlerweile hatte Margarete längst kapiert, dass auch die Ed-Sheeran-CD, die Mabel beim Frühstück einlegte und die Margarete so gut gefiel, lediglich ein Ausdruck der Verachtung für den schlechten Musikgeschmack ihrer Gäste war. Aber was war so schlimm an eingängigen Melodien und guten Texten, und an Musikern, die eine tolle Stimme hatten? Punk war nichts von alldem, so viel hatte Margarete begriffen, nachdem sie den frühen Nachmittag damit verbracht hatte, sich auf YouTube Livemitschnitte der Bands anzusehen, die Mabel ihr genannt hatte. Sie hatte nicht übertrieben, als sie zu Mabel gesagt hatte, dass sie eigentlich nicht so richtig wusste, was Punk war. Vielleicht hätte sie sich erst mal ein bisschen informieren sollen, ehe sie auf Mabels bescheuerten Vorschlag einging, beim Dorffestival als Punkband aufzutreten. Dann hätte sie nämlich ziemlich schnell kapiert, dass ihre gut gemeinte Hilfsaktion Mabel womöglich moralisch wieder aufrichten würde, sie sich dabei aber bis auf die Knochen blamieren würden. Die Musik war schlicht eine Vollkatastrophe. Und Margarete war mitschuldig daran, dass sich der über achtzigjährige John auf der Bühne zum Gespött machen würde! Dabei hatte sie ihm etwas Gutes tun wollen. Zu spät, Margarete, dachte sie düster. Mitgefangen, mitgehangen.

In den Videos sprangen sehr junge, sehr dünne Menschen, überwiegend Männer bis auf die Frauenpunkband The Slits, mit so unbändiger Energie über die Bühne, dass Margarete schon beim Zuschauen erschöpft wurde. Die Musik war kein bisschen melodiös. Die Songs, wenn man sie überhaupt als solche bezeichnen konnte, wurden mehr gebrüllt als gesungen und taten Margarete in den Ohren weh. Von den Texten verstand sie kein Wort. Vermutlich war es besser so. Die Sänger malträtierten ihre Gitarren und schleuderten die Mikrofonständer über die Bühne. Das Schlagzeug, auch das war Margarete mittlerweile klar geworden, war vor allem etwas, auf das man mit voller Wucht eindreschen und dabei so viel Krach wie nur möglich produzieren konnte. Es war sicher eine gute Idee, ab sofort ein wenig Hanteltraining in den Tag einzubauen, zumal sie Muskelkater vom Kajakfahren hatte. Das Publikum wogte wie eine einzige wütende Welle vor der Bühne, ekstatisch und entrückt und vermutlich komplett zugedröhnt. Es war wild, aggressiv und brutal. Es war einfach grauenhaft, und je mehr Videos Margarete anschaute, desto nervöser wurde sie. Schluss damit. Sie brauchte dringend frische Luft. Außerdem musste sie über den seltsamen Kajakausflug mit Chris nachdenken.

Eine Dreiviertelstunde später kam sie von ihrem Spaziergang auf dem *Coast Path* zurück. Sie fühlte sich schon viel besser. Mabel balancierte vor der Tür von Honeysuckle Cottage auf ihren Krücken. Sie verdrehte seltsam die Augen und wackelte gleichzeitig mit dem Kopf.

»Geht's dir nicht gut?«, fragte Margarete. »Hat dich die komische Familie aus Oxford geärgert?«

»Äh ... nein«, antwortete Mabel. »Ich wollte dich vorwarnen. Du hast Besuch. Er ließ sich leider nicht abwimmeln.«

»Besuch? Ich habe Besuch? Aber es weiß doch keiner, dass ich hier bin, und kennen tut mich auch niemand!«

Hinter Mabel ging die Haustür auf.

»Hallo, Häschen«, sagte Roland.

Margarete machte auf dem Absatz kehrt und lief den Berg hinunter.

»Margarete! Ich muss mit dir reden!«

»Ich aber nicht mit dir!« Sie war stinksauer. Sie war hundertprozentig sicher gewesen, dass Roland die Suche nach ihr längst aufgegeben, zumindest aber Port Piran abgehakt hatte. Gleichzeitig regte sich ihr schlechtes Gewissen. Sie hatte immerhin sein Auto geklaut. Und offensichtlich war er seit Tagen ohne unterwegs.

»Margarete!« Roland hatte sie jetzt eingeholt und lief auf dem schmalen Weg hinter ihr her. Margarete drehte sich so abrupt um, dass Roland in sie hineinstolperte. Sie schubste ihn von sich weg. Wie konnte man im Urlaub nur freiwillig Anzug und feine Slipper tragen? Heute war beides himmelblau, kombiniert mit einem albernen Strohhut, der schief und schlapp auf seinem Kopf hing.

»Wie hast du mich gefunden?«

Die kleine Episode im Pub würde sie verschweigen.

»Ich habe dich gesucht. Ziemlich lange sogar. Dann habe ich deine Mutter gefragt, wo du bist, und mir ein Taxi hierher genommen.«

Margarete stöhnte verzweifelt auf. »Meine Mutter? Aber du kennst sie nicht einmal!«

»Nicht persönlich, aber das werden wir bald ändern. Reizende Frau. Sie hat mich zu Kaffee und Kuchen eingeladen. Ich habe gesagt, wir kommen zu Besuch, sobald wir zurück in Stuttgart sind. Vielleicht schon nächste Woche?«

»Wir kommen, was soll das heißen, *wir kommen?* Außerdem hattest du nicht einmal ihre Telefonnummer!«

»Deine Mutter gehört zu den selten gewordenen vernünftigen Menschen, die mit vollständigem Namen und Adresse im Internet im Telefonbuch gelistet sind. Sie scheint mir überhaupt eine sehr vernünftige Person zu sein. Sie hat mir bestätigt, was ich sowieso schon wusste, dass es nämlich nicht immer ganz einfach ist mir dir, Margarete, und sie kann es kaum erwarten, mich kennenzulernen.«

»Ich heiße nicht mehr Margarete. Ich bin jetzt Maggie!« Nach diesem Statement drehte sie sich wieder um und marschierte energisch hügelabwärts. Roland galoppierte hinterher.

»Sei nicht albern. Findest du nicht, dass du mir eine Erklärung schuldest? Du bist mit meinem Audole und meinem Geld abgehauen. Ich konnte nicht mal das Frühstück bezahlen! Das war ausgesprochen erniedrigend! Und ich versuche seit Tagen, dich zu finden!«

»Bist du deshalb hierhergekommen? Um mir Vorwürfe zu machen?«

»Du hast mich beinahe umgebracht!«

»Ich konnte doch nicht ahnen, dass du dich mitten in der Nacht vor dein Auto wirfst!«

Wie wurde sie den Kerl nur schleunigst wieder los?

»Genau. Mein Auto! Ich bin in einen Busch gefallen, als du mich umnieten wolltest. Weißt du, was das für ein Busch war?

Stechpalme. Dieses extrem stachelige Zeugs, das die Engländer als Weihnachtsschmuck verwenden.«

»Wieso bist du überhaupt aufgewacht? Die ganze Zeit schläfst du wie ein Toter ...«

»Ich habe das Audole gehört.«

»Du hast das Auto gehört?« Margarete war fassungslos.

»Ich kann sogar aus fünf Kilometern Entfernung hören, wenn jemand den Motor anlässt. Das liegt an der besonderen Beziehung, die wir zueinander haben, das Audole und ich. Sind die Verletzungen schwer?«

»Von wem jetzt?«

»Vom Audole natürlich! Du bist gegen eine gigantische Mülltonne gefahren! Und das mit einem wertvollen Oldtimer!«

»Kommt drauf an.«

»Kann ich es sehen?«

»Wenn du mir versprichst, abzureisen, darfst du es in der Reha besuchen.« Sie drehte sich wieder um, zog Roland den Schlapphut über die panisch aufgerissenen Augen und lief weiter den Berg hinunter.

»Du hast nicht nur das Audole geklaut. Auch mein Bargeld«, rief Roland hinter ihr her.

»Ich hab dir einen Schein dagelassen. Es waren also mindestens fünf Pfund.«

»Es waren genau fünf Pfund! Weißt du, wie weit man in Cornwall mit fünf Pfund kommt?«

»Tut mir leid. Es hätten ja auch fünfzig Pfund sein können. Ich hab's nicht gesehen, in dem dunklen Zimmer.«

»Ich könnte dich wegen Diebstahls und versuchten Mordes anzeigen!«

»Und ich wegen Psychoterror. Deine Schnarcherei ...«

»Du bist die erste Frau, die sich darüber beklagt. Alle anderen fanden es süß und sexy!«

»Wie viele?«

Sie waren jetzt auf der Port Street angekommen und standen sich mitten auf der Straße gegenüber wie zwei Kampfhähne. Ein paar Wanderer mit Eiswaffeln in der Hand kamen auf sie zugeschlendert, warfen sich beunruhigte Blicke zu und machten dann einen großen Bogen um sie.

»Wie viele was?«

»Wie viele vor mir fanden es süß und sexy? Ich dachte, du hast deine Jugendliebe geheiratet?«

»Bettina! Genau! Und die fand es total süß und sexy!«

»Bis sie die Scheidung eingereicht hat. Gab es sonst noch jemand? Außer Bettina und mir?«

»Natürlich! Zwischen Bettina und dir hatte ich unzählige Dates! Ich war zwei Jahre bei ›Dream partners forever‹. Als ob du das nicht wüsstest. Schließlich haben wir uns darüber kennengelernt!«

»Und mit wie vielen von denen hattest du Sex, bevor wir uns verabredet haben? Gefolgt von einer Nacht mit Quietschen, Fiepsen, Röcheln und falschem Singen?«

»Margarete! Ich bitte dich! Natürlich mit keiner! Ich bin doch nicht so ein Don Juan, der mit jeder Frau gleich ins Bett steigt! Mir geht es um die inneren Werte! Auch wenn ihr Frauen immer denkt, es ginge uns Männern nur ums Äußere. Sonst hätte ich mich doch auch gar nicht in dich verliebt!«

»Noch mal im Klartext. Du bist dreiundfünfzig, und ich bin die zweite Sexpartnerin in deinem Leben?«

»Das klingt ja beinahe vorwurfsvoll! Wäre dir ein Don Juan lieber, der schon hundert Frauen vor dir hatte? Ich sage, je gebrauchter, desto abgenutzter, desto weniger wert! Das sind dann die Sachen, die bei eBay verschenkt werden! Margarete. Ich bin der Mann deines Lebens. Deines zweiten Lebens! Begreifst du das nicht? So was wie mich findest du nicht mehr so schnell. In deinem Alter!«

Maggie klappte sprachlos den Mund auf, dann klappte sie ihn wieder zu und stöhnte laut. Am liebsten hätte sie Roland auf der Stelle zum Teufel gejagt. Leider stand sie gerade auf der einzigen Straße von Port Piran, und man brauchte keine Sprachkenntnisse, um zu kapieren, dass sie sich ziemlich heftig stritten, und man brauchte auch kein Deutsch zu können, um das Wort »Sex« zu verstehen. Sie packte Roland an seinem himmelblauen Ärmel und zog ihn hinter sich her.

»Du und ich«, sagte sie sehr bestimmt, »wir trinken jetzt ein Tässchen Tee zusammen. Und dann hole ich deinen Schlüssel, und du verschwindest mit deinem Audole.«

Roland ließ sich ohne Protest mitziehen. Maggie drückte die Tür zur Buchhandlung auf. Caroline räumte gerade Bücher ins Regal, eine Frau mit einem Tagesrucksack sah Postkarten durch. Privatsphäre würde es auch hier keine geben, aber es war immer noch besser, als auf der Straße mit einem Mann im himmelblauen Anzug zu streiten, und das ganze Dorf hörte und sah zu.

»Hallo, Maggie. Schön, dich zu sehen! Wie geht's Mabel? Hast du Besuch mitgebracht?«

»Mabel geht's jeden Tag ein bisschen besser. Das ist Roland. Mein ... mein Cousin. Er macht zufällig Urlaub in der Nähe und hat spontan beschlossen, vorbeizuschauen. Machst du uns einen Kaffee?«

»Gern. Was Leckeres dazu? Ich habe *Bakewell Tart* und *Victoria Sponge Cake*.« Caroline deutete auf die Kuchen in der Vitrine am Tresen. »Und in der Küche steht *Rhubarb Crumble,* frisch aus dem Ofen. Er ist noch warm.«

»Nein, danke, wir wollen nur Kaffee. Ich habe ein riesiges Frühstück verdrückt, um Rührei mit Lachs zu üben.«

»Ich weiß zwar nicht, was das ist, aber ich finde, *Rhubarb Crumble* klingt großartig«, mischte sich Roland eifrig ein und strahlte Caroline an.

»Eine Kugel Eis dazu? Oder Vanillesoße?«

»Hmm. Schwierige Entscheidung. Wie wär's mit beidem?«, antwortete Roland.

»Gut, dann einmal *Rhubarb Crumble* für deinen Cousin«, grinste Caroline, ließ die unausgepackten Bücher liegen und verschwand hinter dem Tresen in der kleinen Küche.

Margarete wählte den Tisch, der am weitesten von der Tür weg war. Nicht dass es einen großen Unterschied machte, da alle Tische am Fenster standen und sie jeder von der Straße aus sehen konnte. Roland zog umständlich sein Jacket aus. Darunter trug er ein makellos gebügeltes Hemd, ebenfalls in Himmelblau. Maggie hätte beinahe laut aufgelacht. Gleichzeitig musste sie widerstrebend zugeben, dass sie Roland immer noch attraktiv fand. Sein Gesicht war sonnengebräunt. Er war doch nicht etwa an der frischen Luft gewesen?

»Warum grinst du?«, fragte Roland irritiert.

»Dein Outfit. Es passt so überhaupt nicht hierher. Niemand trägt Anzug in Port Piran. Oder Slipper. Hier trägt man Strickpullis und dazu Arbeitsschuhe oder Gummistiefel.«

»Du scheinst dich ja schon ziemlich gut hier auszukennen.«

Die Frau, die die Postkarten durchgeschaut hatte, kam an ihren Tisch.

»Entschuldigen Sie die Störung. Könnten Sie der Besitzerin des Ladens sagen, ich habe ihr das Geld für drei Postkarten auf den Tresen gelegt?«, bat sie.

»Aber natürlich«, antwortete Maggie unbekümmert.

»Danke.« Die Frau schlenderte zur Tür hinaus.

»Du scheinst dich nicht nur gut auszukennen, du wirkst fast so, als seiest du hier zu Hause«, bemerkte Roland und schien verwundert.

»Das hast du richtig erkannt, Roland. Und genau deshalb fühle ich mich von dir gestört. Also. Warum bist du hier? Wegen deinem Auto? Deinem Geld? Ich zahle es dir zurück. Aber es wird noch eine Weile dauern. Wenn du willst, gebe ich es dir schriftlich. Es waren achthundertvierzig englische Pfund. Ach ja, ein Zwanzigeuroschein war noch dabei.«

»Es geht mir nicht um mein Geld!«

»Um was dann?«

»Es geht mir – um dich!« Roland sah Margarete jetzt so flehend an, als sei er nach drei Tagen ohne Wasser in der Wüste auf eine umzäunte Oase gestoßen, und Margarete hielte den Schlüssel zum Tor in der Hand.

»Das bildest du dir ein. Außerdem, tut mir leid, es dir so hart sagen zu müssen, aber du hast die Probezeit nicht bestanden.«

»Margarete! Ich gehöre nicht zu den Menschen, die sich etwas einbilden, ich bin schließlich Professor für Astrophysik. Ich habe bisher damit hinter dem Berg gehalten, weil ich bescheiden bin und nicht wollte, dass du dich in den herausragenden Wissenschaftler verliebst, sondern in den Menschen dahinter, aber ich wurde schon mehrmals für den Nobelpreis gehandelt!«

Maggie fragte sich, ob sie jetzt Beifall klatschen sollte.

»Ich bin so was wie der deutsche Stephen Hawking, nur ohne Krankheit!«

»Außer Selbstüberschätzung. Wenn du mich wirklich lieben würdest, wärst du doch nicht hier angekommen und hättest mir als Erstes Vorwürfe gemacht!«

»Immerhin hast du mein Audole geklaut. Und du weißt, wie viel es mir bedeutet. Aber darüber werde ich jetzt hinwegsehen.«

»Sehr großzügig. Du solltest dein Auto heiraten.«

»Margarete. Häschen! Du stehst unserem Glück im Weg! Du stehst dir selber im Weg!«

»Ähem!« Caroline räusperte sich sehr laut, als sie mit einem Tablett aus der Küche kam. Sie stellte eine große Cafetière, ein Kännchen warme Milch, zwei Tassen und einen Teller mit einem riesigen Stück Rhabarber-Crumble samt Eis und Vanillesoße auf dem Tisch ab.

»Das sieht ja köstlich aus!«, rief Roland und klatschte in die Hände. »Haben Sie das etwa selbst gebacken?«

Caroline nickte. »Bevor ich Buchhändlerin wurde, habe ich Konditorin gelernt.«

»Unglaublich! Dass Sie so etwas können! Kuchen und Bücher! Was für eine Kombination! Ich bin Wissenschaftler, wissen Sie. Ich hab's nicht so mit Handarbeit.«

Maggie warf Roland warnende Blicke zu. Die Engländer mochten es schließlich überhaupt nicht, wenn Fremde sie mit Privatkram zutexteten, aber Roland ließ sich nicht bremsen.

»Und übrigens ... nur dass es keine Missverständnisse gibt. In so einem kleinen Dorf spricht sich sicher alles schnell herum. Ich bin gar nicht Maggies Cousin. Ich bin ihr Verlobter.«

»Roland! Halt gefälligst die Klappe!« Der Kerl war unmöglich. Jetzt setzte er auch noch Gerüchte in die Welt! Eigentlich war es ja egal, aber sie wollte auf keinen Fall, dass so etwas Chris zu Ohren kam!

Caroline lächelte liebenswürdig. »Ehrlich gesagt geht es mich überhaupt nichts an, wie Sie zu Maggie stehen. Lassen Sie es sich schmecken.« Sie verschwand wieder.

»Roland. Warum behauptest du so was? Wir sind nicht verlobt!«

»Noch nicht, Häschen. Aber glaub mir, ich kann warten. Außerdem hast du vergessen, der Frau von der Buchhandlung das mit den Postkarten auszurichten. Ist das nicht ein wenig nachlässig?«

Maggie schüttelte verzweifelt den Kopf. Es gab nur eines, sie musste Roland loswerden, so schnell wie möglich, sonst würde er noch alles kaputt machen.

»Hast du einen Stift?« Sie nahm eine nicht mehr ganz saubere Serviette, die auf dem Tisch liegen geblieben war. Roland reichte ihr einen Kugelschreiber, auf dem seine Initialen eingraviert waren. Maggie malte eine große 840 auf die Serviette und das Pfundzeichen dahinter. Dann schrieb sie eine 20 und ein Eurozeichen, kritzelte das Datum darunter und unterschrieb.

»Hier. Kannst du jetzt bitte gehen?«

»Ich will nicht gehen. Ich liebe dich! Und hier ist mein Beweis! Sie da, die Frau vom Buchladen, können Sie bitte mal kurz kommen?«

»Roland!«, stöhnte Maggie. »Halt Caroline da raus!«

Caroline tauchte hinter dem Tresen auf.

»Ich brauche eine Zeugin! Eine Zeugin dafür, dass ich Maggie ihre Schulden erlasse!« Roland nahm theatralisch die Serviette, hob sie hoch und zerriss sie. »Haben Sie das gesehen?«, rief er und wedelte mit den Serviettenteilen in Carolines Richtung.

»Ich habe es gesehen, ja«, gab Caroline zurück, und Maggie konnte ihr genau ansehen, wie peinlich es ihr war. Caroline warf Maggie einen mitfühlend-belustigten Blick zu, drehte auf dem

Absatz um, verschwand in der Küche und zog sehr bestimmt die Schiebetür hinter sich zu.

»Geht's noch, Roland?«, zischte Maggie. »Wir sind hier in England. Da ist so was noch peinlicher als in Deutschland! Hier machen die Leute Privatkram unter sich aus!«

»Krieg und Liebe, du weißt schon, da ist alles erlaubt. Du wirst schon noch draufkommen, dass du mich auch liebst. Du willst es dir nur nicht eingestehen. Je älter man wird, desto weniger glaubt man an die Liebe. Aber ich werde es dir schon noch beibringen.«

»Roland. Ich liebe dich nicht, und ich werde erst einmal hierbleiben! Auf jeden Fall die nächsten vier Wochen!«

»Dann bleibe ich eben auch so lange hier, bis du deine Meinung änderst. Köstlich, dieser Krambel.« Roland stopfte sich das letzte Stück **Rhubarb Crumble** in den Mund, seufzte zufrieden, tupfte sich den Mund ab und schob den Teller zurück.

»Was ist mit deinen Studenten?«

»Die kommen auch eine Weile ohne mich aus. Ich habe meine Assistentin informiert, sie soll bis auf Weiteres meine Vorlesungen übernehmen. Sie wittert die Chance ihres Lebens, sich zu profilieren. Ich habe also überhaupt keine Eile.«

»Du verschwendest deine Zeit!«

»Ich gebe dir Zeit. Ich kann warten.«

»Dann warte gefälligst in Stuttgart!«

»Zu spät. Ich habe mich eingemietet.«

»Hier im Ort? Das ist nicht dein Ernst! Es ist alles ausgebucht!«

»Ist es nicht. In Honeysuckle Cottage war ein Zimmer frei.«

19. KAPITEL

Mabel

Bei den Frühstücksvorbereitungen hatte Maggie fast keinen Ton gesagt, außer: »Ich nehme die Erdbeeren und die Bananen für den Obstsalat.« Sie war noch immer stinksauer. Seit gestern Nachmittag war sie stinksauer! Mabel fand das ziemlich übertrieben. Woher hätte sie schließlich wissen sollen, dass dieser Paradiesvogel im himmelblauen Anzug, der aussah, als sei er auf seiner Zeitreise aus dem Miami der Achtzigerjahre zufällig in Port Piran abgestürzt, Maggies Ex-Lover war? Ihr Kurzlover, wie sie betonte. Und dass es *sein* Auto war, das sie bei Chris untergestellt hatte, was der Typ aber nicht wissen durfte, weil sie das als Druckmittel benutzte, um ihn loszuwerden? Schließlich hatte Maggie ihn mit keinem Wort erwähnt. Sie hatte die ganze Vorgeschichte mit keinem Wort erwähnt! Und dass er im Pub nach ihr gesucht hatte, hatte ihr auch niemand erzählt. Mit ihr redete ja keiner. Maggie war mit Mr George abgerauscht, und dann war sie zurückgekommen und hatte Mabel die Hölle heißgemacht.

»Ich hätte ihm doch niemals das Zimmer vermietet, wenn du mich vorgewarnt hättest!«

»Da gab es nichts vorzuwarnen. Ich dachte, ich wäre ihn endgültig los.«

Maggie war vor allem deshalb sauer, weil Mabel widerstrebend hatte zugeben müssen, dass Mr George gefragt hatte, ob sie zufällig eine Margarete aus Deutschland kannte, bevor sie ihm das Zimmer vermietete. Mabel hatte einen Moment mit der Antwort gezögert und überlegt, ob sie Margret kurz auf ihrem Spaziergang anrufen sollte. Es war nur so, dass sie just fünf Minuten vor Mr Georges Auftauchen eine Absage für das Einzelzimmer »Violet« bekommen hatte, also das teurere Zimmer mit Meerblick, und zwar von einem Amerikaner, der auf seiner Europatour in Heidelberg von einer Studentin auf einem Fahrrad umgenietet worden war und nun mit Knochenbrüchen dort in der Uniklinik lag. Er hatte eine ganze Woche in Honeysuckle Cottage bleiben wollen.

Wenn der Gast unverschuldet nicht kommen konnte, war Mabel in der Regel ziemlich großzügig und erstattete die Hälfte der Kosten, doch der Amerikaner hatte ihr gesagt, seine Reiseversicherung würde komplett für alles aufkommen. Mabel war also aus dem Schneider, eigentlich, und sie hatte sich gerade überlegt, ob sie Maggie das Zimmer überlassen sollte, damit sie wenigstens für eine Woche in den Genuss von Meerblick und eigenem Bad kam, anstatt im Gemeinschaftsraum auf dem Sofa zu schlafen und das Bad mit ihr zu teilen – da war dieser schräge Vogel aufgetaucht. Nach kurzem Zögern hatte sie zugegeben, dass Maggie nicht nur bei ihr arbeitete, sondern sogar in Honeysuckle Cottage wohnte, und da hatte der Typ ihr Cash für eine ganze Woche hingestreckt. Es war einfach zu viel verlangt, das Zimmer in der Beinahe-Hauptsaison leer stehen zu lassen, und schließlich bezahlte sie Maggie dafür, dass sie die Zimmer machte. Natürlich hatte sie ihr nicht gesagt, dass sie nun doppelt an »Violet« verdiente. Das hätte nur zu unnötigen Spannungen geführt.

Die gab es nun auch so. Margret hatte sich furchtbar aufgeregt.

»Ich wollte Roland loswerden. Jetzt hat er mich nicht nur gefunden, er wohnt auch noch hier! Er wird jede Gelegenheit nutzen, um mich mit dieser irren Idee zu belästigen, dass wir füreinander bestimmt sind. Und außerdem muss ich auch noch für ihn Frühstück machen und sein Zimmer aufräumen! Weißt du, wie pingelig der Kerl ist? Das ist einfach nur demütigend!«

»Wenn du mir von ihm erzählt hättest, wäre das alles nicht passiert«, verteidigte sich Mabel.

»Ich sage nur: innere Zäune!«, antwortete Maggie schroff. »Ich hatte keine Lust, über ihn zu reden.«

Mabel war nicht doof. Natürlich hatte sie vermutet, dass Mr George hinter Maggie her war. Natürlich war das mit ein Grund gewesen, warum sie ihm das Zimmer vermietet hatte! Ein Konkurrent würde die ganze Geschichte mit Chris nämlich kräftig aufmischen. Wobei sie nicht wusste, ob es eine Geschichte gab; Maggie hatte sich nach ihrem Sonntagsausflug extrem wortkarg gezeigt und nur gesagt, dass das mit dem Kajak viel leichter gewesen war als gedacht. Mabel hatte daraufhin beiläufig erwähnt, dass Chris mit Janie immer zum Kajakfahren gegangen war. Nicht dass Maggie auf die Idee kam, Chris habe sich für sie etwas Exklusiv-Romantisches ausgedacht. Und dann war gestern dieser Typ aufgetaucht, ausgerechnet in der halben Stunde, als Maggie auf ihrem Spaziergang gewesen war.

Mabel hatte beschlossen, einen etwas versöhnlicheren Ton anzuschlagen.

»Ich hatte mich gewundert. Dass du so einfach vier Wochen verschwinden kannst aus deinem Stuttgart. Dass es da keine Familie gibt. Keinen Mann. Keinen Kerl. Dass du hier bei Nacht und Nebel aufgekreuzt bist.«

Maggie seufzte. »Lange Geschichte.«

»Du könntest sie mir jetzt erzählen«, schlug Mabel vor. »Falls es deine inneren Zäune erlauben.« Wenn sie mehr über Maggies Liebesleben wusste, würde ihr das helfen, die Geschichte mit Chris besser einzuordnen. Und besser zu boykottieren.

»Okay, Schnelldurchlauf. Ich wollte immer Kinder. Hat nicht geklappt. Beziehungen, mal länger, mal kürzer. Die große romantische Liebe? Fehlanzeige. Zwischen Mitte vierzig und fünfzig war ich Single, hab viel gearbeitet und niemanden kennengelernt. Dann haben die mich rausgeschmissen, und weil ich plötzlich sehr viel Zeit hatte, habe ich mich auf dieser Internetplattform angemeldet. So geriet ich an Roland. Ich hielt ihn für den Sechser im Lotto. Bis wir nach Cornwall fuhren und er sich als Niete entpuppte. Jetzt mag ich nicht mehr. Ich weiß nicht, wie das in England ist, aber in Deutschland ist es ziemlich beschissen, wenn du in meinem Alter einen Mann suchst. Ich hab's abgehakt. Frau kann auch ohne Mann glücklich sein. Je älter ich werde, desto anstrengender finde ich das alles. Du machst dir Hoffnungen, bloß um dann wieder eine Enttäuschung zu erleben. Und es wird immer schwieriger, sich auf jemanden einzulassen. Irgendwann hat man es sich alleine in seinem Leben gemütlich gemacht. Bleibt einem ja auch nichts anderes übrig. Ende der Geschichte.«

»Glaub bloß nicht, dass das hier in England einfacher ist.« Entweder wollte Maggie nicht zugeben, dass sie sich in Chris verknallt und das Thema »Liebe« keinesfalls abgehakt hatte, oder sie hatte es sich selber noch nicht eingestanden.

»Lässt dein innerer Zaun die Frage zu, ob hier ab und zu nette Singlemänner vorbeikommen, die auf dem *Coast Path* wandern?«, fragte Maggie.

»Soll der Mann für dich sein oder für mich?«

»Für dich natürlich.«

Mabel prustete los. Sie lachte und lachte und konnte gar nicht mehr aufhören.

»Klar gibt es nette allein wandernde Männer in meinem Alter. Die jungen Kerle haben ja gar keine Zeit zum Wandern, deshalb sind die älteren sogar recht häufig. Die meisten sind fit, nett und sehen gut aus. Typ Naturbursche. Aber du glaubst doch nicht im Ernst, dass die auch nur einen Blick an mich verschwenden? Die suchen was Junges, Knackiges! Kein Hausmütterchen, das Scones backt!«

»Du bist kein Hausmütterchen.«

»Ich seh aber so aus, und ich spiele meine Rolle perfekt. Und selbst wenn ich in meinen Punkerklamotten rumrennen würde, wäre es kein bisschen besser. Ich bin einundsechzig, Maggie. Und ich bin auch nicht besonders charmant und gut im Flirten.«

»Das mit dem ›nicht besonders charmant‹ ist mir schon aufgefallen.«

»Männer in meinem Alter wollen zwanzig bis vierzig, allerhöchstens. Auf jeden Fall hübsch und schlank und mit großen Titten. Am liebsten noch irgendwie romantisch im Blümchenkleid. Oder im kurzen Röckchen.«

»Die großen Titten kann ich bieten, den Rest leider nicht. Scheint hier auch nicht anders zu sein als in Deutschland.«

»Und das Beschissene ist, dass sie oft sogar kriegen, was sie suchen. Was meinst du, wie häufig ich solche Paare zu Gast habe? Die Frau ist superattraktiv, zwanzig Jahre jünger und himmelt den grauhaarigen Kerl an, der sich wahnsinnig lebenserfahren gibt. Den umgekehrten Fall hab ich leider noch nie erlebt: knackiger Dreißigjähriger mit weißhaariger Sechzigjähriger.«

»So viel zum Thema innere Werte.«

Mabel prustete wieder los. »Innere Werte? Kannst du vergessen.«

Das war gestern am späten Nachmittag gewesen. Sie hatte gedacht, Maggie sei damit halbwegs versöhnt, denn sie hatte nicht protestiert, als Mabel sie gebeten hatte, ihr Schlafzimmer auszuräumen, zumindest die leichten Sachen, um für die Dreharbeiten gewappnet zu sein. Wegen der Krücken konnte Mabel ihr nämlich kaum helfen. Maggie hatte auch nichts dagegen gehabt, dass sich der ganze Kram bei ihr im Gemeinschaftsraum stapelte, weil es sonst keine Abstellfläche gab, und es dort jetzt aussah wie in einer Rumpelkammer. Mehr als einen Platz zum Schlafen auf dem Klappsofa gab das Zimmer nicht mehr her, und es war schon vorher nicht besonders geräumig gewesen. Innerlich musste Mabel widerstrebend zugeben, dass Maggie nach englischem Verständnis *a good sport* war, ein guter Kumpel, und wirklich nicht nachtragend. Bis heute Morgen. Vermutlich war die Aussicht, für Mr George – Roland – Frühstück machen zu müssen, daran schuld, dass sich ihre Laune wieder verschlechtert hatte, zumal sie noch früher aufgestanden waren als sonst, weil um acht das Filmteam kommen sollte.

Maggie knallte die Teller so heftig auf die Tische im Frühstückszimmer, dass sich Mabel ernsthafte Sorgen um das Geschirr machte. Das war aber nichts gegen den Krach, der plötzlich draußen losbrach, dabei war es gerade mal halb acht. Es hörte sich an, als würde eine Herde Elefanten den Weg vor dem Haus hinauftrampeln. Gestern hatten die Filmleute abgesagt, heute kamen sie zu früh. Mabel hatte ihre Gäste rechtzeitig vorgewarnt und um Verständnis gebeten. Da alle bis auf Roland Fans der Serie *Cornwall 1900* waren, waren sie entzückt gewesen und hatten ohne Murren die Geheimhaltungsklausel unterschrieben, die Richard, dieser Wichtigtuerregisseur, allen abverlangt hatte. Niemand durfte etwas über die Dreharbeiten und den Inhalt der Episode, die in Honeysuckle Cottage gedreht wurde, verlauten lassen, so stand es in dem Schreiben.

Die Haustür wurde aufgerissen, und Getrampel und Stimmengewirr flutete ins Haus. Mabel humpelte langsam hinter Maggie her. Sie hatte beschlossen, ab sofort auf Krücken zu verzichten, aber mit der Schiene am Bein kam sie nur langsam voran. Im Flur versammelte sich gerade eine Horde ausgesprochen gut aussehender junger Männer in Muscle-Shirts und Bermudas und stellte jeden der noch freien Flecken mit Kisten und technischem Equipment voll.

Mabel wollte gerade den Mund aufmachen, um etwas zu sagen, aber Maggie war von den Jungs schon wie eine alte Bekannte begrüßt worden und hatte ihrerseits mit einer perfekten englischen Mini-Rede geantwortet. Es gab einen kurzen Applaus. Mabel fühlte sich wie das fünfte Rad am Wagen, obwohl Maggie sie vorgestellt und darauf hingewiesen hatte, dass sie die eigentliche Chefin und Eigentümerin von Honeysuckle Cottage war. Dass sich anschließend einer der Jungs an Maggie wandte und nicht an sie, machte es wahrlich nicht besser.

»Ach, übrigens, Maggie, Sally hat gerade angerufen, dass sich Richard und die Schauspieler ein bisschen verspäten. Wir haben ja schon alles aufgebaut, wir sind startklar. Könnten wir zur Überbrückung vielleicht eine Tasse Tee haben? Und letzte Woche hattest du soo leckere Kekse!« Mabel überließ Maggie widerstrebend das Feld, humpelte zurück in die Küche und schob die Scones in den Ofen.

»Wie das hier duftet!« Mr George stand plötzlich in einem aprikosenfarbenen Anzug in der Küche. Er sah aus wie ein blank polierter Apfel: frisch geduscht, frisch rasiert und nach Aftershave riechend. Was hatte Maggie bloß gegen ihn? Abgesehen von seinen seltsamen Klamotten war er doch ausgesprochen höflich. In ihrer Küche hatte er allerdings nichts zu suchen.

»*Good morning, Mr George*. Verzeihen Sie bitte, aber es ist nicht vorgesehen, dass die Gäste die Küche betreten. Nehmen Sie doch bitte an einem der beiden Tische im Frühstückszimmer Platz, der für eine Person gedeckt ist. Maggie wird sich gleich um Sie kümmern.«

»Roland!«

Maggie kam zurück in die Küche. Mr George sagte irgendetwas auf Deutsch, das überaus freundlich klang. Daraufhin antwortete Maggie auf Deutsch, bloß dass es überhaupt nicht freundlich klang. Schade, dass sie kein Wort verstand. Die Handbewegung, mit der Maggie Mr George aus der Küche scheuchte, war dagegen eindeutig. Er zuckte mit den Schultern und trollte sich.

»Was ist?«, wollte Mabel wissen.

»Er will Frühstück. Er sagt, er kann nicht mehr schlafen bei dem Lärm.« Maggies Stimme klang vorwurfsvoll.

»Das kannst du ihm wohl kaum verdenken.«

»Aber es gibt erst ab acht Frühstück! Ich habe ihm gesagt, er muss sich gedulden.«

»Es ist Viertel vor acht. Sei nicht so schrecklich deutsch. Du stehst doch sowieso schon hier rum.«

»Sonderbehandlungen kannst gerne du übernehmen«, zischte Maggie. »Ich mache jetzt erst einmal zwanzig Tassen Tee und Kaffee für das Filmteam!« Sie machte sich am Wasserkocher zu schaffen. Mabel streckte sich mit einiger Mühe nach den Tassen im Regal und warf Teebeutel hinein.

»*Good morning!*«, sagte eine junge Stimme direkt hinter ihr.

Mabel fuhr herum. Vor ihr stand eine junge Frau in sehr kurzen Shorts, einem figurbetonten T-Shirt und einer Baseballkappe.

»Hey! Hast du das Schild nicht gesehen?«, rief Mabel drohend. »Raus aus meiner Küche!«

»Letzte Woche durfte man hier noch rein«, antwortete das Mädchen achselzuckend.

»Das ist Sally«, erklärte Maggie. »Vom Filmteam. Sie war letzte

Woche hier zu Gast, mit Richard. Sally, das ist Mabel. Ist alles in Ordnung?«

Das Mädchen nickte. Sie sah übernächtigt aus.

»Willkommen, Sally. Sei mir nicht böse, aber die Küche ist tabu. Für das komplette Filmteam. Ebenso für das Lagern von Equipment.« In diesem Moment wanderte einer der jungen Männer in die Küche.

»Ich hab mich noch mal umentschieden. Ich hätte lieber Tee statt Kaffee. Also einmal Kaffee weniger, dafür Tee. Sorry wegen der Umstände.«

»Raus hier, Rob, die Küche ist nur fürs Personal«, sagte Sally streng.

»Ich geh ja schon«, brummte Rob. »Ich wollte nur gleich Bescheid geben, bevor's zu spät ist.«

Er verschwand. Draußen gab es wieder Lärm. Dann wurde die Haustür aufgerissen, und jemand brüllte: »Vorsicht, heiß und fettig!«

Mabel humpelte zur Küchentür. Durch den Flur spazierten gerade riesige Möbelstücke und Ölgemälde. Von den Leuten, die sie trugen, sah man nur die Füße und die Hände.

»Wir müssen das Schlafzimmer komplett neu einrichten«, erklärte Sally. »Mit Möbeln und Lampen und Teppichen, die in die Epoche passen. Ich muss das ein bisschen überwachen.« Sie verschwand.

»Natürlich«, murmelte Mabel. Sie blickte auf das Chaos im Flur und fühlte sich hilflos. Überall Menschen, Kisten, Kabel, Möbel. Es gab keinen freien Zentimeter mehr, und außerdem war der Geräuschpegel hoch. Alle redeten durcheinander, testeten irgendwelche Geräte oder telefonierten auf ihren Smartphones. Ich bekomme Geld dafür, ich bekomme viel Geld dafür, wiederholte sie im Stillen wie ein Papagei. Es sind nur ein paar Tage. Ein paar Tage Ausnahmezustand, das wirst du doch wohl durchhalten, Lori? Sei nicht so ein Weichei. Sie humpelte zurück in die Küche, schaltete den Ofen ab und holte das Blech mit den Scones heraus. Margret stellte gerade die ersten Tassen mit Tee auf ein Tablett.

»Ich kümmere mich um den Kaffee«, sagte Mabel und füllte frisches Wasser in den Wasserkocher.

»*Good morning!*«, schmetterte eine fröhliche Stimme. In der Küche stand Mrs Weatherspoon. Sie hatte ihren Gatten untergehakt, der etwas schlecht zu Fuß war. Die beiden wohnten seit Samstag im Doppelzimmer »Rose«. Sie waren entzückend, abgesehen davon, dass Mrs Weatherspoon ein bisschen zu viel quatschte. Ihr Gatte glich das aus, indem er gar nichts sagte. Mrs Weatherspoon schien eine Vorliebe für botanische Motive zu haben, jedenfalls hatte Mabel sie bisher nur in Blusen mit riesengroßen Blumen oder Schlingpflanzen gesehen. Heute trug sie eine Champignonbluse.

»*Good morning*«, antwortete Mabel. »Es tut mir leid, aber die Kü...–«

In diesem Augenblick wanderte Mr George wieder zur Tür herein, Maggie folgte ihm auf dem Fuße. Auf ihrem Tablett stapelte sich das saubere Frühstücksgeschirr. Sie verdrehte die Augen.

»Die Filmleute sind vom Flur ins Frühstückszimmer gezogen«, knurrte sie. »Sie haben auch ihr Equipment überall verteilt. Das Frühstückszimmer kannst du für die nächsten Tage vergessen.«

»Die jungen Leute haben unseren Tisch in Beschlag genommen«, erklärte Mrs Weatherspoon vergnügt. »Aber solange wir Autogramme von James und Marian bekommen, beklagen wir uns nicht!«

»Aber ... was machen wir jetzt?«, antwortete Mabel und spürte, wie Panik in ihr hochstieg. Nicht nur hatten fremde Menschen ihr Schlafzimmer besetzt. Jetzt war auch noch ihre Küche voller Fremder. Dabei hatte sie die doch als Rückzugsraum verteidigen wollen! Jetzt hatte sie keinen mehr. Damit konnte Mabel nicht umgehen. Sie spürte, wie Wut in ihr aufstieg. Am liebsten hätte sie laut losgebrüllt. Raus hier, alle raus hier!

»Es wird uns nichts anderes übrig bleiben, als die nächsten Tage hier in der Küche zu frühstücken. Alle zusammen, an einem Tisch«, stellte Maggie nüchtern fest.

»Aber ... aber ... das geht nicht«, protestierte Mabel. »Die Küche ist tabu!«

Maggie zuckte nur mit den Achseln.

»Hier ist es doch sowieso viel gemütlicher!«, rief Mrs Weatherspoon und klatschte in ihre dicken Hände. »Und es ist doch nett, wenn sich alle miteinander unterhalten. Nicht wahr, Wilbur?« Ihr Mann nickte. Beide setzten sich neben Mr George an den Küchentisch. Eine umständliche gegenseitige Vorstellungszeremonie begann. Mr George erklärte den Weatherspoons ohne Umschweife, dass er ein sehr erfolgreicher Wissenschaftler war und fest damit rechnete, bald den Nobelpreis zu bekommen. Die Weatherspoons zeigten sich beeindruckt.

»Ich ... ich hole noch mehr Eier aus der Speisekammer«, murmelte Mabel.

Maggie sah sie erstaunt an, denn neben dem Herd standen mehrere volle Eierkartons. Aber sie protestierte nicht. Mabel verschwand in der Speisekammer, schloss die Tür hinter sich, öffnete von dort die Tür zu ihrem winzigen Garten und quälte sich die steilen Stufen hinunter. Sie setzte sich auf den klapprigen Stuhl, schloss die Augen und atmete tief ein und aus, um sich zu beruhigen. Mit zitternden Händen öffnete sie die bunte Metalldose auf dem Tisch und nahm den nur zur Hälfte gerauchten Joint und das Feuerzeug heraus. Sie zündete das Ding an und nahm zwei, drei tiefe Züge. Beim ersten Zug wurde ihr schwindelig, danach wurde es besser. Es wurde nicht nur besser. Es war einfach göttlich! Am liebsten wäre Mabel draußen geblieben, in ihrem geheimen Versteck. Nur sie und die Vögel und der Joint. Keiner, der nervte. Aber es war nicht fair, Maggie mit der ganzen Arbeit alleine zu lassen. Sie fühlte sich auch schon viel ruhiger und besser in der Lage, mit der Situation klarzukommen.

Eine halbe Stunde später saßen das Ehepaar Weatherspoon, Mr George, Susie und die Hippiefamilie aus Oxford (alle vier trugen bunte Klamotten, Perlenketten um den Hals und waren barfuß) um den Küchentisch und unterhielten sich angeregt, während

Maggie und Mabel im Akkord Eier aufschlugen, Würstchen und Tomaten brieten und Brotscheiben in den Toaster schoben. Der Lärm hatte alle aus ihren Betten geholt. Noch nie waren Mabels ofenwarme Scones dermaßen schnell vertilgt worden.

Richard und die Schauspieler waren noch immer nicht aufgetaucht. Maggie hatte die Küchentür geschlossen, weil alle paar Minuten einer der Technikjungs im Türrahmen stand, schnupperte und sagte: »Hmm, hier riecht's aber gut.« Mabel fühlte sich an die Handwerker erinnert, die einst Honeysuckle Cottage renoviert hatten. Sie hatte jedoch nicht die geringste Absicht, die Filmcrew mit Essen zu versorgen. Davon war nie die Rede gewesen!

»Wir nutzen in den Ferien normalerweise unseren umgebauten VW-Bus«, erklärte Jenny, die Hippiemutter, gerade Mrs Weatherspoon, die ausnahmsweise einmal den Mund hielt. Jenny besaß einen Bioladen in Oxford, ihr Mann unterrichtete dort an der Uni Englische Literatur. In ihrem Blümchenkleid passte Jenny hervorragend zu Mrs Weatherspoons Champignonbluse. »Aber die Kinder haben sich gewünscht, wenigstens einmal in einem B&B Urlaub zu machen!«

»Es ist einfach toll, nachts nicht quer über den Campingplatz laufen zu müssen, um aufs Klo zu gehen, und morgens nicht im Regen draußen zu frühstücken!«, schwärmte ihre Tochter Sara, die im Teenageralter war und ein buntes Tuch um ihre Rastahaare trug. Ihr kleiner Bruder nickte. »Aber auf dem Campingplatz ist es viel leichter, Freunde zu finden«, fuhr Sara fort.

»Du könntest mal im Buchladen vorbeischauen«, schlug Maggie in aufmunterndem Ton vor. »Die Tochter von Caroline müsste ungefähr in deinem Alter sein, und sie langweilt sich auch schrecklich.«

Das war eine wirklich gute Idee. Auf die wäre Mabel nie gekommen.

»Es gibt hier einen Buchladen? Super! Ich lese total gerne. Am liebsten Fantasy. Weißt du was, Maggie? Daddy unterrichtet an derselben Fakultät, wo Tolkien früher war und *Herr der Ringe* geschrieben hat!«

»Wow, ist ja toll!«, staunte Maggie pflichtschuldigst, während Bob, Saras Vater, bescheiden abwinkte.

»Mabel, ich habe gehört, mittwochabends kommen die Einheimischen im Pub zusammen und singen«, sagte Mrs Weatherspoon. »Das klingt ja soo authentisch! Wir wollten morgen Abend mal vorbeischauen. Singen Sie auch, Mabel?«

»Das tue ich ganz gewiss nicht«, antwortete Mabel säuerlich. »Wenden Sie sich doch bitte vertrauensvoll an meine Kollegin hier. Ich gehe nie in den Pub. Da gehen bloß die Touristen hin. Und die Einheimischen, wenn sie für die Touristen eine Einheimischenshow abziehen.«

»Maggie? Sie singen? Wie hübsch! Dann kommen wir morgen Abend auf jeden Fall. Nicht wahr, Wilbur?«

»Du singst, Häschen?«, rief Roland begeistert. »Das hast du mir ja noch nie erzählt!«

»Häschen! Wie süß!«, quiekte Mrs Weatherspoon entzückt, während Jenny Maggie einen amüsierten Blick zuwarf. Die wiederum warf Mabel einen genervten Blick zu.

»Ich weiß noch nicht, ob ich morgen Abend in den Pub gehe«, zischte sie. »So ein Arbeitstag mit Mabel ist ziemlich ermüdend.«

In dem Augenblick klopfte es an der Tür.

»Du lässt hier keinen mehr rein, Maggie, hörst du? Es reicht jetzt!«, befahl Mabel, aber Maggie schenkte ihr nicht die geringste Beachtung und öffnete.

»*Good morning.* Vor meinem Haus herrschte ein unglaublicher Lärm«, erklärte John. »Da dachte ich, ich sehe mal bei euch nach dem Rechten. Außerdem hätte ich gern ein Autogramm von Marian, aber sie ist noch gar nicht da.«

Mabel stöhnte. Noch einer.

»Hast du Zahnschmerzen, Mabel?«, fragte John teilnahmsvoll. »Oder tut dein Fuß weh?«

»Aber nein, John. Komm doch gerne herein. Magst du vielleicht auch noch mitfrühstücken? Auf zehn, fünfzehn Leute mehr kommt es jetzt auch nicht mehr an. Darf ich vorstellen? John, mein lieber Nachbar.«

John strahlte. »Also, wenn du mich so freundlich fragst, Mabel, dann gerne! Du hast mich noch nie zum Frühstück eingeladen! Dabei wollte ich schon längst einmal deine berühmten Scones probieren!«

»Wir haben noch drei Scones, davon kannst du genau einen haben«, antwortete Mabel in ihrem Feldwebelton. »Die anderen beiden sind für Maggie und mich reserviert.«

John nickte brav und setzte sich auf den einzigen freien Platz neben Mr George. Der streckte ihm eifrig die Hand hin und sagte: »Guten Tag! Ich bin Roland. Margaretes Verlobter.«

»Er ist nicht mein Verlobter!«, protestierte Maggie zum gefühlt hundertsten Mal verzweifelt.

Roland hatte nämlich erst dem Ehepaar Weatherspoon und dann der Hippiefamilie hinter vorgehaltener Hand zugeflüstert, dass Margarete und er verlobt seien, und zwar heimlich, sie sollten sich deshalb nicht wundern, wenn Margarete es abstritt, und natürlich hatte Maggie es beide Male gehört, war ausgeflippt und hatte sich mit Roland eine hitzige Diskussion auf Deutsch geliefert, wobei sie mit der heißen Pfanne herumfuchtelte.

Es war ein Irrenhaus! Ein komplettes Irrenhaus, draußen vor der Küchentür genauso wie drinnen in der Küche. Mabel goss die aufgeschlagenen Eier für das vegetarische Rührei der Hippiefamilie in die Pfanne. Die vertrauten Handgriffe beruhigten sie nur wenig. Ob es wohl irgendjemandem auffallen würde, wenn sie sich im Garten versteckte, den Joint zu Ende rauchte und bis am Abend nicht mehr auftauchte?

Es klopfte wieder. »Ich mache jetzt ein Schloss an die Tür«, zischte Mabel. »Ein großes, schweres Eisenschloss.«

»Herein!«, rief Maggie.

Das Mädchen vom Film stand wieder da, wie hieß sie noch gleich? Irgendwas stimmte nicht mit ihr. Sie stand stumm in der Tür und sah aus, als würde sie gleich losflennen. Maggie sagte gar nichts. Sie zog sie ohne ein Wort zur Tür herein, holte den wackeligen Hocker aus der Ecke und stellte ihn zwischen die Hippiemutter und Mrs Weatherspoon. Dann stellte sie einen Teller vor ihr ab und legte den vorletzten Scone darauf.

»Nur, dass das klar ist«, murmelte Mabel. »Das war dein Scone.«

»Sind die Schauspieler da?«, fragte Maggie.

»Ja«, flüsterte das Mädchen. »Und Richard.«

Maggie sah sie teilnahmsvoll an. Was hieß das denn nun schon wieder?

Eine Viertelstunde später hatten alle ihr Frühstück bekommen. Maggie hatte sogar für John und diese Sally Rührei gemacht. Mabel fand, es reichte jetzt langsam mit den Großzügigkeiten, während sie für sich und Maggie braunen Toast in den Schlitz schob, schließlich kriegte sie die Eier auch nicht umsonst. Andererseits schadete es nicht, wenn Maggie sich noch etwas im Rühreimachen übte. Sie war nicht gerade die geborene Köchin.

Das Mädchen schien sich etwas gefangen zu haben und plauderte mit der Hippiemutter. Überhaupt schienen sich alle prächtig zu unterhalten: die Hippiefamilie, das Ehepaar Weatherspoon, Mr George, Susie, John, diese seltsame Sally und Maggie. Elf Personen und Mabel quetschten sich am Küchentisch, an dem Mabel jahrzehntelang immer nur alleine gesessen hatte. Niemand schien es eilig zu haben, dabei war draußen der allerschönste Junitag!

»Das Wetter ist sehr schön«, sagte Mabel laut. »Wer weiß, wie lange es anhält. Das sollte man unbedingt ausnutzen.«

Niemand schenkte ihr Beachtung. Wenn Mabel nicht so schwerfällig gewesen wäre, hätte sie angefangen, das Geschirr einzusammeln. Das wäre dann hoffentlich ein eindeutiger Hinweis gewesen.

»Sollen wir nicht langsam abräumen?«, fragte sie in Maggies Richtung.

»Du meinst, ich soll abräumen? Gib mir einen Moment zum Durchschnaufen und Frühstücken, Mabel-Schätzchen. Es war ein anstrengender Morgen.«

»Das Abräumen können wir doch übernehmen«, schlug Mrs Weatherspoon eifrig vor. »Um ein wenig zu helfen!«

»Nein, nein, das hat doch keine Eile«, wehrte Mabel rasch ab. So weit kam es noch, dass fremde Menschen ihren Geschirrspüler einräumten und ihr System durcheinanderbrachten!

»Nun, wenn es keine Eile hat ... ich muss sagen, ich bin zwar eigentlich passionierter Kaffeetrinker, aber dieser Tee hier schmeckt um einiges besser als der Automatenkaffee in dem Hotel, wo meine Verlobte und ich waren. Ob ich wohl noch ein Tässchen haben könnte?«, fragte Mr George.

Maggie stand seufzend auf.

»Nun, wenn Sie sowieso noch einmal Tee machen ...«, begann Mrs Weatherspoon.

»Vielleicht würde sich sogar eine ganze Kanne lohnen?«, ergänzte Bob, der Hippiemann, eifrig und hob seine Tasse.

Sieben Minuten später saßen alle vor ihren vollen Teetassen und waren sehr vergnügt. Mr Weatherspoon hatte nämlich plötzlich doch den Mund aufgemacht und sich als begnadeter Witzeerzähler erwiesen. Alle bogen sich vor Lachen. Bis auf Mabel. Niemand sah aus, als würde er auch nur einen Gedanken an Aufbruch verschwenden, und alle schienen komplett vergessen zu haben, dass vor der Küchentür die Dreharbeiten zu *Cornwall 1900* begonnen hatten und sie eigentlich Autogramme von den Schauspielern wollten.

Mabel sah sich um. Sie fühlte sich so jämmerlich einsam. Sie kam sich vor, als nähme sie an einem Spiel teil, dessen Regeln sie als Einzige nicht kannte. Dann traf sich ihr Blick mit dem von Maggie. Maggie lächelte ihr aufmunternd zu, als wisse sie ganz genau, was in ihr vorging. Mabel spürte, wie die Wut wieder in ihr hochstieg. Wie lange war Maggie jetzt hier? Gerade mal eine Woche, doch sie führte sich auf, als sei sie in Honeysuckle Cottage zu Hause. Man wusste ja kaum mehr, wer hier die Chefin war! Und nicht nur das, sie schien Mabel auch wegen ihrer sozialen Inkompetenz zu bemitleiden.

Einem Impuls folgend, stemmte Mabel sich auf der Tischplatte hoch, kämpfte sich aus den Stühlen heraus und humpelte Richtung Speisekammer. Sie würde sich im Garten verstecken, ihren Joint zu Ende rauchen und erst wieder herauskommen, wenn diese Meute weg war, Maggie die Zimmer machte und die Küche wieder ihr ganz alleine gehörte.

20. KAPITEL

Margarete

Was war bloß mit Mabel los? Zischte einfach wortlos ab, obwohl es gerade so wunderbar gemütlich war und alle sich prächtig über die Witze von Mr Weatherspoon amüsierten. Wobei Margarete sich nur bedingt amüsierte. Roland hatte nichts Besseres zu tun, als jedem, der ihm über den Weg lief, brühwarm zu erzählen, dass sie beide verlobt seien, und dann nannte er sie auch noch öffentlich »Häschen«. Mabel wiederum schien überhaupt nicht zu begreifen, in welch unmögliche Lage sie Margarete gebracht hatte, indem sie ein Zimmer an Roland vermietet hatte. Schließlich war sie vor Roland abgehauen und hatte gerade angefangen, sich richtig wohlzufühlen in Port Piran. Roland schien darauf zu bauen, dass nur genug Zeit vergehen musste, und immer noch zu glauben, dass Margarete sich schlicht ein wenig zierte. Eine ganze Woche lang würde sie ständig über ihn stolpern! Und vermutlich würde er morgen Abend im Pub auftauchen, weil Mabel die Klappe nicht hatte halten können. Als ob es nicht reichte, dass sie sein Zimmer putzen und Frühstück für ihn machen musste. Als er heute Morgen aufgekreuzt war und sie sich darüber beschwert hatte, hatte er allen Ernstes zu ihr gesagt: »Aber Häschen, wenn wir erst einmal geheiratet haben, wirst du doch sowieso mein Frühstück machen! Wobei ich zu deiner Entlastung sogar bereit wäre, über eine Putzfrau nachzudenken.« Margarete war kurz davor gewesen, ihn zu erwürgen. Nun saß er zwischen den anderen Gästen, als könne er kein Wässerchen trüben, und unterhielt sich fröhlich und ohne die geringsten Hemmungen in seinem grauenhaften Englisch. Komischerweise schienen ihn alle anderen nett zu finden. Mr Weatherspoon erzählte gerade einen Witz über die Queen, und sogar John musste lachen.

Da wurde die Küchentür aufgerissen.

»Ist eigentlich irgendjemandem in dieser Bude klar, dass wir hier einen Film drehen, und dafür einen Haufen Geld bezahlen?«, brüllte Richard. »Es ist verdammt noch mal viel zu laut! Und wo ist verdammt noch mal diese Mabel?«

Es war schlagartig totenstill. Alle starrten Richard geschockt an. Margarete stand auf und antwortete so kühl sie konnte: »Guten Morgen, Richard. Herzlich willkommen zurück in Honeysuckle Cottage. Darf ich Sie zunächst allen Gästen vorstellen? Richard ist der Regisseur von *Cornwall 1900*.«

»Das weiß doch jedes Kind!«, rief Richard wütend. »Und dass wir verdammt noch mal Ruhe brauchen, auch!«

»Wir wussten nicht einmal, dass Sie mit dem Dreh angefangen haben. Ihre komplette Crew hat auf Sie gewartet, und wir haben alle mit Tee versorgt. Auf unsere Kosten! Sie sind viel später aufgekreuzt als angekündigt.«

»Was verdammt noch mal daran liegt, dass der Darsteller des Wirts von dem Inn, in dem James und Marian ihre Liebesnacht verbringen, also genau genommen *genau hier,* mit Lungenentzündung im Bett liegt und wir jetzt verdammt in der Klemme stecken! Und keine der verdammten Castingagenturen in Cornwall hat einen alten Mann im Angebot! Die sind alle kürzlich verstorben, oder zu jung!«, brüllte Richard weiter und schob noch ein dreifaches »*Fuck! Fuck! Fuck!*« hintendrein. »Alles ist vorbereitet, und wir können nicht drehen. Und du sitzt hier auf deinem knochigen Hintern, Sally, trinkst Tee und tust so, als würde dich das alles nichts angehen!« Sally sprang auf. Sie sah jetzt auch wütend aus. Lass dich bloß nicht so behandeln!, dachte Margarete. Bestimmt hatte Richard sie fallen gelassen wie eine heiße Kartoffel, und sie war deshalb so niedergeschlagen.

»Du wirst es nicht glauben, Richard-Schätzchen«, zischte Sally. »Ich werde zwar nur als *location scout* bezahlt, und das ziemlich mies, aber ich bin gerade dabei, für deinen Innkeeper Ersatz zu suchen! *Hier* sitzt er!« Sie deutete auf John. John sah extrem verwirrt aus.

»John! Hast du nicht letzte Woche gesagt, du würdest gerne eine Rolle in *Cornwall 1900* übernehmen, selbst wenn du nur links hinten und ohne Kopf zu sehen bist? Jetzt hast du die einmalige Chance, komplett und in Großaufnahme im Bild zu sein!«

John klappte den Mund auf und wieder zu.

»Aber ... ich bin doch gar kein Schauspieler!«, rief er. »Ein Statist, meinetwegen. Aber doch kein Schauspieler!«

»Du musst nur mit einer Kerze in der Hand die Tür aufmachen, James und Marian hereinlassen, sie ins Schlafzimmer führen und dazu ein paar wenige Sätze sagen. Das ist alles! Dafür musst du kein Schauspieler sein, John, das kriegst du hin. Nicht wahr, das schaffst du?« Sally sah John bittend an.

»Ich ... ich weiß nicht«, stammelte John.

Mrs Weatherspoon klatschte entzückt in die Hände. »Oh, mein lieber John! Was für eine einmalige Chance! Es ist einfach schrecklich aufregend. Du wirst berühmt. Da darfst du auf keinen Fall Nein sagen! Findest du nicht auch, Wilbur?«

»Und stell dir nur vor, du bist ganz nah dran an den Schauspielern!«, rief Sally. »James und Marian. Du stehst mit ihnen zusammen vor der Kamera! Und du bist doch ein Fan. Ein Riesenfan, nicht wahr, John?«

»Schon, aber ...«, murmelte John. Er blickte Margarete Hilfe suchend an.

»Du könntest es ausprobieren«, schlug sie vor. »Ganz unverbindlich. Es wäre doch zumindest einen Versuch wert, oder? Und wenn es dir keinen Spaß macht, dann lässt du es einfach bleiben. Du schuldest Richard nichts.«

»Wenn dieser Richard mir verspricht, dass er mich höflich behandelt«, sagte John in ihre Richtung, als sei Richard gar nicht in der Küche. »Weißt du, Maggie, ich bin sechsundachtzig. In meinem Alter lässt man sich nicht mehr herumkommandieren.«

Richard stöhnte. »Sind wir hier eigentlich in der Gruppentherapie, oder was? Wer bei einem Film mitmacht, braucht Eier in der Hose, kein Hasenherz!«

»Maggie, sagst du diesem Richard bitte, dass ich einen anderen

Umgangston gewöhnt bin? Er kann es sich ja überlegen. Er findet mich zu Hause. Vielen Dank für das Frühstück.« John stand auf und wandte sich Richtung Küchentür, ohne Richard auch nur eines Blickes zu würdigen.

»Ist ja gut, ist ja gut!«, stöhnte Richard. »Man merkt, dass ihr nicht beim Film seid, sonst wärt ihr nicht alle solche Mimöschen! Sally, bring ihn in die Maske. Und schau, ob ihm die Klamotten passen! Wahrscheinlich sind sie ihm viel zu weit. Aber Beeilung, wir haben schon den halben Vormittag verloren!«

»Bist du einverstanden, John?«, fragte Sally.

John zögerte, dann nickte er und strahlte. Die Gäste johlten, und Sally, John und Richard zogen ab.

»Vergiss bloß nicht, über Geld zu reden!«, rief Margarete, bevor sich die Küchentür schloss.

»Ist das nicht total aufregend?«, schwärmte Mrs Weatherspoon. »Findest du nicht, Wilbur? Wo ist eigentlich Mabel? Sie verpasst ja alles!«

»Sie ... sie hat zu tun«, log Margarete. Sie hatte eine ziemlich konkrete Vorstellung, womit Mabel gerade beschäftigt war.

»Dürfen wir bei den Dreharbeiten zuschauen?«, bettelte Sara. »Bitte, bitte, Maggie!«

»Das müsst ihr Richard fragen, nicht mich«, seufzte Margarete. »Wenn du ihn fragst, Sara, stehen die Chancen sicher besser, als wenn ich frage.«

Eine halbe Stunde später drängten sich Margarete und sämtliche Gäste von Honeysuckle Cottage vor der Tür zum Frühstückszimmer, nur Mabel blieb nach wie vor verschwunden, dabei sollte sie dringend den Vertrag mit Richard unterzeichnen. Der hatte darauf bestanden, dass die Techniker ein Absperrband anbrachten, was Margarete ziemlich albern fand. Von hier aus konnten sie nur bis zur Haustür sehen, nicht hinein in Mabels Schlafzimmer. Das heißt, genau genommen konnten sie fast gar nichts sehen, weil alles abgedunkelt war. Außerdem versperrte der Kameramann die Sicht. John hatte gerade zum siebten Mal mit einer Kerze in der Hand die Tür geöffnet, um James und Marian verstohlen hereinzuwinken, da ihr Treffen streng geheim war. John hatte eigentlich ein grobes Hemd und eine Hose tragen sollen, aber weil ihm alles viel zu groß war, hatte man ihn jetzt in ein Nachthemd und eine Zipfelmütze gesteckt. Er trug beides mit großer Würde, und es wirkte kein bisschen lächerlich.

Es war so eng, dass sie sich der Größe nach in den Flur gequetscht hatten. Jenny und die Kinder saßen auf dem Boden, hinter ihnen standen das Ehepaar Weatherspoon und Bob, und ganz hinten lehnten Margarete und Roland an der Tür zum Frühstückszimmer. Margarete fluchte innerlich vor sich hin. Wie konnte es bloß sein, dass sie schon wieder in eine dermaßen bescheuerte Situation geraten war, Schulter an Schulter mit Roland? Nun saß sie in der Falle. Richard würde sie umbringen, wenn sie jetzt mitten durch das Filmset stolperte.

»Wollen wir nachher spazieren gehen, Häschen?«, raunte Roland.

»Du gehst nie spazieren«, zischte Margarete. »Und hör auf, mich Häschen zu nennen!«

»Natürlich gehe ich nie spazieren. Ich würde es nur dir zuliebe tun. Um meinen guten Willen zu zeigen! Ich dachte, du freust dich. Wir könnten uns wieder etwas näherkommen.«

»Ich gehe sehr gerne spazieren. Und zwar alleine! Und nimmst du jetzt bitte deine Hand von meinem Hintern?«

Genervt schubste sie Rolands Hand weg. Dabei spürte sie, dass etwas in der Gesäßtasche ihrer Jeans steckte. Ach du liebe Güte! Das Foto, das sie auf dem Fußboden in Mabels Schlafzimmer gefunden hatte. Sie hatte es Mabel immer noch nicht gegeben!

Spazierengehen war in der Tat eine sehr gute Idee, fand Margarete. Aber nun steckte sie hier fest und sah zum achten Mal zu, wie die Maskenbildnerin James abpuderte, der Kameraassistent die Filmklappe schlug und John die Haustür öffnete, um James und Marian verschwörerisch hereinzuwinken. John war hoch konzentriert und machte seine Sache erstaunlich gut, obwohl die Kamera beinahe an ihm klebte. Mittlerweile hatte Margarete kapiert, warum Sally so kreuzunglücklich war: Sie war offensichtlich durch die Schauspielerin ersetzt worden, die die Marian spielte. Die schien kaum älter zu sein als Sally. Vor allem aber war sie unglaublich hübsch. Sie trug ein tailliertes Kleid, eine Pelzmütze und einen Muff, denn die Szene sollte im Winter spielen, und sah einfach allerliebst aus. Jedes Mal wenn Richard den Dreh abbrach, um John zu sagen, dass er schneller oder langsamer reden oder James und Marian hektischer hereinbitten sollte, legte er wie zufällig den Arm um Marians Wespentaille oder berührte sie leicht an der Schulter, worauf sie schmachtend die Augen zu ihm aufschlug oder kicherte. Es war kaum zu ertragen, wie die beiden vor aller Augen miteinander flirteten. Das fanden offensichtlich auch die Techniker, der Kameramann, die Regieassistentin und die Maskenbildnerin, die bei jedem Turteln genervt die Augen verdrehten. Ich will hier raus, dachte Margarete, als die Klappe zum neunten Mal geschlagen wurde. Sie schloss die Augen und versuchte zu vergessen, dass Roland so dicht neben ihr stand. In ihren Gedanken war es wieder Sonntagnachmittag, und sie machte einen Ausflug mit Chris ...

21. KAPITEL

Margarete

Bonnie, Chris' Border Collie, hatte vor der Tür von Honeysuckle Cottage gewartet. Sie waren zusammen zum Hafen hinuntergelaufen, Chris und Bonnie vorneweg, Margarete hinterdrein. Margarete hatte schon damit gerechnet, dass sie nicht unbeobachtet an John vorbeikommen würden. Er kam ihr allmählich vor wie eine neugierige schwäbische Hausfrau (wenn auch die von der netten Sorte). Tatsächlich saß er mit einer Tasse Tee auf der Bank vor seinem Haus, winkte eifrig und rief: »Ist das Wetter nicht herrlich? Ich wünsche euch einen schönen Nachmittag!« Bonnie lief schwanzwedelnd zu ihm hinüber, holte sich ein paar Streicheleinheiten ab und rannte dann wieder vor ihnen her.

Margarete hatte gelogen, als sie behauptet hatte, sie hätte Angst vorm Kajakfahren. Sie war kein ängstlicher Typ. In Wahrheit hatte sie vor allem Bammel davor, stundenlang mit Chris allein zu sein und die meiste Zeit vermutlich kein Wort zu reden. Warum er den Ausflug vorgeschlagen hatte, war ihr ein Rätsel. Hatte Mabel nicht gesagt, eine Frau allein löste bei englischen Männern einen Helferinstinkt aus? Das war die Erklärung. Chris hatte das Gefühl, sich um sie kümmern zu müssen. Dabei hatte er gar keine Lust. Aber sie hatte sich ihm ja förmlich an den Hals geworfen! Darum hatte sie ihm die Chance geben wollen, diskret aus der Nummer herauszukommen, indem sie die Verabredung einfach ignorierte. Sie hatte sich für unglaublich schlau gehalten und geglaubt, dass sie sich damit ausgesprochen britisch verhielt. Aber ganz offensichtlich war sein Pflichtgefühl zu groß. Welchen anderen Grund sollte er sonst haben, seinen kostbaren Sonntagnachmittag mit ihr zu verschwenden? Und was, wenn Margarete noch peinlicher wurde, wenn sie wirklich allein waren? Im Moment hatte sie das Gefühl, sich selber überhaupt kein bisschen unter Kontrolle zu haben, wenn es um Chris ging. Jedes Mal wenn sie ihn sah, verspürte sie dieses absolut kindische Bedürfnis, ihn zu küssen. Offensichtlich hatten ihre Wechseljahre die Hormone verwechselt: Sie war zurück in der Pubertät.

Unten im Ort war die Hölle los. Da Margarete Frühstück gemacht und Zimmer geputzt hatte wie an jedem anderen Tag auch, hatte sie völlig vergessen, dass Sonntag war. Tagesausflügler flanierten mit Softeis in der Hand über die Port Street oder saßen mit Fish-&-Chips-Boxen in der Hand auf den Bänken, während die Möwen bedrohlich über ihnen kreisten. Neben der völlig überfüllten Mülltonne türmten sich Styroporschachteln, Servietten und Plastikgabeln. Möwen trippelten um die Tonne herum und jagten sich gegenseitig die Essensreste ab. Der Parkplatz im Hafen war bis auf den letzten Platz belegt. An der Einfahrt hatte sich ein langer Stau gebildet, dort stand ein Parkwächter. Chris drehte sich zu Margarete um.

»Als vor ein paar Jahren bei einer Dorfversammlung darüber abgestimmt wurde, ob es in Port Piran einen öffentlichen Parkplatz und einen Fish-&-Chips-Shop geben soll, habe ich für einen Parkplatz außerhalb geworben und gegen den Fish-&-Chips-Shop gestimmt. Ich habe gesagt, wir werden eine Möwenplage bekommen, und warum können die Touristen nicht ein paar Schritte zu Fuß gehen? Man hat mich als Fortschrittsverhinderer beschimpft und gesagt, die Leute mögen es bequem, dann gehen die Ausflügler woandershin und geben dort ihr Geld aus. Nehmen wir am Sonntag eben eine saftige Parkgebühr, das spült Geld in die Kasse. Und nun sieh dir bloß das Verkehrschaos an, und wie vermüllt es hier aussieht. Die Möwen sind manchmal so aggressiv, dass sie den Kindern im Flug die Eiswaffeln aus der Hand reißen. Dann solltest du mal das Geschrei hören! Dasselbe passiert in all den anderen ach so pittoresken Dörfern in Cornwall, jeden Sonntag und die ganzen Sommerferien durch. Und keiner lernt was draus.« Er klang zornig.

»In Deutschland würde man dich als Öko bezeichnen«, stellte

Margarete trocken fest und dachte erstaunt, na so was, der Mann konnte ja richtig emotional werden!

»Ihr habt uns in Deutschland viel voraus. Bei uns ist es leider noch nicht sehr weit her mit Öko.«

»Ist dir das denn so wichtig?«

Er musterte sie erstaunt. »Ist das nicht offensichtlich? Natürlich ist mir das wichtig. Ich bin schließlich nicht umsonst Biobauer geworden. In Großbritannien ist das ziemlich exotisch.«

Sie waren im Hafen angelangt. Margarete konnte Chris' Landrover nirgends erspähen. Er folgte ihrem suchenden Blick und grinste. »Hast du mich nicht gerade gefragt, ob mir Öko wichtig ist? In der Tat. Zumindest in meiner Freizeit versuche ich, ohne Auto auszukommen.« Er deutete auf ein Fahrrad, das am Rande des Parkplatzes abgestellt war. Genauer gesagt ein Tandem mit einem Anhänger, auf dem ein Zweierkajak festgezurrt war. Auf den beiden Sitzen des Kajaks lagen Helme, Schwimmwesten und wasserdichte Säcke.

»Wir starten sicher von hier?«, fragte Margarete hoffnungsvoll. Chris schüttelte den Kopf. »Nein. Hier ist viel zu viel los, und die Strömung ist sehr stark, das ist nur was für Profis. Wir müssen ungefähr drei Meilen radeln. Anfangs geht's ein bisschen bergauf, aber zusammen kommen wir sicher flott den Hügel hoch.«

»Das ist doch bestimmt ein Bike, das mit Elektromotor betrieben wird«, sagte Margarete noch hoffnungsvoller, auch wenn das altmodische Rad kein bisschen nach moderner Technik aussah.

»Ist es nicht. Tut mir leid.« Chris grinste wieder. »Es ist mehr eins von diesen altmodischen Bikes, die mit Muskelkraft betrieben werden.«

»Wir radeln jetzt auf einem Tandem mit Anhänger den Berg hoch? Hatte ich nicht erwähnt, wie unsportlich ich bin? Das wird 'ne echte Show. Am besten verkaufst du Eintrittskarten. Damit verdienst du mehr als mit deinem Ökolandbau.«

»Keine Sorge. Zur Not strampele ich einfach ein bisschen mehr.«

»Kommt nicht infrage. Ich werde meinen Teil beitragen.« Auf

diese bescheuerte englische Ritterlichkeit konnte sie wirklich verzichten. Das war so was von rückständig!

»Ich sitze vorne und steuere. Dann kannst du hinten die Landschaft genießen.«

Ein paar Minuten später strampelten sie den Berg hinauf. Margarete war wild entschlossen, sich keine Blöße zu geben. Sie trat in die Pedale, als gelte es ihr Leben. Der Schweiß rann über ihren Rücken, und ihre Haare klebten im Nacken fest. Sie hätte so gerne kurz angehalten, um sich die Haare zusammenzubinden, aber erstens würden sie dann den wenigen Schwung verlieren, den sie hatten, und zweitens hatte sich hinter ihnen bereits eine lange Schlange von Autos gebildet, die sie wegen des Anhängers auf dem schmalen Sträßchen nicht überholen konnten. Bonnie rannte hechelnd hinter ihnen her. Wann war der verdammte Hügel endlich zu Ende?

»Maggie?« Chris blickte über seine Schulter. Er wirkte vollkommen entspannt und kein bisschen außer Atem. Auch die Autokolonne schien ihn nicht zu beeindrucken.

»Ja?«

»Du musst nicht versuchen, mich zu überholen.«

»Sehr witzig«, keuchte sie.

Sie radelten jetzt an der Einfahrt zu Chris' Farm vorbei. War es wirklich noch nicht einmal eine Woche her, dass sie in Port Piran gestrandet war? Es kam ihr vor wie eine ganze Ewigkeit.

»Kaum zu glauben, dass du erst seit ein paar Tagen hier bist«, rief Chris, als könne er ihre Gedanken lesen.

Und weiter?, dachte Margarete irritiert. Freust du dich darüber, dass ich hier bin, oder nicht? Aber Chris war wieder in Schweigen verfallen.

Nach einer Weile hatten sie endlich den Hügel bewältigt, und Chris lenkte das Tandem nach rechts auf ein noch schmaleres, heckengesäumtes Sträßchen. Margarete war sehr erleichtert, dass die Autos geradeaus weiterfuhren und sie das Sträßchen praktisch für sich hatten. Es führte in vielen Kurven, aber ohne nennenswerte Steigungen an Farmen, Weiden und kleineren

Häuseransammlungen vorbei. Nun, da Margarete nicht mehr ihre ganze Konzentration auf das Radfahren richten musste, schuf das Tandem eine seltsame Intimität. Chris trug ein weißes T-Shirt und beige Bermudas, seine muskulösen, braun gebrannten Beine traten im gleichmäßigen Rhythmus in die Pedale, und selbst von hinten war alles an ihm sexy und verheißungsvoll. Am liebsten hätte Margarete die Arme um seine Taille geschlungen wie auf einem Motorrad und ihren Kopf an seinen Rücken geschmiegt. Zum Glück war der Abstand dafür zu groß. Alles in ihr schrie, hör auf, dich zu benehmen wie ein verknallter Teenager!

Verzweifelt dachte sie über ein unverfängliches Thema nach, um sich selber abzulenken. Brexit? Hatte Mabel verboten, genauso wie Religion. Persönliche Fragen waren ebenfalls tabu, schließlich hatte sie sich damit schon einmal in die Nesseln gesetzt, obwohl sie darauf brannte, mehr über seine Frau – seine Ex-Frau? – zu erfahren. Ob er wohl früher mit Janie mit diesem Tandem Ausflüge gemacht hatte? Und mit ihr im Zweierkajak hinaus aufs Meer gepaddelt war? Wieso muss ich mir eigentlich ein Thema aus den Fingern saugen?, dachte sie schließlich empört. Das ist doch nicht allein mein Job! Und hatte Chris ihr nicht empfohlen, die Landschaft zu genießen? Das Wetter. Das Wetter war als Thema erlaubt!

»Was für ein herrlicher Tag!«, rief sie mit Inbrunst.

Das stimmte tatsächlich, auch wenn es ziemlich kühl war für Anfang Juni und nur ein bekloppter Engländer Shorts trug. Sonne und Wolken wechselten sich ab, überall am Straßenrand blühten blaue und weiße Glockenblumen, Schafe lagen wie Wollknäuel in der Sonne, und immer wieder gaben Lücken in den Hecken sekundenlange, verheißungsvolle Blicke frei, hinunter auf das funkelnde Meer. Leider ging Chris nicht einmal auf ihre Wetterbemerkung ein. Allmählich war es Margarete egal. Sie hatten das idyllische Sträßchen für sich, das Radfahren machte jetzt richtig Spaß, und sie war Honeysuckle Cottage, Roland und ihren Pflichten für ein paar Stündchen entkommen. Und dann fing sie einfach an zu singen. »*O what a beautiful mornin', o what a beautiful day* ...« Chris drehte sich kurz um und warf ihr einen belustigten Blick zu. Wahrscheinlich sangen Engländerinnen nicht, wenn sie Tandem fuhren. Ist der Ruf erst ruiniert ..., dachte Margarete trotzig und sang weiter.

Das Sträßchen führte jetzt steil bergab, und Margarete genoss den Fahrtwind und die Geschwindigkeit. »Wir sind da!«, rief Chris nach kurzer Zeit und lenkte das Tandem auf einen kleinen Parkplatz, der komplett leer war. »Selbst in Cornwall gibt's noch versteckte Plätzchen, die keiner kennt.« Sie stiegen vom Rad, und Margarete rieb sich verstohlen den schmerzenden Hintern. Bonnie kam mit heraushängender Zunge angerannt und warf sich schwanzwedelnd vor Chris. »Guter Lauf, Bonnie«, murmelte er und tätschelte den Hund.

»Was für eine Ausdauer!«, meinte Margarete bewundernd.

»Das war eine Trainingseinheit. Wir machen beim Schafwettbewerb mit, und Bonnie braucht dafür eine gute Kondition.«

»Schafwettbewerb?«

»Wetthüten. Das ist Teil des *Port Piran Village Festivals*. So wie das Konzert, bei dem ihr auftreten wollt, Mabel und du.« Chris fand offensichtlich, dass das als Erklärung ausreichte. Er ging zum Anhänger, beugte sich über den vorderen Kajaksitz und zog etwas heraus.

»Schau mal, ob dir der Neoprenanzug passt«, sagte er.

Oder ob ich zu fett bin?, ergänzte Margarete im Geiste. Zum Glück hatte sie den Badeanzug schon unter die Jeans gezogen. Sie schlüpfte aus der Hose und kletterte mühsam in den knallengen Anzug. Mit viel Ziehen und Zerren schaffte sie es, den Reißverschluss vorne zu schließen. Mit gemischten Gefühlen sah sie an sich herunter. Der Anzug war kurzärmelig, reichte ihr nur knapp bis zum Knie und verbarg nichts. War das Janies Anzug? Sie war bestimmt gertenschlank. Chris lud gerade das Kanu vom Anhänger ab. Er blickte kurz hoch. Sein Gesicht verriet keine Emotion.

»Passt doch. Du musst nichts drüberziehen, beim Paddeln wird dir warm. Pack alle Klamotten, die du nicht brauchst, hier rein.« Er reichte ihr einen wasserdichten Plastiksack.

Ein paar Minuten später hatten sie das Kajak, das viel leichter war, als es den Anschein gehabt hatte, einen schmalen Pfad hinunter zu einer kleinen Bucht getragen und über den Kies halb ins Wasser geschoben. Margarete trug jetzt eine Schwimmweste über dem Neoprenanzug und einen Helm auf dem Kopf. Chris hatte den wasserdichten Sack und eine kleine Tonne unter seinem Sitz verstaut. Leise schwappten die Wellen an Land. Wie war es möglich, dass sie diesen idyllischen Ort für sich hatten, an einem Sonntagnachmittag im Juni?

»Es geht los«, rief Chris. »Jetzt sitzt du zur Abwechslung vorne, weil ich hinten lenke. Ich halte das Kajak fest. Steig ein!«

Margarete kletterte mit einiger Mühe auf den vorderen Sitz, und Chris zeigte ihr, wie sie die Fußraste auf die richtige Länge einstellte. Das Kajak war erstaunlich geräumig und bequem. Dann reichte Chris ihr ein Doppelpaddel, stieß das Boot ab, sprang hinein, und sie waren auf dem Wasser.

»Lass das Paddel ruhen, ich bringe uns erst mal raus«, sagte Chris. Er lenkte das Kajak in die Brandung hinein und paddelte zwischen den Felsen geschickt aus der Bucht heraus. Gischt spritzte in Margaretes Gesicht, und sie lachte. Es war einfach herrlich. Sie hörte Bonnie bellen und drehte sich um. Der Hund saß aufrecht zwischen Chris' Beinen, hielt den Kopf in den Wind und schien die Fahrt genauso zu genießen wie sie. Nun waren sie auf dem offenen Meer, die Wellen wurden stärker, und Chris drehte das Kajak, sodass sie parallel zur Küste fuhren. Margarete schloss für einen Moment die Augen und lauschte den Rufen der Seevögel. Und ich hatte Angst, von Cornwall enttäuscht zu sein, kam es ihr in den Sinn. Dabei ist es in Wirklichkeit noch viel schöner als gedacht! Diese unzähligen Blau- und Grüntöne, man könnte meinen, man sei in der Karibik. Das Wasser ist so klar, ich kann hinuntersehen bis auf den Grund. Da ist sogar ein Fischschwarm direkt unter dem Kajak! Sie drehte sich zu Chris um und strahlte ihn an.

»Immer noch Angst?« Sie schüttelte den Kopf und verkniff sich, ihm zu sagen, dass sie nie wirklich Angst gehabt hatte.

»Du könntest einen kleinen sportlichen Beitrag leisten, wenn's dir nichts ausmacht«, grinste er. »Ich zeig's dir.« Er tauchte das Paddel in einer gleichmäßigen, fließenden Bewegung abwechselnd links und rechts vom Kajak ins Wasser. Es sah ganz einfach aus, aber als Margarete versuchte, es ihm nachzutun, hatte sie das Gefühl, gegen den Widerstand der Strömung anzukämpfen. Das Paddel patschte ins Wasser, und nach jedem Eintauchen bekam Margarete eine Dusche auf Armen und Haaren ab, während Chris kein bisschen nass zu werden schien. Nach kurzer Zeit war sie außer Atem.

»Mach einfach weiter«, sagte er aufmunternd. »Du wirst sehen, mit ein bisschen Übung hast du den Bogen schnell raus. Versuch, die Arme mehr zu strecken.« Margarete korrigierte ihre Armhaltung, und tatsächlich wurden ihre Bewegungen ganz allmählich weniger eckig und kosteten sie nicht mehr so viel Kraft. Chris passte sich ihrem Rhythmus an, und langsam nahm das Kajak an Fahrt auf. »Viel besser!«, lobte Chris, und Margarete lachte vor Freude. Plötzlich fing Bonnie wieder an zu bellen.

»Vor dir!«, rief Chris. »Auf fünf Uhr!« Es dauerte einen Moment, bis Margarete kapierte, dass er ihr damit die Richtung anzeigte. Zu spät. Sie sah nichts als Wasser. »Elf Uhr!«, rief Chris jetzt, und nun sah Margarete es auch. Ein glänzender Kopf mit keck abstehenden weißen Barthaaren war links vor dem Kajak aufgetaucht, hellwache Knopfaugen waren auf sie gerichtet, dann tauchte der Kopf blitzschnell wieder ab. »Eine Robbe!« Margarete war entzückt. Sie kannte Robben nur aus der Stuttgarter Wilhelma und hatte sie noch nie in freier Wildbahn gesehen.

»Grey atlantic seal«, erklärte Chris. »Du kannst ja später googeln, wie die auf Deutsch heißen. Sie sonnen sich oft in Gruppen auf den Felsinseln vor der Küste. Du wirst sehen, sie sind neugierig und schwimmen gern um das Kajak herum. Genauso wie die *common seals.*« Tatsächlich tauchte der schwarze Kopf mit den grauen Flecken mal hier, mal da auf, und einmal schwamm die Robbe sogar unter dem Kajak durch und tauchte so nah neben dem Boot auf, dass Margarete ihren Kopf hätte berühren können.

Sie konnte ihr Glück kaum fassen. In Stuttgart war sie Hunderte Kilometer vom Meer entfernt. Hier draußen, mitten auf dem Atlantik, das war eine ganz neue Welt. Der Wind, die Sonne, die feine Gischt, die ihr Gesicht mit Wasserperlen überzog wie eine Wellnessdusche, und dazu die harmonische Bewegung des Kajaks – Margarete war vollkommen glücklich. Selbst wenn Chris sie nur aus Mitleid mitgenommen hatte.

Sie paddelten eine ganze Zeit weiter die felsige Küste entlang, vorbei an kleinen Felsbuchten und einigen wenigen, völlig überfüllten Sandstränden, wo sie an Schwimmern in Neoprenanzügen vorbeizogen, die sich mit Surfboards in den Wellen tummelten. Natürlich war Chris wieder in Schweigen verfallen, aber mittlerweile hatte sich Margarete daran gewöhnt. Außerdem war sie mit Paddeln mehr als beschäftigt. Allmählich ermüdeten ihre Arme, aber sie würde keinen Ton sagen. Sie war viel zu stolz, um Chris zu bitten, es etwas langsamer angehen zu lassen.

»Du kannst sicher eine Pause gebrauchen«, rief Chris, als hätte sie laut gesprochen. »Da vorne ist eine hübsche kleine Bucht, da ist normalerweise nichts los, weil man vom Land aus nur über eine mühsame Kletterpartie hinunterkommt.«

Er manövrierte das Kajak durch die Felsen in eine winzige, sonnenbeschienene Bucht. Bestimmt war er häufig mit Janie hier gewesen. Bonnie schoss wie ein Pfeil ins Wasser, schwamm ein paar Züge, sprang schließlich mit ein paar großen Sätzen auf den Sandstrand und schüttelte sich. Chris sprang ebenfalls aus dem Boot und schob das Kajak an Land. Er trug noch immer T-Shirt und Shorts und war barfuß.

»Madam, Ihr Boot ist zum Aussteigen bereit.« Margarete lachte, ignorierte die Hand, die Chris ihr reichte, und kletterte umständlich aus dem Kajak auf den Strand.

»Deine Bermudas sind ja ganz nass. Das Wasser ist doch sicher schrecklich kalt!«

Chris schüttelte den Kopf. »Heute ist ja praktisch Sommer. Ich habe Handtücher dabei. Wir können nachher schwimmen gehen, wenn du magst.«

»Schwimmen? Bist du wahnsinnig? Sommer fühlt sich bei mir anders an.«

»Wir haben ungefähr neunzehn Grad Außentemperatur, das Wasser hat sechzehn Grad. Mit viel Sonne heizt es sich im Sommer auf achtzehn, neunzehn Grad auf. Früher hat es sich auch im Sommer kaum erwärmt, aber mit dem Klimawandel ...« Er seufzte. »Im Sommer wird es immer wärmer, und im Winter werden die Stürme immer heftiger. Cornwall mag paradiesisch wirken, aber es ist ein sehr fragiles Paradies. Außerdem nimmt der Tourismus immer mehr zu. In den großen Ferien bricht der Verkehr auf den schmalen Straßen komplett zusammen.«

Das war die längste Rede, die Chris je gehalten hatte. Margarete würde sich merken, dass sie ihn mit dem Thema »Umwelt« aus der Reserve locken konnte. Chris zog das Kajak noch etwas höher auf den Strand und holte die Tonne unter seinem Sitz hervor. Er hob den Plastikdeckel ab und begann schweigend auszupacken. Zunächst breitete er eine gemütliche karierte Picknickdecke auf dem Sand aus, dann holte er nach und nach zwei Plastikteller, Servietten, eine Tüte Chips, eine Thermoskanne, zwei Tassen, eine Flasche Wasser und eine Packung Kekse aus der Tonne. Zum Schluss öffnete er eine Tupperdose mit äußerst appetitlich aussehenden Sandwiches. Margarete kam aus dem Staunen nicht heraus. Der Mann konnte nicht nur richtig emotional werden, wenn es um die Umwelt ging. Er konnte auch ein fabelhaftes Picknick vorbereiten! Und das war noch nicht alles. Zum Schluss zog Chris eine Flasche Weißwein aus der Tonne, und zwei richtige Weingläser, die in ein Geschirrtuch eingewickelt waren.

»Voilà«, sagte Chris und grinste. »Hör auf zu jaulen, Bonnie, du weißt genau, dass du kein Schoßhündchen bist und nichts von unserem Essen abkriegst.«

Margarete zog ihre Schwimmweste aus und ließ sich neben Chris auf die Decke fallen. Die patschnasse Bonnie quetschte sich zwischen sie und machte es sich ebenfalls gemütlich.

»Bonnie! Verschwinde!«, befahl Chris streng. »Du machst ja alles nass! Benimm dich gefälligst! Entschuldige, Margret. Normalerweise macht sie das nicht. Sie scheint dich zu mögen.« Bonnie trollte sich, und alles in Margarete schrie: Und du? Magst du mich auch, oder ziehst du hier nur eine Höflichkeitsnummer durch? Ablenkung. Ablenkung! Sie deutete auf das Picknick. »Das ist ja ein fantastisches Picknick, Chris! Was für eine tolle Überraschung!«

»Ja, nicht wahr? Möchtest du gerne eine Eier-Kresse-Sandwich, ein Gurkensandwich oder ein Schinkensandwich mit Senf, Gürkchen und Salat? Ich wusste nicht, ob du Vegetarierin bist, deshalb habe ich verschiedene Varianten gemacht.«

Margarete schüttelte den Kopf. Sie merkte erst jetzt, dass sie schrecklichen Hunger hatte. »Darf ich alle probieren?«, platzte sie heraus. »Die sehen einfach köstlich aus. Hast du die selber gemacht?«

»Nein. Ich habe meine Haushaltsperle darum gebeten«, antwortete Chris trocken.

»Sorry.« Margarete griff nach einem Schinkensandwich und biss hinein. Es war schlicht grandios – der Schinken war saftig, der Salat war frisch und knackig, und das Brot war knusprig. Was war jetzt mit dem Weißwein? Chris hatte ihr bisher keinen angeboten, und sie traute sich nicht zu fragen, bei all diesen Dingen, die man in England falsch machen konnte. Er räusperte sich.

»Ich lebe schon eine ganze Weile allein, weißt du. Ich weiß, wie man Sandwiches macht, die ihren Namen verdienen.«

Das war eine Steilvorlage, und Margarete brannte noch immer vor Neugier, aber was würde passieren, wenn sie jetzt nach Janie fragte? Das Risiko, den perfekten Augenblick zu zerstören, war einfach zu hoch. Und es war so herrlich hier auf dem Strand, und Chris wirkte so ungewöhnlich entspannt und aufgeräumt!

»Ich kenne viele Männer, die ihr ganzes Leben lang allein sind und trotzdem nicht so leckere Sandwiches machen können«, antwortete sie stattdessen.

»Lass mich raten. Roland?«

Margarete lachte. »Zum Beispiel.«

»Wenn er dich schon nicht zurückhaben kann, warum holt er nicht wenigstens sein Auto ab?«

»Er weiß ja gar nicht, wo es ist.«

»Wie bitte?«

»Ich benutze es als Druckmittel, damit er verschwindet.«

»Ist das dein Ernst? Er weiß nicht, dass das Auto bei mir hinter der Scheune steht?«

»Nein.«

»Soll das etwa heißen, du hast es tatsächlich geklaut?«

»Natürlich.«

»Ich dachte, das sei ein Witz!«

»War es nicht. Du hast mich gefragt, ob ich das Auto geklaut habe, ich habe Ja gesagt. Ich bin bei Nacht und Nebel mit der Kiste abgehauen. Deshalb ging mir ja das Benzin aus. Ich wusste nicht mal, wo die Tankanzeige ist.« Sie biss wieder in das Sandwich. Immer noch kein Wein. »Wenn du gewusst hättest, dass es wirklich geklaut ist, hättest du es dann nicht untergestellt?«

Chris sah sie einen Moment lang ungläubig an. Dann warf er den Kopf in den Nacken und lachte. Er lachte und lachte und konnte gar nicht mehr damit aufhören.

»Was ist so witzig daran?«, fragte Margarete würdevoll.

»Du ... du bist einfach 'ne Nummer, Margret.« Er hörte abrupt auf zu lachen und sah sie an. Er musterte sie sehr, sehr intensiv aus diesen unfassbar grünen Augen, die Margarete an das blau-grüne Meer erinnerten, über das sie gepaddelt waren. Ich will ihn küssen, dachte sie verzweifelt. Noch nie waren wir uns so nah wie auf dieser Picknickdecke. Noch nie waren wir so allein. Noch nie war es so perfekt. Ich würde ihn so gerne küssen, und vielleicht auch mehr, aber ich traue mich nicht.

»Dieses Haar«, flüsterte Chris.

»Was ist damit?«, murmelte Margarete und griff automatisch in ihre Mähne. »Ist es wieder voller Mehl?«

Er schüttelte den Kopf.

»Es ist feucht von der Meeresgischt. Es macht mich wahnsinnig«, wisperte er. »Von Anfang an hat es mich wahnsinnig gemacht.«

»Ist das gut oder schlecht?«, stöhnte Margarete. Warum drückte sich der Mann nicht einfach klar aus?

»Es ist vor allem – verwirrend.« Chris hob die Hand und berührte ganz leicht das Haar über ihrer Stirn. Margarete hielt den Atem an. Sein Gesicht kam näher. Margarete schloss die Augen ...

Hundegebell. Kinderstimmen. Gelächter. Margarete riss die Augen wieder auf. Eine Großfamilie mit Rucksäcken, Luftmatratzen und Surfboards kletterte über die Felsen hinunter auf den schmalen Strand. Die Kinder rannten los, trampelten über ihre Picknickdecke und sprangen lärmend ins Wasser hinein.

»Shit«, sagte Chris ärgerlich. »Lass uns gehen. Wir trinken den Weißwein ein andermal.« Der magische Moment war vorüber.

22. KAPITEL

Margarete

»Im Kasten!«, brüllte Richard und riss Margarete aus ihren Gedanken. Er ging auf John zu und schüttelte ihm feierlich die Hand. »Einen Applaus für unseren Jungschauspieler! John hat uns den Arsch gerettet. Und er hat das wirklich großartig gemacht! Ein echtes Naturtalent!«

Das Filmteam und die Gäste von Honeysuckle Cottage klatschten, während Beth, die die Marian spielte, sich zu John drehte, dass ihre Locken nur so flogen, und ihn mit einem strahlenden Lächeln auf beide Wangen küsste.

»Vielen Dank«, stammelte John. Er war knallrot angelaufen.

»Dreißig Minuten Mittagspause, keine Sekunde mehr!«, rief Richard jetzt. »Das Catering hat sein Zelt auf dem Parkplatz im Hafen aufgebaut. Ging nicht anders. Ihr müsst euch leider durch die Groupies kämpfen. Marian und James, zieht euch bitte normale Klamotten an, bevor ihr rausgeht! Wir wollen schließlich nichts verraten!«

»Groupies?«, echote Margarete.

Richard drehte sich zu ihr um. »Maggie. Sweetheart.« Er machte eine bedeutungsvolle Pause und lächelte milde. »Ich weiß, du glaubst nicht dran, dass *Cornwall 1900* eine riesige Fangemeinde hat. Aber wenn du jetzt deinen Hintern runter zum Hafen bewegst, wirst du Mühe haben, durchzukommen. Wir haben das Haus abgeriegelt wie einen Hochsicherheitstrakt, sonst hätten wir hier oben keine ruhige Minute, aber unten im Hafen ist die Hölle los. Da hängen die Groupies zu Hunderten rum und hoffen auf ein Autogramm von Marian oder James. Es hat sich ruckzuck rumgesprochen, dass wir hier drehen. Das ist schlimmer als bei den Dreharbeiten zu *Sherlock*.« Richard sah aus, als sei er sehr zufrieden mit sich. »Und darf ich euch alle an die Geheimhaltungsklausel erinnern?«, brüllte er. »Wer von euch Zuschauern glaubt, er müsste den Leuten da draußen auch nur den leisesten Hinweis darauf geben, dass James und Marian hier ihre erste gemeinsame Nacht verbringen, hat morgen einen Prozess am Hals! Und Maggie, ich brauche endlich eine Unterschrift von Mabel! Oder will sie ihr Geld nicht?«

»Sollen wir Groupies gucken gehn, Häschen?«, fragte Roland eifrig.

»Nein, danke! Groupies interessieren mich nicht.«

»Ich würd mir gern die Groupies anschaun, und danach geh ich in den Buchladen, vielleicht ist das Mädchen da, von dem Maggie erzählt hat«, rief Sara, das Hippiemädchen, eifrig. »Kommst du mit, Roland? Ist das okay, Mum?«

Ihre Mutter nickte. »Klar, geh ruhig, Schätzchen.«

»Eine gute Idee«, sagte Roland würdevoll. »Caroline hat sicher leckeren Kuchen.«

»Als ob du nicht gerade erst gefrühstückt hättest«, giftete Margarete ihn an, nur um ihn zu ärgern.

»Maggie?«, rief Rob, der Techniker. »Maggie, da kamen vorhin ein paar Pakete für dich! Einer der Kollegen hat sie unten angenommen und vor der Haustür deponiert.«

»Vielen Dank! Würde es dir etwas ausmachen, sie in die Küche zu bringen?«

Das musste das Schlagzeug sein. Jetzt konnten sie endlich richtig mit Proben anfangen! Das würde sie hoffentlich von Chris ablenken. Rob stellte einen Stapel Kartons in der Küche ab. Die Kartons kamen Margarete ziemlich klein vor. Hoffentlich war das Schlagzeug nicht in Einzelteilen geliefert worden, zum Selber-Zusammenschrauben!

Bevor irgendjemand auf die Idee kam, ihr zu folgen, schlüpfte sie in die Küche und schloss die Tür. In letzter Sekunde schoss Bluebell miauend hinterher. Bestimmt floh sie vor dem Trubel da draußen. Margarete stellte einen Stuhl unter die Klinke, dann ging sie auf der anderen Seite der Küche in die Speisekammer und schloss die Tür hinter sich. Die Tür zum winzigen Garten stand offen. Mabel saß auf einem der wackeligen Stühle und hatte ihr krankes Bein auf den anderen Stuhl gelegt. Sie hatte einen Joint in der Hand, guckte leicht glasig und wirkte sehr entspannt. Bluebell rannte hinaus in den Garten, drehte sofort wieder ab, lief die Treppen wieder hoch und rieb sich an Margaretes Beinen.

»Verräterviech«, murmelte Mabel. »Seit du hier bist, will Bullshit nichts mehr von mir wissen.«

»Sie wollte auch vorher nichts von dir wissen. Darf ich dich in deinem Heiligtum stören?«, fragte Margarete.

Mabel grinste und nickte.

»Wie geht's dir? Willst du dich nicht allmählich wieder unter die Lebenden mischen?«

»Mir geht's hervorragend. So ein kleiner Joint wirkt einfach Wunder. Und hör auf, meine Krankenschwester zu spielen. Was war da draußen los?«

»John spielt bei *Cornwall 1900* mit. Du hättest ihn erleben sollen, er war großartig.«

Mabel zuckte mit den Schultern. »Bin froh, wenn die aufhören, hier alles auf den Kopf zu stellen. Mich interessiert nur mein Geld. *Money! Money! Money!*« Sie kicherte albern.

»Dann solltest du dringend Richards Vertrag unterschreiben, sonst gibt's kein Geld. Das ist das eine. Das andere ist dieses Foto. Ich wollte es dir schon seit Tagen geben und hab's immer wieder vergessen.« Margarete zog das Bild aus der Gesäßtasche ihrer Jeans und streckte es Mabel hin. »Süßes Baby. Sind das Verwandte von dir?«

»Du hast ein Foto gefunden? Wo?«, fragte Mabel und kniff die Augen zusammen. »Ich brauche meine Brille. Wo hab ich die jetzt bloß wieder liegen gelassen? Wahrscheinlich in der Küche.«

»Soll ich sie dir holen?«

»Das wäre richtig nett.«

Margarete ging zurück in die Küche und fand Mabels Brille auf der Arbeitsplatte neben dem Herd. Jemand klopfte an die Küchentür und versuchte dann, die Klinke herunterzudrücken. Der

Stuhl hielt stand, und Margarete hielt die Luft an. Nur zehn Minuten Frieden, dachte sie und ging wieder hinaus zu Mabel.

»Am Freitag haben die Techniker doch die Möbel in deinem Schlafzimmer verrückt. Das Foto lag plötzlich auf dem Fußboden. Wahrscheinlich ist es irgendwann hinter ein Möbelstück gefallen und kam jetzt zufällig zum Vorschein. Als du im Krankenhaus warst, hab ich mich übrigens gewundert, dass dein Haus picobello sauber ist und dein Zimmer ein Schlamperladen. Ich dachte, du bist ordentlich. Bis ich die Tür zu deinem Schlafzimmer aufgemacht habe.«

»Ich? Ordentlich? Kleine Fehleinschätzung. Ich bin der schlampigste Mensch auf Erden. Ich musste mir die Sauberkeit mühsam antrainieren, der Gäste und TripAdvisors wegen. In meinem Schlafzimmer erlaube ich mir dagegen gewisse Freiheiten. Du bist der erste und einzige Mensch, der's von innen gesehen hat. Bevor die Filmleute kamen. Darauf kannst du dir was einbilden. Vor allem kannst du's für dich behalten.«

Mabel hatte umständlich ihre Brille aufgesetzt, nahm das Foto in die Hand und sah es an. Für ein paar Sekunden war sie wie erstarrt. Dann rutschte ihr das Bild aus den Fingern und segelte zu Boden. Mabel fiel kraftlos in sich zusammen, als sei sie eine aufblasbare Puppe, deren Ventil man geöffnet hatte. Beinahe wäre sie vom Gartenstuhl gerutscht.

»Was ist los, Mabel?«, rief Margarete zu Tode erschrocken.

»Wasser«, brachte Mabel mühsam hervor

Margarete lief in die Küche hinein zur Spüle, füllte ein Glas und rannte wieder hinaus. Mabel nahm ihr das Glas mit zitternden Fingern aus den Händen und trank. Alle Farbe war aus ihrem Gesicht gewichen. Dann stellte sie das Glas auf den Tisch, lehnte sich zurück und schloss die Augen.

»Mabel! Mabel, was ist passiert? Was ist mit dem Foto? Du bist kreideweiß. Mabel, komm schon, rede mit mir!«

Mabel hatte die Augen noch immer geschlossen und antwortete nicht. Ihr Gesicht war ausdruckslos. Margarete bückte sich und hob das Foto auf. Sie hatte es nur ganz kurz angesehen, schließlich ging es sie nichts an, aber sie wusste, dass es eine junge Mutter mit einem winzig kleinen, schlafenden Baby zeigte. Das Baby war in ein weißes Tuch eingewickelt, man sah nur das Gesichtchen, und auch davon nicht viel. Erst jetzt fiel Margarete auf, dass etwas mit dem Foto nicht stimmte. Auf den ersten Blick war es ein ganz normales Bild einer lächelnden, glücklichen Mutter mit ihrem wenige Tage alten Kind. Beim genaueren Hinsehen wirkte das Lächeln verkrampft, und in den Augen der Frau lag Verzweiflung. Margarete drehte das Foto um. Auf der Rückseite stand in geschwungener Schreibschrift: *My beautiful, beautiful daughter – Lori. 1st of May 1959.*

»Meine wunderschöne Tochter Lori«, las Margarete. »Wer ist das, Mabel? Und warum bist du so aufgelöst?«

»Das bin ich«, flüsterte Mabel. »Ich bin im April 1959 geboren. Mein richtiger Name lautet Lori.«

»Das bist du? Du mit deiner Mutter? Und deine Tante hatte ein Foto, das sie an einem komischen Ort aufbewahrt hat? Aber das ist doch nicht schlimm. Warum bringt dich das denn so durcheinander?«

Mabel schüttelte den Kopf. »Das ist es ja«, flüsterte sie. »Das ist nicht meine Mutter. Ich habe diese Frau noch nie in meinem Leben gesehen.«

23. KAPITEL

Mabel

John. Es ist spät, ich weiß. Darf ich dich trotzdem noch stören?« John trug einen altmodischen Morgenmantel mit einem Gürtel, der Mabel an die Kordeln erinnerte, die Ruths altmodische Vorhänge zusammengehalten hatten. Mabel hatte die letzten Stunden in Schockstarre verbracht. Sie hatte in ihrem Schlafzimmer auf Ruths Bett gesessen und auf das schwarz-weiße Foto gestarrt, unbeweglich, ohne auch nur ein einziges Mal aufzustehen. Dann war sie unendlich langsam zu sich gekommen, wie ein Tier, das aus dem Winterschlaf erwacht, und hatte auf der Suche nach Antworten an Johns Tür geklopft.

»Hallo, Mabel. Ich wollte gerade zu Bett gehen. Ist alles in Ordnung? Komm rein.«

Mabel war nicht nach Small Talk zumute. Sie folgte John stumm ins Esszimmer. Es war dunkel bis auf das verglimmende Feuer im Kamin. John legte zwei Scheite auf die Glut, und die Flammen flackerten wieder auf. Mabel machte im Sommer nie Feuer, nicht einmal an einem kühlen Abend wie diesem. Feuer war etwas für Weicheier. Jetzt stand sie davor, starrte in die Flammen und war froh über die Wärme. Sie drehte sich um.

»John. Weißt du, wer diese Frau ist?«

John nahm das Foto in die Hand. »Einen Moment. Da brauche ich Licht und meine Brille. Aber setz dich doch.« Er schaltete das Licht an, nahm seine Brille, dann betrachtete er lange das Foto. Schließlich drehte er es um und studierte die Notiz.

»Hmm. Ich bin mir nicht ganz sicher, aber ich würde sagen, das ist Ruth. Deine Tante. Sie ist Anfang der Siebzigerjahre nach Port Piran gezogen. Aber dieses Baby ... seltsam. Ruth hatte keine Kinder. Sie hat nie Besuch bekommen, weder von Verwandten noch von Freunden, das weiß ich ganz genau. Das hätten wir schließlich mitbekommen! Vielleicht ist das kleine Mädchen auch gestorben, und sie wollte nicht darüber reden? Hast du nie Bilder von Ruth gesehen?«

»Nein. Ich habe sie nie kennengelernt. Ich habe mich auch immer gewundert, warum sie ausgerechnet mir das Cottage vererbt hat.«

»Ich habe irgendwie den Eindruck, du könntest eine Tasse Tee und einen Keks gebrauchen.«

»Da könntest du recht haben.« Jetzt erst ließ Mabel sich auf einen Stuhl sinken. Sie hatte seit dem Frühstück weder gegessen noch getrunken, weil der Schock während der letzten Stunden alle Bedürfnisse und Gefühle betäubt hatte, aber jetzt fühlte sie sich, als wäre der Blitz in sie eingeschlagen.

John stellte den Wasserkessel auf den Herd und hantierte mit Teetassen. »War Ruth die Schwester deines Vaters oder deiner Mutter?«

»Sie muss die Schwester meiner Mutter gewesen sein. Sie trug jedenfalls den Mädchennamen meiner Mutter, Trelawney.«

»Allzu viel scheinst du ja nicht über sie zu wissen.«

»Ich weiß überhaupt nichts über sie. Ich wusste nicht einmal, dass sie existiert. Unsere ganze Familie lebt im Großraum Manchester. Sie hat uns nie besucht, und meine Mutter hat nie über sie gesprochen. Nicht, dass in unserer Familie die Verwandtschaft besonders gepflegt wurde. Als ich das Cottage geerbt habe, habe ich mich gewundert, weil es im ganzen Haus keinen Hinweis auf Ruth gab, außer ihre Kleider. Keine Fotos, keine Briefe, kein Tagebuch, nichts. Es war fast so, als hätte sie bewusst alle Spuren von sich getilgt.«

»Hast du deine Mutter nie gefragt, warum Ruth ausgerechnet dir das Cottage vererbt hat?«

»Ich habe seit Jahrzehnten keinen Kontakt zu meiner Familie«, murmelte Mabel. »Das ist dir doch bestimmt aufgefallen. Ich bekomme genauso wenig Besuch wie Ruth früher.«

»Du hast nie über deine Familie gesprochen, und das habe ich respektiert. Aber es wäre ja möglich, dass ihr telefonisch Kontakt haltet.« John machte eine Pause. »Weißt du, wer das kleine Mädchen ist?«

»Kannst du es dir nicht denken?«

»Doch. Hier, trink einen Schluck Tee und iss einen Keks. Das ist vermutlich ein ziemlicher Schock.«

Mabel nickte. Es tat gut, von John umsorgt zu werden. John, der jahrelang ein paar Meter entfernt von ihrer Mutter gelebt hatte, ohne sie wirklich zu kennen. Ihre Mutter! Dabei hatte sie doch schon eine Mutter. Die in Wahrheit ihre Tante war! Und ihre Mutter war ihre Tante ... das war alles zu viel auf einmal.

»Nun weißt du, warum sie dir das Cottage vermacht hat. Und du hast damals, als du nach Port Piran kamst, keine Briefe gefunden? Keine Nachricht? Nichts? Und beim Notar war auch nichts?«

Mabel schüttelte den Kopf. »Nein. Und es war reiner Zufall, dass das Foto jetzt aufgetaucht ist. Maggie hat es gefunden, auf dem Fußboden. Nachdem die Techniker die Möbel in meinem Schlafzimmer in die Ecke geräumt hatten. Es muss hinter irgendeinem Möbelstück geklemmt oder darunter gelegen haben. Ohne die Filmleute würde es immer noch dort liegen. Dann hätte ich es nie erfahren. Vielleicht wäre das besser gewesen.« Sie hatte einen Kloß im Hals, schon seit einer ganzen Weile. Doch es gab keine Vorwarnung dafür, dass der Kloß sich plötzlich in einen Sturzbach aus Tränen verwandelte. Mabel war völlig machtlos dagegen. Was passiert da mit mir, dachte sie beinahe verwundert, während sie von Schluchzern geschüttelt wurde und John ihr ein zerknittertes Stofftaschentuch reichte, ohne ein Wort zu sagen. Sie hatte seit Jahrzehnten nicht geweint. Sie hatte kein besonders stabiles Leben gehabt, bevor sie nach Port Piran gekommen war. Doch nun brachen die wenigen Eckpfeiler, auf die es sich gestützt hatte, zusammen. Einfach so.

John räusperte sich. »Es tut mir so leid, Mabel. Hast du nie einen Verdacht gehabt?«

Sie schniefte, wischte sich die Tränen ab, putzte sich die Nase mit Johns Taschentuch und schüttelte den Kopf. »Nein. Wieso auch. Meine Eltern haben mich nicht anders behandelt als meine Geschwister. Und sie haben nie etwas gesagt. Es gibt Fotos von mir als Baby. Da sind meine Eltern drauf. Ich meine – meine Stiefeltern.« Das löste den nächsten Heulanfall aus. John tätschelte ungelenk ihre Hand.

»Danke, John«, flüsterte Mabel. »Ich glaube, ich gehe am besten ins Bett.«

John nickte. »Wenn ich dir irgendwie helfen kann – oder wenn mir noch etwas einfällt, dann gebe ich dir Bescheid. Wir mochten Ruth, wir mochten sie wirklich. Aber sie wollte mit niemandem etwas zu tun haben. Wahrscheinlich hat sie ihr Leben lang darunter gelitten, dass ... dass ...« Er sah verlegen zu Boden.

»... dass sie mich weggegeben hat«, ergänzte Mabel leise. Sie war so unendlich müde.

»Ruh dich aus, Mabel«, murmelte John. »Oder sollen wir dich ab jetzt Lori nennen? Das ist ein hübscher Name.«

Es klopfte. John ging zur Haustür.

»Maggie«, hörte sie ihn sagen.

»Hallo, John. Ist Mabel bei dir?«

Mein Gott. Wie nervig war diese Frau eigentlich, dass sie ständig hinter ihr herrannte?

»Ja. Komm doch herein. Möchtest du eine Tasse Tee?«

»Wenn ich nicht störe.«

»Natürlich störst du nicht.«

Maggie bog um die Ecke.

»Ich hab dich gesucht. Erst hast du dich stundenlang eingebunkert, und auf einmal warst du weg. Da dachte ich mir, dass du hier bist. Ich hab mir Sorgen gemacht.«

»Es geht mir gut, danke. Ich brauche keine Krankenschwester, das hab ich dir doch schon einmal gesagt«, gab Mabel schroff zurück. Das alles ging Margret doch überhaupt nichts an. Nur weil sie das Foto gefunden hatte, brauchte sie sich doch nicht in ihre Privatangelegenheiten einzumischen!

Maggie gab keine Antwort. Sie sah verletzt aus.

»Das war jetzt aber nicht besonders nett, Mabel«, protestierte John vorwurfsvoll. »Maggie macht sich Sorgen um dich. Das ist doch kein Wunder!«

»Niemand muss sich um mich Sorgen machen«, gab Mabel zurück und zerknüllte Johns Taschentuch. Sie war jetzt wütend. Und gleichzeitig schämte sie sich. Es war doch offensichtlich, dass ihr die beiden nur helfen wollten.

»Ich kann auch wieder verschwinden, wenn's dir nicht passt, du Diva«, sagte Maggie achselzuckend.

»Diva?«, rief Mabel und wurde noch wütender. »Wie würdest du dich fühlen, wenn du im fortgeschrittenen Alter von einundsechzig Jahren mal eben durch Zufall herausfindest, dass deine Eltern in Wahrheit deine Stiefeltern waren? Und dass deine richtige Mutter alles drangesetzt hat, dass du die Wahrheit nie erfährst?«

»Beschissen«, antwortete Maggie ruhig. »Aber ich würde nicht meine Freunde dafür verantwortlich machen. Vor allem, wenn sie mir helfen wollen. Also, soll ich wieder verschwinden?«

»Nein«, zischte Mabel.

»Und es tut dir leid, nicht wahr?«

»Ja, verdammt, es tut mir leid!«

»Unfassbar. Mabel hat sich entschuldigt. Entschuldigung angenommen. Was wirst du jetzt tun?«

»Tun? Wie meinst du das? Willst du wissen, ob ich mich betrinke, oder einen fetten Joint rauche?«

»Nein. Wirst du deine Eltern kontaktieren, um mehr über deine leibliche Mutter zu erfahren?«

»Du meinst meine Stiefeltern.«

»Wie auch immer.«

»Was würde das bringen?«

»Bist du denn nicht neugierig? Vielleicht könnten sie dir sagen, warum Ruth dich weggeben hat.«

»Das ist doch offensichtlich. Es gab keinen Vater, zumindest keinen zum Heiraten. Das waren andere Zeiten damals, als alleinerziehende Mutter warst du eine Ausgestoßene. Ruth hat mich zur Welt gebracht, ist hierhergezogen, wo sie keiner vorher mit dickem Bauch gesehen hatte, und dann haben mich meine Eltern – meine Stiefeltern – aufgezogen, weil es auf einen Balg mehr oder weniger nicht ankam. Die haben sich um keinen von uns groß gekümmert. Mehr gibt es nicht zu wissen. Und ihr braucht euch gar nicht so konspirative Blicke zuzuwerfen, du und John. Ich weiß genau, was ihr denkt. Ihr denkt, ich müsste jetzt losziehen und meine Vergangenheit aufarbeiten. So 'n Quatsch. Da gibt's nichts aufzuarbeiten, und es ändert nichts.« Gegen ihren Willen stiegen ihr wieder die Tränen in die Augen.

»Vielleicht musst du es auch erst mal sacken lassen«, beeilte sich John zu sagen. Er und Maggie taten so, als bemerkten sie die Tränen nicht. Wie sie dieses »Du-Arme-wir-haben-total-viel-Verständnis-für-dich«-Getue hasste!

»Willst du denn gar nicht wissen, wer dein leiblicher Vater war?«, fragte Maggie und nickte John zu, der eine Teetasse vor ihr abstellte und ihr die Kekse hinschob.

»Wozu? Er war irgendein armer Schlucker, der meine schwangere Mutter sitzen gelassen hat.«

»Vielleicht wusste er es gar nicht?«, wandte John ein. »Vielleicht hat sie es ihm nicht gesagt. Das könnte doch sein! In der zweiten Staffel von *Cornwall 1900,* da gab es diese Geschichte des Küchenmädchens bei Lord Creighton-Boyd, das ist der Vater von Marian. Sie fing etwas mit Mr Banks, dem Butler, an. Ein blutjunges Ding. Er hat erst von dem Kind erfahren, nachdem das Dienstmädchen den Dienst quittiert hatte und hochschwanger von einer Kutsche überrollt wurde, und es tat ihm unendlich leid!«

»Lass gut sein, John«, murmelte Maggie. »Ich glaube, wir gehen Mabel auf die Nerven. Am besten lassen wir sie jetzt allein.«

»Nein«, entfuhr es Mabel, und sie wunderte sich über sich selbst. »Ehrlich gesagt will ich nicht allein sein.«

»Okay. Was machen wir dann? Du willst dich nicht betrinken und auch keinen Joint rauchen?« Maggie grinste.

»Das habe ich nicht gesagt. Mit dem Joint, meine ich. Eine fette Tüte wäre jetzt genau das Richtige.«

»Ich habe eine Idee«, sagte John und kicherte verschmitzt. »Wir machen Musik. Das wird dich ablenken. Wir spielen deine Punkmusik!«

»Eine super Idee, John. Vor allem in Port Piran nach zweiundzwanzig Uhr. Da sind nicht nur die Hühner, sondern auch sämtliche Bewohner und Feriengäste im Bett. Die werden sich riesig freuen.«

»Weißt du was, Mabel?«, rief John vergnügt. »Ich glaube, das ist mir egal. Lasst uns ein bisschen Krach machen! Ihr habt mich noch gar nicht mitspielen lassen. Das ist doch jetzt die ideale Gelegenheit!«

»Wo wir gerade bei idealen Gelegenheiten sind ... ich muss euch auch noch was sagen.« Maggie seufzte. »Das Schlagzeug ist geliefert worden.«

»Aber das ist doch großartig!« John klatschte entzückt in die Hände. »Dann machen wir jetzt erst recht Krach!«

»Es gibt ein kleines Problem.«

»Das wäre?«, fragte Mabel.

»Es ist ein Lieferfehler passiert. Es ist ein Kinderschlagzeug. Für Drei- bis Fünfjährige.«

»Ich habe letzte Nacht noch eine Setliste gemacht.« Mabel legte ein Blatt Papier auf den Tisch. Sie hatte eine Nachmittagsprobe angesetzt. Es war höchste Zeit, dass sie endlich in die Gänge kamen.

»Meine Güte. War's nicht spät genug?«, klagte Margret. »Ich war um zwei im Bett. Als heute Morgen um halb sieben der Wecker klingelte, hatte ich schreckliches Kopfweh, und ich habe mich gefühlt, als hätte ich gerade mal drei Minuten geschlafen. Und als die Filmleute kamen, hätte ich am liebsten die Haustür von innen verrammelt. Selbst jetzt fühle ich mich noch wie gerädert.«

»Wahrscheinlich hast du noch nie in deinem Leben einen Joint geraucht.«

»Doch, schon. Ist aber ziemlich lange her. In meiner alternativen Phase. Ich glaube, es war vor allem die Kombination mit Johns Brandy.« Maggie ließ den Kopf schwer auf den Tisch sinken. Weichei.

Mabel humpelte zur Spüle, füllte ein Glas mit Wasser und knallte es vor Maggie auf den Küchentisch.

»Aber das war ein sehr guter, alter Brandy, den ich für besondere Gelegenheiten aufgehoben habe«, verteidigte sich John. »Du hättest ihn wirklich probieren sollen, Mabel. Ich kann mir nicht vorstellen, dass du davon Kopfweh bekommen hast, Margret. Ich fühle mich jedenfalls putzmunter. Dabei war es definitiv mein erster Joint. Ich fand ihn sehr anregend.«

»So anregend, dass du sogar noch das lächerliche Kinderschlagzeug zusammengeschraubt hast«, erwiderte Maggie und nickte anerkennend.

»Ich bastele eben gerne. Helen hat sich immer gefreut, dass wir nie einen Handwerker brauchten, weil ich alle Reparaturen im Haus selber gemacht habe.«

»Aber wahrscheinlich hast du noch nie ein metallicblaues Schlagzeug für Drei- bis Fünfjährige zusammengebaut.« Maggie seufzte. »Es wird auf der Bühne aussehen, als spiele Gulliver Schlagzeug bei den Liliputanern.«

»Wir müssen damit leben. Wenn wir es jetzt zurückschicken und ein neues bestellen, verlieren wir mindestens vier Tage Zeit für unsere Proben. In Cornwall geht das alles nicht so schnell mit dem Versandhandel. Das können wir uns nicht erlauben«, erklärte Mabel sehr bestimmt. Sie hatte keine Lust auf lange Diskussionen. Eigentlich hatte sie keine Lust auf irgendwas. Gestern hatte sie steif und fest behauptet, es würde nichts ändern, dass sie zwei Drittel ihres Lebens mit einer Lüge gelebt hatte. Natürlich stimmte das nicht. Es änderte so ziemlich alles. Sie brauchte Ablenkung. Und was für eine bessere Ablenkung gab es als Punk? »Interessiert sich eigentlich irgendjemand für meine Setliste?« Sie wedelte mit dem Blatt Papier.

»Was ist das, eine Setliste?«, fragte John. »Ohne Brille kann ich die sowieso nicht lesen.«

»Das ist eine Liste der Songs, die wir beim Festival spielen werden. Es sind insgesamt sieben. Das wird schon eine ziemliche Herausforderung, und mehr schaffen wir garantiert nicht. Mit Aufbauen, fünf Minuten Kaputtlachen, wenn die Leute Maggie an ihrem Babyschlagzeug sehen, Soundcheck, Applaus zwischen den Songs, langem Applaus am Schluss, weil die Leute Mitleid mit uns haben, und Abbauen kommen wir gerade so auf die halbe Stunde, die wir mindestens füllen müssen. So wollen es die Festivalregeln. Sonst fliegen wir aus dem Wettbewerb. Ist schon öfter vorgekommen.«

»Langer Applaus am Schluss, weil die Leute Mitleid haben? Was soll das heißen?«, wollte Margret stirnrunzelnd wissen.

»Natürlich gibt es nur deshalb Applaus, weil uns die Leute kennen und bemitleiden«, entgegnete Mabel achselzuckend.

»Ich will kein Mitleid«, erklärte John kategorisch. »Ich bin vielleicht alt. Aber ich will kein Mitleid!«

»Wenn sich Leute, die man kennt und die selbst nach den äußerst niedrigen Qualitätsmaßstäben des Punks absolute Dilettanten sind, auf der Bühne eines Dorffestivals zu kompletten Idioten machen, dann gibt es aber nur zwei Gründe, zu applaudieren: Man bewundert ihren Mut, und/oder man hat Mitleid.«

»Danke für die Vorschusslorbeeren und deinen Optimismus, Mabel«, kommentierte Maggie mit vor Sarkasmus triefender Stimme.

»Ich bin einfach realistisch«, gab Mabel ungerührt zurück.

»Kannst du dir denn überhaupt nicht vorstellen, dass es den Leuten gefallen könnte?«, fragte John, und auch er klang vorwurfsvoll.

»Nein«, antwortete Mabel kategorisch. »Und ihr braucht weder euch noch mir etwas vorzumachen. Wir treten nicht auf, um hollywoodmäßig völlig überraschend groß rauszukommen. Wir treten auch nicht auf, um das Festival um eine fantastische halbe Stunde Konzert zu bereichern, die die Leute zu Beifallsstürmen hinreißt. Wir machen das als therapeutische Maßnahme für mich, weil ich deprimiert aus dem Krankenhaus kam und Maggie mich ablenken wollte. Das wisst ihr so gut wie ich. Wegen der Geschichte mit dem Foto brauche ich noch ein bisschen mehr Ablenkung, und ich muss sagen, das mit der Ablenkung funktioniert erstaunlich gut. Zumindest letzte Nacht hat es hervorragend funktioniert. Auch wenn das halbe Dorf ›Ruhe!‹ gebrüllt und ständig jemand angerufen hat, um sich wegen des Lärms zu beschweren, hatten wir doch sehr viel Spaß, vor allem mit Maggies albernem Schlagzeug, und ich danke euch für eure Unterstützung. Mehr erwarte ich in der Tat nicht.«

»Deine glasklare, nahezu wissenschaftlich anmutende Analyse und dein Enthusiasmus sind wirklich mitreißend, Mabel«, kommentierte Maggie. »Nicht wahr, John?«

»Ja, wirklich, Mabel. So macht es gar keinen Spaß!«

»Lasst uns doch wenigstens so tun, als würden wir dran glauben, dass es ein Erfolg wird«, schlug Maggie vor.

»Macht das denn einen Unterschied?«, fragte Mabel. »Und sind wir nachher nicht schrecklich enttäuscht, wenn es nur Höflichkeitsapplaus gibt?«

»Maggie hat recht«, bekräftigte John. »Wenn wir an uns selber glauben, macht es viel mehr Spaß. Kannst du es nicht wenigstens versuchen, Mabel?«

Mabel seufzte.

»Na schön, wenn's euch damit besser geht ... Ich versuch's. Und nun genug gequatscht, an die Arbeit! Hier sind die Songs. Über ›God save the Queen‹ und ›My Way‹ von den Pistols haben wir ja schon gesprochen. ›My Way‹ wird Johns großes Solo.«

»Fein!«, rief John und strahlte. »Allerdings muss ich sagen, dass ich das schöne Lied auf diesem YouTube, das mir Maggie gezeigt hat, fast nicht wiedererkannt hätte. Man hört vor lauter durchdringender Gitarre den Sänger gar nicht. Und er brüllt. Sinatra singt es viel schöner! Helen hat Sinatra geliebt.«

»Ich hab dich gewarnt, John. Punk ist nicht romantisch, daran musst du dich gewöhnen. Dann nehmen wir noch ›London Calling‹ von The Clash ins Programm, weil das der einzige Song ist, den Maggie kennt. Außerdem ›I Heard it Through the Grapevine‹

in der sehr coolen Version von The Slits, das war eine Frauenpunkband. Ich hab mir überlegt, dass du da die *lead vocals* singst, Maggie. Hör's dir auf YouTube an. Und dann habe ich noch einen Song von den Buzzcocks ausgesucht, ›Boredom‹. Da gibt es noch mal ein Solo für dich, John. Ein Gitarrensolo.«

»Ein Gitarrensolo?«, rief John aus und riss die Augen weit auf. »Bist du dir da sicher, Mabel?«

»Kannst du bis sechsundsechzig zählen, auch wenn du nicht mehr der Jüngste bist?«, fragte Mabel schelmisch. Sie hatte auf einmal tierischen Spaß an der Sache.

»Wofür hältst du mich!«, antwortete John empört.

»Dann kriegst du auch das Solo hin. Du spielst sechsundsechzig Mal hintereinander zwei Töne im Abstand von einer Quinte, also fünf Töne. Und am Schluss gehst du einen Halbton runter. Das ist alles.«

»Hoffentlich komme ich beim Zählen nicht draus«, murmelte John. »Ich werde sicher schrecklich aufgeregt sein.«

»Das sind erst fünf Songs«, warf Maggie ein. »Was spielen wir noch?«

»Ich bin noch am Überlegen. Wahrscheinlich ›Blitzkrieg Bop‹ von den Ramones und ›If the Kids Are United‹ von Sham 69. Das ist eine super Nummer zum Mitklatschen und Mitsingen fürs Publikum. Aber lasst uns erst mal sehen, wie wir mit diesen ersten Songs klarkommen, dann schauen wir weiter.«

»›Blitzkrieg Bop‹ klingt gut!«, rief John eifrig.

»Mir ist noch was ganz anderes eingefallen. Was ziehen wir eigentlich an?«, fragte Maggie weiter.

»Ich dachte an ein weißes Hemd und meinen grauen Anzug«, antwortete John. »Mein bestes weißes Hemd ist mein Hochzeitshemd. Ich habe es kaum getragen, es ist noch wie neu.«

Maggie grinste, und Mabel hob verzweifelt die Augen zum Himmel. »John. Du kannst doch kein weißes Hemd anziehen!«

»Ich habe es aber wirklich nur sehr selten getragen, Mabel. Helen hat es mich nur zu ganz besonderen Gelegenheiten anziehen lassen. Es stimmt schon, es ist von 1953, aber es ist noch wie neu!

Die Hemdenmode hat sich doch kaum geändert in den letzten fünfundsechzig Jahren!«

»Ich dreh durch«, murmelte Mabel. »Ich dreh langsam durch.« Sie holte tief Luft. »John. Du kannst kein weißes Hemd anziehen. Das ist einfach völlig unpassend.«

»Aber ich will dir doch keine Schande machen!«

»Je anständiger du ausschaust, desto mehr Schande machst du mir.«

»Das verstehe ich zwar nicht, aber wie du meinst. Was schlägst du stattdessen vor, Mabel?«

»Punkerklamotten, was denn sonst!«

»Und wie sehen die aus?«

»Zerrissene Netzstrumpfhosen. Lederjacken, Lederröcke, Lederhosen oder Hosen mit Leopardenmuster. Hundehalsbänder. Klobige schwarze Schuhe. Zerrissene schwarze T-Shirts, auf denen ›Punk Rock‹ oder ›Ramones‹ oder ›Hate and War‹ draufsteht. Kettenhemden. Schwarze Röhrenjeans, die aussehen, als hätte der böse Schlitzer sie in die Finger gekriegt. Nietengürtel. Vollkommen geschmacklose rosa Krawatten. Jeansjacken mit Bandaufnähern. Schottenröcke.«

Einen Moment lang herrschte betretenes Schweigen. »Ich fürchte, ich habe keine Hosen mit Leopardenmuster. Und ich habe auch keine schottische Verwandtschaft, von der ich einen Schottenrock leihen könnte, meine ganze Familie stammt aus Cornwall«, sagte John schließlich zögernd. »Ich müsste noch irgendwo ein Hundehalsband haben. Wir – Helen – hatten früher mal einen Pudel.«

»Was wirst du anziehen, Mabel?«, fragte Maggie.

»Meine alten Klamotten von damals. Ballett-Tutu. Schwarze Springerstiefel. Nietenhalsband. Die Netzstrümpfe sind futsch, da bestell ich mir neue im Internet.«

»Da passt du noch rein, in die alten Sachen?«

Mabel nickte. »Ich muss sie nur waschen. Punkerklamotten dürfen zwar dreckig sein und stinken, aber das Zeugs gammelt seit Jahren im Schrank rum, das ist selbst mir zu viel. Ich hab's damals nicht übers Herz gebracht, die Sachen wegzuschmeißen.«

»Und was mach ich?«

»Du, Maggie? Hmm. Lass uns morgen mal ein Stündchen zusammen schauen, was es im Internet so gibt. Oder wir fahren nach Truro und stöbern im Secondhandladen. Wie wär's mit *bondage pants?*«

24. KAPITEL

Margarete

Sie standen vor dem Pub. Die anderen hatten sich der Reihe nach verabschiedet, das Geräusch ihrer Autos und Motorräder war verklungen, und es war jetzt sehr, sehr still, bis auf das Rauschen des Meers. Port Piran war in tiefen Schlaf gefallen. Zudem war es dunkel. Nur das Licht, das aus dem Pub auf die Straße fiel, und ein paar wenige Straßenlampen erhellten die Port Street. Die altmodischen Lampen, das holprige Pflaster, auf dem sie standen, die Stille – es kam Margarete vor, als sei sie zurückgereist in eine andere Zeit. *Cornwall 1900.* Ob es damals so viel anders ausgesehen hatte in Port Piran? Sie blickte hinauf auf das Pubschild mit dem Fischer, der den Fisch an der Schwanzflosse festhielt. Ablenkung tat not. Alles war besser, als Chris direkt anzusehen, dessen körperliche Nähe sie so erschütterte, dass ihr ganzer Körper vor Verlangen bebte. Er fand sie verwirrend, hatte er gesagt. Nicht gerade schmeichelhaft. Andererseits fand sie ihn auch verwirrend. Sie musste gehen, jetzt, sofort, sonst würde sie die Kontrolle über sich verlieren und alles noch viel schlimmer machen. Stattdessen blieb sie stehen wie angewurzelt. Im Pub ging das Licht aus. Jetzt konnte sie Chris' Gesicht kaum mehr erkennen. Wahrscheinlich war es besser so, weil sie jetzt auch sein blaues Auge und die blutigen Kratzer nicht mehr erkennen konnte, die letztlich ihre Schuld waren. Er räusperte sich.

»Das – das war ein denkwürdiger Abend.«

Das war es in der Tat gewesen. Mittwochabend. Der Abend, an dem sich die Einheimischen im Pub trafen, um zu singen, und an dem sie Margarete so selbstverständlich mit an ihren Tisch gewunken hatten, als würde sie schon ihr ganzes Leben dazugehören. Bonnie war schwanzwedelnd auf sie zugelaufen, aber sie hatte sich bewusst nicht auf den freien Stuhl neben Chris gesetzt, sondern auf die Bank am Fenster, zwischen Caroline und Karen. Neben Chris zu sitzen, einen ganzen Abend, das machten ihre Nerven nicht mit, nicht nach dem Kajakausflug. Chris war so distanziert wie immer. Als hätte es ebendiesen Kajakausflug nie gegeben.

»Super, dass du noch ein paar Wochen in Port Piran bleiben kannst!«, rief Joseph und klopfte ihr kräftig auf die Schulter. »Ich habe gehört, dass du mit Mabel und John beim Festival auftreten wirst. Das ist großartig! Ich ärgere mich grün und blau, dass ich nicht mit dem restlichen Fanclub dabeisein kann.« Er schob ihr das zerfledderte Liederheft hin. »Du kannst ja schon mal nach einem Song schauen, während wir unsere *Traditionals* singen.«

Wie schon in der Woche zuvor platzte der Pub aus allen Nähten. Jeder freie Platz war besetzt, die Gäste, die keinen Tisch mehr gefunden hatten, lehnten an der Bar. Mrs Weatherspoon hatte beim Frühstück, das sie wegen der Dreharbeiten wieder alle in der Küche eingenommen hatten und bei dem alle (außer Mabel) einen Riesenspaß gehabt hatten, einen gemeinsamen Pubbesuch angeregt. Alle (außer Mabel) hatten zugesagt, die Hippies mit ihren beiden halbwüchsigen Kindern, Susie, deren letzter Abend es war und die »one hell of a time« in Port Piran gehabt hatte, wie sie mit glänzenden Augen versicherte, und eben auch Roland.

Margarete hatte sich darüber geärgert, aber was sollte sie machen. Sie war sich nicht sicher, was in Roland vorging und wie er den Tag in Port Piran verbrachte. Sie wusste nur, dass er der Kuchentheke in Carolines Buchcafé regelmäßig einen Besuch abstattete. Er ließ Margarete in Ruhe, schien sich in Honeysuckle Cottage wohlzufühlen und hatte sich sogar höflich bei ihr bedankt, dass sie sein Zimmer so sauber geputzt hatte. Ob er wohl endlich begriffen hatte, dass aus ihnen beiden nichts wurde? Eigentlich wartete Margarete nur auf den richtigen Moment, um ihm endlich seinen Autoschlüssel zurückzugeben.

Die anderen Gäste saßen zusammen an einem Tisch, plauderten und lachten, aber Roland lehnte einsam an der Bar, ein Pint in der Hand, das er in raschen Schlucken trank. In Margaretes Beisein hatte Roland noch nie Alkohol getrunken, angeblich, weil er ihn nicht vertrug. Margaretes Theorie war, dass er zu geizig war, denn er hatte jedes Mal abgewehrt, wenn sie vorgeschlagen hatte, in den Pub zu gehen. Dass er jetzt trank, und zwar schnell, fand Margarete genauso beunruhigend wie die Tatsache, dass er sie so unverwandt anstarrte, als sei er eine Katze, die vor dem Mäuseloch lauerte. Selbst Karen hatte sich eine spöttische Bemerkung dazu nicht verkneifen können. Das war jedoch nicht alles. Offensichtlich hatte sich Roland Margaretes Kritik an seinen Klamotten zu Herzen genommen. Er trug plötzlich verwaschene Jeans, Chucks, einen bedruckten Hoodie und eine umgedrehte Baseballmütze, und wirkte damit genauso albern wie in seinen pastellfarbenen Anzügen. Er sah aus, als sei er in einen Laden gegangen, um sich einen neuen Look verpassen zu lassen, und die zwanzigjährige Verkäuferin hatte ihm die gleichen Klamotten empfohlen, die ihr gleichaltriger Freund trug. Margarete war sich sicher, dass Roland etwas plante. Bloß was? Im Moment starrte er nur. Sehr intensiv, und das konnte sie ihm schlecht verbieten.

Die Einheimischen begannen mit ihrer Musik. Joseph spielte Gitarre, und Caroline schlug eine Trommel, die Stimmung war fröhlich, und Margarete beschloss, sich von Roland nicht den Abend verderben zu lassen und ihn zu ignorieren. Irgendwann hielt sie es nicht mehr aus, schielte unauffällig zu ihm hin und stellte fest, dass er sie nicht mehr anstarrte, sondern mit den Füßen scharrte wie ein nervöses Pferd. Neben ihm auf dem Tresen stand wieder ein volles Bierglas, aus dem er hektische Schlucke nahm. Margarete selbst trank nur den alkoholfreien Holunderdrink, nachdem sie am Abend vorher zu viel Alkohol konsumiert und noch dazu gekifft hatte. Außerdem schien es ihr ratsam, nüchtern zu bleiben. Ihr Getränk war fast alle. Sie konnte an die Bar gehen, sich ein zweites holen und Roland bitten, zu gehen. Aber dann würde er sicher vor allen etwas Peinliches sagen. Sie blieb besser, wo sie war, anstatt ihn zu provozieren. Aus den Augenwinkeln beobachtete sie Chris und stellte fest, dass er sie ebenfalls forschend anschaute. Zu viele Männer, zu viele Blicke, dachte Margarete unglücklich. Ein großer Sänger schien Chris nicht zu sein, er machte kaum den Mund auf.

»Wir machen jetzt eine kleine Pause!«, verkündete Joseph nach einer guten halben Stunde. »Trinkt ordentlich, Leute, damit unser Dorfpub noch ein paar Jährchen überlebt!« Die Zuhörer klatschten.

Und in diesem Augenblick passierte es.

»Meine Damen und Herren! Darf ich um ihre geschätzte Aufmerksamkeit bitten!«, rief Roland feierlich, wenn auch mit einem unüberhörbaren Lallen in der Stimme. Da kapierte Margarete endlich, was er plante und warum er sich Mut angetrunken hatte. Nichts wie weg hier, dachte sie panisch und wollte aufspringen, aber sie war zwischen Caroline und Karen und hinter dem schweren Holztisch eingeklemmt. Gary reichte Roland grinsend einen riesigen Rosenstrauß, den er offensichtlich vorher heimlich hinter der Theke deponiert hatte, und machte das Daumen-hoch-Zeichen. Und mit diesem Strauß in der Hand marschierte Roland leicht schwankend auf Margarete zu, ein vollkommen idiotisches Lächeln im Gesicht. Er wirkte überaus entschlossen. Im Pub wurde aufgeregt getuschelt.

»Gary, stell schon mal den Champagner kalt!«, rief Joseph.

»*O my God*«, seufzte Caroline. »Wie romantisch! Maggie, du bist zu beneiden!«

»Von wegen romantisch. Ich will hier raus«, wisperte Margarete in grenzenloser Panik, aber es war zu spät, um zu fliehen. Caroline und Karen sprangen hektisch auf, um Roland Platz zu machen.

»Nicht weggehen, bitte!«, flehte Margarete und packte Caroline am Arm, aber die entwand sich ihrem Griff. Sie warf einen panischen Blick auf Chris und konnte seinen Gesichtsausdruck wieder einmal nicht entschlüsseln. Auch die anderen sprangen fluchtartig auf. Ein paar Leute räumten rasch den schweren Holztisch, der Margarete wenigstens noch einen gewissen Schutz geboten hatte, aus dem Weg. Im Pub wurde gelacht und applaudiert. Und dann wurde es plötzlich ganz still. Ehrfürchtig still. Roland stand vor Margarete, mit dem riesigen Strauß roter Rosen in der Hand. Er schwankte ein wenig hin und her, wie ein Boot, das im Hafen vor Anker lag. Ein untergehendes Boot, denn jetzt sank er auf ein Knie, während Margarete ihrerseits am liebsten in den Boden versunken wäre.

»Nein!«, flehte sie. »Tu's nicht!«

Aber Roland ließ sich nicht beirren. Er hob den Kopf und blickte Margarete aus glasigen Augen an.

»Margarete! Häschen! Du bist vielleicht schon Anfang fünfzig und nicht mehr die Jüngste«, rief er voller Inbrunst in seinem schrecklichen schwäbischen Englisch. »Aber es ist nie zu spät für eine glückliche Zukunft! Es wird Zeit, dass du nach Hause kommst. Ich, Roland, bin dein Zuhause! Dein Hafen, dein Anker, dein Fels in der Brandung! Und deshalb frage ich dich: Willst du meine Frau werden? Ich bin Astrophysiker im Beamtenverhältnis, und du bist arbeitslos. Ich bin Professor! Beim bayerischen Freistaat! Lass mich dein Ernährer sein!«

Nach dieser Ansprache herrschte Totenstille. Margarete spürte, dass alle Blicke auf ihr ruhten. Sie konnten es kaum erwarten, dass Margarete »Ja« stammelte, am besten unter Tränen der Rührung, und Roland sie in seine Arme schloss, wo sie sich zu einem leidenschaftlichen Kuss zusammenfanden, und dann würden sie applaudieren. Margarete verschränkte die Arme vor der Brust.

»Ich bin doch nicht bekloppt«, antwortete sie wütend.

»Aber ... wieso denn nicht ...«, stotterte Roland. Sogar auf dem Boden kniend schwankte er hin und her, und er umklammerte dabei die Rosen, als würde er sich an ihnen festhalten. »Ich habe mir so viel Mühe gegeben. Ich habe mir sogar neue Kleider gekauft, nur um dir zu gefallen! Die haben ein Vermögen gekostet! Allein das Taxi nach Truro hat ein Vermögen gekostet!«

»Du siehst genauso bescheuert aus wie vorher«, zischte Margarete. »Und jetzt verschwinde endlich. Ich will dich nicht heiraten!«

Vereinzelt wurde gekichert.

»Aber wieso denn nicht?«

Margarete beschloss, dass es jetzt höchste Zeit war, ins Deutsche zu wechseln. Das ging nur sie und Roland etwas an.

»Weil das ein Heiratsantrag für ein Pferd war! Ein Pferd, dem man das Gnadenbrot gibt! So tief bin ich noch nicht gesunken!«

»Soll ... soll ich es noch mal umformulieren?«, stotterte Roland, ebenfalls auf Deutsch. »Du bist doch sicher noch ein Weilchen hier. Ich bräuchte nur ein paar Minuten Zeit. Und ein Blatt und einen Stift. Und vielleicht gibt es hier einen Nebenraum, in dem ich kurz meine Ru...?«

»Nein, Roland!« Beinahe tat er ihr leid. Aber eben nur beinahe. »Roland. Du meinst es gut. Aber ich will dich nicht heiraten, und wenn du noch so lange in Port Piran rumhängst, und das ist mein letztes Wort. Wir lieben uns doch gar nicht!«

»Häschen! Das ist über fünfzig nicht mehr so wichtig! Da geht es darum, im Alter nicht allein zu sein, vor allem als Frau! Stell dir das doch bloß vor. Ein Schreckensszenario. Ganz allein im Pflegeheim! Kein Kind, das sich um dich kümmert, weil du keinen Mann abgekriegt hast, mit dem du rechtzeitig eins kriegen konntest! Von Robotern gepflegt! Und du bist die klassische Alzheimerkandidatin!«

»Roland! Hör auf, so einen Stuss zu reden! Am besten fährst du so schnell wie möglich nach Hause. Gleich morgen früh. Hier ist dein Autoschlüssel! Das Auto steht bei Chris hinter der Scheune! Oben auf dem Berg, auf der *Oak Hill Farm!*« Sie zog den Schlüssel aus der Tasche ihrer Jeans und warf ihn vor Roland auf den Boden, der immer noch vor ihr kniete.

»Chris? Wer ist das? Ist er hier?«

»Er steht da drüben. Der Mann in den Gummistiefeln!«

Alle tuschelten jetzt, weil niemand mehr ein Wort verstand, nur dass der Heiratsantrag wohl in die Hose gegangen war und Chris irgendwie in der Geschichte vorkam. Der wiederum guckte jetzt ziemlich verwirrt. Roland drehte den Oberkörper und starrte Chris an. Dann schnappte er den Autoschlüssel und sprang vom Boden auf.

»Wie bitte?«, zischte er. »Mein wertvolles Audole steht im Misthaufen geparkt bei diesem milchbubigen Gummistiefelclown hier, der aussieht, als bräuchte er noch einen Erziehungsberechtigten? Ist er etwa der Grund, warum du mich nicht heiraten willst?« Drohend schüttelte er die Faust mit dem Autoschlüssel in Chris' Richtung.

»Roland. Du bist betrunken! Du gehst jetzt besser. Chris hat damit überhaupt nichts zu tun!«, rief Margarete verzweifelt.

»Du bist also der Kerl, der mir die Tour vermasselt hat!«, fluchte Roland und wankte auf Chris zu, der ihm stirnrunzelnd entgegenblickte.

»Pass auf, Chris!«, brüllte Margarete auf Englisch und sprang auf, aber es war schon zu spät.

Roland umklammerte den Rosenstrauß mit beiden Händen und haute ihn Chris links und rechts heftig um die Ohren. Es regnete Rosenblätter. Chris taumelte und hielt sich schützend die gekreuzten Arme vors Gesicht, während Joseph mit einem Satz bei Roland war, seinen Arm packte und ihm den Strauß aus der Hand wand. Mittlerweile hatte sich Bonnie auf Roland gestürzt und in seinem Bein verbissen. Roland jaulte vor Schmerz laut auf und schüttelte das Bein, an dem der knurrende Hund klebte. Chris, etliche Rosenblätter dekorativ im Haar, beugte sich über Bonnie, um sie am Halsband von Rolands Bein wegzuziehen. Doch das bekam ihm schlecht. Hilflos sah Margarete zu, wie Roland seine Faust ballte, schräg nach unten zielte und Chris mit erstaunlicher Wucht einen Schlag ins Gesicht verpasste. Chris fiel nach hinten gegen einen Tisch, worauf mehrere Biergläser herunterfielen und zu Bruch gingen. Roland warf sich auf Chris. Die beiden rollten über den Boden, machten erst den Rosenstrauß platt und rissen dann mehrere Hocker um, während die aufgeregt bellende Bonnie um sie herumsprang und Roland immer wieder zwickte, was dieser mit kurzen quiekenden Schreien kommentierte. Gleichzeitig versuchten die Gäste im Pub, den herumrollenden Kampfhähnen auszuweichen. Es war ein einziger Tumult. Nach einer Weile, die Margarete wie eine Ewigkeit vorkam, saß

Chris rücklings auf Roland und hielt seine beiden Arme hinter dem Rücken wie in einem Schraubstock fest. Roland zappelte und fluchte, zum Glück auf Deutsch, aber Chris war stärker.

»Jetzt reicht's aber, Freundchen!«, knurrte Chris.

»Bist du völlig verrückt geworden, Roland!«, schrie Margarete und kniete sich neben ihm auf dem Boden. Weil ihr nichts Besseres einfiel, zog sie ihn kräftig am Ohr.

»Aua!«, brüllte Roland.

Bonnie zerrte noch immer an seinem Hosenbein.

»Nehmt diese Bestie weg!«, keuchte Roland.

»Die Bestie verteidigt nur ihr Herrchen! Du benimmst dich jetzt, hörst du! Dann entschuldigst du dich bei Chris und gehst nach Hause, und zwar sofort! Entschuldigst du dich? Dann lässt Chris dich los und ruft den Hund zurück!«

»Ist ja gut. Es tut mir leid, Chris!«

Chris kletterte keuchend von Rolands Rücken und pfiff Bonnie zurück. In seinen Haaren klebten noch immer Rosenblätter, sein rechtes Auge hatte bereits eine grün-blaue Färbung angenommen, und im Gesicht hatte er blutige Kratzer von der Rosenstraußattacke.

Roland kam nur mühsam auf die Füße. Er sah ebenfalls ziemlich ramponiert aus. Bonnie hatte ganze Arbeit geleistet und seine neue Jeans zerfetzt, er hatte seine Kappe verloren, und sein Hoodie war nass, weil er sich offensichtlich in einer Bierpfütze gewälzt hatte. Roland drehte sich zu Chris, verbeugte sich knapp und streckte ihm die Hand hin.

»Darf ich noch einmal wiederholen, dass ich mein Verhalten zutiefst bedaure. Die Ablehnung meines sorgfältig vorbereiteten Heiratsantrages kombiniert mit Alkohol hat offensichtlich zu einer gewissen Verletzung meines männlichen Stolzes und zu einem für meine Verhältnisse ungewöhnlich unkontrollierten tätlichen Angriff auf Ihre Person geführt. Ich komme selbstverständlich für jeden etwaigen Schaden auf.«

Chris nahm seine Hand und drückte sie kurz. Er wirkte erstaunlich gelassen, als er nur knapp entgegnete: »Entschuldigung angenommen. Aber Sie lassen die Lady jetzt in Ruhe, ist das klar?« Er machte eine Kopfbewegung in Margaretes Richtung.

Roland nickte brav, setzte sich an den nächsten Tisch und ließ den Kopf schwer auf den Tisch sinken. Jemand legte die Baseballkappe neben ihm ab, die er im Kampf verloren hatte. »Ich brauche was zu trinken«, murmelte er.

»Geh nach Hause, Roland«, knurrte Margarete. »Du hast genug angerichtet!«

»Ich weiß nicht, wo mein Zuhause ist«, murmelte er. »Mein emotionales Zuhause ist gerade zerbrochen.«

»Jemand muss ihn heimbringen«, erklärte Caroline.

»Also, ich ganz bestimmt nicht!«, protestierte Margarete.

»Dann bringe ich ihn nach Honeysuckle Cottage. In ein paar Minuten bin ich zurück.«

»Danke, Caroline«, murmelte Margarete. »Ich hätte jetzt wirklich gerne was zu trinken. Und zwar definitiv keinen Holunder. Gary, ich brauche ein Pint!«

Sie ließ sich wieder auf die Bank fallen und wagte es nicht mehr, Chris anzusehen.

»Ich bin gar nicht da«, murmelte sie. »Es sieht vielleicht so aus, aber ich bin gar nicht da, und ihr habt das alles nur geträumt.« Niemand im Pub schien der Meinung zu sein, dass etwas Dramatisches passiert sei. Mrs Weatherspoon kehrte gerade die Scherben der Biergläser zusammen und plauderte dabei mit Susie, die ihr ein Kehrblech hinhielt, Gary hob den Rosenstrauß auf und stellte ihn sorgfältig zurück ins Wasser, obwohl er zerrupft war und die meisten Rosen abgeknickt waren. Die anderen Gäste räumten die Stühle und Hocker zurück an ihre Plätze.

»Ehrlich gesagt hatten wir schon lange nicht mehr so viel Spaß wie heute Abend«, erklärte Joseph. »Wir sind ja mittlerweile alle so vernünftig und gesetzt.«

Caroline hatte Roland nach Hause gebracht, Gary hatte Chris eine Packung Eis gebracht, und dann hatte er Margarete und Chris und Karen und Joseph je ein Pint gebracht. Irgendwann hatten sie wieder mit der Musik angefangen, und die Gäste hatten sich frische Getränke geholt, als habe es den kleinen Zwischenfall nie gegeben. Die Lust zu singen war Margarete allerdings vergangen.

Sie hatte sich erst bei Gary, der nur gutmütig gelacht hatte, und dann bei Chris entschuldigt, und der hatte die umständliche Entschuldigung und Margaretes erläuternde Worte, die eigentlich völlig überflüssig waren, schließlich war die Situation ziemlich selbsterklärend, mit diesem unerschütterlichen Gleichmut hingenommen, der Margarete beinahe in den Wahnsinn trieb. »Meine Kühe treten mich ja auch«, hatte er achselzuckend gesagt, als ob es gar keinen Unterschied gäbe zwischen Kühen und eifersüchtigen deutschen Professoren der Astrophysik.

Was musste eigentlich noch passieren, um diesen Kerl aus der Reserve zu locken?

»Was macht dein Auge?«, fragte Margarete Chris nun, anderthalb Stunden später, draußen, vor dem Pub. Langsam wurde ihr kalt. Wie lange standen sie schon hier?

»Nicht so schlimm. Ich prügele mich ständig im Pub, um die Ehre einer Lady zu verteidigen, weißt du. Soll ich dich nach Hause bringen?«, fragte er.

»Lieber nicht«, murmelte Margarete.

»Wie du möchtest. Dann gehe ich wohl besser.« Er regte sich nicht. »Warum nicht?« Er klang enttäuscht.

»Weil ich dann vielleicht wieder Dinge tue, an die ich mich morgen nicht erinnern kann und die du am liebsten vergessen würdest.«

Er lachte leise. »Was könnten das denn für Dinge sein?«

»Ich ...« Sie schluckte und nahm ihren ganzen Mut zusammen. »Ich würde dich gern küssen. Das will ich schon lange. Eigentlich jedes Mal wenn wir uns treffen. Aber ich bin mir nicht sicher, ob ...« Halt die Klappe, Margarete. Du redest dich um Kopf und Kragen.

»Ob was?«

»Ob ... das ein einseitiger Wunsch ist.«

Er lachte wieder, kaum hörbar. »Ich wollte dich schon küssen, als ich dich das erste Mal sah. In diesem seltsamen Auto.« Margaretes Herz blieb stehen.

»Du machst dich über mich lustig«, sagte sie anklagend.

»Nein. Dein Haar floss über den Sitz. Dieses vollkommen unmögliche rote Haar. Du hast ausgesehen wie eine Meerjungfrau. Nur im Auto statt im Meer. Ich hatte solche Angst, dass du tot bist! Aber dann hast du geschnarcht. Und das nächste Mal küssen wollte ich dich, als ich in Mabels Küche kam und du gerade diese steinharten Scones gebacken hattest. Du kamst mir so verzweifelt vor. Ich hätte dir die Verzweiflung so gerne weggeküsst.«

»Da wollte ich dich auch küssen!« Ich bin zu alt für so was, dachte Margarete. Gleich kriege ich einen Herzinfarkt.

»Du wirktest so abweisend«, fuhr Chris fort. »So, als ob du es nicht wolltest. Du hast auf mein Flirten überhaupt nicht reagiert. Deswegen habe ich mich zurückgehalten. Auch letzten Sonntag.«

»Flirten? Welches Flirten? Ich habe nicht kapiert, dass du flirtest. Ich dachte, du willst nichts von mir«, murmelte Margarete. »Du warst immer so schrecklich distanziert. Und schweigsam.«

Chris seufzte in die Dunkelheit. »Wir Briten tun uns etwas schwer mit Flirten. Wir sind da – sehr subtil. Vor allem wenn kein Alkohol im Spiel ist.«

»Das merke ich. Ich finde euch Briten, ehrlich gesagt, ziemlich nervenaufreibend.«

»Wieso?«

»Wir stehen hier und reden sehr ausführlich über das Küssen. Ich fände es langsam an der Zeit, nicht nur darüber zu reden. Oder bist du nicht betrunken genug?«

»Hm. Darüber muss ich nachdenken. Das kann ein Weilchen dauern.« Chris wickelte eine ihrer Haarsträhnen um den Finger und zog spielerisch daran. Margarete hatte das Gefühl, wenn jetzt nicht bald, nein, sofort etwas passierte, würde sie platzen und in tausend Einzelteilen aufs Kopfsteinpflaster regnen. Dann, plötzlich, spürte sie Chris' Atem auf ihrem Gesicht. Ganz sanft ließ er seine Lippen über ihr Gesicht gleiten, über ihre geschlossenen

Augen, ihre Nase, ihre Wangen. Er berührte sie kaum, und trotzdem glaubte Margarete, zu explodieren.

»War das ein englischer Kuss?«, murmelte sie. »Nimm's nicht persönlich, aber ich hab schon heißere Nummern erlebt.«

»Nein. Der Kuss kommt jetzt.« Und dann riss Chris sie in seine Arme, und nun explodierte Margarete tatsächlich. Der Kuss dauerte eine geraume Weile. Danach dauerte es noch eine ganze Weile, bis sich der Staub der Explosion legte. *O. My. God,* dachte Margarete, als sie wieder Luft bekam und halbwegs klar denken konnte. Wer hätte gedacht, dass ein schweigsamer englischer Farmer so küssen konnte?

»Ich glaube, es ist besser, ich bringe dich nicht nach Hause.«

»Weil du Angst hast, dass wir uns dann noch einmal küssen?«

»Weil ich weder Mabel noch deinem Verlobten begegnen möchte.«

»Er ist nicht mein Verlobter!«

»Das habe ich kapiert. Trotzdem ist er ein wenig unberechenbar. Das möchte ich weder dir noch mir zumuten. Ich würde gerne mit *einem* blauen Auge davonkommen.«

»Okay. Dann gehe ich also allein. Gute Nacht.«

Ein Kuss. Ein einziger Kuss. War das alles, was zwischen ihnen passieren würde? Sie würde sich die Enttäuschung nicht anmerken lassen.

»Nein. Heute Nacht gehst du nicht zurück nach Honeysuckle Cottage. Heute Nacht kommst du mit zu mir.«

Eine gute Stunde später hatten sie sich so viel geküsst, dass Margaretes Lippen wund waren. Ihr Haar war zerzaust, das T-Shirt hing aus ihrer Jeans, und ihre Jacke und ihre Schuhe waren irgendwo zwischen Haustür und Wohnzimmer auf der Strecke geblieben. Sie hingen eng umschlungen auf Chris' Designersofa, aber er hatte so viele Kerzen angezündet und bunte Kissen auf das Sofa geschichtet, dass der sterile Raum richtig gemütlich wirkte. In ziemlich kurzer Zeit hatten sie eine Flasche französischen Rotwein geleert. Chris hatte Bonnie ausgesperrt. Sie saß vor der Tür und jaulte.

»Also, ich bin jetzt betrunken. Falls das dein Plan war, ist er aufgegangen. Was machen wir jetzt?«, murmelte Margarete.

Chris lächelte fein im Schein der Kerzen.

»Das weißt du ganz genau.«

»Du bringst mich zurück nach Honeysuckle Cottage?«

»Nein.«

»Nein?«

»Du. Und. Ich.«

»Und weiter?«

»Wir haben uns jetzt genug geküsst.«

»Tatsächlich.«

Waren die Franzosen nicht dafür bekannt, dass sie zu viel quatschten, wenn es um die Liebe ging? Die Engländer waren noch viel schlimmer. Erst hatte Chris gar nichts gesagt. Und jetzt redete er zu viel.

»Wir gehen jetzt ins Bett.«

»Du meinst: in das gleiche Bett?«

»O ja.«

»Du meinst, du leihst mir einen Schlafanzug, und wir drehen uns jeder auf eine Seite?«

»Ich werde einen Teufel tun und dir einen Schlafanzug leihen«, flüsterte Chris. Seine Hand ruhte auf dem Bund ihrer Jeans. Dann öffnete er den Hosenknopf. Und dann den Reißverschluss.

Margarete versuchte, nicht daran zu denken, dass er nun ihren Bauchspeck spüren würde. Und dann glitt seine Hand tiefer. Und dann dachte sie gar nichts mehr.

25. KAPITEL

Margarete

Viel später, als es draußen schon hell wurde und die Vögel zwitscherten, als sei der letzte Morgen der Menschheit angebrochen, konnten sie noch immer nicht aufhören, sich zu küssen. Endlich. In den winzigen Pausen zwischen den Küssen sahen sie sich tief und hingerissen in die Augen. Maggies Verstand sagte, dass sie sich für eine Fünfzigjährige ziemlich albern benahm. Ihr Herz sagte etwas ganz anderes.

»Pause!«, rief sie und schnappte nach Luft.

Chris lachte und schob sie ein kleines Stück von sich weg. »Okay. Als echter Engländer würde ich jetzt sagen: *Time for a nice cup of tea!* Ich bin fix und fertig. Du bist ja 'ne Bombe im Bett.«

»Bombe. Genau. Eine richtig tolle Arschbombe.«

Sie konnte es nicht fassen. Margarete hatte geglaubt, dass Chris sich nicht im Geringsten für sie interessierte. Und nun lag sie mit ihm im Bett. Einem riesigen, erstaunlich gemütlichen Bett in einem erstaunlich gemütlichen Schlafzimmer, das so ganz anders war als der Rest des Farmhauses. Und sie hatten es nicht beim Küssen belassen und waren beide sehr nackt.

»Sei nicht albern. Du bist die erotischste Frau, die ich je im Bett hatte. Und du hast Ahnung vom Leben, das sehe ich in deinen Lachfalten. Frauen sind wie gute Weine, je älter, desto besser. Auch die Hintern werden mit dem Alter besser.« Er zog sie wieder an sich. Seine Hand glitt auf ihren Hintern, und es fühlte sich wunderbar an.

»Mit dieser Meinung stehst du, glaube ich, ziemlich allein da. Die meisten Männer in deinem Alter stehen auf junge Hüpfer.«

»Ich brauch keine jungen Hüpfer, die keine Ahnung vom Leben

haben. Meine Frau war ein junger Hüpfer. Und du siehst ja, wohin es mich gebracht hat.« Er küsste ihr Haar.

»Ich habe mich nicht getraut, nach ihr zu fragen.«

»Ich hätte es dir gerne erzählt, am Strand, aber ich war mir nicht sicher, ob es dich überhaupt interessiert. Vielleicht hätte ich nach einem Glas Weißwein einen zweiten Anlauf genommen, aber dann ist diese Großfamilie aufgetaucht.«

»Da warst du mal wieder zu britisch-subtil. Ich dachte, du willst nicht darüber reden.«

»Es ist kein Geheimnis. Janie hat mich von heute auf morgen verlassen, vor anderthalb Jahren, und die Kinder hat sie mitgenommen. Sie leben in Dublin. Leider sehe ich sie nur selten.«

»War ein anderer Mann im Spiel?«

»Natürlich. Ein Ire mit Haaren, die so rot sind wie deine. Er war Stammgast bei Mabel. Das muss ziemlich lange gegangen sein, mehrere Sommer lang. Ich hätte es eigentlich merken müssen, weil unsere Beziehung immer schwieriger wurde, aber ich war zu blöd. Und blind für Janies Schwächen. Sie war alles für mich. Als Kinder haben wir immer die Ferien miteinander verbracht, und irgendwann haben wir uns ineinander verliebt. Ich habe auch das Haus nach ihren Vorstellungen umgebaut. Es hat mir nie gefallen. Viel zu cool für eine Farm.«

Interessant, dachte Margarete und versuchte, die Informationen zu verarbeiten, auf die sie so lange gewartet hatte. Interessant, dass Mabel ihr nur die halbe Geschichte erzählt hatte. Ob sie von der Affäre gewusst hatte?

»Seid ihr geschieden?«, fragte sie.

Er seufzte. »Nein. Ich streite mit ihr um das Sorgerecht, weil ich die Kinder gerne bei mir hätte, ansonsten habe ich es laufen lassen. Aber seit du aufgetaucht bist, ist mir klar geworden, dass langsam damit Schluss sein muss.«

»Tatsächlich?«, flüsterte Margarete. »Ich hätte niemals vermutet, dass ich solch einen Einfluss auf dich habe.«

»Maggie, seit du hier aufgetaucht bist, verfolgst du mich bis in meine Träume«, wisperte Chris. »Ich habe mich dagegen gewehrt, vielleicht auch deshalb, weil mich dein rotes Haar an meinen Rivalen erinnert hat. Aber langsam kapiere ich, dass es höchste Zeit wird, Janie loszulassen. Unsere Beziehung war schon tot, bevor sie mich verlassen hat.«

»Das klingt alles nicht besonders schmeichelhaft«, protestierte Margarete. »Du fühlst dich von mir verfolgt, du findest mein Haar verwirrend, und es erinnert dich an deinen Rivalen, und du hast gemerkt, dass ich am Leben bin, weil ich geschnarcht habe?«

Er seufzte. »Wir Engländer sind nicht nur schlecht im Flirten, wir tun uns auch schwer mit Komplimenten und Koseworten. Ehrlich gesagt sind wir englischen Männer eine einzige Katastrophe, wenn es um Frauen geht.«

»Würdest du mich gern Häschen nennen?«

»Nein. Aber wenn du Wert drauf legst, oder wenn es dich tierisch anmacht, dann nenne ich dich auch Häschen.« Er warf sich auf sie und kitzelte sie. »Häschen, Häschen, Häschen!«

»NEEEEEIN! Aufhören!«, japste sie und quiekte vor Lachen.

»Koseworte nutzen sich ab. Ich würde dich am liebsten nur bei deinem Namen nennen. Margarete ist ein bisschen schwierig für einen Engländer, aber Maggie ist schön. Und jetzt haben wir fürs Erste genug gequatscht.«

»Sag jetzt nicht, *time for a nice cup of tea*.«

»Nein«, flüsterte er. »*Time* für etwas ganz anderes. Nämlich, dir das, was ich nicht in Worten ausdrücken kann, auf andere Weise zu zeigen. *Cup of tea* gibt's dann hinterher.«

Um ihre Lippen spielte immer noch ein Lächeln, als sie in die Küche von Honeysuckle Cottage ging. Nein, sie ging nicht, sie schwebte. Sie hatte einen Sexschwips. Sie war fünfzig und hatte gerade den besten Sex ihres Lebens gehabt. Roland, *go home!* Aus dem Frühstückszimmer drang Stimmengewirr. Die Filmleute hatten ihre Dreharbeiten beendet. Alles war wieder sauber, aufgeräumt und normal. Mabel stand am Herd und briet Eier.

»Guten Morgen, Mabel.«

Mabel fuhr herum, humpelte an Margarete vorbei und knallte die Küchentür zu.

»Wo bist du gewesen? Du lässt mich hier einfach hängen! Mit dem ganzen Frühstücksstress!«

»Nette Begrüßung.« Ich lass mir die Laune nicht verderben, schwor sie sich.

»Weißt du, wie beschissen es ist, mit einer Schiene am Bein Frühstück für sieben hungrige Personen zu machen?« Es hatte keinen Zweck. Mabel war auf Krawall gebürstet. Okay. Wenn sie Krawall wollte, dann konnte sie Krawall haben.

»Nun mach aber mal halblang! Ich schufte hier seit Tagen, erst umsonst, dann für ein mickriges Taschengeld. Und heute habe ich einmal verschlafen, und du machst mir die Hölle heiß?«

»Du kannst nicht einfach abhauen! Du bist eine Verpflichtung eingegangen. Darauf muss ich mich verlassen können!«

»Willst du damit behaupten, du kannst dich nicht auf mich verlassen? Ich habe deinen Laden hier geschmissen. Nicht so wie du, das bestimmt nicht, aber ich habe mich, so gut ich nur konnte, um alles gekümmert. Und ich glaube, hier geht es nicht um Honeysuckle Cottage oder das Frühstück. Hier geht es um etwas ganz anderes.«

»Ach, tatsächlich, Frau Diplompsychologin, und um was geht es bitte schön?«

»Es geht darum, dass du stinksauer bist, weil ich mit Chris ins Bett gegangen bin.«

»Bist du das denn? Bist du mit Chris ins Bett gegangen?«

Margarete verstand jetzt gar nichts mehr. Die toughe, knallharte Mabel sah sie an, als habe sie Angst vor der Antwort.

»Ja! Ja, ich bin mit Chris ins Bett gegangen. Und weißt du was? Es kann sehr gut sein, dass ich es wieder tue. Und ich werde dich vorher nicht um Erlaubnis bitten, auch wenn es sich um einen Freund von dir handelt! Und außerdem brennen deine Rühreier an!«

»Du wirst ihn verletzen. Du wirst zurück nach Deutschland gehen. Dabei hat er schon genug am Hals!«

»Glaubst du nicht, dass er alt genug ist, um auf sich selber aufzupassen? Genauso, wie ich alt genug bin? Wir sind keine Teenager mehr, Mabel, so wie Chris und Janie damals.«

»Für dich ist das doch alles bloß ein Abenteuer. Ein exotisches Abenteuer mit einem Farmer aus Cornwall!«, zischte Mabel.

Margarete schüttelte ungläubig den Kopf. »Ich glaube fast, du bist eifersüchtig. Ist es das? Du bist eifersüchtig!«

»So 'n Quatsch«, sagte Mabel verächtlich. »Chris ist wie ein Sohn für mich. Du glaubst doch nicht im Ernst, dass ich selber gern mit ihm schlafen würde?«

»Benimmst du dich deshalb wie eine Glucke? Weil er wie ein Sohn für dich ist? Hast du Angst, dass ich ihn dir wegnehme?«

»Selbst wenn du das wollen würdest, du könntest es gar nicht. Ich kenne Christopher seit über dreißig Jahren. Seit er sieben Jahre alt ist! Das kriegst du so schnell nicht kaputt!«

»Wovor hast du dann Angst?«

Plötzlich war es, als sei alle Wut aus Mabels Gesicht herausgepufft. Sie wirkte nur noch müde und traurig. Sie lehnte sich an den Herd. Hinter ihr stieg Rauch aus der Pfanne. Sie schien es gar nicht zu bemerken.

»Ich will, dass alles so bleibt, wie es ist«, flüsterte sie. »Ich hasse Veränderungen. Ich habe keine Familie, und nur so wenige Freunde. Chris ... und Caroline ... und Betty? Das sind nicht so viele. Und deswegen will ich nicht – dass mit denen irgendwelche krummen Dinger laufen.«

Gegen ihren Willen musste Margarete lachen.

»Man hat mir schon viele seltsame Dinge an den Kopf geworfen, aber nicht, dass ich ein krummes Ding bin. Erstens: Das Leben verändert sich ständig, ob es dir passt oder nicht. Hast du nicht gerade erst herausbekommen, dass deine Mutter gar nicht deine Mutter ist? Du wirst damit leben müssen. Zweitens: Du hast es dir selber zuzuschreiben, dass du nur so wenige Freunde hast. Hier im Dorf warten sie seit Jahren drauf, dass du dich ein bisschen öffnest. Drittens: Wenn du nicht gerade alles daransetzen würdest, es dir mit mir zu verscherzen, würde ich sagen, du hast noch zwei Freunde. Okay, die eine Freundin ist eine doofe Deutsche, die dir gerade deinen besten Kumpel wegnimmt, und der andere ein alter Sack, aber wir haben gerade diebischen Spaß bei unseren Proben. Wir haben einen Auftritt vor uns, der uns alles abverlangen wird, und jetzt haust du alles kaputt! Kann es sein, dass du ein Kontrollfreak bist?«

Und damit marschierte Margarete aus der Küche. Guter Abgang, dachte sie zufrieden, während sie Mabel mit offenem Mund und verbranntem Rührei stehen ließ. Sollte sie ihr blödes Frühstück doch alleine machen. Sie würde jetzt erst einmal in aller Ruhe duschen.

26. KAPITEL

Mabel

Kontrollfreak! Was für eine bodenlose Frechheit! Mabel riss das verbrannte Rührei von der Herdplatte und ließ sich auf den Küchenstuhl fallen. Ihre Wangen brannten. Sie fühlte sich betrogen. Mit allen Mitteln hatte sie versucht, es zu verhindern, und nun war es doch passiert. Chris und Maggie hatten eine Affäre. Das würde ein böses Ende nehmen! Maggie, diese Zicke, war ihr egal, die würde in ein paar Wochen wieder von hier verschwinden, und sie würden sich nie wiedersehen, aber sie würde Chris mit gebrochenem Herzen zurücklassen. Chris war kein Typ für Affären. Ob er außer Janie überhaupt jemals eine Frau gehabt hatte? Vielleicht im Studium? Mabel hatte ihm so gewünscht, dass er Janie endlich abhakte und sich eine neue Frau suchte, die ihn nicht erst ausnutzte und dann in die Pfanne haute. Etwas mit Zukunft. Aber doch nicht Maggie! Aus Deutschland! Sie passte nicht hierher, sie passte nicht auf eine Farm, und sie passte nicht zu Chris. Das war doch offensichtlich! Und sie, Mabel, würde am Ende diejenige sein, die die Scherben aufklaubte!

»Mabel?« Mrs Weatherspoon stand in der Küche. Mit Müh und Not hatte Mabel es geschafft, die Gäste dazu zu bringen, wieder im Frühstückszimmer zu frühstücken. Sie waren heute Morgen in der Küche aufgetaucht, einer nach dem anderen, obwohl die Filmleute weg waren. Es ist doch viel gemütlicher mit allen zusammen in der Küche, hatte Mrs Weatherspoon protestiert, als Mabel sie höflich gebeten hatte, sich mit ihrem Mann an den für sie vorgesehenen Zweiertisch zu setzen. Aber Mabel war hart geblieben. Höchste Zeit, dass sie ihr Terrain zurückeroberte. Es war eine unendliche Erleichterung, dass die Filmleute mit ihrem ganzen Equipment abgezogen waren und sie

Schlafzimmer und Küche wieder für sich hatte. Auch die Aussicht auf das Geld, das hoffentlich bald auf ihrem Konto eintrudeln würde, war eine große Beruhigung. Wenn sie ehrlich war, hatte sie das Maggie zu verdanken. Wenn die nicht so hartnäckig gewesen wäre ...

»Mabel, ich will nicht stören, aber haben Sie unser Rührei vergessen?« Mrs Weatherspoon schnüffelte, dann fiel ihr Blick auf die Pfanne mit dem kohlschwarzen Rührei.

»Natürlich nicht, Mrs Weatherspoon, das Telefon hat geklingelt, und dann ist es angebrannt. Ich mache es sofort. Kann ich Ihnen auch noch frischen Tee bringen?«

»Das wäre sehr freundlich, Mabel.«

Die Gäste wunderten sich bestimmt, dass sie sich schon eine Weile nicht mehr hatte blicken lassen. Sie stellte den Wasserkocher an, humpelte ins Frühstückszimmer und nahm die leere Teekanne der Weatherspoons. Die Gäste unterhielten sich eifrig von Tisch zu Tisch. So viel Kommunikation untereinander hatte es in Honeysuckle Cottage noch nie gegeben.

»Kann ich noch jemandem etwas bringen?«, fragte sie.

»Die Kinder hätten gerne noch mal heißen Kakao«, sagte Jenny, die Hippiefrau. »Den gibt's bei uns zu Hause nämlich nicht.«

»Natürlich, kommt sofort.«

»Und ich würde gerne nach dem Frühstück meine Rechnung bezahlen«, seufzte Susie. »Dabei will ich eigentlich gar nicht weiterwandern. Vor allem nicht nach gestern Abend! Es war ja soo aufregend!«

Mrs Weatherspoon hatte Mabel brühwarm erzählt, was im Pub vorgefallen war. Mabel war zwar eigentlich schon bestens informiert gewesen, weil Caroline gestern Abend einen sturzbetrunkenen Mr George nach Hause begleitet und ihr dann Bericht erstattet hatte. Sie hatte aber heute Morgen so getan, als wisse sie von nichts, um die Geschichte noch einmal aus anderer Perspektive zu hören. Mr George war bisher noch nicht aufgetaucht, offensichtlich schlief er seinen Rausch aus.

»Ist Maggie nicht da? Ich würde mich gerne von ihr verabschieden«, meinte Susie jetzt. »Immerhin war ich eine ganze Woche hier.«

»Ja, wo ist sie eigentlich?«, fragte Mrs Weatherspoon neugierig.

»Ich habe ihr den Vormittag freigegeben«, log Mabel. »Weil sie so viel geschuftet hat, als ich im Krankenhaus war. Aber ich gebe ihr Bescheid, Susie. Sie möchte sich sicher auch von dir verabschieden.«

Sie ging zurück in die Küche, brühte den Tee für die Weatherspoons auf und machte Kakao für die Kinder. Ihr Bein schmerzte. Heute Morgen war sie viel zu viel hin und her gelaufen, und es war ganz allein Maggies Schuld. Sie würde das ganze dreckige Geschirr für sie auf den Tischen stehen lassen. Wütend schlug sie frische Eier für das Rührei auf. Zum Glück war ihr gleich die Lüge mit dem freien Vormittag eingefallen.

Moment mal. Wieso war sie eigentlich nicht ernsthaft draufgekommen, Maggie mal einen Morgen freizugeben? Sie hatte für sie den Karren aus dem Dreck gezogen. Sie war ins kalte Wasser gesprungen, ohne sich in Honeysuckle Cottage auszukennen. Sie hatte ihr den Arsch gerettet und ihr mit den Dreharbeiten ein ansehnliches finanzielles Polster verschafft. Und Mabel war nur deshalb stinksauer, weil ihr die Situation entglitten war und weil zwei erwachsene Menschen etwas miteinander angefangen hatten, ohne sie vorher zu fragen.

Maggie hatte recht. Sie benahm sich wie eine eifersüchtige Glucke. Au Mann, Mabel. Wie peinlich bist du eigentlich?, dachte sie. Du bist einfach schon viel zu lange allein. Sie haute noch drei Eier mehr in die Rühreischüssel. Dann goss sie die Eier in die heiße Pfanne und humpelte zum Gemeinschaftsraum. Auch nicht gerade toll, dort zu wohnen, aber Maggie hatte sich nicht beschwert. Mabel klopfte an die Tür. Maggie riss die Tür auf, ein Handtuch um den Kopf gewickelt.

»Was ist?«

»Susie möchte sich nachher von dir verabschieden.«

»Ist gut. Aber doch sicher nicht sofort?«

»Nein.«

Maggie wollte die Tür wieder zuknallen.

»Warte.«

»Ja?«

»Hast du eigentlich gefrühstückt? Ich mache gerade frisches Rührei.«

Maggie grinste. »Ist das ein Friedensangebot?«

»Wenn du es so nennen willst.«

»Ich kann mir im Augenblick nichts Besseres vorstellen als dein köstliches Rührei. Mit frischen Kräutern, bitte, und braunem Toast. Und vielleicht ist ja noch ein klitzekleiner Scone übrig geblieben?«

»Übertreib's nicht.«

Mabel eilte zurück an den Herd und erwischte das Rührei gerade noch, bevor es erneut anbrannte. Sie schob ein paar Scheiben braunen Toast in den Toaster, brachte den Weatherspoons Tee und Rührei und den Kindern den Kakao. Als sie zurückkam, saß Maggie mit feuchten Haaren in der Küche. Mabel kratzte das restliche Rührei zusammen, legte die Toastscheiben dazu und knallte Maggie den Teller hin.

»Ich bin also ein Kontrollfreak?«

»War nur so ein Gedanke.«

»Ich fürchte, du hast recht.«

Maggie lachte.

»Tatsächlich?«

»Ich will einfach nicht, dass Chris ... leidet.«

»Ja, Mummy. Nun wart's doch erst mal ab. Vielleicht ist es morgen schon wieder vorbei, und du hast Schnuckilein wieder für dich.«

»Wär dir das am liebsten?«

»Nein.«

»Hast du dich verknallt?«

»Ja.«

»Schlechte Idee. Und wie hast du das genau gemeint?«

»Wie habe ich was gemeint?«

»Dass ich viel mehr Freunde haben könnte, wenn ich nur wollte.«

»Du könntest mit dem kompletten Dorf befreundet sein. Du müsstest nur mittwochabends in den Pub gehen.«

»Ich kann nicht in den Pub gehen.«

»Ist es wegen des Alkohols?«

»Woher weißt du das?«

»Dachte ich mir einfach. Es gibt auch alkoholfreie Drinks. Dieses Holunderzeugs zum Beispiel.«

»Ich habe Angst, der Versuchung nicht standhalten zu können. Wenn alle um dich rum Bier trinken, das ist hart.«

»Du könntest es ausprobieren. Ich gehe mit und passe auf dich auf. Wenn du es nicht mehr aushältst, gehen wir sofort. Und du könntest es den anderen einfach sagen. Dass du ein Problem hast, meine ich. Du bist schließlich nicht allein damit. Karen kippt eine Menge in sich rein.«

»Sie trinkt viel zu viel. Alle wissen das. Und ich weiß, wie sich das anfühlt. Wenn du auch nur einen Tropfen anrührst, bist du verloren. Ich war damals auf Speed und Alkohol. Keine gute Kombination.«

»Warst du in einer Entzugsklinik?«

»Nein. Ich war in Honeysuckle Cottage. Allein. Diese Wochen habe ich komplett aus dem Gedächtnis gestrichen. Im Kalender von damals steht nur ein einziges Wort: Hölle.«

»Hut ab. Und trotzdem. Du kannst nicht dein Leben lang jeder Gelegenheit aus dem Weg gehen, bei der es Alkohol geben könnte.«

»Nein. Aber ich kann es so weit wie möglich vermeiden.«

»Du hast es geschafft, Johns Brandy zu widerstehen. Ich habe dich beobachtet. Ich hatte nicht den Eindruck, dass es ein Problem für dich ist. Seit wann bist du trocken?«

»Seit fünfunddreißig Jahren.«

»Du trinkst seit fünfunddreißig Jahren keinen Alkohol und traust dir selber so wenig zu?«

»Nein. Ich schütze mich.«

»Du könntest es auch auf anderem Wege probieren.«

»Was?«

»Freunde zu finden. Beziehungsweise zu pflegen.«

»Und wie könnte das aussehen?«

»Bei uns daheim in Stuttgart gibt es etwas, das heißt ›Kaffeeklatsch‹.«

»Was ist das? Irgendwas mit Kaffee.«

»Man backt, kocht Kaffee, lädt seine Freundinnen ein und vertratscht den ganzen Nachmittag. Du könntest es in ›Teeklatsch‹ umbenennen.«

»Niemand würde kommen.«

»Das ist doch Quatsch. Natürlich würden sie kommen. Und wenn es nur wegen deiner Scones wäre.«

»Wer sollte zu Besuch zu einer Frau kommen wollen, die nicht mal bei ihrer eigenen Mutter aufgewachsen ist?«

Mabel fiel auf, wie bitter ihre eigene Stimme klang.

»Ruth hat es sicher das Herz gebrochen, dich wegzugeben. Das sieht man doch genau, wenn man sich das Foto anschaut! Ich bin mir sicher, sie hat sich ihr ganzes Leben lang geschämt. So sehr, dass sie dir nicht einmal einen Brief hinterlassen konnte. Und fang jetzt bloß nicht mit der Selbstmitleidsnummer an.«

»Du bist wirklich mitfühlend.«

»Ich bin nicht mitfühlend. Ich will, dass du deinen Arsch hochkriegst. Und ein bisschen netter zu den Leuten bist.«

»Ich weiß nicht, wie man einen ganzen Nachmittag vertratscht.«

»Dann übe es.«

»Ich bin zwar Engländerin, aber ich beherrsche keinen Small Talk. Worüber kann man einen ganzen Nachmittag reden?«

»Eine komische Engländerin hat mal zu mir gesagt: Rede über das Wetter. Damit machst du nie etwas falsch.«

»Darf ich dich noch was fragen?«

»Kommt drauf an.«

»Wie war's?«

»Wie war was?«

»Sex mit Chris.«

»Hast du sie noch alle? Erst ziehst du hier eine Eifersuchtsnummer ab, und dann glaubst du, ich gebe dir intime Details preis?«

»Komm schon.«

»Erst hab ich ihm alle Sicherungen rausgeblasen, und dann hat er sie mir wieder reingedreht.«

»Ferkel.«

»Du hast gefragt.«

27. KAPITEL

Margarete

Margarete saß schon den halben Tag auf einem Klappstuhl und starrte fasziniert auf eine grüne Wiese, wenn auch mit Unterbrechungen. Am späten Sonntagmorgen hatte das *Port Piran Village Festival* mit der *Port Piran Village Show* und dem Wettbewerb der Hütehunde begonnen. Die Unterbrechungen sahen zum Beispiel so aus, dass sie im Verpflegungszelt plaudernd in der Schlange stand und für sich, John und Mabel Tee und Kuchen am Buffet holte. Es gab *Scones, Brownies, Victoria Sponge, Flapjack, Carrot Cake, Bakewell Tart* und herrlich klebrige *Chelsea Buns*. Der von Caroline gespendete Walnusskuchen und die *Chelsea Buns* machten am Ende das Rennen. Sie verspeisten den Kuchen auf Papptellern an einem der wackeligen Tische vor dem Zelt, und nur ein winziger Teil von Margaretes Gehirn registrierte, dass es regnete, und dass sie Tee trank, obwohl es auch Kaffee gegeben hätte. Offensichtlich verwandelte sie sich langsam, aber sicher in eine Engländerin.

Laufend wurden sie gegrüßt und angesprochen. »Da sitzt ja die Newcomer-Band!«, scherzten die Leute. »Wir können euren Auftritt nächsten Samstag kaum erwarten!« Mabel hatte sie als Folkband angekündigt. »Das ist der kleine Scherz, den ich mir erlaube«, hatte sie grinsend gesagt. Margarete graute vor dem Auftritt.

Als Bandleaderin führte Mabel ein strenges Regiment. Jeden Nachmittag schlossen sie sich ins Frühstückszimmer ein und probten voller Eifer. Das änderte nichts daran, dass Mabel die Einzige war, die sich guten Gewissens auf eine Bühne stellen konnte. Sie spielte den E-Bass wie ein Profi, und ihre tiefe, raue Stimme war perfekt für Punkrock. Die anderen beiden Bandmitglieder waren dagegen eine ziemliche Katastrophe. Immer, wenn sie an Johns Häuschen vorbeilief, konnte sie hören, wie er Gitarre übte, aber er hatte nun einmal Arthrose in den Fingern und tat sich schwer, die Akkorde schnell genug zu wechseln. Und Margarete konnte nicht Schlagzeug spielen, sie konnte nur irgendwie im Takt auf die Trommeln eindreschen. Ab und zu erinnerte sie sich an die Fußpedale, die die Bassdrum und das Hi-Hat bedienten. Trotz der mitgelieferten Übungs-DVD und noch so vielen Übungseinheiten würde sie das Instrument bis nächsten Samstag nicht einmal im Ansatz beherrschen, und außerdem würde sie sich mit dem Babyschlagzeug lächerlich machen, bevor sie auch nur angefangen hatten zu spielen. Aber jetzt war es zu spät. Mabel hatte schon die Anmeldegebühr bezahlt, und sie waren als »The Mabels« auf dem Plakat angekündigt, zusammen mit elf weiteren Bands aus Port Piran und der näheren Umgebung. Sie hatten noch eine knappe Woche.

Die nächste Unterbrechung bestand darin, dass Margarete ihren Klappstuhl verließ, um ein paar Lose zu kaufen. Die Lotterie war von irgendeinem Frauenkomitee organisiert worden, und der Erlös war für Not leidende Seemannswitwen bestimmt. Als Hauptgewinn gab es einen Korb mit lauter Leckereien von Karens Farm, und als Trostpreise selbst gemachte Chutneys und gehäkelte Eier- oder Teekannenwärmer. Immerhin gewann sie einen Eierwärmer, der aussah wie das Schild des Pubs in Port Piran. Ein knallgelber Fisch baumelte an der Hand eines in bunten Farben gehäkelten halben Fischers.

Kaum hatte Margarete wieder mit Blick auf die Wiese Platz genommen, holten Caroline und ihre Tochter Julie sie von ihrem Klappstuhl herunter, weil sie mit ihr erst den Schafschur- und dann den Hundewettbewerb anschauen wollten. Den Schafschurwettbewerb, bei dem sich drei Farmer je ein zappelndes Schaf zwischen die Knie klemmten und um die Wette schoren, fand Margarete aufregend, aber zum Hundewettbewerb war sie nur mitgegangen, weil sie Caroline nicht enttäuschen wollte. Am

Ende erwies sich der Wettbewerb jedoch als großer Spaß, weil es so kuriose Kategorien wie »Am besten wackelnder Schwanz« oder »Größtmögliche Ähnlichkeit von Mensch und Hund« oder »Attraktivste sechs Beine« und »Beste Verkleidung« (des Hundes) gab. Die Kategorie »Hund als Doppelgänger eines VIP« gewann ein Hund, dessen Haartolle genauso aussah wie die von Donald Trump. Es gab außerdem eine Ausstellung von Schweinen, Kühen, Schafen und Ziegen unterschiedlichster Rassen. Einige der Tiere trugen bunte Rosetten, weil sie zum schönsten Schwein oder zum schönsten Schaf gekürt worden waren. Auch eine von Chris' Kühen trug eine Rosette am Halfter. Trotz all dieser Unterbrechungen eilte Maggie immer wieder zu ihrem Klappstuhl zurück. Sie war völlig fasziniert vom Wettbewerb der Hütehunde. Am liebsten hätte sie keinen Moment verpasst, obwohl sich der Wettbewerb über Stunden hinzog.

Sie selbst war eher ein Katzen- und kein Hundemensch. In England schien es sehr viele Hundemenschen zu geben. Spaziergänger hatten eigentlich immer einen Hund bei sich, und im Pub in Port Piran fanden es die Leute offensichtlich völlig normal, ihren Hund auf dem Schoß zu haben oder gar zu füttern, während sie selbst eine Mahlzeit zu sich nahmen. Aber das hier war etwas völlig anderes. Die Hunde, die mit den Farmern am Hütewettbewerb teilnahmen, waren schwarz-weiß gefleckte Border Collies, Arbeitshunde, die in Zwingern lebten, keine Leckerlis bekamen, selten getätschelt wurden und darauf getrimmt waren, Schafe zu hüten, hatte ihr Chris erklärt. So wie Bonnie, mit der er beim Wettbewerb antrat. Natürlich war Margarete vor allem gekommen, um Chris und Bonnie zuzusehen und anzufeuern, aber schon nach wenigen Minuten hatten sämtliche Hunde ihr Herz erobert. Die Hunde waren eher klein – an ihrem Eifer änderte das nichts. Kaum gab der Schäfer das erste Kommando, spurteten sie los. Wie clever waren diese wendigen Kerlchen, staunte Margarete. Hoch konzentriert duckten sie sich tief ins Gras, um die Schafe nicht zu erschrecken, liefen um die Herde herum und trieben sie vor sich her, die Augen immer starr auf die Tiere gerichtet.

Und dann war Chris mit Bonnie an der Reihe.

»Ich freue mich, wenn du zum Zuschauen kommst«, hatte er gesagt, als er sie am frühen Morgen nach Hause gefahren hatte, »aber du darfst mir bitte nicht böse sein, wenn ich keine Zeit für dich habe und mich nicht um dich kümmere. Der Wettbewerb erfordert meine volle Konzentration. Wir trinken dafür hinterher ein Bier zusammen, in Ordnung?«

»Ich brauche niemanden, der sich um mich kümmert«, hatte Maggie belustigt geantwortet. »Ich bin schon ziemlich groß, weißt du?« So hatte sie es gesagt, und in dem Moment auch so gemeint.

Trotzdem verspürte sie leise Enttäuschung, als sie Chris schließlich begrüßte. Weil Mabel noch nicht fahren konnte, hatte John am Steuer ihres klapprigen Autos gesessen (Margarete hatte nicht einmal gewusst, dass Mabel ein Auto besaß) und Mabel und sie zum Festivalgelände gefahren, das gute zwei Meilen außerhalb von Port Piran lag. Sie hatten sich mit ihren Klappstühlen gute Plätze direkt an der Weide gesichert, und dann hatte Maggie sich voller Freude aufgemacht, um Chris zu suchen. Er stand in seinen unvermeidlichen Gummistiefeln und mit einer Schirmmütze auf dem Kopf mit ein paar anderen Farmern bei den prämierten Tieren, Bonnie zu seinen Füßen. Er hatte die Hände in den Hosentaschen vergraben und nickte Maggie nur knapp zu, als sie ein bisschen unschlüssig herumstand und auf eine Reaktion wartete, um ihm schließlich fröhlich zuzuwinken. Sie wusste nicht genau, was sie sich vorgestellt hatte; dass er sie in den Arm nahm und küsste? Oder dass er sie gar als seine neue Freundin vorstellte? Das war von einem Engländer, der gerade mit seinen Kollegen über Kühe fachsimpelte, wahrscheinlich zu viel verlangt. Aber war das nicht ein bisschen extrem, dass er sie lediglich zerstreut grüßte, als sei sie nur eine entfernte Bekannte? Margarete schluckte ihre Enttäuschung hinunter. Er hatte ihr schließlich versprochen, dass sie sich hinterher sehen würden. Spätestens dann würde er sie ja wohl vor allen anderen zumindest an der Hand nehmen!

Die letzten Tage waren in einem einzigen Glückstaumel an Margarete vorübergerauscht. Frühmorgens erfüllte sie ihre Frühstückspflichten und machte die Zimmer. Dann aß sie mit Mabel in der Küche den schnellen Lunch, den diese vorbereitet hatte, und anschließend probten sie. Das Verhältnis zu Mabel hatte sich völlig verändert. Sie arbeiteten harmonisch, Hand in Hand, und lachten und scherzten miteinander. Mabel verfiel zwar gelegentlich noch in ihren Feldwebelton, aber sobald Maggie einen ironischen Kommentar dazu abgab, hörte sie damit auf. Es war, als hätte sich etwas in Mabel gelöst. Eifersuchtsanfälle hatte sie keine mehr bekommen, obwohl es dazu reichlich Anlass gegeben hätte.

Jeden Tag holte Chris Margarete ab, immer am frühen Abend, wenn er nicht noch einmal aufs Feld musste, bei schönem Wetter mit dem Tandem, bei schlechtem mit seinem Landrover, und immer mit Bonnie. Dann fuhren sie zur *Oak Hill Farm*. Meist hatten sie dann beide einen Bärenhunger, und Chris kochte. Sie setzten sich auf die Terrasse, aßen und tranken gekühlten Weißwein dazu. Die Abende waren warm und hell, und wenn es kühl war, legte Chris Margarete eine Decke um die Schultern. Er konnte nicht nur leckere Sandwiches machen, er war ein richtig guter Koch, er kochte für Maggie indisch und koreanisch, arabisch und mediterran, und die meisten Zutaten stammten von seiner Farm. Nach dem Essen nahmen sie das Tandem oder gingen Hand in Hand auf dem *Coast Path* spazieren. Chris zeigte ihr kleine Wäldchen und plätschernde Bäche, er führte sie in versteckte Buchten, an die Nistplätze der Seevögel und zu den Lieblingsfelsen der Robben. Einmal saßen sie auf einer Klippe weit oben über dem Meer und warteten auf den Sonnenuntergang, da tauchte aus dem Nichts ein Pizzabote mit einer riesigen Pizza, Salat und Rotwein auf, den Chris genau dorthin beordert hatte.

Und nach den Abenden kamen die Nächte. Nächte, die spät begannen, weil es erst um halb elf dunkel wurde und sie jede Minute Helligkeit auskosteten, und morgens um sechs Uhr endeten, wenn Chris Margarete nach Port Piran fuhr, damit sie Frühstück machen und er in den Stall gehen konnte, aber immer erst, nachdem er ihr eine Tasse Tee ans Bett gebracht hatte. Nächte, in denen sie kaum schliefen, weil sie nicht genug bekommen konnten voneinander. So wie letzte Nacht.

»Dass ich mal mit einem Engländer im Bett liege und Tee trinke, nackt, ist sozusagen das Letzte, was ich im Leben erwartet hätte. Aber schließlich habe ich viele Dinge nicht für möglich gehalten«, murmelte Margarete.

»Zum Beispiel?« Chris knabberte an ihrem Ohr.

»Mich zu verlieben. Mit Haut und Haar. So ganz ohne Handbremse im Herz. Als sei's das allererste Mal.« Oder mit einem Mann im Bett zu liegen, der so einen unfassbar schönen, jungen Körper hatte.

»Fühlt es sich denn so an?« Er sah sie zärtlich an. Am liebsten wäre sie in ihn hineingekrochen, so verrückt war sie nach ihm.

»Ja, es fühlt sich so an. Als wäre die Zeit zurückgedreht worden. Als wäre ich noch einmal fünfzehn und zum ersten Mal in meinem Leben verliebt. Als ob all die Jahre dazwischen nicht existierten. All der Liebeskummer, all die Enttäuschungen und geplatzten Träume von einem gemeinsamen Leben. Und all die Jahre allein.«

»Mir geht's genauso. Nach der Geschichte mit Janie hatte ich mit dem Thema Liebe abgeschlossen. Und plötzlich taucht da ...«

»... diese rothaarige deutsche Hexe auf!«

»Du hast mich verhext, in der Tat. Verhext und verzaubert.«

»Meinst du, wir sind naiv?«

»Wieso?«

»Weil wir keine fünfzehn mehr sind. Weil das Leben kompliziert ist. Und die Liebe.«

»Maggie. Ihr Deutschen seid so schrecklich verkopft. Du bist verliebt. Genieß es. Natürlich sind wir im Ausnahmezustand. Du weißt ja noch nicht einmal, wie lange du in Port Piran bleibst! Aber jetzt, heute, hier, in diesem Moment sind wir glücklich. Mehr kannst du vom Schicksal nicht verlangen.«

Doch, dachte Maggie verzweifelt. Ich verlange mehr, viel mehr. Ich möchte, dass es so bleibt. Ich habe genug von Lebensabschnittspartnern und Freundschaft plus und Beziehungskrisen und Auszeiten und Trennungen. Ich möchte einen Menschen, der meine Heimat ist. Bis ans Ende meines Lebens.

Chris stupste sie an. »Wo ist dein deutsch-düsteres Hirn gerade?«

»Ich hab mir selbst einen Schwur geleistet. Mein Herz niemals mehr ganz zu verschenken. Sondern so viel Herz zurückzubehalten, dass ich jederzeit aussteigen kann. Ohne allzu große Schäden.«

»Wahre Liebe funktioniert so nicht. Das hast du doch vorher selber gesagt. Wahre Liebe gibt es nur ohne Handbremse im Herz.«

»Ich weiß«, murmelte Maggie. »Deswegen habe ich ja solche Angst.«

»Du brauchst keine Angst zu haben«, flüsterte Chris. »Ich passe auf dich auf. Ich passe auf uns auf.«

Das ist das erste Mal, dass Chris und ich uns in der Öffentlichkeit begegnen, dachte Margarete, als Chris mit Bonnie auf die Wiese marschierte. Er hatte ihr erklärt, wie der Wettbewerb funktionierte. Die Aufgabe des Hundes bestand zunächst darin, drei Schafe von einer höher gelegenen Weide zu holen und nach unten zum Start zu bringen. Auf ihrem Weg hinunter mussten die Schafe durch zwei Zaunelemente laufen; rannten sie außen herum, gab es Punkteabzug. Als Nächstes musste der Hund die Schafe auf einem Parcours durch verschiedene Tore treiben, und dann hinein in einen Schafspferch auf der Mitte der Wiese. Waren alle Schafe im Pferch, schlug der Schäfer das Gatter zu, und die Zeit wurde gestoppt.

Schon bei der Kajakausfahrt war Margarete klar geworden, wie eng das Verhältnis zwischen Chris und Bonnie war, aber sie hatte Bonnie noch nie bei der Arbeit mit Schafen beobachtet. Chris schlenderte ohne sichtbare Eile auf die Mitte der Weide, Bonnie dicht an seiner Seite. Er schien keine Trillerpfeife zu benötigen wie die anderen Schäfer, sondern erteilte ihr einen knappen Befehl, und die Hündin rannte los. In Rekordzeit hatte sie die Schafe von der oberen Weide durch die Gatter nach unten getrieben und den restlichen Parcours fehlerfrei und so schnell absolviert wie kein Hund vor ihr. Chris schien ihr nur ein Minimum an Befehlen zu geben. Es war, als gäbe es eine telepathische Verbindung zwischen den beiden.

»Offensichtlich hat Bonnie den Platz der *First Lady* im Haushalt von Chris eingenommen«, murmelte Mabel. »Sorry, Maggie.«

Tosender Applaus belohnte die Vorstellung.

»Chris hat gewonnen!«, rief Margarete enthusiastisch. »Selbst ein Laie wie ich sieht doch, dass sie am schnellsten von allen war!«

»Schätzchen, das war nur der erste Teil«, antwortete Mabel milde. »Die drei Besten aus dem ersten Wettbewerb treten im Stechen gegeneinander an, und der Parcours wird später deutlich schwieriger. Chris hatte außerdem Glück, das waren ausgesprochen brave Schafe. Noch ist gar nichts entschieden.«

Es gab eine Pause, in der die Hindernisse umgebaut wurden. Margarete war schrecklich aufgeregt. Sie wünschte sich so sehr, dass Chris gewann!

»Ich hätte einen Joint mitnehmen sollen«, stellte Mabel trocken fest. »Damit du nicht so hibbelig auf deinem Klappstuhl herumrutschst.«

»Es ist nun einmal schrecklich spannend!«, verteidigte sich Maggie.

»Für ein Greenhorn wie dich vielleicht. Wir schauen uns schon Hütewettbewerbe an, seit wir denken können, nicht wahr, John?«

John nickte. »Aber natürlich würde es mich freuen, wenn Chris gewinnt.«

»Es wäre ihm zu gönnen. Er hat es die letzten Jahre nicht immer leicht gehabt in der Gegend«, erklärte Mabel. »Es gibt hier nicht so viele Biofarmer. Außerdem war er gegen den Brexit, weil er vorhergesagt hat, dass es dann schwieriger wird, ohne die Subventionen der EU. Damit hat er es sich mit vielen Kollegen verscherzt, die für den Austritt gestimmt haben. Achtung, das Stechen fängt an!«, rief sie dann und erklärte: »Als Erstes wird die Reihenfolge ausgelost.«

Die drei Farmer, die noch im Rennen waren, kamen auf die Weide. Jeder musste eine Nummer ziehen und hochhalten. Chris hatte die Drei gezogen.

»Das halte ich nicht aus!«, stöhnte Margarete.

Die drei Kandidaten schüttelten sich feierlich die Hände, dann begann das Stechen. Mabel hatte recht gehabt. Nun mussten die Hunde fünf Schafe zusammenhalten, der Parcours war weitaus komplizierter, und die Gatter standen enger beisammen.

»Das ist ja schlimmer als ein Sack Flöhe«, murmelte Maggie. Tatsächlich hatte der erste Kandidat Pech. Obwohl sich sein Hund alle Mühe gab, rannten die fünf Schafe kopflos über die Weide. Immer wieder gelang es dem Hund, die Schafe einzusammeln, aber sobald sie durch ein Tor laufen sollten, stoben sie wieder in verschiedene Richtungen auseinander. Nach ein paar Minuten hob der Farmer die Hand und marschierte von der Weide.

»Er gibt auf«, kommentierte Mabel. »Kein Wunder. Mit diesen Schafen hatte er keine Chance.«

Nun hatte Chris nur noch einen Konkurrenten! Der schlug sich allerdings ziemlich gut. Der Hund brauchte nur wenige Minuten, um die fünf Schafe sauber durch den Parcours und in den Pferch zu bringen.

»Sechs Minuten, dreißig Sekunden!«, verkündete ein Mitglied der Jury durch ein Megafon. Applaus brandete auf.

»Das ist gut«, murmelte Mabel. »Das ist sehr, sehr gut.«

Chris kam nun mit Bonnie aufs Feld. Er wirkte noch immer nicht nervös. Die Jury gab das Zeichen, und Bonnie schoss los wie ein Pfeil.

»Ich habe noch nie einen so schnellen Hund gesehen«, rief John begeistert. »Bonnie macht das Rennen!«

Bonnie rannte wie ein schwarz-weißer Blitz. Sie brauchte nur wenige Sekunden, um die fünf Schafe auf der oberen Weide zusammenzutreiben. Rasch brachte sie sie nach unten. Margaretes Augen klebten aufgeregt an Chris und seiner Hündin. Chris gab ihr einen knappen Befehl. Bonnie bewegte sich jetzt nicht mehr schnell, sondern ganz langsam und konzentriert vorwärts. Den Körper flach an den Boden gedrückt, lenkte sie die Schafe ohne jede Hektik genau dahin, wo Chris sie haben wollte.

»Erst sechs Minuten! Unglaublich. Sie ist eindeutig schneller!«, rief John atemlos, als Bonnie die Schafe in den Pferch dirigierte, nachdem sie den Parcours absolviert hatten. Erst zwei, dann drei, dann vier Schafe quetschten sich in den Pferch. Margarete machte sich bereit, um loszujubeln. Und dann – brach das fünfte Schaf in allerletzter Sekunde seitlich aus.

»Das darf doch nicht wahr sein!«, jammerte Maggie. Der Ausreißer galoppierte völlig kopflos über die Weide. Bonnie rannte mit hängender Zunge hinter dem Schaf drein, holte es zurück, trieb es in den Pferch, und Chris knallte das Gatter zu. Bonnie warf sich Chris zu Füßen, und er tätschelte sie.

»Das wird knapp«, murmelte John. Dann verkündete die Jury das Ergebnis.

Margarete hielt den Atem an.

»Sechs Minuten und vierundzwanzig Sekunden! Herzlichen Glückwunsch. Christopher Nankivell hat mit Bonnie gewonnen! Damit wurde der bisherige Rekord in dieser Prüfung eingestellt, der bei sechs Minuten, achtundzwanzig Sekunden liegt!«

Die Zuschauer applaudierten.

»Hurra!« Margarete warf die Arme hoch und brüllte vor Begeisterung, dann hielt sie es nicht mehr aus. Sie sprang auf, kletterte über den Zaun und stolperte über die Weide, so schnell sie nur konnte.

Auf dem nassen, unebenen Untergrund kam sie nur langsam voran, und wahrscheinlich sah es schrecklich tollpatschig aus. Sie hörte, wie die Leute über sie lachten, aber es war ihr egal. Ihre Wangen glühten. Sie war ja soo stolz auf Chris und Bonnie! Chris beugte sich noch immer über seinen Hund und sah sie nicht kommen.

»Chris!«, rief sie atemlos und winkte.

Er richtete sich auf und starrte sie verwirrt an.

»Maggie, was ...«, stotterte er.

In dem Moment machte sie einen letzten großen Satz, warf lachend die Arme um seinen Hals und küsste ihn wild. Die Zuschauer johlten. Und Chris ...

Etwas war falsch. Entsetzlich falsch.

Chris umarmte sie nicht zurück. Und nicht nur das. Er machte sich steif, so steif wie ein Zinnsoldat, und es fühlte sich an, als würde sie ein Brett umarmen. Er stand nur da, mit hängenden Armen, den Blick starr auf den Boden gerichtet, als müsse er eine Tortur über sich ergehen lassen. Dann nahm er sanft, aber bestimmt ihre Hände von seinen Schultern und schob sie von sich weg.

»Ich kann nicht ...«, murmelte er, so leise, dass Margarete nicht einmal sicher war, ob sie es wirklich gehört hatte.

Sie war wie gelähmt. Starrte ihn an, hilflos, aus weit aufgerissenen Augen, aber Chris mied ihren Blick. Nein. Es konnte nicht sein. Er stand nicht zu ihr. Es war ihm peinlich. *Sie* war ihm peinlich. Tränen schossen ihr in die Augen. Nicht weinen. Nicht weinen! Sie würde sich ihr allerletztes bisschen Stolz bewahren, in diesem demütigendsten Augenblick ihres Lebens, als ganz Port Piran Zeuge wurde, wie Chris sie zurückwies. Sie wollte etwas sagen. Ihn beleidigen, aufs Gröbste, aber aus ihrem Mund kamen nur unkontrollierte Geräusche, wie von einem stotternden Motor. Langsam drehte sie sich um und war nun dem Publikum ausgeliefert. Es war totenstill. Mit gesenktem Kopf schlich sie zurück zum Zaun. Wie Pfeile spürte sie die Blicke der unzähligen Menschen, die zusahen, wie ihre Liebe zu Chris zerbrach. Ihre Wangen brannten. Nicht weinen, nicht weinen! Plötzlich spürte sie eine Berührung an ihrer Hand. Bonnie. Bonnie war hinter ihr hergelaufen und leckte ihre Hand, als wolle sie sie trösten, als wolle sie sich entschuldigen für das, was Chris ihr antat, und nun war es vorbei. Ein Schluchzen stieg in ihr auf, und dann verlor Margarete vollends die Fassung. Ihr Herz zerbarst in tausend Stücke.

Weinend rannte sie vom Feld.

28. KAPITEL

Mabel

Noch bevor Mabel den Hund bellen hörte, sprang Bullshit auf, streckte sich und miaute. Die Haustür ging auf, und die Katze raste wie ein geölter Blitz aus der Küchentür. Bonnie und Bullshit, Hund und Katze. Bonnie würde sich in die Sonne legen, Bullshit würde es sich zwischen ihren Vorderpfoten gemütlich machen, und dann würden die beiden zusammen eine Runde pennen. Wenigstens eine Beziehung, die funktionierte.

»Hallo, Bluebell. Bonnie, du wartest hier.«

Die Tür ging wieder zu. Mabel bestäubte ihre Hände mit Mehl und knetete auf der Arbeitsfläche neben der Spüle mit routinierten Bewegungen die Zutaten für den Scone-Teig zusammen. Seit vierunddreißig Jahren backe ich Scones, dachte sie, und seit vierunddreißig Jahren kommt Chris in meine Küche.

»Hallo, Mabel.«

»Hi, Chris.« Sie drehte sich nicht zu ihm um. Sie bestäubte die Arbeitsfläche, nahm das Wellholz und wellte den Teig aus. Chris räusperte sich.

»Kriege ich eine Tasse Tee?«, fragte er.

»Du weißt, wo der Wasserkocher steht und wo die Tassen und die Teebeutel sind.«

»Willst du auch eine?«

»Nein. Ich habe zu tun.« Sie nahm die Ausstechform und stach in Sekundenschnelle elf Scones aus. Sie schaffte immer auf Anhieb elf Scones. Einer der größten Fehler, den Anfänger machten, war der, dass sie die Ausstechform im Teig hin und her drehten. Man durfte den Teig nicht zu dünn auswellen, und dann musste man die Scones mit einer einzigen, energischen Bewegung ausstechen. Zack, zack, zack. Sie legte die elf Teiglinge auf das Backblech und kratzte den übrig gebliebenen Teig zusammen. Er reichte genau für den zwölften Scone. Ein winziger Rest Teig blieb übrig. Das Wasser kochte. Aus den Augenwinkeln sah sie, dass Chris zwei Tassen Tee machte.

»Was ist los?«, fragte er.

»Das weißt du ganz genau.« Sie schob das Blech in den vorgeheizten Ofen und stellte den Wecker auf dreizehn Minuten. Die vierzehnte und die fünfzehnte Minute Backzeit würde sie den Scones erst am nächsten Morgen gönnen, wenn sie sie fürs Frühstück noch einmal in den Ofen schob. Scones mussten warm sein. Bis zu ihrem Unfall hatte sie die Scones immer erst am Morgen gebacken, damit sie ganz frisch waren, aber das bedeutete, eine halbe Stunde früher aufzustehen. Sie hatte die Kraft nicht. Im Moment jedenfalls.

»Kannst du nicht eine kurze Pause machen und mit mir reden?« Chris holte die Milch aus dem Kühlschrank, füllte beide Teetassen damit auf und stellte die Tassen auf den Küchentisch. Mabel wusch sich die Hände, trocknete sie ab und setzte sich Chris gegenüber.

»Du hast dreizehn Minuten. Bis die Scones fertig sind.« Er sah aus, als habe er die ganze Nacht nicht geschlafen. Bleich, unrasiert, zerknittert. Von dem Helden, der am gestrigen Tag die Besucher des Hütewettbewerbs zu Beifallsstürmen hingerissen hatte, war nicht viel übrig.

»Wieso bist du so sauer?«

»Warum wohl?«

»Ich dachte, du magst sie nicht.«

»Ich habe meine Meinung geändert. Maggie ist schwer in Ordnung.«

»Du hast mir gesagt, dass sie nur eine Affäre sucht. Dass sie diese romantische Vorstellung von Cornwall hat, und ich ein Teil davon bin, und sie bei der ersten Gelegenheit wieder verschwindet.«

»Das denke ich schon lange nicht mehr.«

»Das denkst du schon lange nicht mehr? Warum hast du mir das nicht gesagt?«

»Weil du alt genug bist, um dir deine eigene Meinung zu bilden und deine eigenen Entscheidungen zu treffen. Aber du hast es versaut. Gründlich. Und gestern hat jeder Idiot außer dir kapiert, dass sie dich liebt.«

»Das zwischen ihr und mir, das ist privat. Sie hat es öffentlich gemacht.«

»Du glaubst doch nicht im Ernst, dass es irgendjemanden in Port Piran gibt, der nichts von eurer Beziehung weiß? Glaubst du etwa, die Leute kleben nicht am Fenster, wenn du sie abends abholst und morgens nach Hause bringst? Sogar dein Hund hat's kapiert!«

»Es ist keine Beziehung.«

»Das ist genau das Problem. Für sie ist es eine. Und du kannst dich nicht entscheiden. Ich habe gedacht, sie spielt mit dir. Dabei ist es umgekehrt. Weil du immer noch hoffst, dass Janie zu dir zurückkommt.«

»Sie ist die Mutter meiner Kinder!«

»Und das wird sie immer bleiben. Sie ist aber mitsamt deinen Kindern abgehauen. Das ist schon ziemlich lange her, trotzdem klammerst du dich wie an einen Strohhalm daran, dass sie irgendwann wieder die Frau an deiner Seite ist, als sei nichts geschehen, und alles wird wie früher. Hast du so wenig Stolz im Leib? Wann kapierst du endlich, dass es vorbei ist?«

»Ich dachte immer, du magst Janie!«

»Wie konnte man sie nicht mögen? Sie hat uns alle um den Finger gewickelt mit ihrem Charme und ihrem Julia-Roberts-Lächeln. Aber erst hat sie dich jahrelang ausgenutzt, und dann hat sie dich mit deinen Kindern verlassen. Sie hat einen anderen! Und eigentlich solltest du froh sein. Sie hat dir nicht gutgetan. Du bist das nicht, was sie aus dir gemacht hat! Wenn ich mir anschaue, wie gemütlich du meine Gästezimmer eingerichtet hast und wie unterkühlt deine Farm ist, nur weil Janie es schick fand. Ich kenne dich schon so lange. Du bist nicht so, Chris. Du bist warm und herzlich und humorvoll, aber Janie hat das ziemlich erfolgreich kaputt gemacht. Wann wirst du endlich wieder der, der du bist?

Wann räumst du endlich dein Leben auf? Fang mit dem Gerümpel im Flur an. Maggie hat recht gehabt, als sie sagte, du brauchst einen Psychotherapeuten.«

»Das hat sie gesagt?«

»Ja.«

»Sie hat mich überrumpelt.«

»Und du hast sie verraten. Was ist schlimmer?«

Chris schwieg. Er fiel in sich zusammen wie ein Scone, der nicht richtig aufging, und umklammerte mit beiden Händen seine Teetasse.

»Danke, dass du mir eine Standpauke hältst, Mabel. Es ist ja nicht so, als ob ich das alles nicht wüsste. Und als ob du nicht recht hättest.« Er klang niedergeschlagen.

»Gern geschehen. Übrigens siehst du aus wie ein Haufen Schafscheiße.«

»Ich habe kaum geschlafen und schlimme Träume gehabt. Wie mich Maggie angesehen hat, es hat mich bis in den Schlaf verfolgt. Da war so viel Zärtlichkeit in ihrem Blick. Und so viel Freude über unseren Sieg! Und dann ...« Er schluckte. »Dann sah sie aus wie ein geprügelter Hund, und es war meine Schuld. Ich weiß nicht, was passiert ist. Ich war plötzlich ... wie gelähmt. Ich wollte etwas sagen ... aber ich konnte nicht. Und ich würde mir nichts lieber wünschen, als die Zeit zurückzudrehen. Aber vielleicht ist es ja noch nicht zu spät, um es wiedergutzumachen. Ist sie in ihrem Zimmer?«

»Nein.«

»Wo ist sie dann? Ich muss mit ihr reden.«

»Ich fürchte, dafür ist es zu spät.«

»Was soll das heißen?«

»Sie ist nicht mehr da.«

»Willst du damit sagen, sie ist abgehauen?«

»Das ist ja wohl kaum das richtige Wort. Sie war völlig am Ende. Sie hat aufgegeben, sie hat dich aufgegeben. Obwohl das eigentlich nicht ihre Art ist. Sie hat sich durchgebissen, als es um Honeysuckle Cottage ging. Bei dir war sie offensichtlich der Meinung, es ist hoffnungslos.«

»Sie ist weg? Noch vor dem Konzert? Und ohne Praktikumsbescheinigung?«

»Glaub mir, das Konzert und das Praktikum sind seit gestern ziemlich nebensächlich geworden. Und ich habe jetzt ein Riesenproblem, weil ich keine Hilfe mehr habe, aber das steht auf einem anderen Blatt.«

»Warum hast du mir das nicht gleich gesagt?«

»Das war Teil unserer Taktik. Sollte der Kerl wider Erwarten auftauchen, dann halte ihn so lange wie möglich hin. Darum hatte sie mich gebeten.«

Chris zuckte zusammen, als hätte sie ihn geschlagen.

»Mabel! Ich fasse es nicht. Wo ist sie?«

»Im Zug von Truro nach London-Paddington. Und dann geht's mit dem Eurostar weiter nach Brüssel, und von dort nach Deutschland.«

»Verdammt«, flüsterte Chris. »Ich kann's nicht glauben. Ich dachte, sie ist glücklich hier.« Er schluckte sichtbar. »Ich dachte, sie bleibt.«

Er tat ihr beinahe leid. Aber nur beinahe. Der Wecker klingelte. Mabel stand auf, nahm zwei von Ruths gehäkelten, mittlerweile uralten Topflappen und holte die Scones aus dem Ofen. Sie kratzte zwei vom Blech herunter, bugsierte sie in eine kleine ofenfeste Form und stellte die Form zurück in den Ofen. »Du hast ja ihre Handynummer«, schob Mabel nach, weil er ihr doch ein bisschen leidtat.

»Ich habe schon hundertmal versucht, sie anzurufen. Sie geht nicht dran«, wisperte Chris. »Sie hauen alle ab. Egal ob sie Janie oder Maggie heißen.«

»Ich muss weitermachen«, verkündete Mabel.

»Du kannst rauskommen. Er ist weg.«

Maggie drückte die angelehnte Tür der Speisekammer auf und schlich heraus. Auf ihren Wangen waren frische Tränenspuren. Noch eine, die aussah wie Schafscheiße. Mabel ging zum Wasserkocher und füllte ihn mit Wasser. Bullshit stolzierte in die Küche, miaute, ignorierte Mabel mal wieder und strich um Maggies Beine.

»Lange wirst du das nicht durchhalten. Er wird spitzkriegen, dass du noch hier bist.«

»Ich habe nicht vor, das Haus vor meiner Abreise zu verlassen.«

Auch das wirst du wohl kaum auf Dauer durchhalten, dachte Mabel, aber sie behielt es für sich. Maggie stand noch immer unter Schock. Als Akutbehandlung brauchte sie eine Verschnaufpause und ein paar Streicheleinheiten. Dann würde man weitersehen.

»Ich habe Titilope erreicht. Sie ist aus allen Wolken gefallen. Sie kann es kaum erwarten, sich vorzustellen. Am besten machst du selbst einen Termin mit ihr aus. Ich leite dir ihre Handynummer weiter.« Margarete hatte Mabel verkündet, dass sie in den nächsten Tagen abreisen würde. Und dann hatte sie Mabel von einer schwarzen Putzfrau erzählt, die in einem schrecklichen Hotel arbeitete und möglicherweise an ihrer Stelle einspringen konnte. Mabel fand die Vorstellung, Port Piran mit einer Putzfrau zu rocken, die wie ein Filmstar aussah, sehr vergnüglich. Sie brauchte Hilfe, auch wenn sie dafür tief in die Tasche greifen musste. Völlig unerwartet hatte sie finanzielle Unterstützung von John bekommen. Er hatte darauf bestanden, ihr sein erstaunlich üppiges Honorar für seine Rolle in *Cornwall 1900* zu schenken. »Ich kriege genug Rente«, hatte er gesagt, »ich brauche das Geld nicht.« Mabel waren die Tränen gekommen. In letzter Zeit heulte sie einfach zu viel. Sie würde auch heulen, wenn Maggie abreiste, das war ihr jetzt schon klar. Sie hatte sich an sie gewöhnt. Viel zu sehr. Und sie war unfassbar traurig, weil Maggies Abreise auch das Ende ihrer seltsamen Band bedeutete. Sie hatte versucht, sich nicht anmerken zu lassen, wie enttäuscht sie war. Sie war egoistisch. Maggies Enttäuschung war mit ihrer nicht zu vergleichen. Und doch war es schade. Sie nahm einen letzten Anlauf.

»Willst du nicht wenigstens bis zu unserem Auftritt bleiben?«

Maggie schüttelte heftig den Kopf. »Das schaffe ich nicht. Tut mir leid, all der Aufwand umsonst. Nur wegen einem bescheuerten Farmer, der nicht mit einer gescheiterten Liebe abschließen kann. Vielleicht sollte ich doch auf Roland zurückgreifen?«, meinte Maggie düster. »Immerhin hat er Geld. Und ich würde meine Mutter glücklich machen. Sie hat spitzgekriegt, dass ich ihn abserviert habe, und ist stinksauer. Die beiden telefonieren täglich miteinander. Kannst du dir das vorstellen?«

»Red keinen Quatsch. Der Kerl ist nichts für dich. Und du bist nicht auf der Welt, um deine Mutter glücklich zu machen.« Mabel zögerte. Es hatte keinen Zweck, Maggie in Watte packen zu wollen. »Außerdem fürchte ich, dass es dafür zu spät ist.«

»Was soll das heißen?«

»Roland. Hast du dich nicht gewundert, dass er noch gar nicht abgereist ist? Er hat sich umorientiert.«

»Wie bitte?«

»Liebe geht durch den Magen. In diesem Fall durch den Kuchenmagen.«

»Ich stehe immer noch auf dem Schlauch.«

»Wer backt die besten Scones in Port Piran?«

»Du, natürlich.«

»Und die besten Kuchen?«

»Caroline. Caroline? Caroline – und Roland? Das ist jetzt nicht dein Ernst!«

»Mach den Mund zu. Caroline hat Roland nach seinem Auftritt im Pub nach Hause gebracht, schon vergessen? Da ist sie auffällig lange geblieben. Das hat sich wohl schon angebahnt, aber inzwischen ist es ziemlich offensichtlich. Gestern zum Beispiel, beim Leistungshüten. Bloß, du warst so glücklich auf deiner Wolke sieben, dass du nicht mitgekriegt hast, was sich unterhalb der Wolke so alles abspielt.«

»Wieso hast du keinen Ton gesagt? Und wieso hat Caroline nichts gesagt, wir haben uns doch gestern erst gesehen!«

»Du bist doch nicht etwa eifersüchtig? Ich habe nichts gesagt, weil das nicht meine Aufgabe ist. Und Caroline hat nichts gesagt, weil es ihr entsetzlich peinlich ist, und weil sie befürchtet, dass du es ihr übel nimmst. Und Roland hat nichts gesagt, weil er sich nicht traut. Ich glaube nicht, dass er noch mit deiner Mutter telefoniert.«

»Caroline und Roland? Er ist doch viel zu alt für sie!«

»Sei nicht so spießig. Caroline bewundert Roland und hat nicht so hohe Ansprüche wie du, Roland liebt ihre Kuchen und mag Julie, und wenn es hält, dann hat sie jemanden, der sie absichert. Es ist kein Zuckerschlecken, alleinerziehend zu sein. Aber das ist alles Zukunftsmusik. Roland wird wohl kaum seine Professur in München und sein Haus in Stuttgart aufgeben, um in einem Kaff in Cornwall zu leben. Man wird sehen. Im Augenblick machen die beiden jedenfalls einen wirklich glücklichen Eindruck.« Mabel stellte den Ofen ab und holte die Form mit den beiden Scones heraus.

»Die Scones sind fertig. Müssen nur noch kurz abkühlen.«

»Ich dachte, die sind fürs Frühstück.«

»Das ist die Sonderedition nur für uns beide. Scones enthalten Glückshormone, und die kannst du brauchen.«

Mabel nahm zwei Teller und zwei Messer, holte Butter aus dem Kühlschrank und die Erdbeermarmelade aus dem Regal und stellte alles auf den Küchentisch. Mit spitzen Fingern beförderte sie die heißen Scones auf die Teller. Sie waren wunderbar aufgegangen. Delia hätte ihre Freude dran gehabt. Maggie warf ihr klingelndes Handy auf den Küchentisch. »Chris« leuchtete auf dem Display auf.

»Es tut ihm leid«, sagte Mabel.

»Ist mir egal«, antwortete Maggie trotzig.

»Klar. Und du hast auch nur deshalb in der Speisekammer geheult, weil du neben dem Regal mit den Zwiebeln standest, nicht wahr? Willst du ihm nicht noch eine Chance geben? Ich glaube, er ist ziemlich weichgekocht.«

»Hat er gesagt, dass er mich liebt? Nein. Hat er gesagt, er lässt alles stehen und liegen und fährt mir hinterher, um sich zu entschuldigen? Nein. Hat er gesagt, dass ihm Janie nichts mehr bedeutet? Nein. Hat er gesagt, wir haben eine Beziehung? Nein. Er hat vielleicht keinen Stolz. Aber ich.«

Mabel seufzte. »Und wenn ich ehrlich bin, hast du recht damit.«

»Und dann wirft er uns noch in einen Topf und meint, ich sei abgehauen, wie Janie. Die Frauen sind also immer an allem schuld? Der kann mich mal!«

»Ist ja gut, ist ja gut! Aber es ist verdammt hart, euch beide so leiden zu sehen.«

»Ist es das?«

»Ja. Ich weiß, du hältst mich für gefühllos und eiskalt. Typ Profikiller.«

»So ein Quatsch!« Immerhin hatte sie sie damit zum Lachen gebracht.

»Aber glaub mir. Ich würde euch gerne glücklich sehen. Alle beide. Und gerne miteinander.«

»Danke«, flüsterte Maggie. »Das bedeutet mir viel.«

Mabel sah, dass sich ihre Augen schon wieder mit Tränen füllten. Sie wandte sich schnell ab, bevor Maggie sah, dass sie selber kurz vorm Heulen war. Heulen, das ging gar nicht. Sie sprang auf und goss den Tee für Maggie auf.

»Und jetzt iss deinen Scone, bevor er kalt wird.«

Die Haustür öffnete sich wieder. Maggie sprang alarmiert auf.

»Keine Sorge. Dieses Schlurfschlurf, das ist unser lieber Nachbar.«

Maggie sank zurück auf ihren Stuhl. Die Mischung aus Hoffnung, Enttäuschung und Trauer in ihrem Gesicht war herzzerreißend.

John tauchte in der Küchentür auf.

»Hallo, ihr beiden.«

»Hallo, John. Möchtest du einen Scone?« John schüttelte den Kopf. Er räusperte sich.

»Ich möchte Maggie gerne zum Essen einladen. Alleine. Ich hoffe, du findest mich nicht unhöflich, Mabel.«

Mabel grinste. »Nicht im Geringsten. Endlich sturmfreie Bude!«

»Du willst mich einladen? Aber wieso?«, fragte Maggie.

»Das verrate ich dir erst, wenn du kommst.«

»Ich gehe im Moment aber nicht aus dem Haus. Und ich möchte dich bitten, niemandem zu sagen, dass ich hier bin. Offiziell bin ich abgereist.«

»Keine Sorge. Meinst du, du könntest dich entschließen, zu mir nach Hause kommen? Es sind ja nur ein paar Meter.«

»Ich kann vorher schauen, ob die Luft rein ist«, schlug Mabel vor.

»Aber ich dachte, du kochst nicht gern?«, fragte Maggie.

»Ich habe auch nicht gesagt, dass ich koche. Also, kommst du? Zum Essen, heute, um sieben?«

»Sehr gern.«

29. KAPITEL

Margarete

»Du siehst sehr hübsch aus, Margret.«

Margarete hatte sich Mühe gegeben und das neue Kleid angezogen. Sie hatte es vor ein paar Tagen spontan gekauft, als die Welt noch in Ordnung gewesen war und sie mit dem Bus nach Truro gefahren war, weil sie Klamotten brauchte und weil sie etwas für das Konzert suchte. Nun hatte sie das Kleid für John angezogen. Außerdem hatte sie sich geschminkt. Nicht nur John zuliebe. Es hatte ihrem Ego gutgetan. Sie würde keinen Gedanken daran verschwenden, dass sie das Kleid mit dem tiefen Ausschnitt eigentlich wegen Chris gekauft hatte.

»Oh ... danke. Und du bist sehr elegant.«

»Danke.« John deutete eine Verbeugung an und trat zur Seite, um Margarete einzulassen. Er trug einen dunkelblauen Anzug mit einem weißen Hemd und schwarze, gewienerte Schuhe.

Maggie hatte ihn noch nie so formell gesehen; sie empfand fast ein wenig Scheu. Als ob sie ein Date hätte. Mit einem Sechsundachtzigjährigen! Dass John sichtlich Schwierigkeiten gehabt hatte, den Knopf des Jacketts über dem Bauch zu schließen, dass die gelb-blau gezackte Krawatte aussah, als habe der Blitz ins Hemd eingeschlagen, dass ein Soßenfleck links vom Krawattenknoten das weiße Hemd braun einfärbte und das Aftershave ein bisschen zu penetrant war, störte sie nicht. Er hatte sein dunkelbraunes Haar gewaschen und sich frisch rasiert. Er hatte sich große Mühe gegeben, das war es, was zählte, und sie platzte vor Neugierde, den Grund dafür zu erfahren. Sie folgte ihm ins Haus.

»Wie schön, John. Wie wunder-, wunderschön!« Unzählige Teelichter auf den Fensterbrettern und dem Kaminsims tauchten das Esszimmer in ein romantisches Licht. Sogar die Queen und ihre Sippschaft hatten dafür weichen müssen, nur das Hochzeitsfoto von John und Helen war geblieben. Ein blütenweißes Tischtuch bedeckte den großen Esstisch, auf dem sich normalerweise Briefe, Werbung und Zeitschriften stapelten. Der Tisch war mit schimmernden Glaskelchen, Porzellantellern und Silberbesteck gedeckt, und in der Mitte thronte ein silberner Kronleuchter mit drei weißen Kerzen, um den ein Rosenstrauß, ein Sektkühler mit einer geöffneten Flasche und ein Brotkorb gruppiert waren. Margarete blieb mit offenem Mund stehen.

»John«, stammelte sie. »Das ... das ist so wunderschön. Du hast dir so viel Mühe gemacht. Wie komme ich zu dieser Ehre?«

John zog einen Stuhl zurück. »Das ist das Geschirr, das wir zur Hochzeit bekommen haben. Ich habe es seit Helens Tod nicht mehr angerührt. Es tat mir zu sehr weh. Aber für dich habe ich es herausgeholt. Wenn du dich bitte setzen möchtest, Margret«, antwortete er feierlich.

Margarete nahm Platz, John schob ihr den Stuhl zurecht und legte ihr eine weiße Serviette auf den Schoß. Dann eilte er zu seinem alten Plattenspieler und setzte die Nadel aufs Vinyl. Einen Moment lang lauschte er mit geschlossenen Augen und entrücktem Lächeln. Margarete kannte die Musik, ihre Mutter hatte sie früher immer gehört. »Play Bach« von Jacques Loussier.

»Jacques Cousteau«, erklärte John und seufzte leise. »Ich verstehe ja nichts von Musik, aber das war Helens Lieblingsplatte. ›Play Back‹. Darf ich dir Prosecco einschenken? Champagner scheint etwas aus der Mode gekommen zu sein.«

Er nahm die Flasche aus dem Sektkühler und goss Prosecco in ihr Glas. Der Prosecco schäumte über und floss auf die weiße Tischdecke. Schnell tupfte Margarete mit ihrer Serviette die Decke ab.

»Ich habe keine Übung mehr in diesen Dingen«, murmelte John und goss sich ebenfalls sein Glas voll. Dann baute er sich vor ihr auf.

»Auf dich, Margret.«

Sie stießen an. In Johns Blick war so viel Liebe und Zuneigung, dass Margarete spürte, wie ihr die Tränen kamen.

»Wieso ...«, flüsterte sie. »Wieso, John?«

»Weil ich mich bei dir bedanken möchte.«

»Bedanken? Aber wofür denn? Ich habe doch gar nichts getan!«

»Du hast nichts getan?«

»Nein.«

»Lass uns einen Schluck trinken. Dann hole ich die Vorspeise. *Tesco* hat gekocht.« Sie tranken beide. Margarete spürte, wie ihr der Prosecco angenhem zu Kopf stieg und alles, was sie traurig machte, in einem Nebel verschwinden ließ. Sie nahm gleich noch einen tiefen Schluck. John verschwand und kam mit einem Teller wieder, auf dem vier leicht angekohlte Minipizzas lagen. John schien es nicht zu bemerken. Er schob zwei der kleinen Pizzas auf ihren Teller.

»***Bon appétit***. Du bist nach Port Piran gekommen.«

»Daran besteht kein Zweifel. ***Bon appétit***.«

So diskret sie konnte, kratzte Margarete die schwarzen Stellen weg und schnitt die erste Pizza in zwei Stücke. Sie war innen kalt, und die Salami war noch glitschig.

»Helen war eine großartige Köchin. Ihr ***Sunday Roast!*** Fertigprodukte sind schon eine große Hilfe, wenn man nicht kochen kann. Es schmeckt fast wie bei ***Pizza Hut****,* findest du nicht?«

»Köstlich. Ganz köstlich.« Margarete kaute tapfer auf der Salami herum. John räusperte sich und legte sein Besteck beiseite.

»Margret, bevor du nach Port Piran gekommen bist, war ich ziemlich deprimiert. Weißt du, wenn du alt bist, dann ziehen sich die Tage wie Kaugummi. Du sagst dir die ganze Zeit, dass du keinen Grund hast, zu klagen. Du hast ein schönes Leben gehabt, du bist abgesehen von ein paar Zipperlein gesund, du bist nicht am Verhungern, hast ein hübsches eigenes Haus und freundliche Nachbarn; du musst dir keine Sorgen machen, dass du drei Tage tot im Zimmer liegst, bevor es jemandem auffällt. Aber wenn du fast dein ganzes Leben mit einem geliebten Menschen verbracht hast, ist es schwer, Freude zu empfinden, wenn dieser Mensch nicht mehr da ist. Es vergeht kein Tag und keine Stunde, ohne dass ich Helen vermisse. Sie hatte so ein fröhliches Wesen, weißt du. Alles war so leicht, wenn sie da war. Sie hat den ganzen Tag vor sich hin gesungen und gesummt, und wir haben sehr viel gelacht miteinander. Ihre Fröhlichkeit saß in jeder Ecke dieses Hauses, in jeder Treppenstufe, in jeder Teetasse, in jeder Blume im Garten. Dann kam der Krebs, aber sie hat sich nicht unterkriegen lassen. Sie ist sogar mit einem Lächeln gestorben. Und jetzt empfinde ich genau das Gegenteil: In jeder Ecke sitzt nur noch Trauer und Einsamkeit.« Seine Augen waren feucht. »Sie sagen dir, dass es leichter wird. Aber das stimmt nicht. Davon will aber niemand etwas hören. Du merkst, wie du anfängst, den Leuten auf die Nerven zu gehen mit deinen immer gleichen Geschichten. Sie sprechen es nicht laut aus, aber sie finden, dass du allmählich genug getrauert hast, und dass du undankbar bist. Du gehst ihnen nur noch auf die Nerven. Sogar meinen Kindern gehe ich auf die Nerven. Sie besuchen mich nur selten.«

Margarete legte John die Hand auf den Arm. Er legte seine Hand auf ihre und drückte sie.

»Ich weiß, dass du im Augenblick sehr traurig bist, Maggie. Ich hoffe, ich überfordere dich nicht, aber ich wollte sterben. Bevor du kamst, hatte ich die Lust zu leben verloren. Aber jetzt möchte ich nicht mehr sterben. Alles, was in den letzten Wochen passiert ist, hat mir unbändiges Vergnügen bereitet. Ich nehme das alles nicht so richtig ernst, weißt du, dafür bin ich zu alt, aber endlich lache ich wieder. Ich übe Gitarre, als gelte es mein Leben, ich freue mich unendlich auf das Festival, und auch auf die Ausstrahlung von *Cornwall 1900*.« John warf den Kopf in den Nacken und lachte. Es war nicht das Lachen eines alten Mannes. Es war ein übermütiges, junges Lachen, und Margarete konnte gar nicht anders, sie stimmte mit ein, obwohl ihr Herz so schwer war.

»Ohne dich wäre das alles nicht passiert, Margret. Du hattest den Mut, Honeysuckle Cottage an den schrecklichen Richard zu vermieten, obwohl dir klar war, dass es Mabel nicht gefallen würde, und du hast Mabel auf die Idee gebracht, sich mit uns auf die Bühne zu stellen, obwohl du genau weißt, dass wir uns lächerlich machen werden. Aber du hast uns Mut zurückgegeben, Mabel und mir. Mit deiner seltsamen, unverblümten Art, die so ganz anders ist als unsere. Das ist es, wofür ich dir danken möchte.«

»Du hast ja gestern gesehen, wohin mich meine seltsame, unverblümte Art gebracht hat«, flüsterte Margarete.

»Ich weiß«, murmelte John sanft. »Ich kann auch nur für mich sprechen, und vielleicht ein bisschen für Mabel. Schau sie dir doch an. Sie ist längst nicht mehr so abweisend wie früher, und glaub mir, das tut nicht nur uns gut, sondern vor allem ihr selbst. Du darfst jetzt nicht an dir zweifeln, nur weil jemand mit deiner direkten Art nicht klarkommt. Versprichst du mir das?«

Maggies Augen füllten sich schon wieder mit Tränen. Als ob das so einfach wäre, dachte sie. Sie hatte ihre Spontanaktion gefühlt hunderttausendmal bereut. Trotzdem nickte sie, um John nicht zu enttäuschen.

»Wirst du bis zum Festival bleiben?« Sie hatte abreisen wollen. Aber nun war ihr klar geworden, welche Bedeutung das Festival für John hatte. Sie konnte ihm das nicht antun. Ihm nicht und Mabel nicht. Sie würde schon durchhalten. Außerdem brauchte sie die Praktikumsbescheinigung. Wieder nickte sie, und John strahlte vor Freude.

»Und jetzt genug der Gefühlsduselei, ich hole den Hauptgang. *Roast Beef Dinner*. Rindfleisch in brauner Soße, Ofenkartoffeln, junge Karotten, Erbsen und Yorkshire-Pudding. So steht es wenigstens auf der Packung. Dazu gibt es Liebfraumilch. Das ist ein deutscher Wein! Und zum Nachtisch *Banoffee Pie*. Das ist ein Kuchen mit einem Boden aus *Digestive Biscuits,* süßer Bananenmousse, Toffeesoße und Karamellflocken. Damit du nicht hungrig nach Hause gehen musst.«

»Klingt großartig.«

Eine Stunde später war Maggie so satt und so betrunken, dass sich ihre Traurigkeit von einer riesengroßen in eine etwas kleinere schwarze Wolke verwandelt hatte. Das Essen war zu salzig und der Nachtisch zu süß gewesen, aber sie hatte alles aufgegessen und mit erschlagend lieblichem Liebfraumilch von der Mosel heruntergespült. John hatte ein Feuer angemacht, einen Stuhl davorgerückt und ihr ein Glas mit ebenfalls überzuckertem Portwein in die Hand gedrückt. Margarete protestierte genauso wenig dagegen wie am Nachmittag, als Mabel sie genötigt hatte, einen Scone zu essen. Dabei hatte sie schon den ganzen Tag überhaupt keinen Appetit. Es tat so gut, wenn andere Entscheidungen für einen trafen.

John verschwand und kam mit seiner Gitarre zurück. »Ich möchte ›My Way‹ singen. Nur für dich. Um dir Mut zu machen, du selbst zu sein.«

Maggie nickte und schloss die Augen. Die ersten Akkorde der Gitarre erklangen, dann setzte John mit seinem warmen Bariton ein. Seine Stimme klang ganz anders als bei den Proben, wenn Mabel versuchte, ihm die Sex-Pistols-Version einzutrichtern. Jetzt orientierte er sich an Sinatra, und er sang nur für sie. So viel schwang in seiner Stimme mit: Freundschaft, Mitgefühl und Liebe. Und, ja, auch so etwas wie Ansporn. *My way.*

Mabel hatte recht gehabt. Sie war derselben romantischen Vorstellung von Cornwall erlegen wie jeder andere Tourist auch. Sie dachte an ihren ersten Morgen in Port Piran, als sie vom Küstenpfad auf das Dorf hinuntergeschaut hatte und von dem Gefühl überwältigt worden war, zu Hause zu sein. Hatte sie allen Ernstes gedacht, es wäre Bestimmung gewesen, dass ihr Weg sie nach Port Piran geführt hatte? Hatte sie wirklich geglaubt, es könne eine neue Heimat für sie werden? Nur weil sie ein paar Wochen hier gelebt und gearbeitet hatte und weil man sie herzlich aufgenommen hatte? Hatte sie wirklich ernsthaft darüber nachgedacht, hierzubleiben? Mit Chris? Wie blind war sie gewesen! Blind und naiv.

»Es tut mir leid«, flüsterte sie. »Ich werde jetzt nach Hause gehen.« Nach Hause. Was für ein Witz.

John nickte.

»Natürlich. Ich bringe dich noch zur Tür von Honeysuckle Cottage.«

»Das musst du nicht, John, wirklich nicht. Es sind doch nur ein paar Meter.«

»Wie du möchtest.«

»Danke für die Einladung, John. Es war ein wunderschöner Abend.«

»Das freut mich, Margret. Wenn du mich brauchst, egal wofür, dann bin ich für dich da. Nicht wahr, das weißt du? Ich bin ein alter Mann. Aber ich werde für dich tun, was in meiner Macht steht.«

30. KAPITEL

Mabel

Es gab jetzt kein Zurück mehr. Mabel hatte ihre alten Klamotten ausgegraben: Nietenhalsband, Ballett-Tutu und ihre schwarzen Springerstiefel, dazu ein neues Paar Netzstrümpfe. Sie hatte sogar den Ring mit den Spikes drauf gefunden, den sie damals dem ekligen Typen in seinem Ford Escort durchs Gesicht gezogen hatte. Ihre Augen waren dick mit Kajal umrandet, die Lippen hatte sie so üppig mit knallrotem Lippenstift zugeschmiert, dass die Konturen nicht mehr zu erkennen waren, und sie hatte sich einen gefakten Ring an die Nasenflügel und eine Augenbraue gemacht. Die meisten Leute kannten sie nur mit bravem Dutt, jetzt trug sie ihre langen schwarzen Haare offen, und mithilfe einer halben Dose Haarspray hatte sie einen unglaublich wilden Look erzielt.

Auf wildes Herumhüpfen, wie es sich bei Punk eigentlich gehörte, würde sie wegen ihres Unfalls verzichten müssen. Maggie hatte sogar darauf bestanden, dass sie einen Stehhocker mit auf die Bühne nahmen, auf dem sie sich ab und zu ausruhen konnte. Ausruhen beim Punk, wie sieht das denn aus, hatte Mabel protestiert, und schließlich zähneknirschend eingewilligt. Neben ihr stand John, die Gitarre umgehängt, und hinter ihnen war das lächerliche chromglänzende Kinderschlagzeug aufgebaut, an dem Maggie saß. Wie erwartet hatten sich die Leute weggeworfen vor Lachen, als Maggie an dem winzigen Instrument Platz genommen hatte. Sie hatten tatsächlich **bondage pants** für sie aufgetrieben, ein unfassbares Exemplar, wie selbst Mabel zugeben musste. Die Hose war aus rotem Tartanstoff und mit unzähligen Reißverschlüssen, Lederbändern und Ketten versehen, die sogar von Hosenbein zu Hosenbein verliefen. Die hochhackigen schwarzen

Stiefel an ihren Füßen passten genauso wenig zu der Hose wie das eng anliegende zerrissene schwarze T-Shirt, das Maggies üppige Brüste nicht nur betonte, sondern auch an interessanten Stellen freilegte, ihre roten Haare waren zu einer wilden Mähne aufgetürmt und ihre Lippen in der gleichen Farbe geschminkt. Sie sah extrem verrucht aus, und Mabel konnte nur hoffen, dass Chris im Publikum war, damit er kapierte, wie bescheuert er gewesen war, eine Frau, die derart sexy aussah, abzuservieren.

Am radikalsten allerdings war die Verwandlung, die John durchlaufen hatte. Es war einfach nicht zu fassen, dass ein Mann von Mitte achtzig, der normalerweise in ausgebeulten Cordhosen und Wollpullovern herumlief, ein schwarzes T-Shirt mit der glitzernden Aufschrift »Never too old to be a Punk«, eine knallenge Leopardenhose, einen Nietengürtel und knallrosa Chucks tragen und als krönenden Abschluss eine riesige gefakte Sicherheitsnadel im Ohr haben konnte, und damit zwar verwegen, aber kein bisschen lächerlich wirkte, was daran lag, dass John die Klamotten so selbstverständlich trug, als hätte er nie in seinem Leben etwas anderes angehabt. Als er auf die Bühne gekommen war, war der Applaus tosend gewesen, und John hatte gewinkt und sich verbeugt, ebenfalls mit einer großen Selbstverständlichkeit, und dann hatte er grinsend einen schwungvollen C-Dur-Akkord gespielt, damit alle kapierten, dass seine akustische Gitarre an einem Verstärker hing.

Sie waren bereit. Sie warteten eigentlich nur noch auf das Signal von Gary, der heute nicht hinter dem Tresen des Dorfpubs stand, sondern Teil der vierköpfigen Jury war, die hinter dem Publikum in Richtung Port Street auf einem kleinen Podium zwischen all den Bier-, Fish & Chips-, Krabben- und Popcornständen thronte. Mit dem Gongschlag mussten sie loslegen und genau eine halbe Stunde spielen, bis zum finalen Signal. Die Bühne war auf dem Parkplatz im Hafen aufgebaut, und hinter ihnen rauschte das Meer. Später, wenn es dunkel wurde, würden die Fischer die bunten Lichterketten anschalten, mit denen sie ihre Boote geschmückt hatten. Beim Festival lagen die Boote ausnahmsweise nicht auf dem Strand, sondern ankerten im Wasser, um mehr Platz für das Publikum zu haben. Die Fischer würden auch bunte Strahler auf das Meer richten. Es würde unglaublich romantisch aussehen und war einer der Gründe, warum das *Port Piran Village Festival* so viele Touristen anzog. Und am Ende, nach der Verkündigung der Gewinner, würde es noch ein Feuerwerk geben.

Da unten standen sie alle: Karen, Joseph, Caroline, Betty, Judith, Julie und noch viel mehr Leute, die sie alle seit Jahrzehnten kannte. Praktisch das ganze Dorf (ob sich Chris getraut hatte, zu kommen?), und dazu natürlich die vielen Touristen. Sogar Johns Kinder waren extra mit ihren Familien angereist. Vierhundert, fünfhundert Menschen? Mabel schluckte. Sie würde das jetzt durchziehen. Sie spielte ein paar Töne auf der Bassgitarre.

»Hallo, Leute.« Das Publikum grölte. »Wahrscheinlich seid ihr jetzt ein bisschen überrascht. Tja. Wir haben euch reingelegt und euch vorgegaukelt, wir würden hier hübschen Singer-Songwriter-Kram spielen, Jeans und bunte Blusen tragen, und ihr könntet womöglich ein bisschen mit euren Feuerzeugen wedeln. Wenn ihr gewusst hättet, dass wir in Wahrheit eine Punkband sind, wärt ihr wahrscheinlich nicht gekommen.«

Das Publikum lachte und applaudierte.

Mabel spielte noch eine kurze Basslinie, um ihre Nerven zu beruhigen.

»Und weil ich euch selten alle auf einem Haufen vor mir habe, so wie jetzt, hab ich mir gedacht, ich setz so 'ne Art Beichte an den Anfang dieses Auftritts. Ich hoffe, die Jury hat nichts dagegen, wenn es noch einen Moment dauert, bevor's losgeht.«

Im Publikum wurden erstaunte Blicke getauscht, dann sahen die Leute wieder Mabel an. Sie spürte auch Margrets und Johns Blicke auf sich ruhen. Auf einmal wurde es ganz still. Mabels Herz klopfte, und sie konnte nicht verhindern, dass ihre Stimme zitterte.

»Tja, Leute, jetzt hab ich eure volle Aufmerksamkeit. Es ist nämlich so: Ihr denkt vielleicht, das ist eine Verkleidung. Das ist es auch, zumindest für Margret und John, die hier neben mir stehen. Die beiden machen das bloß mir zuliebe. Margret hätte viel lieber ›Sound of Silence‹ gesungen.«

Gelächter.

»Und John hier konnten wir grade noch davon abhalten, seinen Hochzeitsanzug anzuziehen.«

Noch mehr Gelächter.

»Für mich ist das aber keine Verkleidung.«

Das Publikum war wieder still. Mabel musste all ihren Mut zusammennehmen, um weiterzusprechen.

»Also, ich war früher ein echter Punk. Bevor ich nach Port Piran kam, sah ich immer so aus, wie ich jetzt aussehe. Das ist das eine, was ich euch erzählen wollte. Weil ich nämlich ab sofort kein Geheimnis mehr daraus machen werde. Ich werde ab und zu meine Klamotten von damals wieder anziehen, und ich werde meine Musik hören, und zwar so laut, dass es euch nerven wird. Na ja, mein unmittelbarer Nachbar hier darf sich nicht beschweren, er ist ja jetzt selber überzeugter Punk.«

John spielte zur Bestätigung einen G-Dur-Akkord.

»Und vielleicht lasse ich mir auch wieder das eine oder andere Piercing machen. Auch wenn das die Anzahl meiner Gäste in Honeysuckle Cottage reduziert, vor allem die Zahl der Familien.«

Sie erntete wieder einen Lacher. »Das andere ... ist ein bisschen komplizierter. Ich bin nämlich nicht Mabel. Ich heiße Lori. Und diejenigen von euch, die mich schon länger kennen, denken, ich komme aus Manchester. Das dachte ich bis vor Kurzem auch. Aber dann hab ich etwas rausgekriegt. Eigentlich hat Maggie, die hier neben mir steht, es rausgekriegt, sie hat nämlich ein Foto gefunden. Und da drauf war ich, als Baby, mit meiner Mutter. Es war ein bisschen ein Schock, weil die Frau auf dem Foto war nicht die Frau, die ich bis zu dem Tag für meine Mutter gehalten habe. Es war Ruth. Ruth Trelawney, die viele von euch gekannt haben, Ruth, die mir Honeysuckle Cottage vererbt hat. Jetzt weiß ich, wieso sie das getan hat.«

Ein Raunen ging durchs Publikum.

»Na, hab ich euch zu viel versprochen? Das hier ist besser als eine von diesen Fernsehshows, wo sich Leute unter viel Geheule nach Jahrzehnten wiedertreffen, oder?« Sie machte eine Pause, denn jetzt kam der schwierigste Teil. »Ich glaube, ich hab immer gespürt, dass da was nicht stimmt in meinem Leben. So vieles fühlte sich falsch an. Ich hab einfach nicht verstanden, warum. Ich hab gedacht, es liegt an mir, dabei gab es einen Grund dafür. Das ist eine ziemliche Erleichterung, Leute. Es hat sich auch falsch angefühlt, so zu tun, als sei ich kein Punk. Ich bin ein Punk. Ich liebe es, und ich werde es immer bleiben. Aber ich hab mir eingeredet, ich müsste die brave Wirtin spielen. Damit ist jetzt Schluss.«

Beifall brandete auf.

»Und jetzt reicht es. Ich hätte nur noch eine Bitte. Das ist auch der Grund, warum ich euch all diesen Betroffenheitsquatsch erzählt habe. Ich weiß, ich war nicht immer nett zu euch.« Sie musste schlucken. »Es ... es tut mir leid. Ich möchte, dass ihr begreift, dass es nichts mit euch zu tun hatte. Das war ganz allein mein Ding. Und ... ich möchte euch bitten, mir eine zweite Chance zu geben. Vielleicht könnt ihr mir dabei helfen, ein bisschen netter zu werden.«

Einen Moment lang war es totenstill. Und dann brach ein Beifallssturm los. Mabel hatte nicht gemerkt, dass ihr die Tränen übers Gesicht liefen. Sie wischte sie ungeduldig mit dem Ärmel ab. »Mabel, Mabel!«, skandierte die Menge. »Wir lieben dich, Mabel!«

Mabel hob die Hand, und die Menge verstummte. »Danke. Da wäre noch eine letzte Kleinigkeit. Ich würde mich freuen, wenn ihr mir helfen würdet, ab sofort ich selber zu sein. Könnt ihr mich ab jetzt Lori nennen? Am Anfang ist das vielleicht ein bisschen schwer. Es fällt mir ja selber schwer. Aber ich möchte euch trotzdem drum bitten.«

Der nächste Sturm brach los. »Lori, Lori!«, klatschte die Menge. Und Lori wusste, wenn sie nicht sofort anfangen würden, Musik zu machen, dann würde sie es nicht mehr schaffen. Zum Glück gab die Jury das Zeichen.

»Es lebe der Punk. Wir lassen es jetzt krachen!«, brüllte sie.
Und das taten sie.

Mabel/Lori spielte das erste Riff von »God save the Queen«, und John und Maggie setzten ein. Die Sex Pistols mussten am Anfang stehen. Wie viele von den Kids da unten kannten den Song, der Geschichte geschrieben hatte, der *ihre* Geschichte geschrieben hatte, überhaupt noch? Egal. Hier ging's nicht um die Kids, es ging nicht um den Wettbewerb, es ging ganz allein um Loris Egotrip. Sie hatte in jeder freien Minute geübt. Das hier war ihre Selbsttherapie, ihre Vergangenheitsbewältigung. Sie war der Boss der Band. John würde nur Begleitakkorde spielen, er war ein alter Mann, der sich schwertat, die Akkorde schnell genug zu wechseln, und Maggie hatte bis vor ein paar Tagen noch nie an einem Schlagzeug gesessen. Alle Riffs und Melodien waren Loris Job, und auch der Gesang, bis auf die beiden Soli: »I Heard it Through the Grapevine« für Maggie und »My Way« für John.

There's no future
No future
No future for you

Lori grölte den Text, und es fühlte sich an wie Nachhausekommen. Es hatte viele schlechte Punkbands in der Musikgeschichte gegeben, diese hier war die schlechteste aller Zeiten, aber was machte das schon? Sie war wieder achtzehn, sie war Lori und zurück in Manchester, ohne Job, Hoffnung und Perspektive, und das Einzige, was ihr Halt gab, war diese Musik.

No future
No future
No future for me

Keine Zukunft. Damals hatte es sich so angefühlt. Aber es hatte nicht gestimmt! Sie hatte eine Zukunft gehabt. Ihre Mutter hatte sie ihr geschenkt. Ruth hatte Honeysuckle Cottage an sie vererbt, an ihre Tochter vererbt, und ihr damit eine Zukunft ermöglicht. Und plötzlich wurde Lori von einer tiefen Freude und Dankbarkeit durchströmt. Es gab keinen Grund, bitter zu sein oder Ruth zu grollen. Sie hatte in Port Piran Heimat, Freunde und Auskommen gefunden, und das hatte sie ihrer Mutter zu verdanken. Da unten standen so viele Menschen, die nur darauf warteten, dass Lori einen Schritt auf sie zuging. Vielleicht wagte sie sich tatsächlich einmal in den Pub? Lori spürte, wie sich ein breites Grinsen auf ihrem Gesicht ausbreitete, als sie die letzten Worte des Songs brüllte und ihre Gitarre dazu malträtierte.

*No future
for youuuuu!*

Der Applaus für die schlechteste Punknummer der Musikgeschichte war frenetisch. Und so ging es weiter. Als Nächstes war »London Calling« an der Reihe, ein Song, den Lori bewusst an die zweite Stelle gesetzt hatte, weil fast alle ihn kannten, auch die Touristen. Und alle wogten und brüllten. »London Calling« ... und Lori sah John an, und dann drehte sie sich kurz um und sah Maggie an, und es war ganz offensichtlich, dass die beiden ebenfalls einen Riesenspaß hatten.

Und dann kam Maggies Solo. Sie hatten beschlossen, dass die Slits-Version von »I Heard it Through the Grapevine« ohne Schlagzeug auskommen musste. Singen und Schlagzeug spielen, ohne wirklich Schlagzeug spielen zu können, damit war Maggie einfach komplett überfordert gewesen. Es war viel besser, wenn sie sich ganz auf den Gesang konzentrierte, zumal sie noch immer unter Schock stand. Sie konnten froh sein, dass Maggie nicht Hals über Kopf abgereist war und sich überhaupt auf die Bühne traute, nachdem Chris sie öffentlich so brüskiert hatte.

Ohne Schlagzeug klang die musikalische Begleitung zwar etwas dürftig, und der drunterliegende coole Beat fehlte, aber Mabel hatte bei den Proben daran gearbeitet, es auszugleichen, indem sie eine zweite Stimme dazu singen würde. Maggie stand vom Schlagzeug auf und trat zögerlich nach vorne ans Mikro, und Lori konnte sehen, wie schrecklich nervös sie war und wie ihre Hände zitterten, als sie sich zwischen die beiden anderen stellte, das Mikro vom Ständer nahm, tief Luft holte und Lori zunickte, die ihr aufmunternd zulächelte. Dann aber legte sie los. Sie sang und kiekste und quiekte in den höchsten Tönen, ganz wie damals Ari Up von den Slits. »I heard it through the baseline ...« Dazu hüpfte sie auf und ab wie ein Gummiball, warf ihre Haare und wackelte mit den Hüften. Es war eine vollkommen dilettantische und grandiose Show, an deren Ende Maggie in Schweiß gebadet war, aber lachend und ganz offensichtlich sehr erleichtert die Ovationen des Publikums entgegennahm. So ging es weiter. »Blitzkrieg Bop« von den Ramones wurde ebenfalls zur grandiosen Mitsingnummer, weil jeder Idiot »hey ho, let's go« grölen konnte. John schaffte es, bei »Boredom« von den Buzzcocks wie vorgesehen sechsundsechzigmal die immer gleichen zwei Töne auf seiner Gitarre zu spielen, und bekam dafür einen Sonderapplaus.

Und dann war der vorletzte Song dran. Sie warf John einen kurzen Seitenblick zu. Sie konnte die Schweißtropfen auf seiner Stirn sehen. Seine Hände zitterten, und das war keine Alterserscheinung. Hoffentlich stand er das durch.

»Hey, Leute!«, rief Lori munter. »Der nächste Song ist ein absolutes Highlight in unserem Programm. Die Älteren unter euch erinnern sich vielleicht daran, dass die Pistols nicht nur eigenen Kram geschrieben, sondern sich auch bei anderen Künstlern bedient haben. Unser lieber Freund John präsentiert euch deshalb als Nächstes den Sinatra-Klassiker ›My Way‹!«

Das Publikum johlte und applaudierte, und sie fingen an. Lori ließ ihre Gitarre rocken, so wie es die Version der Pistols verlangte, und Maggie drosch, so gut sie eben konnte, auf ihr Schlagzeug ein, und es klang fast genauso, wie es klingen musste, und John grölte, so wie Sid Vicious gegrölt hatte. Zumindest beinahe. Das Publikum, das ganz offensichtlich nicht besonders vertraut war mit der Version der Pistols, reagierte vor allem mit ungläubigen Blicken und Gelächter.

Und dann bekamen sie ein Problem.

John schaffte es nicht, zu singen und gleichzeitig Gitarre zu spielen. Der Song war zu schnell, und er war einfach zu aufgeregt. Immer schwerfälliger wechselte er die Gitarrengriffe, und natürlich sang er deshalb automatisch auch langsamer. Warum lässt er die Gitarre nicht einfach weg, fluchte Lori innerlich. Es ist so gut gelaufen bisher, und jetzt macht John den Song kaputt! Wie lange hatte sie gebraucht, um ihm die Punkversion einzutrichtern? Lori und Maggie blieb nichts anderes übrig, als sich seinem Tempo anzupassen, wenn sie nicht völlig aus dem Takt geraten wollten. Doch nicht nur das Tempo änderte sich. Johns Stimme wurde immer weicher und melodiöser. Das war nicht mehr das wüste Gebrüll von Sid Vicious, sondern er näherte sich immer mehr Sinatra an. Mabel warf John einen warnenden Seitenblick zu. Das brachte allerdings überhaupt nichts, denn John hatte die Augen fest geschlossen. Mabel wurde immer wütender. Jetzt wurde der Song genau zu dem kommerziellen Sinatra-Schnulzen-Scheiß, den der Punk immer kritisiert hatte! Und natürlich ließ sich das Publikum davon einlullen! Einige Leute hatten die Arme umeinandergelegt. Viele hatten die Augen geschlossen, bewegten sich im Takt der Musik langsam hin und her und sangen mit. Und jetzt wurden auch noch Feuerzeuge geschwenkt! *I did it my way ...*, summte es vielstimmig aus dem Publikum. Es war aussichtslos. Mabel beschloss widerstrebend, sich in ihr Schicksal zu ergeben, und wechselte von ihrem rockigen Begleitbeat zu grauenhaft weichgespülten Begleitakkorden. John hatte die harte Version der Pistols sowieso nie gefallen, und nun sang er Sinatra, und doch auch wieder nicht. Er war so viel authentischer als Frankie Boy, der zum hundertsten Mal seinen größten Hit herunternudelte. *»And now the end is near ...«* John sang von sich selbst. Er war kein erfolgreicher Entertainer, er war einfach nur ein alter Mann, der ein ganz normales Leben gelebt hatte und nun an dessen Ende Bilanz zog. In jedem Ton hörte man die Einsamkeit und die

Trauer um den Verlust seiner geliebten Frau, und gleichzeitig war da unendlich viel Wärme, Lebensfreude und Würde, und das alles zusammengenommen rührte die Menschen bis ins Herz.

Jetzt fangen die da unten auch noch an zu heulen, dachte Mabel fassungslos, als sie ins Publikum blickte. Punk war voller Emotionen, voller Wut und Frust, aber doch nicht zum Heulen! Und plötzlich merkte sie, wie ihr selber ein Kloß im Hals steckte. Es war einfach zu viel gewesen in letzter Zeit, und nun dieses Lied, und Johns wunderbar warmer Bariton … Ich kann doch jetzt nicht vor den Leuten anfangen zu flennen, dachte Mabel entsetzt. Mühsam hielt sie die Tränen zurück. In den letzten paar Tagen hatte sie mehr geheult als in den dreißig Jahren davor.

»… my … way!«, sang John und hielt die letzte Note aus, so lange er konnte. Ein paar Sekunden lang war es mucksmäuschenstill, als wolle keiner den Klang von Johns letztem Ton zerstören. Und dann brach ein Beifallssturm los, wie ihn das *Port Piran Village Festival* noch nie erlebt hatte.

»John, John, John!«

Das Publikum hatte sich aus der Trance gelöst. Es tobte. John strahlte vor Freude. Lori gab ihrer Gitarre einen kräftigen Schubs, sodass sie auf ihren Rücken rutschte, öffnete weit ihre Arme und schlang sie um John. Maggie sprang von ihrem Schlagzeug auf und warf die Arme von der anderen Seite um ihn, und so standen sie da, mit John in der Mitte, dem jetzt ebenfalls die Tränen über die Wangen liefen. Natürlich heulte Maggie auch. Sie lief zurück an ihr Schlagzeug und versuchte sich nicht besonders erfolgreich an einem Trommelwirbel.

»John!«, brüllte Mabel. »John Curnow!«

Und John stand da, in seinen lächerlichen Leopardenleggins, und ließ sich feiern, und alle drei heulten sie, heulten und lachten und umarmten sich in einem einzigen wilden Durcheinander der sentimentalsten Punkband, die es je gegeben hatte.

31. KAPITEL

Margarete

Der Applaus verebbte langsam. Das Konzert war zu Ende. Es war viel besser gelaufen als erwartet, und es war voller berührender Momente gewesen. Erst Mabels überraschendes Bekenntnis – Maggie musste sich erst an ihren neuen Namen gewöhnen –, dann John, der das Publikum zu Tränen gerührt hatte, auch wenn er sich nicht so wirklich an die Absprache gehalten hatte. Margarete lächelte ihm zu, und John lächelte zurück, sichtlich bewegt. Zum krönenden Abschluss hatten sie »If the Kids Are United« gesungen, und das Publikum war in einen nicht enden wollenden Mitsingrausch verfallen. »*If the kids are united, then we'll never be divided ...*«

Während des Konzerts hatte Margarete es geschafft, sich ganz in der Musik zu verlieren und nicht an Chris zu denken. Aber jetzt kamen die Schwere und die Traurigkeit zurück. Er hatte immer wieder versucht, sie anzurufen, und einmal hatte ein Feldblumenstrauß in Mabels Küche auf Margarete gewartet, der so wunderschön war, dass sie sofort in Tränen ausgebrochen war. Sie hatte nicht reagiert. Er hatte versprochen, dass er auf sie und ihre Liebe aufpassen würde, und dann hatte er sie mit Füßen getreten. Ob er wohl da unten stand? Reiß dich zusammen, du kannst dir das jetzt nicht erlauben, dachte sie. Wann schlug die Jury endlich den Gong?

Es dämmerte, und während die Bühne vom Licht der Scheinwerfer hell erleuchtet blieb, verwandelte sich das Publikum immer mehr in eine dunkle Masse. Margarete konnte keine einzelnen Personen mehr ausmachen, aber auch so spürte sie, dass die Leute anfingen, unruhig zu werden. Leises Gemurmel drang nach oben auf die Bühne, und die Menge bewegte sich unruhig hin und her. John räusperte sich nervös. Wann kam endlich der erlösende Gong? Margarete warf einen blitzschnellen Blick auf ihre Uhr.

Es war genau 21.25 Uhr. Sie hatten sich verkalkuliert. Um ganze fünf Minuten. Wenn sie sich jetzt nicht ganz schnell irgendetwas ausdachten, dann flogen sie aus dem Wettbewerb, weil sie nicht genug Songmaterial hatten. Das Publikum war auf einmal sehr still geworden, und die Stille dehnte sich ins Unendliche. Dann trat Mabel – oder vielmehr Lori – ans Mikrofon.

»Vielen Dank, Leute. Ihr seid ein fantastisches Publikum, ehrlich. Und wir würden uns riesig freuen, wenn ihr nachher für uns abstimmt. Aber wir sind natürlich – noch nicht am Ende.« Sie hustete nervös. Beifall brandete auf. Erwartungsvoller Beifall. Dabei hatte Mabel ganz offensichtlich nicht die geringste Ahnung, wie sie die fünf Minuten füllen sollte.

»Wir spielen jetzt zum Schluss ... also, wir spielen jetzt ... als grandiosen Höhepunkt sozusagen und zum Schluss ...«, stotterte Mabel, »noch einmal ›If the Kids Are United‹. Und hoffentlich singt und klatscht ihr alle mit. Aber natürlich – wiederholen wir nicht einfach den Song von vorher, weil das würde ja gegen die Festivalregeln verstoßen. Nein. Nein. Also ... also als besonderes Schmankerl und sozusagen krönenden Abschluss gibt es in der Mitte ein ... ein Schlagzeugsolo. Genau. Ein Schlagzeugsolo!« Ihre Stimme, eben noch unsicher, klang jetzt triumphierend. »Von unserer Freundin Maggie aus Deutschland! *If the kids are united*, heißt es schließlich im Songtext. Es geht also darum ... also darum, dass wir zusammenstehen, egal woher wir kommen, und unsere binationale Band ist dafür das beste Beispiel. Applaus für Maggie, unsere geschätzte Freundin aus Stuttgart! Aus Deutschland!«

Das Publikum löste sich aus seiner Versteinerung, es applaudierte, johlte und pfiff begeistert. »Maggie, Maggie!«, brüllte eine Männerstimme und klatschte dazu, war es Chris? Träum weiter, dachte sie. Immer mehr Leute fielen ein. »Maggie, Maggie!«

Mabel drehte sich zu Margarete. »Mach den Mund zu, Maggie!«, zischte sie.

Margarete klappte den Mund zu. War Mabel total verrückt geworden? Ein Schlagzeugsolo. Margarete konnte nicht Schlagzeug spielen! Das hatte doch in den letzten fünfundzwanzig Minuten selbst der allergrößte Idiot gemerkt! Und jetzt hatte Mabel angekündigt, sie würde ein Solo spielen? Auf einem Schlagzeug für Drei- bis Fünfjährige? Um Zeit zu schinden! Warte, Lori, dachte Margarete, während Adrenalin durch ihre Blutbahnen rauschte, warte bloß, bis ich dich nach dem Auftritt in die Finger kriege! Nur half ihr dies im Augenblick recht wenig. Um nicht zu sagen rein gar nichts. Mabel und John hatten schon angefangen zu spielen, und dann fing Mabel an zu singen: »*For once in my life I've got something to say.*« Und dann kam der Refrain, bei dem Maggie nicht viel mehr zu tun hatte, als mit beiden Drumsticks gleichzeitig auf die zwei Trommeln einzudreschen. *Bumm, bumm, bumm, bumm,* ohne Rhythmus und Fantasie. Von allen Songs war dieser am leichtesten zu spielen gewesen. Das Publikum klatschte und grölte laut mit. »*If the kids, are united, they will never be divided ...*« Dann war der Refrain zu Ende. Mabel brach ab, deutete mit großer Geste auf Margarete und trat zur Seite. Es dauerte noch ein paar Akkorde, bis John kapierte, dass er nicht mehr weiterspielen sollte, abrupt das Gitarrespielen einstellte und mit raschen Schritten an Mabels Seite eilte, sodass sich nun die ganze Aufmerksamkeit auf Maggie richtete.

Sie war auf sich alleine gestellt, und sie spürte nichts mehr außer einer eiskalten, gnadenlosen Panik, und in ihrer Verzweiflung haute sie erst einmal weiter gleichmäßig auf die beiden Tomtoms. Punk hat keinen künstlerischen Anspruch, dachte sie verzweifelt, während ihr der Angstschweiß den Rücken hinunterlief. Sie konnte einfach so weitermachen, bis der Gong ertönte, und das Rumgehaue als Solo verkaufen. Johns Gitarrensolo hatte schließlich auch nur aus den immer gleichen zwei Tönen bestanden. Sechsundsechzigmal. Aber da hatten die Leute nicht gelacht, so wie jetzt. Das war kein Solo, was sie da ablieferte. Es war eine Lachnummer. *Sie* war eine Lachnummer.

Eigentlich konnte ihr das völlig egal sein. Morgen würde sie abreisen und nie mehr nach Port Piran zurückkehren, das hatte sie sich geschworen. Es würde zu sehr wehtun. Irgendwo da unten im Publikum stand Titilope, die ab Morgen ihren Job bei Mabel übernehmen würde. Sie, Maggie, würde verschwinden, und die Leute hätten sie und ihren grauenvollen Auftritt in ein paar Tagen vergessen. Bloß, das war zu billig. Sie war Schwäbin. Sie hatte einen gewissen Anspruch, und sie stand für Qualität. Hervorragende Autos, wunderbare Maultaschen und selbst geschabte Spätzle. Qualität hieß nicht, mit zwei Schlegeln gleichzeitig auf Trommeln einzudreschen. »Wenn wir an uns selber glauben, macht es viel mehr Spaß«, hatte John gesagt. Also beschloss Margarete, an sich selber zu glauben und ein Schlagzeugsolo hinzulegen, wie es die Welt noch nie gehört hatte. Und vielleicht stand da unten jemand, dem sie beweisen wollte, dass sie sich nicht unterkriegen ließ. Dass das Leben weiterging, und dass sie es nicht damit verbringen würde, um ihn zu trauern. Sie war Anfang fünfzig, der Rest ihres Lebens wurde immer kürzer, und sie würde es genießen. Und auch wenn die Sache mit Chris in die Hose gegangen war, so war das doch kein Grund, die Wochen in Port Piran zu verteufeln. Sie hatte eine wunderbare Zeit gehabt, und sie hatte großartige Freunde gefunden. Und vielleicht hatte sie Mabel ein klitzekleines bisschen dabei geholfen, sich selbst zu finden.

Margarete holte tief Luft. Dann haute sie probehalber mit der linken Hand auf das Becken, während ihre rechte weiter den Rhythmus spielte. Sie versuchte, sich an ihre Übungen zu erinnern, und legte einen klitzekleinen, ziemlich langsamen Trommelwirbel hin. Das Publikum johlte. Davon ermutigt, ließ sich Margarete fallen. Wie dieses Fallenlassen aussah, hätte sie hinterher nicht mehr sagen können, und wiederholen konnte sie es schon gar nicht, denn danach war es, als hätte ihr Hirn das Schlagzeugsolo aus seinem Gedächtnis gestrichen. Es war, als hätte sie die Kontrolle abgegeben und einer außerirdischen Macht die Befehlsgewalt über ihren Körper überlassen. Ihr linker Fuß spielte das Hi-Hat und der rechte die Basstrommel, obwohl sie das beim Üben nie gleichzeitig hingekriegt hatte. Ihre Hände trommelten und wirbelten über die Tomtoms und das Becken, als hätten sie nie etwas anderes getan. Es war Ekstase, ein Rausch, ein völliges Sich-Hingeben an den Rhythmus und den Augenblick. Margarete vergaß, wer und wo sie war. Sie war kein Mensch mehr. Sie war ein Schlagzeug.

Sie hätte hinterher nicht mehr sagen können, wie lange der Rausch gedauert hatte. Von einer Sekunde auf die andere hielt sie inne und ließ die Drumsticks sinken, am ganzen Leibe zitternd. Sie konnte nicht mehr. Und Mabel setzte ein. *»If the kids ... are united ...«*, sang sie, ohne Gitarre zu spielen, sie klatschte den Rhythmus über ihrem Kopf, und das Publikum sang und klatschte mit. Mabel deutete auf sie und brüllte laut: »Maggieeeeeee!«, und der Applaus toste. John setzte ein und spielte seine drei Akkorde, und dann ließ auch Mabel die Hände sinken und griff ihre Gitarre fester. Margarete spürte den Schweiß, der ihr den Rücken hinunterlief, und trotzdem packte sie die Trommelschlegel ein letztes Mal und drosch wieder auf die Tomtoms ein, *bumm, bumm, bumm, bumm.* Und das Publikum sang und klatschte und grölte, *»If the kids ... are united ...«,* und Margarete fühlte sich eins mit diesen ganzen verrückten Engländern. Vereint. In der Tat, wenigstens für diesen kurzen Moment, auch wenn die meisten, die da unten herumhüpften, wahrscheinlich ohne mit der Wimper zu zucken für den Brexit gestimmt hatten. Sie war glücklich. Sie war daheim. Chris konnte sie mal. Und das Publikum sang und sang, obwohl die Glocke längst ertönt war. Sie hatten es geschafft.

»Ich bring dich um!«, rief Margarete, und Lori warf den Kopf in den Nacken und lachte so laut, dass sie selbst den Beifall übertönte. Maggie stand auf. Ihre Drumsticks behielt sie in der Hand wie eine Trophäe. Mit zitternden Knien ging sie hinüber zu Mabel und John. Sie nahmen Lori in die Mitte, legten die Arme umeinander und verbeugten sich, wieder und wieder. Einmal im Leben wie ein Rockstar fühlen, dachte Margarete. Sie war glücklich. Morgen würde sie abreisen, aber sie würde sich dieses Glück bewahren, sie würde es mit zurücknehmen nach Stuttgart, und die Trauer und die Enttäuschung würde sie zurücklassen und tief im Hafen von Port Piran versenken. Lektion gelernt, dachte Maggie. Mit fünfzig gibt es Freundschaft und Glück, aber die Liebe überlässt man besser den Jüngeren. Es ist nicht schlimm. Man kann auch ohne Liebe glücklich sein. Aber warum war dann ihr Herz so schwer?

»Vielen Dank. Das waren The Mabels, die letzte Band des diesjährigen *Port Piran Village Festivals*. Ich bitte die Band, auf der Bühne zu bleiben. Die Jury wird gleich ihre Wertung verkünden!«, rief Gary vom Podium der Jury in das knarzende Mikrofon.

»Wir haben bestimmt den ersten Platz gemacht«, grinste Mabel. »Den ersten Platz für die lächerlichste Punkband der Welt.«

Sie blieben stehen, dicht aneinandergedrängt, und warteten.

»Vor der Wertung machen wir noch eine kurze technische Durchsage!«, ließ sich Gary wieder hören. »Bitte alle gut zuhören!«

Es war jetzt so dunkel, dass Margarete das Podium mit der Jury nicht mehr erkennen konnte. Und deshalb war die Stimme, die jetzt aus dem Mikrofon an ihr Ohr drang, ein Schock.

»Hallo, Leute. Gary hier hat mir netterweise das Mikro überlassen.«

Ein Raunen ging durchs Publikum. Margarete begann am ganzen Körper zu zittern.

»Hier ist Chris. Wir haben heute Abend schon einmal eine Beichte gehört. Ich fürchte, ich muss euch noch eine zumuten.«

Das Publikum klatschte und pfiff.

»Was ich zu sagen habe, ist eigentlich sehr privat. Es geht nur Maggie und mich etwas an. Maggie steht da oben auf der Bühne, und ich sehe ihr an, dass sie am liebsten weglaufen würde. Das kann ich gut verstehen. Aber ich möchte dich bitten, dass du mich anhörst, Maggie.«

Margarete griff in vollkommener Panik nach dem Mikro. »Lass mich in Ruhe, Chris!«, rief sie. »Ich will das nicht!«

»Maggie. Bitte, hör mich an!« Chris klang verzweifelt.

Margarete drückte Mabel das Mikro in die Hand und schickte sich an, von der Bühne zu rennen, aber eine Hand hielt sie links an der Schulter fest, eine andere rechts am Arm.

»Hör dir doch wenigstens an, was er zu sagen hat. Bitte!«, beschwor sie Mabel.

»Maggie. Gib ihm noch eine Chance! Nur eine!«, flehte auch John.

»Ihr habt es gewusst? Ihr steckt mit ihm unter einer Decke?«, stammelte Margarete.

»Wir wollen nur dein Bestes!«, rief Mabel.

»Ich habe dich öffentlich beim Schafwettbewerb brüskiert, Maggie, und deshalb möchte ich es auch öffentlich wiedergutmachen«, fuhr Chris fort.

»Du machst alles nur noch schlimmer! Du machst mich zum zweiten Mal lächerlich!«, rief Margarete ins Mikro.

»Ich will dich nicht lächerlich machen! Hör mich an, bitte!«

»Sei nicht so ein Feigling, Maggie!«, rief Mabel ins Mikrofon.

»Feigling?«, gab Maggie empört zurück.

»Weil du dir nicht einmal anhören willst, was er zu sagen hat. Jeder hat eine zweite Chance verdient! Oder, Leute?«

»Maggie, Maggie!«, skandierte das Publikum, und: »Chris, Chris!«

Margarete schlug sich die Hände vors Gesicht. »Meinetwegen!«, stöhnte sie. »Wenn ich danach meine Ruhe habe!«

»Okay, Chris, leg los! Und wehe, du verkackst es wieder!«, rief Mabel, und wieder gab es tosenden Applaus und Pfiffe.

»Maggie. Liebste!«, flehte Chris, und Margarete spürte, wie ihr Tränen der Verzweiflung kamen. Gerade hatte sie sich in ihr Schicksal ergeben, und jetzt ging alles von vorn los! Aber sie würde nicht schon wieder vor Publikum heulen!

»Ich verstehe, wie verletzt du bist. Und es tut mir so unendlich leid! Ich habe dir gesagt, wir Engländer sind eine Katastrophe, wenn es um Frauen geht. Ich habe vergessen, zu erwähnen, welcher englische Mann die größte Katastrophe ist: Das bin nämlich ich. Ich habe dir auch gesagt, wir sind nicht gut darin, die richtigen Worte zu finden. In den letzten Tagen habe ich von morgens bis abends nach den richtigen Worten für dich gesucht. Ich habe meine Kühe vernachlässigt, meine Schafe, meine Ernte und meinen Hund. Ich habe all die Plätze abgeklappert, die ich dir gezeigt habe, und ich habe in den Sonnenuntergang gestarrt, weil ich gehofft habe, dort die richtigen Worte zu finden, aber alles, was ich gefunden habe, war Schmerz und Trauer und Erinnerung. Die Tage mit dir, Maggie, sie waren so voller Lachen und Freude und Liebe und Licht. Und seit du fort bist, tut alles nur noch weh. Ich kann nicht schlafen, und wenn ich morgens aufstehe, schmerzt mein ganzer Körper vor Sehnsucht nach dir. Es zerreißt mir die Seele, wenn ich daran denke, dass ich dich verloren habe. Verzeih mir, Maggie. Ich dachte, ich könnte mich nie mehr verlieben. Mit Janie war alles immer so kompliziert. Da gab es schlimme Streite und hässliche Szenen und leidenschaftliche Versöhnungen, und ich Idiot dachte, so ist die Liebe eben. Und dann kamst du, und plötzlich war alles so einfach, und weil es so einfach war, habe ich gedacht, dass da etwas nicht stimmen kann. Ja, ich war ein Idiot! Die Tage mit dir waren die schönsten meines Lebens, und die ohne dich waren die schlimmsten.« Er machte eine Pause. »Ich werde jetzt durch die Menge gehen, Maggie. Und dann werde ich unten vor der Bühne stehen, und ich werde meine Arme weit öffnen und mir sehnlichst wünschen, dass du zu mir herunterkommst, damit ich das tun kann, was ich auf der Weide hätte tun müssen: dich in meine Arme nehmen, und küssen, und nie mehr loslassen. Und wenn ...«, er schluckte hörbar, »... wenn du nicht kommst, dann werde ich dich nie mehr belästigen.«

Auf einmal war es totenstill. Man hörte nur das Scharren der Füße auf dem Kies, als sich die Menge in der Mitte teilte. Margaretes Herz klopfte zum Zerspringen. Ihr war so bang. Dort unten bahnte sich Chris im Dunkeln einen Weg, und sie musste eine Entscheidung treffen. Sie sah ihn erst, als ihm nur noch ein paar Meter bis zur Bühne fehlten. Bonnie trabte neben ihm her. Und dann stand Chris direkt vor der Bühne, vielleicht zwei Meter unter ihr, mit gesenktem Kopf, und Bonnie saß neben ihm, und ihr Schwanz klopfte eifrig auf den Boden. Chris hob den Kopf und sah sie an, und in seinen Augen standen Tränen.

»Ich liebe dich, Maggie«, sagte er und öffnete seine Arme weit.

Margarete schloss die Augen und sprang.

Das Geheimnis
der englischen Scones

Eigentlich werden Scones zum *Afternoon Tea* gegessen, nicht zum Frühstück, aber das ist eben die Besonderheit von Honeysuckle Cottage. Oft gibt es in *Tea rooms* (vor allem in Devon und Cornwall) Kombiangebote namens *Cream Tea,* also Tee und Scones, und als Unterlage für die Erdbeermarmelade entweder Butter oder die berühmte *Clotted Cream.* Leider haben *Tea rooms* schreckliche Öffnungszeiten, oft schließen sie schon um 16 Uhr! Deswegen ist es eine gute Idee, Scones selber zu backen.

In deutschen Backrezepten wird immer behauptet, es sei kinderleicht, Scones zu backen. Das ist eine glatte Lüge. Nicht erst seit Delia Smith (deren Kochbücher immer noch als die absoluten Klassiker gelten) sind Scones geradezu eine Wissenschaft. Das Problem ist nämlich: Scones sollen richtig schön aufgehen und fluffig werden, beinahe wie ein Soufflé, und das tun sie nicht immer. Die Tageszeitung *The Guardian* hat sogar einmal parallel die Rezepte der bekanntesten Köche in Großbritannien getestet und dann ausgemessen, welche Scones am höchsten aufgegangen sind (wenn Sie das nachlesen möchten, einfach »How to make the perfect scone« googeln).

Logischerweise kann der Teig nur aufgehen, wenn ein Triebmittel drin ist, und englische Rezepte funktionieren nicht, weil es in England *self-raising flour* gibt, also selbsttreibendes Mehl, wo das Backpulver schon drin ist. Das aber habe ich in Deutschland in keinem Supermarkt gefunden (eine echte Marktlücke!). Das zweite Problem besteht darin, dass man den Teig nicht einfach mit dem Rührgerät zusammenrührt, sondern mit der Hand knetet, und das nicht zu lange. Er muss eigentlich krümelig sein. Aber eben auch nicht zu krümelig, weil er sonst auseinanderfällt ... und die Butter soll natürlich im Idealfall hinterher nicht mehr stückchenweise im Teig auftauchen ...

Sie ahnen es schon: Ich bin eine miserable Bäckerin. Dande Dorles Käsekuchen habe ich in meinem ganzen Leben nur einmal gebacken, und das auch nur deshalb, weil die *Stuttgarter Zeitung* einen Artikel drüber schreiben wollte. Meine ersten Scones sahen aus wie die von Margarete, nämlich wie Wurfgeschosse – sie gingen kein bisschen auf und waren bockelhart, wie wir im Schwäbischen sagen, was wieder einmal beweist, dass das Leben oft von der Fiktion eingeholt wird. Seufz. Auch der zweite Versuch mit einem anderen Rezept ging schief, worauf ich meine Schwester Ursula auf das Thema angesetzt habe. Die ist im Gegensatz zu mir eine fabelhafte Bäckerin, hat an einem einzigen Abend ein superoptimiertes Scones-Rezept entwickelt, wofür ich ihr herzlich danke, und siehe da, die Scones wurden fantastisch (okay, die Küche war komplett mit klebrigem Teig überzogen, aber entscheidend ist ja das, was aus dem Ofen kommt)!

Hier nun also das Rezept für Mabels Scones. Viel Erfolg, und vielleicht berichten Sie mir ja mal auf einer Lesung oder per Mail an autorin@e-kabatek.de, wie die Scones geworden sind? Lesungstermine finden Sie auf www.e-kabatek.de. Und bevor ich's vergesse: Suchen Sie Port Piran nicht auf der Landkarte ... Der Ort ist wie alles in diesem Buch: glatt erfunden.

Mabels Scones

Zutaten (für ca. 10 Scones, evtl. ein paar mehr):

500 g Mehl
1 Päckchen Backpulver
40 g Zucker
1 Päckchen Vanillinzucker
eine große Prise Salz
100 g Margarine, 20 g Butter (kalt)
2 Eier
250 ml Milch oder Naturjoghurt
optional 100 g Rosinen oder Cranberrys (dann werden die Scones saftiger)

In England gibt es spezielle *scone cutter* mit gewelltem Rand zu kaufen, aber ein Glas tut's fürs Ausstechen auch.

Mehl, Backpulver, Salz, Zucker, teelöffelgroße Stücke Margarine/Butter und, falls gewünscht, Cranberrys oder Rosinen mit den Fingerspitzen zügig zu Bröseln verarbeiten. Eier und Milch verquirlt dazugeben, rasch zu Teig verkneten, nicht zu lange bearbeiten. Auf der Arbeitsplatte (leicht gemehlt) mit den Fingern zu 2 cm dicker Platte mit glatter Oberfläche drücken (nicht auswellen), mit einem Glas (7 cm Durchmesser) ca. 10 Scones (evtl. ein paar mehr) ausstechen (Ausstecher nicht hin und her bewegen!), auf Backblech mit Backpapier legen und 30 Minuten ruhen lassen, dünn mit Pflanzenöl bestreichen. Ofen auf 200 °C Umluft (ohne Umluft 220 °C) vorheizen, Scones auf der mittleren Schiene 12 Minuten backen (hängt vom Ofen ab, kann auch länger dauern). Am besten noch warm mit Marmelade und *clotted cream* (ersatzweise Crème double oder Mascarpone) servieren. Butter geht natürlich auch.

Wer lieber auf ein englisches Rezept zurückgreifen will, kann *self-raising flour* selber herstellen: 5 Tütchen Backpulver, 2 TL Natron auf 2,5 kg Mehl.

Riesenspaß mit den Exzentrikern von der Insel

ELISABETH KABATEK

Ein Häusle in Cornwall

Roman

Emma, liebenswert, aber ein bisschen zu pflichtbewusst, wird vom Betriebsarzt zu einer kleinen Auszeit verdonnert. Sie landet in Cornwall bei dem verschusselten Aristokraten Sir Nicholas Reginald Fox-Fortescue.
Im Land der Rosamunde-Pilcher-Verfilmungen erlebt sie ihr blaues Wunder zwischen lauter Freigeistern, die nichts von schwäbischer Schaffer-Mentalität halten, in runtergekommenen Häusern leben, auf deren Agenda »Arbeit« gaaanz weit unten steht – und die einen Riesenspaß am Leben haben.
Liebe nicht ausgeschlossen ...

»Einfach witzig, dieser Mix aus
Rosamunde-Pilcher-Idyll und Schwabenmentalität.«
FÜR SIE